ANNA MANSELL

Als sich unsere Herzen trafen

Roman

Aus dem Englischen
von Hanne Hammer

WILHELM HEYNE VERLAG
MÜNCHEN

Die Originalausgabe *How to mend a broken heart*
erschien 2017 bei Bookouture.

MIX
Papier aus verantwor-
tungsvollen Quellen
FSC
www.fsc.org
FSC® C083411

Verlagsgruppe Random House FSC® N001967

Deutsche Erstausgabe 10/2018
Copyright © 2017 by Anna Mansell
Copyright © 2018 der deutschsprachigen Ausgabe
by Wilhelm Heyne Verlag, München,
in der Verlagsgruppe Random House GmbH,
Neumarkter Straße 28, 81673, München
Redaktion: Evelyn Ziegler
Printed in the Czech Republic
Umschlaggestaltung: Favoritbüro, München, unter Verwendung
eines Motivs von © Nebula Cordata/Shutterstock
Satz: Uhl + Massopust, Aalen
Druck und Bindung: CPI books GmbH, Leck
ISBN: 978-3-453-42256-8

www.heyne.de

Für Grace:
Alles ist möglich,
wenn wir es versuchen

Prolog

*D*ie Sonne versengt meine Haut. Es weht kein Lüftchen, gibt keine Erlösung, nur das beruhigende Unbehagen des kribbelnden Schmerzes. Der von der Hitze aufgeweichte Asphalt wärmt meinen Körper.

Ich lebe.

Trotzdem und trotz der leichten Schmerzen habe ich einen gewissen Frieden gefunden. Frieden in der ansteigenden Panik der Stimmen um mich herum. Frieden in dem Röhren der sich stauenden Autos, deren Motoren im Leerlauf drehen, zwischen den Bussen und den makellosen Geländewagen. Sheffields geschäftiger Vorort ist zu einem dramatischen Stillstand gekommen.

Schicke Mütter kommen aus dem Coffeeshop, gehen mit ihren ausgetrunkenen Kaffeetassen, die jetzt vom Schaum und dem Kakaopulver verschmiert sind, an meinem leeren Tisch vorbei. Sie recken die Hälse, während sie ihre Kinderwagen vorbeischieben. Mollige Händchen greifen nach kleinen, nackten Füßen, und irgendwo, ganz tief in meinem Unterbewusstsein, regt sich ein Gefühl. Eine Vergangenheit.

Ich gucke in den endlosen blauen Himmel. In der Ferne ist ein Hauch von einer Wolke zu sehen, ein Flugzeug zieht lang-

sam seinen Kondensstreifen von Osten nach Westen. Ein Gesicht taucht in meinem Blickfeld auf.

»Hallo.«

Raue, verschwitzte Hände umfassen mein Gesicht. Sie gehören zu einem Rettungssanitäter. »Können Sie mich hören? Ich bin John, ich bin hier, um Ihnen zu helfen.« Seine Augen suchen in meinen nach einer Antwort. Schweiß läuft ihm in Strömen die Stirn herunter. Er wischt ihn mit dem Arm weg, sein Hemd saugt die Feuchtigkeit auf. »Können Sie mir sagen, wie Sie heißen? Können Sie mir sagen, was passiert ist?«

Aber ich kann es ihm nicht sagen. Oder ich will es ihm nicht sagen. Denn, ehrlich, wozu soll das gut sein? Ich schließe die Augen und träume von einem Gebrüder-Grimm-Märchen ohne das glückliche Disney-Ende.

Dieser Sommer scheint lang zu werden. Wie der 1976. Ich nehme an, es wäre schade gewesen, ihn zu verpassen.

Kapitel 1

KAT

D as Einzige, wovon ich dir sonst noch erzählen kann, ist Susan.«

»Susan?« Ich greife nach meinem Tee und wünschte, ich hätte den Punkt nicht verpasst, wo er einfach perfekt ist. Ich hasse lauwarmen Tee. Er ist unnötig. Ein Affront. Ein Verbrechen an heißen Getränken. Vielleicht denke ich auch zu viel darüber nach.

»Susan Smith. Weiblich, sechsundfünfzig Jahre alt. Sie hatte in der Ecclesall Road eine Auseinandersetzung mit einem Bus und hat den Kürzeren gezogen.«

Ich runzle die Stirn und schiebe meine neue Brille wieder auf die Nase hoch. Sie fühlt sich zu schwer in meinem Gesicht an, unpassend. Wahrscheinlich hätte ich mich bei dem Optiker nicht dazu überreden lassen sollen. Eine neue Frisur. Eine neue Brille. Eine neue Garderobe im Schrank, an der noch an jedem Stück das Preisschild hängt. Gürtel, um meine Taille zu betonen. Kann man mit achtundzwanzig eine Midlife-Crisis haben?

»Sie ist übrigens super«, sagt Emma und deutet auf mein Gesicht. »Sehr stylisch.«

»Ja, so bin ich nun mal. Stylisch und schick«, sage ich und

spiele wieder an der Brille herum. Ich kann selbst hören, wie mein Tonfall mürrisch wird, aber ich habe nicht die Kraft, mich zusammenzureißen.

Emma antwortet mir mit einem schlecht imitierten irischen Akzent. »Du erinnerst mich an eine junge Nana Mouskouri.«

»An wen?«

»An Griechenlands besten Export!«, erklärt sie. »Okay, Nana und Feta.«

Der verständnislose Blick, mit dem ich ihr antworte, forciert ein optimistisches, ermutigendes Nicken, als würde das alles beantworten, gefolgt von einem schnellen Verdrehen der Augen, als ihr klar wird, dass ich keine Ahnung habe. »Komm schon, du Miesepeterin. Wenn wir nicht lachen würden, würden wir weinen«, provoziert sie mich, gefolgt von einem schnellen: »Du musst nicht verrückt sein, um hier zu arbeiten …«

»Lass es!«, sage ich, halte mir die Ohren zu und hindere sie so daran weiterzureden. Eine Pause entsteht, eine Pause, gefüllt von der Wärme einer Freundschaft, die sogar meine schlechte Laune besiegen kann. Ich bringe ein halbherziges Lächeln zustande. Sie ist genau die Person, die ich jetzt brauche. Sie versteht mich.

Ich trinke meine Tasse aus – lauwarmer Tee ist besser als gar keiner –, stelle sie zurück auf den Tisch und warte, dass Emma die Übergabe beendet, während ich mir einen zweiten Keks verkneife. Es ist erst neun Uhr morgens.

»So, also zu Susan Smith«, fährt sie fort. »Der neue diensthabende Facharzt hat sie sich angeschaut …«

»Oh, Mr. Nennen-Sie-mich-einfach-Mark-Barnes!«, sagt eine Krankenschwester von der Zeitarbeitsfirma, die einen

Wäschewagen an unserer Station vorbeifährt, aus dem die schmutzigen Laken herausquellen. »Ich hätte nichts dagegen, wenn er mich untersuchen würde!«, sagt sie und schneidet eine Grimasse.

»Ich dachte, das hier wäre Sheffields bestes Lehrkrankenhaus und keine Neuauflage von *41 Grad Liebe*.« Ich runzle erneut die Stirn. »Ein paar Tage bin ich nicht da, und schon tanzen hier die Mäuse auf dem Tisch.«

Ich habe mich in den schweren Umhang der miesen Laune gehüllt. Einen Umhang, dem der zarte Hauch des Eau-de-»Gerade getrennt und noch nicht darüber hinweg« anhaftet.

»Erzähl mir nicht, du hattest noch nicht einmal an Mr. Nennen-Sie-mich-einfach-Mark gedacht, nicht mal ein winzig kleines bisschen?«, Emma sieht geschockt aus. Als wäre ich vielleicht gar keine richtige Frau oder so.

»Nein, hab ich wirklich nicht.« Ich blicke über den Rand meiner Brille, um meine Aussage zu unterstreichen. Zumindest ist sie so für etwas gut. »*Mr. Barnes* interessiert mich nicht.« Was der Wahrheit entspricht. Er ist nicht mein Typ. Ich würde nicht sagen, dass er ein Flegel ist – denn ich bin nicht aus den 1950ern –, aber er ist grenzwertig. Grenzwertig flegelhaft. Er ist auch Arzt. Attraktiv? Ich nehme es an, wenn man auf so einen Typ von Mann steht.

»Irgendwann hat er dich mal interessiert...«, murmelt Emma leise.

Ich starre auf den Papierkram und beschließe, sie zu ignorieren. Ich gebe zu, dass wir miteinander geflirtet haben, als wir uns das erste Mal begegnet sind. Aber da war ich auch noch in einer lange bestehenden Beziehung – und es war nur ein billiger Nervenkitzel, wenn man so will. Doch die Dinge haben sich geändert. Nicht zuletzt mein Facebook-Status. Und davon einmal abgesehen, Krankenschwester und Arzt? Was für ein Klischee! »Außerdem ist er aus Manchester«, sage ich plötzlich. Emma sieht mich verwirrt an. »Die falsche Seite der Pennines.« Ich führe das als legitime Entschuldigung an, doch dann fällt mir ein, dass auch Emma in Manchester geboren und aufgewachsen ist, und ich wackle mit den Brauen, als hätte ich sie nur mit irgendeiner Rivalität zwischen Sheffield und Manchester aufgezogen.

»Er interessiert dich vielleicht nicht, aber du interessierst ihn ganz offensichtlich«, lässt sie nicht locker.

Stimmt. Scheint so. Doch seit Daniel, mein Freund in den letzten fünf Jahren, mir das Herz aus der Brust gerissen hat, ist mein Interesse an Männern irgendwie erloschen.

Anscheinend sollte ich inzwischen darüber hinweg sein. Er verdient mich nicht. Ich bin allein besser dran. Et cetera. All das kann mir meine beste Freundin Lou leicht sagen, wenn man bedenkt, dass ihre eigene Hochzeit unmittelbar bevorsteht und dass es höchst unwahrscheinlich ist, dass diese plötzlich, und noch dazu auf so brutale Weise, abgesagt wird.

Nicht, dass Daniels und meine Hochzeit unmittelbar bevorgestanden hätte, doch für mich war es selbstverständlich, dass wir irgendwann heiraten würden. Weder Lou noch Emma können den Schmerz in meinem Herzen verstehen. Und wenn sie mir vorschlagen, mich mit Leuten zu treffen, einen Neustart zu wagen ... Na ja, sie sehen einfach nicht, dass mir allein bei dem Gedanken, mich wieder in die Datingwelt zu begeben, das Herz in die Hose rutscht. Der Gedanke, das erste Mal mit jemandem zu schlafen, der meine Dehnungsstreifen nicht lieb gewonnen hat ... Obwohl ...

wenn ich es recht überlege, hat Daniel sie vielleicht auch nicht so geliebt, wie er immer behauptet hat. Und außerdem, was würde aus meinen schlichten schwarzen Unterhosen, die in einer Langzeitbeziehung schon erlaubt sind, in der man auch zugeben darf, dass ein Tanga ein Verbrechen an den unteren weiblichen Regionen ist. Emma räuspert sich, und ich reiße mich zusammen. »Können wir aufhören, über Mr. Barnes zu reden, und weitermachen?«, sage ich und atme tief durch, um die Tränen zurückzudrängen, die jetzt hinter meinen Augenlidern stechen. Ich knalle ihr autoritär die Papiere vor die Nase. »Deine Schicht war vor zwanzig Minuten zu Ende.«

»Okay, du Miesepeterin. Bist du heute Morgen mit dem falschen Fuß aufgestanden?« Sie zwinkert mir zu, und ich starre sie wütend an, gerade lange genug, dass meine Augen sich mit Tränen füllen und Emma klar wird, dass wir uns auf eine Grenze zubewegen, die wir beide nicht überqueren wollen. »Okay, okay.« Sie kapituliert und nimmt die Hände hoch. Sie tritt zum Leuchtkasten und hängt ein Röntgenbild auf. »Dann reden wir eben über Susan Smith. Augenzeugen zufolge ist Susan von ihrem Platz vor dem Café aufgestanden und direkt in den fließenden Verkehr marschiert. Und das auf der Ecclesall Road, wo immer so viel los ist, du weißt schon. Sie ist von einem Bus erwischt worden. Ehrlich gesagt, kann sie froh sein, dass sie noch am Leben ist. Ihre Daten sind alle hier drin.« Sie gibt mir die Akte. »Zusammen mit denen.« Wir sehen uns gespenstische Bilder von vor und nach der OP an. Ein sauberer Bruch, gerichtet und eingegipst. »Für den linken Arm wird sie eine Physio brauchen«, fährt Emma fort. »Er ist ziemlich übel verletzt, wenn auch nicht gebrochen.

Ihre Schmerzmedikation scheint zu funktionieren, und es gibt keine Anzeichen weiterer Verletzungen.«

Wir gucken mit leeren Blicken die Bilder an, die Köpfe auf genau die gleiche Weise geneigt. Die Uhr über mir tickt, reißt mich aus meiner Benommenheit, und ich ziehe die Bilder aus den Klammern. »Das klingt wirklich, als hätte der Unfall vermieden werden können. Haben wir mit ihr darüber gesprochen, wie es passiert ist?« Ich lege Susans Röntgenbilder und Papiere ab, dann stelle ich auf dem Schreibtisch die von mir bevorzugte Ordnung wieder her. Emma beobachtet mich mit einem ironischen Lächeln. »Was ist? So kann ich besser arbeiten…«, setze ich an und fühle mich ertappt.

Sie lacht. »Man kann auch anders perfekt arbeiten«, sagt sie gutmütig. »Aber egal, ja, wir haben sie gefragt, aber da gibt es ein Problem.«

»Warum?« Ich studiere den Dienstplan, um mich mit dem heutigen Team vertraut zu machen.

»Na ja, sie antwortet nicht auf unsere Fragen. Genau genommen spricht sie überhaupt nicht. Wir haben ihr einen Stift und einen Block angeboten, um etwas aufzuschreiben, für den Fall, dass es ihr wehtut zu sprechen, aber sie hat nichts davon angenommen. Wir konnten auch keine Angehörigen ausfindig machen. Sie hatte einen dieser alten Papierführerscheine in ihrer Handtasche, aber sonst nicht viel.«

»Sie spricht gar nicht?«, frage ich, während meine Hand auf einem Stapel Akten liegt, der sich hoch auf dem Schreibtisch türmt. »Haben wir alles versucht? Du hast gesagt, Block und Stift?« Emma nickt. »Was ist mit Gebärdensprache?« Sie nickt erneut. Ich versuche, mir Alternativen einfallen zu lassen. Mein Herz schlägt schneller, als mir bewusst wird, dass ich jetzt die Verantwortung trage und dass ich zumindest so aussehen sollte, als hätte ich alles im Griff, obwohl ich mich absolut nicht so fühle. Mein Kopf ist leer, Emma hilft mir aus der Klemme.

»Wir haben es mit Aufschreiben, Gebärdensprache, Blinzeln und Morsen versucht«, zwinkert sie. »Ich habe Tanzen in Erwägung gezogen, doch wie es scheint, ist das keine Universalsprache.«

»Okay.« Mir wird erst im Nachhinein klar, was sie gesagt hat. Der Versuch, meine widerstreitenden Gefühle unter Kontrolle zu halten, blockiert gänzlich meinen Sinn für Humor.

»Es gibt keine Anzeichen dafür, dass sie nicht sprechen kann, nichts in ihren Akten deutet daraufhin. Es könnte natürlich posttraumatisch sein. Wir müssen ihr einfach Zeit geben. Soweit wir das sagen können, gibt es auch keine nahen Verwandten.«

»Okay …« Ich blättere noch einmal Susans Akte durch. Mr. Barnes' Schrift kriecht wie eine Spinne über die Seiten. »Das hier wäre natürlich sehr viel hilfreicher, wenn ich es auch lesen könnte«, murmele ich und drehe die Akte in alle Richtungen, um die Worte zu entziffern. Ich ignoriere die Tatsache, dass meine eigene Schrift nicht besser ist. »Oh, vergiss einfach, was ich gesagt habe. Tut mir leid! Okay.« Ich klappe die Akte zu. »Haben wir die Akte der Psychiatrie vorgelegt?«

»Nein, haben wir nicht«, antwortet sie, und einen Moment lang habe ich das Gefühl, dass ich vielleicht doch weiß, was ich tue.

»Okay, ich kümmere mich darum, kein Problem. Sonst noch was?«

Emma wirft einen Blick auf das Whiteboard und sieht sich

auf dem Schreibtisch um. »Ich denke nicht«, sagt sie, während sie sich sichtlich das Hirn darüber zermartert, ob sie bei der Übergabe noch etwas vergessen haben könnte. Hat sie nicht. Sie ist bewundernswert organisiert. Irgendwie einschüchternd – oder vielleicht kommt mir das auch nur so vor. »Nein, das war's.« Sie stemmt die Hände in die Hüften. Alles erledigt.

»Super, danke.« Ich halte ihr die Celebration-Schachtel mit der kleinen Dankeskarte von einem Patienten hin. Süßigkeitengeschenke gehören zu den Vor- oder Nachteilen unseres Jobs, je nachdem, wie man es sieht. Emma greift in die halb leere Schachtel und packt ein Stück Schokolade aus.

»Also, wie war's?«, fragt sie, einen halb zerkauten Mikro-Marsriegel im Mund, und lehnt sich lässig gegen den Tisch. Sie studiert die leere Verpackung, die knistert, als sie sie zusammenfaltet.

»Wie war was?« Ich beiße mir auf die Lippe, während ich mich an die diversen Ausreden zu erinnern versuche, die ich mir für diese unvermeidliche Frage am ersten Arbeitstag ausgedacht habe. Ein Pfleger scherzt mit einem Patienten, während er ihn den Gang hinunterschiebt, und ihr Lachen erregt meine Aufmerksamkeit. Ich tue so, als würde ich lächeln, in der Hoffnung, dass sie das Thema fallen lässt.

»Dein Ur-laub!« Sie betont jede Silbe, dann schürzt sie die Lippen und zieht die Brauen hoch.

Sie weiß, dass ich weiß, wonach sie fragt. Und ich weiß, dass sie weiß, dass ich darauf nicht antworten werde. Sie spielt mit der leeren Schokoladenverpackung in ihrer Hand und lässt sie zurück in die Schachtel fallen. Ich sehe das aus dem Augenwinkel, genau wie ich ihren Gesichtsausdruck sehe – der mich dazu auffordert, sie darauf hinzuweisen, dass leere Verpackungen in den Mülleimer und nicht zurück in die Schachtel gehören. Es gibt kaum etwas Frustrierenderes, als sich am Vormittag etwas Gutes tun zu wollen und festzustellen, dass nur noch leere Verpackungen in der Schachtel sind.

»Es war super, wirklich. Wunderschön.« Ich lächle sie kurz an, dann bücke ich mich, um das Zucken in meinem rechten Auge zu verbergen, und schiebe die Schachtel aus unserem Blickfeld. »Genau das, was ich gebraucht habe«, schließe ich und hoffe, dass ich lässig und fröhlich geklungen habe und nicht angespannt und wie jemand, der nur mit Mühe die Tränen zurückhalten kann. Wieder einmal. Mein frisch geschnittener Pony entwischt der lockeren Haarklammer. *Ein Seitenpony ist total in Mode*, laut meinem Friseur. Ich muss zugeben, er ist sehr praktisch, um sich dahinter zu verstecken.

»Soso«, sagt Emma. Sie versucht, meinen Blick einzufangen.

Ich ziehe meine Ärmel herunter, damit sie nicht sieht, dass ich nicht braun bin. »Es war super«, trällere ich erneut, breit lächelnd. Ich stemme die plötzlich feuchten Hände in die Hüften und atme flach. »Es war genial, um genau zu sein. Sehr viel besser, als ich erwartet hatte. Ich würde gern irgendwann noch mal hinfahren und mir mehr ansehen, weißt du?«, lache ich unschuldig, und sie sieht mich zu Recht an, als wäre ich übergeschnappt.

»Hat es denn die ganze Zeit geregnet?«, fragt sie.

Ich hätte diesen Selbstbräuner nehmen sollen, der hinten in meinem Badezimmerschrank steht. Ich meine, wer kommt schon ohne die geringste Farbe aus dem Urlaub zurück? Emma starrt mich an. »Hör zu«, seufze ich. »Es ist okay. Ich bin okay. Ehrlich. Alles ist …«

»Okay?« Sie hält meinen Blick fest.

»Es ist sechs Wochen her, Emma!« Ich könnte ihr sogar sagen, dass es sechs Wochen, zwei Tage und drei Stunden her ist, doch die Details sind nicht wichtig. »Ich weiß, dass du denkst, dass ich mich in der Arbeit vergraben habe und dass es mir schlaflose Nächte bereitet, aber ich versichere dir, dass dem nicht so ist.« Ich unterdrücke ein unpassendes Gähnen und versuche, nicht an den Anruf von Lou heute Morgen zu denken, bei dem sie beiläufig erwähnt hat, dass mein Exfreund angeblich eine neue Freundin haben soll. Dass sie das Wort *angeblich* hat fallen lassen, konnte nicht verhindern, dass es wehgetan hat.

»Dieser Urlaub« – das Wort bleibt mir in der Kehle stecken – »hat mir die Augen geöffnet. Daniel war nicht glücklich, und vielleicht war ich das auch nicht.«

Lou hatte große Mühe darauf verwendet, mich über ihre Suche in den sozialen Medien zu informieren, die sie zu dieser Annahme kommen ließ, und noch hinzugefügt, dass sie zu einem Einkaufsbummel nach Leeds fahren wollte, um auf angenehmere Gedanken zu kommen. Sie hatte aufgelegt, bevor ich sie darauf hinweisen konnte, dass ich es war, die auf angenehmere Gedanken kommen musste, und dass ihre Enthüllung nicht unbedingt hilfreich dabei war. Es war mir gerade so gelungen, mich zusammenzureißen, bis mich im Badezimmer sein Lieblingsduschgel spöttisch angegrinst hat. Ich habe das Gesicht unter den Wasserstrahl gehalten und mir brühend heiß die Tränen wegwischen lassen. Fünf Jahre, ein gemeinsames Konto und eine geteilte Wohnung haben ihm offensichtlich nichts bedeutet.

Emma räuspert sich und reißt mich aus meinen Gedanken.

Ein Wochenvorrat an Concealer und zu viel Kajalstift ist alles, was meine rot geränderten Augen vor ihrem aufmerksamen Blick versteckt. »Die Augen geöffnet, sagst du.«

Sie war an dem Tag da, als ich seine SMS bekommen habe. Wir waren zusammen in der Mittagspause. Sie hat gesehen, wie ich mich verschluckt habe und anschließend über meinem Hühnersalat zusammengebrochen bin. »Ich bin wirklichen darüber hinweg«, sage ich mit dünner Stimme.

Sie schaut mich genau an, um zu sehen, ob ich meine, was ich sage.

»Es ist okay«, beharre ich, die Arme verschränkt, während meine Mundwinkel genau wie mein Auge zucken. Bitte, lieber Gott, lass mein Kinn nicht zittern. »Sein Pech«, beende ich das Thema, halte die Luft an und hoffe, dass sie begreift, dass das Gespräch damit beendet ist.

Obwohl sie ganz eindeutig etwas ahnt, hätte Emma nichts davon, wenn sie wüsste, dass ich die letzten zehn Tage im Schlafanzug verbracht habe – geschlafen, gegessen, Kitschfilme im Fernsehen gesehen und Jilly Cooper gelesen habe. An sich kein Verbrechen, wir alle lieben Rupert Campbell-Black, aber es war nicht gerade der gebuchte und großartige Urlaub, den ich hätte machen sollen, der Urlaub, den ich habe sausen lassen, weil sich mir allein bei dem Gedanken, alleine zu verreisen, die Eingeweide zusammengezogen haben. Die Hochglanzmagazine sagen mir, dass ich keinen Mann brauche, um mich ganz zu fühlen, und sie haben recht, ich weiß, dass sie das haben, aber wenn du als frischgebackener Single auf die dreißig zusteuerst, weil die Liebe deines Lebens gelangweilt von dir war, ist es schwer, einfach weiterzumachen. Oder neu anzufangen. Oder sich auch nur halbwegs okay zu fühlen, wenn du hörst, dass er jemand Neues kennengelernt hat. Ich habe ihn geliebt.

Ich liebe ihn.

Ich schaue mich auf der Station um, auf meiner Station. Zum Glück habe ich meine Arbeit, denke ich. »Geh nach Hause, Schätzchen«, seufze ich. »Ich bin wieder da. Ich übernehme jetzt, und deine Schicht ist seit Ewigkeiten zu Ende. Geh. Schlaf. Iss etwas. Was auch immer.« Ich höre auf, bevor mir herausrutscht: *Und lass mich mich in meinem Büro verstecken, bis es Zeit ist, nach Hause zu gehen.*

»Du weißt, dass du das nicht allein schaffen musst, oder?«, fragt sie freundlich.

»Ich weiß.« Ich lächle und lasse mich von ihr umarmen, und plötzlich wird mir bewusst, wie sehr ein wenig menschlicher Kontakt zur Heilung beiträgt … und gleichzeitig meine Entschlossenheit schwächt. Ich entziehe mich sanft ihrem festen Griff. »Ich muss arbeiten, Emma, und Weinen ist keine Option.« Ich schniefe.

Sie sieht mich prüfend an, dann nickt sie zustimmend. »Gut, ich bin weg.« Sie küsst mich auf die Wange und geht den Flur hinunter. »Übrigens, herzlichen Glückwunsch!«, ruft sie mir über die Schulter zu. Ihrem erhobenen Daumen folgt schnell ein Absatzklicken in Richtung Ausgang, als wäre sie Dick Van Dyke in *Mary Poppins.*

»Danke.« Ich lächle und werfe einen Blick auf den Streifen auf meiner Schulter, den ich vorerst an drei Tagen in der Woche tragen darf. Stellvertretende Stationsschwester. Darauf werde ich mich jetzt konzentrieren. Das könnte mein Durchbruch werden. Ich habe vor sieben Jahren Examen gemacht, fast vor acht. Man hat mir eine große Verantwortung übertragen. Ich muss das Gefühl totaler Unfähigkeit ignorieren und meinem Boss, Gail, den Mächtigen da oben und vielleicht auch mir selbst beweisen, dass ich das kann.

Ich sehe mich noch einmal um, werfe einen Blick auf die Akten, die Nachrichten am Schwarzen Brett, die Flure mit den Zimmern und den Patienten und den Krankenschwestern, die alle meiner Verantwortung unterstehen. Ich versuche, einen Anflug von Angst wegzuatmen, angesichts dieser Tatsache. Die Beförderung zu akzeptieren, wenn auch nur auf Zeit, war am Telefon in Ordnung gewesen. Das Timing war gut. Eine Herausforderung, die mich ablenken würde, hatte ich gedacht. Doch jetzt, hier auf der Station, auf meiner Station, fühlt sich das anders an. Ich schlucke. »Wir sehen uns morgen«, flüstere ich, doch Emma ist bereits gegangen.

Ich nehme die Schultern zurück und werfe einen Blick auf den Aktenstapel vor mir. Susans Akte liegt obenauf.

Ich seufze, dann schiebe ich mir einen Jaffa Cake in den Mund.

Kann ich das?

Ich kann das.

Ich muss.

Ich habe keine Wahl.

Kapitel 2

RHYS

Es ist schwer zu sagen, ob die grauenvolle, übernächtigte, bitter schmeckende Enttäuschung von meinem Kater oder von meinen Schuldgefühlen stammt. Während ich meine unkooperativen Beine in meine Jeans gezwängt hatte, war mir übel gewesen. Das Zurückstolpern zu meiner Wohnung, als wäre ich irgendein sorgloser Mittzwanziger bei einem unvermeidlichen Walk of Shame, hatte meine Selbstachtung weiter schwinden lassen. Ich bin neununddreißig, es ist Dienstag, es war die Freundin meines Bruders.

Als ich mich verschlafen und verkatert aus ihrem nicht ganz jugendfreien Griff befreit hatte, hatte ich die Augen geschlossen und gehofft, dass es jemand anderes wäre, wenn ich sie wieder öffnete. Egal wer, nur nicht sie. Ich hielt den Atem an, schlich mich auf Zehenspitzen aus dem Zimmer, blieb bei der quietschenden Fußbodendiele an der Tür stehen, nur für den Fall, dass sie sich rührte. Wie das letzte Arschloch. Ich hatte keine Ahnung, was ich sagen sollte. Ich fasse mir an die schmerzende Stirn und kann mich kaum an das Gespräch erinnern, das zu alldem geführt hat.

Sollte ich ihr eine SMS schicken? Mich entschuldigen? Oder bedanken? Oder sagen, dass das nicht hätte passieren dürfen, und fragen, ob ich meine Calvins zurückbekommen kann? Eigentlich hatten wir uns gegenseitig aufmuntern wollen. Uns an ihn erinnern wollen. Uns helfen wollen, mit dem Schmerz fertigzuwerden, dem Schmerz darüber, den Menschen verloren zu haben, den wir beide geliebt hatten. Aber jetzt hasse ich ihn. Und ich hasse mich, und ich hasse, was sie und ich getan haben. Obwohl es gut war.

David hat immer gewusst, dass ich sie gemocht habe.

Herrgott noch mal!

Ich halte bei meinem ersten Kunden, hole mein Handy raus und tippe die erste Nachricht-am-Morgen-danach, die ich je verschickt habe:

»Tut mir leid, dass ich losmusste, viel zu tun. Wir reden später. R.«

Wahrscheinlich wäre das alles nicht passiert, wenn Mum da gewesen wäre. Zuerst habe ich sie angerufen, dann bin ich bei ihr vorbeigefahren. Ich musste reden. Ich brauchte... etwas. Musste mit jedem Geschichten über ihn teilen, in seinem Zimmer sitzen, vermeiden, allein zu sein. Heute Morgen habe ich noch einmal versucht, sie anzurufen, voller Schuldgefühle wegen Michelle und bekümmert, weil ich schlafen gegangen war, ohne Mum Gute Nacht zu sagen. Seit er tot ist, reden wir immer miteinander, bevor wir zu Bett gehen. Sie hat gesagt, dass ihr das guttut. Mir tut es auch gut. Nur, dass sie in den letzten Wochen plötzlich kaum noch zu erreichen war. Vielleicht sollte ich mich freuen, dass sie langsam einen Weg findet zurechtzukommen, aber das tue ich nicht. Ich fühle mich einfach nur einsam. Und egoistisch.

Ich stecke mein Handy in die Tasche und greife nach Davids Werkzeugtasche – sie fühlt sich heiß an. Wie etwas Verbotenes. Wie Michelle. Ich steige die Stufen hoch, die zu Mrs. Johnsons Doppelhaus aus den 1960ern im grünen Teil von Norton Lees führen. Bevor ich eine Chance habe, meine Gedanken zu ordnen und an die Seitentür zu klopfen, macht sie mir auf. Trotz des Lächelns auf ihrem Gesicht bestätigen mir ihre verschränkten Arme und ihr Blick auf die Uhr, dass ich spät dran bin. Ich bin bereits in der Defensive.

»Ich weiß, ich weiß. Es tut mir leid, Mrs. J. Der Verkehr war heftig, und ich musste noch schnell bei Heeley vorbeifahren, um ein paar Sachen zu besorgen, die Burschen haben mich in ein Gespräch verwickelt und ...«

»Dir fällt auch immer eine Entschuldigung ein, stimmt's, Rhys Woods?« Sie schürzt ihre hellroten Lippen, aber ich kann auch ein kleines Lächeln entdecken. So eins, das dir jemand schenkt, der einfach nicht sauer auf dich sein kann. »Du warst als Kind schon so. Erinnerst du dich, wie du unserem Paul diesen Ziegel an den Kopf geworfen und anschließend behauptet hast, dass er zu schwer war und nur in die falsche Richtung gefallen ist?« Das Funkeln in ihren Augen untergräbt die verschränkten Arme. »Und wie oft muss ich das noch sagen? Ich denke, wir kennen uns lange genug, dass du mich Sylv nennen kannst.«

Sie macht mir gerade genug Platz, dass ich mich an ihr vorbeiquetschen kann. Ein süßes, nach Moschus riechendes Parfüm sucht sich seinen Weg in meine Nase, genau wie es das in den frühen Neunzigern getan hat, als ich vor dem Erdkundeunterricht hinter dem Fahrradschuppen mit Zoe Owen geknutscht habe. Was haben damals alle benutzt? White Musk aus dem Body Shop, meine ich mich zu erinnern. Ich hatte es ihr zum Valentinstag gekauft, aber sie hatte es nicht annehmen wollen. Sie ging auch noch mit jemand anderem. Das passierte mir nicht zum ersten Mal.

Ich gehe durch den Flur in die Küche. »Es wird mir ewig leidtun, dass Paul genäht werden musste«, sage ich. »Der Ziegel war schwer. Ich war sechs!«, wiederhole ich die Entschuldigung, mit der ich immer diesen ganz speziellen Vorfall aus meiner Kindheit kommentiert habe. »Trotzdem kann ich Sie nicht einfach Sylv nennen, Mrs. J. Sie sind eine Kundin, die Frau eines Mannes, den ich nicht zu verärgern wage…« Mr. Johnson war der Trainer des örtlichen Boxklubs. Ein bisschen wie Paulie aus den *Rocky*-Filmen, nur größer. Und zäher. Und nicht ganz so lyrisch mit seinen Ratschlägen. »Und Sie sind die Mutter meines besten Freundes. Es ist nicht richtig. Soll ich uns noch eine Tasse Tee machen, bevor ich Ihren Abstellhahn repariere?«

Das Handy klingelt in meiner Tasche. Die anfängliche Erleichterung wird schnell von Frustration abgelöst, als mir einfällt, dass ich Mum einen neuen Klingelton zugeordnet habe, damit ich ihre Anrufe gleich erkenne. Es ist nicht ihr Ton. Ich kann nicht drangehen, wenn es Michelle ist. Nicht vor Mrs. J.

»Ich mache den Tee, und du nimmst den Anruf an. Es könnte was Dienstliches sein. Oder eins deiner Mädchen versucht, dich aufzuspüren. Eine Frau hasst es, nicht zu wissen, wo ihr Typ ist, Rhys!« Sie trommelt mit ihren manikürten Fingern, die Farbe passend zu ihrem Lippenstift, auf die Arbeitsplatte aus Marmorimitat im italienischen Stil. David war es zum Ende hin ein Gräuel hierherzukommen. Ich hatte gedacht, es würde ihm helfen, die Flirterei, die Interaktion, aber er hatte die Geduld dazu verloren. Er hat sie eine traurige alte Frau genannt, die hinter jüngeren Männern her ist – glücklicherweise hat er ihr das nicht ins Gesicht gesagt. Zum Ende hin ist er gemein geworden. Er war verbittert. Michelle hat gestern Abend das Gleiche gesagt, hat gesagt, dass er, lange bevor er endgültig gegangen ist, schon nicht mehr wirklich bei uns war …

»Zucker?«, fragt Mrs. J und unterbricht meinen immer wiederkehrenden Tagtraum, in dem ich das Gesicht meines Bruders zum vorletzten Mal sehe, als ich vielleicht etwas ganz anderes hätte sagen oder tun können. Als die Worte »Reiß dich zusammen« meinen Mund nie hätten verlassen dürfen.

»Nein, danke.« Ich schüttele den Gedanken ab. »Und ein für alle Mal, Mrs. J, ich bin niemandes Typ, ich gehöre nur mir. Und ich würde das auch gerne so belassen, vielen Dank.«

»Ach, du musst doch den Mädchen reihenweise die Herzen brechen – mit der Größe, diesen gebräunten Muskeln. Spielst du noch Rugby, Rhys?« Irgendetwas Heißes kribbelt in meinem Nacken. Verwirrung? Schuld? Ärger? »Und mit diesen Hundeaugen! Ich bin mir nie sicher, ob du mich um einen Knochen bittest oder mich ins Bett einlädst!« Sie gackert und ignoriert, wie unangebracht ihr Scherz ist.

Als sich der Alkohol vom Vorabend langsam verflüchtigt, verflüchtigt sich auch meine Geduld. »Mrs. J!«, stöhne ich und begebe mich außerhalb ihrer Reichweite. Mit einer Kundin zu flirten ist mir nicht fremd – ich bin ein neununddreißigjähriger alleinstehender Mann –, aber heute Morgen bin ich neben der Spur.

»Also, wie viele triffst du im Moment?«, lacht sie, greift

hoch in den Schrank und gerät auf nur einem Fuß ins Schwanken, als sie die Becher direkt vor ihrer Nase ignoriert, um nach den Porzellantassen im obersten Fach zu greifen. »Ups«, kichert sie und zieht ihr Oberteil wieder nach unten. Ich tue so, als hätte ich nichts gesehen. »Mein Paul sagt, dass eine ganze Meute hinter dir her ist, du Glücklicher. Taugen welche davon zum Heiraten? Irgendwann musst du doch sesshaft werden, oder? Tu uns den Gefallen, mein Lieber, und leite die Abgewiesenen an uns weiter. Ich hätte nichts dagegen, wenn unser Paul wieder auszieht und sein Leben lebt. Vierzig ist kein Alter, um zu Hause bei seinen Eltern zu wohnen.«

Ihre Bemerkung ist nicht ganz fair. Die Ehe von meinem besten Kumpel ist letztes Jahr in die Brüche gegangen, und nach ein paar Wochen auf meiner Couch hat er zu seinem großen Frust wirklich keinen anderen Platz gefunden, wohin er gehen konnte. Ich lasse die Dekonstruktion unserer beider Liebesleben über mich ergehen, als sie mir eine Tasse reicht.

»Außerdem brauche ich sein Zimmer für ein Nagelstudio. Eine ganze Menge Frauen warten darauf, dass ich etwas Eigenes aufmache. Deine Mutter könnte auch zu mir kommen. Sich etwas Gutes tun.« Mrs. Js Ton verändert sich, wie bei allen, die nach Mums Befinden fragen. »Wie geht es ihr?«, fragt sie, den Kopf zur Seite geneigt.

»Sie ist okay. Die meiste Zeit. Sie wissen schon ... Allerdings habe ich seit gestern Morgen nicht mehr mit ihr gesprochen, ich bin also nicht schlauer als Sie.« Genervt hieve ich mir den Werkzeugkasten über die Schulter.

»Oh, die Arme.« Sie nippt an ihrem Tee. »Das muss so ein Schock gewesen sein«, sagt sie leise, offensichtlich ohne die Trauer-Klischee-Hupe zu hören. »Ich habe zu Paul gesagt, dass ich nicht wüsste, wie ich damit zurechtkommen würde, ja, das habe ich gesagt.«

»Na ja, nein, ich weiß nicht«, unterbreche ich sie.

Ich gebe dem Internet die Schuld. Es rät den Leuten, etwas zu sagen. Den schwierigen Gesprächen, wenn jemand stirbt, nicht auszuweichen. Doch an dem Punkt hören die Leute auf zu lesen und ignorieren den Teil, der ihnen rät, bestimmte Antworten zu meiden, weil die, die in den Klauen der Trauer stecken, sie eher abgedroschen als fürsorglich finden könnten.

»Ich denke, er hat jetzt seinen Frieden«, sagt sie und nickt sanft, und ich beiße mir auf die Zunge. Dieser Spruch nervt mich am meisten. Er ist wütend und traurig und von genau der Person zurückgewiesen gestorben, die er am meisten gebraucht hätte. Was hat das mit Frieden zu tun?

»Grüß sie ganz lieb von mir, wenn du mit ihr sprichst, ja?«

»Ja, das werde ich.« Denn das ist das andere, das die Menschen machen: sie überlegen, wie die Eltern sich fühlen mögen, gehen aber davon aus, dass der Bruder oder die Schwester die Situation in die Hand nimmt. Zum ernannten Erwachsenen wird. Sie vergessen, dass nicht nur meine Mutter ihren Sohn, sondern auch ich meinen Bruder verloren habe.

»Ich fange jetzt besser mal an«, sage ich und sehe mich um, nur um ihr nicht in die Augen sehen zu müssen. Schon in guten Zeiten vermeide ich es, über meinen Bruder zu sprechen, also jetzt erst recht, wo das Parfüm seiner Freundin noch an meinem T-Shirt haftet. »Brauchen Sie noch Wasser, bevor ich loslege?«

»Nein, mein Lieber. Ich gehe dann mal einkaufen. Ich bin in ungefähr einer halben Stunde zurück. Bist du zum Mittagessen noch hier? Ich kann einen Thunfisch-Nudel-Salat aus dem Supermarkt mitbringen, wenn du möchtest. Wir müssen doch gut für deinen Körper sorgen, nicht!«

»Ich habe mir was mitgebracht«, lüge ich. »Ein Brötchen mit Käse und Salatcreme.« Ich verschwinde aus der Küche und ziehe mich in die relative Sicherheit ihres avocadogrünen Badezimmers zurück.

Während ich nach meinen Sachen greife, werfe ich einen Blick auf mein Handy. Keine Nachricht. Keine Nummer. Dann war es nicht Mum. Wo ist sie? Wo war sie gestern Abend, als ich vorbeigeschaut habe? Warum ist sie dann, wenn ich sie brauche, plötzlich so schwer zu erreichen?

Kapitel 3

KAT

Ich stecke mein Haar mit einer Spange hoch, reibe mir die Augen und setze meine Brille wieder auf. Ich hole einen Schminkspiegel aus dem Schreibtisch, um zu sehen, ob mein Aussehen in Ordnung ist oder ob die Brille genauso lächerlich aussieht, wie sie sich anfühlt. Möglicherweise habe ich auch Muffensausen, und es liegt gar nicht an der Brille. Diese Stapel mit Gesprächsnotizen, Berichten und E-Mails sowie der plötzliche, überwältigende Grad der Verantwortung sind wahrscheinlich der Grund, der diesmal das Fass zum Überlaufen gebracht hat. Es liegt definitiv nicht an dem kryptischen Facebook-Status, den Daniel gerade gepostet hat.

Ich wünsche mir immer noch, ich hätte mich heute Morgen für meine Kontaktlinsen entschieden.

Ich reiße mich zusammen, dann greife ich nach Susans Akte und setze mich in Bewegung, um mich ihr vorzustellen.

»Klopf, klopf«, sage ich und spähe um die verblassten Rautenmustervorhänge um ihr Bett herum, bevor ich durch eine Lücke hineinschlüpfe. »Guten Morgen, wie geht es Ihnen heute?« Ich streiche die Vorhänge glatt und ziehe sie zu, um ihre Privatsphäre zu sichern. Ich blättere in ihrer Akte und vergleiche die Notizen mit denen an ihrem Bett. Susan sieht in die entgegengesetzte Richtung. Ihr Kopf wird von einer Masse silbergrauen Haars eingerahmt, das glänzt, als wäre es von feinen Platinsträhnen durchzogen. Es schließt fein säuberlich in der Nackenbeuge ab. Ordentlich. Auf eine ungewöhnliche Art.

»Ich bin Kat, die Stationsschwester«, sage ich und habe das Gefühl, voreilig zu sein. »Also, die stellvertretende Stationsschwester. Drei Tage die Woche, heute ist mein erster Tag. An den anderen Tagen bin ich einfach eine gewöhnliche Krankenschwester.« Obwohl ihre Augen geschlossen bleiben, dreht Susan mir langsam das Gesicht zu. Sie sieht nicht wie sechsundfünfzig aus, finde ich. Obwohl ich mir nicht sicher bin, wie ich mir jemanden vorstelle, der sechsundfünfzig ist. Mit Sicherheit nicht mit einem so glatten und, unter den blauen Flecken des Hämatoms auf der linken Seite, frischen Teint. Fast jugendlich. »Aber an allen sieben Tagen bin ich Kat«, scherze ich, nur um mir gleich zu wünschen, es nicht gesagt zu haben, als sie versucht, ihre geschlossenen Augen zu öffnen, aber nur eins aufbekommt, da das andere zu geschwollen ist. Vielleicht bleibt deshalb auch mein Versuch, witzig zu sein, unbemerkt. Ich wäre an ihrer Stelle auch nicht besonders munter. Ich lächle mein bewährtes empathisches Krankenbettlächeln: den Kopf zur Seite geneigt, ein vorsichtiges Blinzeln und ein Nicken. Diese Fähigkeit erlernt man in der ersten Woche der Ausbildung; es sei denn, man ist Arzt.

»Ich hatte Urlaub. Na ja … irgendwie, aber erzählen Sie es nicht weiter, ja?« Ich lächle flüchtig, doch Susan reagiert nicht. Ich trete näher, um in ihrem Gesicht lesen zu können. »Ich bin heute den ersten Tag wieder da. Ich nehme an, spätestens um sechs Uhr heute Abend wird die Herumgammelei nur noch eine ferne Erinnerung sein.« Ich halte kurz inne, damit sie etwas sagen kann. Nur für den Fall. »War alles in Ordnung?«, frage ich schließlich. »Seit Sie eingeliefert worden sind, meine ich? Kümmern wir uns genug um Sie?«

Nichts.

»Natürlich tun wir das, wir sind ein großartiges Team. Wie war das Frühstück?«

Noch immer nichts.

Ich schiebe den Krankenbetttisch weg und sehe die Schale mit Müsli, die sie kaum angerührt hat. »Haben Sie irgendwo Schmerzen, oder fühlen Sie sich nicht wohl?« Ich greife nach ihrem Handgelenk, checke ihre Werte, ihren Puls und die Sauerstoffsättigung und notiere alles. »Wir können dafür sorgen, dass Sie mehr Schmerzmittel bekommen, wenn Sie das brauchen. Sie sagen einfach, falls Sie …« Ich stolpere über meinen ungeschickten Vorschlag. »Ich meine …«

Als ich das Klemmbrett wieder an das Bettende hake, lehne ich mich dagegen und atme tief durch. Obwohl ihre Augen geschwollen sind, hat ihr Blick Intensität. Ich zermartere mir das Gehirn darüber, was ich sagen kann, etwas, das ihr zeigt, dass ich die Richtige bin, um die Verantwortung für die Station zu tragen. »Ihr Arzt, Mr. Barnes, kommt gleich zur Visite. Er wird zweifellos alles mit Ihnen durchsprechen, doch wie es aussieht, werden Sie wohl ein paar Wochen bei uns bleiben müssen.« Sie zuckt zusammen und bewegt leicht ihren Arm. »Vorsichtig«, sage ich und helfe ihr dabei, es sich bequem zu machen. Sie hat schmale Handgelenke, fast wie ein Kind. Sie ist nicht zerbrechlich, nur zierlich. »Ihr Arm dürfte von den blauen Flecken ein sagenhaftes Patchworkmuster haben«, sage ich. Sie wirft einen Blick darauf, dann blickt sie zur Decke.

Es folgt eine Pause. Und ein Husten. Die Frau im Nachbarbett scheint sich die Seele aus dem Leib zu husten.

Ich beuge mich zu Susan hinunter. »Die Husterei ist das Schlimmste«, sage ich und setze mich auf den Besucherstuhl neben ihrem Bett, während der Husten der Patientin im Nachbarbett noch schlimmer wird. »Ist bei Ihnen alles in Ordnung, Mrs. Nielson?« Ich hebe die Stimme, sodass Mrs. Nielson mich hören kann, und blinzle verschwörerisch, bevor ich es verhindern kann. »Ein schlimmer Husten«, rufe ich. »Trinken Sie einen Schluck, meine Liebe. Ich bin gleich bei Ihnen.« Ein Grummeln kommt als Antwort, bevor der Husten erneut einsetzt, zäh und rau. Ich lehne mich näher zu Susan heran, ein kleiner Teil meines alten Selbst meldet sich instinktiv. Des Selbst, das diese Beförderung verdient hat. Des Selbst, das das eigene Leben völlig außen vor lassen kann, während es seinen Job macht. »Wir haben alles versucht, um diesen Husten zu bekämpfen. Einer der ehrenamtlichen Helfer hat ihre Füße sogar mit Mentholdampf massiert. Es ist ein Ammenmärchen, dass das bei Babys hilft. Bei Mrs. Nielson hat es nicht das Geringste gebracht. Aber Sie wissen schon, der Zweck heiligt die Mittel.«

Gerade als ich denke, wir haben eine Verbindung aufgebaut, hustet Mrs. Nielson wieder lauter, und Susan schließt die Augen.

Ich versuche es mit einem neuen Gesprächsthema. »Der Teewagen kommt gleich«, sage ich. »Kann ich Ihnen etwas holen? Vielleicht einen Yorkshire-Pudding?« Susan dreht den Kopf weg, und wieder zeigt sich mir die silberne Haarmasse statt der Verletzungen. Ich gehe um ihr Bett herum, damit ich ihr Gesicht sehen kann. »Und später kommt Connie, unsere

Dame mit dem Büchereiwagen. Sie nennt alle ›Liebes‹, obwohl sie selbst nicht mehr die Jüngste ist. Sie hat vor allem Krimis und Liebesromane.« Ich denke an mein Bücherregal zu Hause. Daniel hat sich immer über meine Bücher lustig gemacht. »Ich liebe Liebesromane«, sage ich. »Sie werden stark unterschätzt.«

Ich sehe keine Spuren von altem Make-up, wie bei den meisten kürzlich eingelieferten Patienten. Keine Ohrringe; ihre Ohrläppchen haben nicht einmal Löcher. Keine Ringe, weder einen Ehering noch einen anderen. Überhaupt keinen Schmuck, bis auf eine einfache, dünne Goldkette mit einem kleinen Kreuz. Trotz ihres silbernen Haars und ihrer babyweichen Haut ist Susan ein Musterbeispiel an Unauffälligkeit.

Ich öffne den Mund, um etwas zu sagen, doch in dem Moment fliegt mir der Vorhang ins Gesicht, als Mark Barnes hereinkommt. Er steht aufgeblasen und wichtig da, während ich versuche, meine Fassung zurückzugewinnen und den Vorhang von Mund, Haaren und der blöden Brille wegzuschieben. Es gab einmal eine Zeit, da hätte ich darüber gelacht, damals, als ich noch die lustige Seite an allem gesehen habe.

»Guten Morgen, Susan. Ich bin Ihr Arzt, Mark Barnes. Aber bitte nennen Sie mich einfach Mark.« Ich schwöre, dass ich draußen auf dem Flur ein Kichern höre. »Wie geht es Ihrem Bein? Wie geht es Ihnen? Sprechen Sie heute mit uns?«

Das Dröhnen seiner Stimme, die seine Herkunft aus Manchester verrät, lässt alles andere verstummen. Ich frage mich, was Susan über ihn denkt.

»Noch nicht«, sage ich bestimmt und stecke meinen vorwitzigen Pony zurück in die Spange. Ich sehe ihn so streng an, wie ich kann, doch das bekommt er nicht mit. Er tritt neben mich, den Kopf noch immer in der Akte.

»Sollen wir jemanden für Sie anrufen, Susan?«, fragt er.

Ich widerstehe dem Drang, sarkastisch zu sein. *Oh, das ist eine gute Frage. Haben Sie das an der Uni gelernt?* Stattdessen antworte ich einfach für sie. »Wir haben noch niemanden ausfindig machen können.«

»Okay, na schön…« Mark senkt die Stimme zu einem Flüstern wie ein Amateur-Souffleur. »Versuchen Sie, ihr Vertrauen zu gewinnen.« Er kneift die Augen zusammen und zeigt mit dem Stift direkt auf Susan. »Versuchen Sie herauszufinden, was los ist. Sie braucht jetzt Menschen, die für sie da sind; dieser Mangel an Kommunikation ist besorgniserregend.«

»Natürlich«, sage ich. »Ich warte darauf, mit jemandem vom PT zu sprechen.« Ich benutze den Code PT, sprich Psychologisches Team, um Susan nicht zu beunruhigen.

Mark nickt und verschränkt die Arme vor der Brust, um ein Resümee abzugeben. Ich weiß nicht, ob das der Eindruck ist, den er vermitteln möchte, aber er sieht aus wie ein aufgeplusterter Pfau. »Wir haben Ihr Bein gerichtet, Susan. Sie haben Glück gehabt, dass es keine zusätzlichen Probleme gegeben hat. Keine inneren Blutungen, und Stifte waren auch nicht erforderlich. Sie sind zwar schwer verletzt und brauchen Zeit und Hilfe, um wieder auf die Beine zu kommen, aber Sie sind am Leben. Und das ist ein Gewinn.«

Ein Gewinn. Ja, ich wette, dass sie sich genauso fühlt. Man kann es an ihrem Gesichtsausdruck ablesen…

»Halten Sie sich eine Weile von Bussen fern.« Er hebt das Kinn. Es ist frisch rasiert und sieht aus der Nähe bemerkenswert weich aus. Und dann weht ein Hauch seines Aftershaves zu mir herüber. Nur ein Hauch, aber der ist unverwechselbar. Bleu de Chanel. Ich habe es Daniel letztes Weihnachten geschenkt. Er hat es aufgemacht und aufgetragen, als wir unter dem Baum gesessen haben. Ich kann noch immer seinen Nacken spüren, wie ich ihn geküsst und den neuen Duft eingeatmet habe. An diesem Tag hatten wir keinen Besuch. Wir haben zu Hause gefaulenzt, und es gab nur uns, Schokolade und Prosecco. Mein Herz tut weh. Was genau hat sich verändert?

»Natürlich müssen wir Sie hierbehalten, Susan. Uns um Ihre Genesung kümmern«, fährt Mark fort, als ich einen Schritt von ihm wegtrete. »Aber wenn es so weit ist, können wir uns gerne über Ihre Entlassung unterhalten und darüber, wie es danach weitergeht.«

Susan starrt ihn an, das Auge, das sie öffnen kann, so weit aufgesperrt wie ein Kaninchen im Scheinwerferlicht. Sie sieht ihm in die Augen, während er auf eine Antwort wartet, die nicht kommt. Er greift nach seiner Stiftlampe, beugt sich vor und leuchtet ihr in die Augen, bevor ich es verhindern kann. Susan weicht nicht zurück, und selbst von dort, wo ich stehe, sehe ich, wie ihre Pupillen sich wie im Lehrbuch zusammenziehen. Sie hält die Augen eine Weile offen; aparte haselnussbraune Augen mit grünen Punkten erwidern Marks Blick.

Mark tritt zurück und tänzelt wieder neben mich. Eigentlich tänzelt er nicht, möglicherweise ist mein Urteil über ihn durch seinen nicht gerade einfühlsamen Umgang mit den Patienten und das Aftershave nicht ganz fair. Ich weigere mich, es einzuatmen.

»Tun Sie, was immer Sie tun müssen, Kat. Irgendwann

muss sie mit uns reden.« Das Deckenlicht spiegelt sich in seinen Augen. Wir sollten es ausschalten. Energie sparen.

»Natürlich«, antworte ich. Ich warte, dass er irgendetwas sagt, aber er sieht mich nur an, mein Haar und höchstwahrscheinlich auch meine Brille. Ich schiebe sie zurück auf die Nase. »Der Urlaub hat Ihnen gutgetan«, sagt er schließlich. »Sie sehen …«, ich beiße mir auf die Lippe und hoffe, dass er den Satz nicht beendet, obwohl ich mich frage, was er wirklich denkt. »Nun, egal.« Er nickt, lächelt und verschwindet so schnell, wie er gekommen ist. »Mrs. Nielson«, ruft er. »Wenn Sie weiter so husten, werden Sie sich eine Rippe brechen!« Das Quietschen seiner Schuhe auf dem Linoleum verkündet seinen endgültigen und, um ehrlich zu sein, überfälligen Abgang.

Plötzlich ist es so ruhig, wie es auf einer Krankenstation nur sein kann – nur das entfernte Hintergrundgeräusch der Schwesterngespräche an der Rezeption und Fernsehergeräusche sind zu hören, ein Mix aus einer Talkshow und einer Serie. Selbst das Husten hat aufgehört. Ich halte die Luft an, dann drehe ich mich wieder zu ihr um. »Er hat recht, Susan«, sage ich vorsichtig, während ich unnötigerweise ihre makellosen Laken glatt streiche. »Sie brauchen Unterstützung, wenn Sie so weit sind, nach Hause zu gehen. Wenn wir irgendjemanden für Sie anrufen können …« Susan schließt die Augen, dreht den Kopf weg und lässt sich zurück ins Bett sinken. Ich bin entlassen.

Und genau in dem Moment wird mir klar, dass ein kleiner Teil von mir neidisch auf sie ist. Sie kann abschalten, uns allen den Rücken zukehren. Was würde ich dafür geben, das Gleiche tun zu können! Mich tarnen. Vor der Verantwortung verstecken, vor dem Geruch seines Aftershaves, der Realität, dass Daniel nicht mehr da ist, weitergezogen ist, während ich darauf warte, dass er seine letzten Sachen aus unserer Wohnung holt. Er kommt nicht zurück.

Kapitel 4

SUSAN

Das Klappern und Quietschen eines Rollwagens drängt in einen Traum, in dem ich mich in einem Wald verirrt habe, aus dem kein Weg herausführt. Ich suche, schaue hinter Büsche und Bäume. Ich rufe und höre nur mein eigenes Echo als Antwort.

Der Geruch nach immer gleichem Krankenhausessen ersetzt den Geruch nach feuchten Kiefern und Einsamkeit. Ich lasse die Augen geschlossen, obwohl ich merke, dass jemand an meinem Bett steht. Ein Teller wird hingestellt, Besteck klappert. Das Bett ruckt leicht, als mein Tisch näher herangezogen wird, in Reichweite für mich.

»Bitte sehr, meine Liebe«, sagt eine neue Stimme. »Guten Appetit.«

Die Schritte entfernen sich. Ich versuche, meine verklebten Augen zu öffnen, mein rechtes wird mit jedem Blinzeln klarer, fokussiert das Essen. Eine in zwei Hälften geschnittene Ofenkartoffel. Gelbe Butter schmilzt auf der glatten Oberfläche und tropft auf den welkenden Salat. Daneben steht eine angeschlagene Schale mit geriebenem Käse. Übelkeit steigt in mir auf.

Die Schwester von vorhin – war es Kat? – schaut zu mir

herein, begutachtet meinen Teller, als wollte sie meinen Fortschritt messen wie eine Mutter, deren Kind regelmäßig das Abendessen verweigert. »Haben Sie Hunger?«, fragt sie, Hoffnung spiegelt sich in ihrem müden Gesicht. Sie hat einen Pappbecher mit Tabletten in der Hand. »Hmmm, Ofenkartoffel und Käse«, sagt sie wenig überzeugend, vermutlich in dem Versuch, es mir schmackhaft zu machen. »Und Salat ...« Sie reibt sich den Bauch. »Ich bin heute nicht zum Frühstücken gekommen. Und habe nur etwas Schokolade gegessen, als ich hier ankam. Glauben Sie mir, Jaffa Cakes halten nicht wirklich bis zum Mittagessen vor.« Ihre Worte klingen fröhlich, aber sie ist es nicht. »Kommen Sie, lassen Sie mich ...« Sie greift nach Messer und Gabel, zerteilt die Kartoffel und streut den Käse darüber.

»Etwas zu trinken?«, fragt sie als Nächstes und schüttet aus dem Krug von gestern Abend etwas Wasser in eine Plastiktasse. »Ich habe mich gefragt, ob Ihnen jemand eingefallen ist, den wir anrufen sollen, Susan? Kein Druck. Es geht nur um Besuch, es kann helfen, wenn Sie ...« Ihre Worte verlieren sich, als würde sie sich selbst Einhalt gebieten. »Besuch hilft«, beendet sie den Satz. Da ist etwas in ihren Augen, das ich wiedererkenne. Eine Verstörtheit. Eine Quelle von Schmerz. Manche Menschen haben das.

Ich sehe den verwelkten Salat auf meinem Teller an.

»Und wir möchten nicht, dass sich jemand um Sie Sorgen macht«, fügt sie hinzu.

Wenn sich nur jemand Sorgen machen würde. Wenn nur jemand bemerkt hätte, dass ich nicht nach Hause gekommen bin, dass ich die Gardinen nicht zugezogen, das Fenster nicht aufgemacht, die Blumen nicht gegossen oder monatelang das

Auto nicht bewegt habe. Ich habe vergessen, die Milch abzu-
bestellen.

»Sie müssen etwas essen.« Sie schiebt den Teller näher heran,
ihre Stimme ist sanft und fürsorglich. »Ihnen wird schlecht von
den Tabletten, wenn Sie nichts im Magen haben.«

Ich greife nach der Gabel und schiebe die Kartoffel auf
dem Teller herum. Der Schmerz in meinem Bein pulsiert, das
Unbehagen ist auf seltsame Weise beruhigend. Sie beobachtet mich, und ich ertappe mich dabei, wie ich genau das tue,
was ich immer getan habe, nämlich das, was von mir erwartet
wird. Eine alte Angewohnheit, die selbst dieser tief verwur-
zelte Ekel nicht kleinkriegt. Schmelzende Butter tropft auf
mein Laken, und Kat wischt sie mit der Hand weg. »Wir können es wechseln, wenn Sie das möchten. Sie müssen es nur sagen.« Ich öffne die Lippen gerade weit genug, um einen kleinen Bissen hineinzuschieben. Die Übelkeit kommt wieder,
aber ich kaue weiter, wie ein braves Mädchen das eben macht.
Ich bin sechsundfünfzig und immer noch nicht in der Lage, zu
tun, was ich möchte.

Kat greift nach den Zeitungen und Zeitschriften auf meinem Tisch. Eine drei Tage alte Tageszeitung aus Manchester
liegt neben einer alten Illustrierten voller Gesichter, die ich
nicht kenne.

»Ich wette, diese Leute finden das toll, dass ihre Bikinifigu-
ren genauestens studiert werden, was meinen Sie?«, sagt sie
und blättert in der Zeitschrift. »Haben Sie etwas dagegen,
dass ich die ...« Sie hält sie über den Papierkorb und lässt sie
schließlich fallen, als ich nicht antworte. Ich nehme einen weiteren Bissen. Die Kälte der Butter dringt in die Wärme der
Kartoffel. Der Käse ist eine seltsame Mischung aus kräftig

und geschmacklos. Fremd auf meinem Teller. Beides zusammen klumpt und klebt in meiner Kehle. Sie schnürt sich zusammen, aber ich esse weiter.

Kat schaut sich um und sieht meine Tasche. Die braune Umhängetasche, die mir meine Mutter vor vielen Jahren geschenkt hat.

»Haben wir da drinnen nachgesehen, Susan?«, fragt sie. Ich muss an die Krankenschwester denken, die sie aufgerissen, durchsucht und falsch wieder zugeschnallt hat, viel zu fest. »Haben Sie etwas dagegen, wenn ich ...« Sie streckt die Hand danach aus. Langsam. Vorsichtig. »Nur für den Fall, dass etwas übersehen worden ist?« Sie liegt in ihrem Schoß, gerade noch innerhalb meiner Reichweite. Ich schiebe das Essen auf meinem Teller herum. »Nehmen Sie die«, sagt sie und nickt zu dem Pappbecher mit den Tabletten hin. Ich stecke die Tabletten in den Mund, ohne sie hinunterzuschlucken, während ich nach dem Wasser greife. Sie hinterlassen einen feinen bitteren Geschmack.

»Gut gemacht.« Sie sieht wieder auf meine Tasche. »Darf ich einmal hineinsehen?«, fragt sie. Ich wende meine Aufmerksamkeit wieder dem Essen zu, lade mir mehr Kartoffel auf die Gabel.

Die Schnallen klappern, als sie sie aufmacht. Mutter hat immer gesagt, dass das Klappern der Schnallen meine Ankunft angekündigt hat. Ich frage mich, ob Kat den ausgeprägten Duft des abgewetzten Leders riecht. Ich habe diesen Geruch immer geliebt, er stand für Zuhause, Sicherheit und Vertrautheit. Ich weiß nicht, ob ich ihn noch rieche oder nur glaube, es zu tun, die Erinnerung ist stark und frisch.

»Meine Güte, sind Sie gut organisiert«, ruft sie, während

sie die Fächer durchgeht. »Geldbörse, Stift, Schlüssel.« Sie kommentiert jedes Teil, während sie es auf mein gestärktes weißes Bettlaken legt. In der Seitentasche findet sie meinen ledergebundenen Terminkalender. Goldbuchstaben geben Auskunft über das Jahr: 2016.

»Gehört der Ihnen, Susan?«, fragt sie.

Ich nehme noch einen Bissen von dem Essen, bevor ich den Teller wegschiebe.

»Darf ich einen Blick hineinwerfen?«

Ich schließe die Augen.

Der Rücken meines Terminkalenders knackt. Das Geräusch jeder umgeblätterten Seite wird verstärkt, es ist ohrenbetäubend. Sein Name liegt zwischen diesen Seiten. Seine Nummer. Wenn sie sie findet, wenn sie ihn anruft, wenn er kommt... Dann entsteht eine Pause, ein Schweigen. Mein Atem ist flach, als ich zurück auf den Wald zutreibe, verzweifelt unter den Stämmen von moosbewachsenen Bäumen suche, Panik in meiner Brust spüre. Ich höre die Worte: »Wer ist Rhys?«, aber ich bin weg, ich renne, durchsuche den Wald. Ich bin verloren, obwohl ich gefunden worden bin.

Kapitel 5

RHYS

Mein Handy klingelt genau in dem Moment, als mein Arm in Mrs. Js Röhrensiphon klemmt. Als es mir gelingt, ihn freizubekommen, geht die Haustür auf, und Mrs. J kommt zurück. Sie ruft irgendetwas von Mittagessen die Treppe hoch, und als ich endlich mein Handy gefunden, ihr geantwortet habe und den Anruf beantworten will, habe ich ihn verpasst. Verdammt. Ich lege das Handy auf meinen Oberschenkel für den Fall, dass eine Nachricht auf der Mailbox eingeht. Während ich warte, fällt mein Blick auf die Initialen auf Davids Tasche. Ich hatte sie vorne draufstanzen lassen, eine Geste, die ihm beweisen sollte, dass ich es ernst meinte mit unserer Zusammenarbeit – dass ich ihn anlernen würde und wir Partner sein würden. Er hat es ganz gut gemacht, er konnte genug, aber er war nie mit dem Herzen dabei. Ich frage mich, ob er das bei irgendetwas gewesen wäre? Er hat nie seine wahre Berufung gefunden. Wir waren Gegensätze, er und ich.

Eine Mailboxnachricht erlöst mich. Ich stelle auf Lautsprecher und suche in meinem Overall und meiner Werkzeugtasche nach einem funktionierenden Stift.

»Hallo, hier spricht Schwester Kat Davies vom Sheffield

44

Hospital. Wir haben eine Patientin mit Ihrer Telefonnummer in ihrem Terminkalender hier. Es wäre schön, wenn Sie uns anrufen könnten, um zu klären, ob sie mit Ihnen verwandt ist? Meine Telefonnummer ist …«

Da ich kein Papier habe, versuche ich, die Zahlen auf meine inzwischen verschwitzte Handfläche zu schreiben. Das Herz will mir aus der Brust springen, und ich kann meine Autoschlüssel nicht finden. Warum lege ich sie nie an dieselbe Stelle? Warum hat Mum mich heute Morgen nicht zurückgerufen? Oder auf meine SMS geantwortet? Warum ruft das Krankenhaus an? Was ist mit ihr passiert? Ich nehme drei Stufen auf einmal.

»Haben Sie meine Schlüssel gesehen, Mrs. J?«

»Bist du schon fertig?«, fragt sie überrascht.

»Nein.« Ich sehe die Schlüssel auf der Arbeitsplatte, stürze hin und lasse sie auf den Boden fallen. »Verdammt.«

»Alles in Ordnung?«

»Ich weiß es nicht. Hören Sie, es tut mir leid, ich komme wieder, aber ich muss jetzt los!« Ich höre, wie Mrs. J mir etwas hinterherruft, als ich aus dem Haus stürme und in meinen Lieferwagen springe, der nach dem vierten Versuch anspringt. Ich brauche ein neues Auto. Und was ich jetzt gar nicht gebrauchen kann, ist ein Stau. Und es wäre auch nicht schlecht, wenn der Osten der Stadt näher an dem Krankenhaus läge.

Scheiße.

Ich brauche zwanzig Minuten für die dreißigminütige Fahrt und hoffe und bete, dass der erst kürzlich demolierte Blitzer noch nicht wieder funktioniert. Das Einbahnstraßensystem und die diversen Busspuren sind auch nicht optimal für jemanden, der es eilig hat. Ich bin außer Atem, als ich über den großen Parkplatz zu dem noch größeren Krankenhaus renne. Alle Flure sehen gleich aus. Jedes Schild scheint in jede Richtung zu weisen, nur nicht in die, in die ich will.

Ich drehe um und steuere die Rezeption an, hampele davor herum und warte, dass die Schlange der Wartenden vorankommt, sodass ich fragen kann, in welche Richtung ich muss.

»Woods«, wiederhole ich, als ich endlich dran bin, habe aber kein Glück bei der übereifrigen Frau an der Rezeption.

»Wann ist sie eingeliefert worden?«, fragt die Dame, tippt etwas in ihren Computer und runzelt die Stirn.

»Ich weiß es nicht, ich bin vor einer halben Stunde angerufen worden.« Ich versuche, mich an den Namen der Krankenschwester zu erinnern. »Kat!«, sage ich und schlage mit der Hand auf die Theke. »Von Schwester Kat Davies.« Die Dame an der Rezeption murmelt etwas Unverständliches. Ich klopfe ungeduldig auf die Theke.

»Station vier«, sagt sie unbeeindruckt.

Ich weiche einem älteren Ehepaar und einer hochschwangeren Frau aus, als ich zu den Fahrstühlen laufe, auf alle Knöpfe drücke und die Lampen und Stockwerkanzeigen beobachte, während ich warte, dass einer der Aufzüge kommt. Als ich auf der Station ankomme, schleiche ich hinter ein paar Putzfrauen und einer Frau in einem dieser hinten offenen Nachthemden her. Ich springe auf die Rezeption zu und schrecke eine Schwester auf, die etwas auf ein Whiteboard schreibt. »Schwester Davies?«, frage ich. »Schwester Kat Davies?« Verdammt. Ich bin total außer Atem. »Sie hat mir auf die Mailbox gesprochen, ich glaube, meine Mutter liegt hier.« Ich suche mit den Augen die Zimmer ab und hoffe auf irgendein Anzeichen, das mir sagt, dass sie okay ist.

Die Schwester dreht sich um und sieht mich an; ihr Namensschild sagt mir, dass ich bei der Richtigen gelandet bin. »Sie! Sie haben mich angerufen. Ich bin Rhys.« Ich atme tief durch und frage mich, wann ich meine Kondition eingebüßt habe. »Rhys Woods.«

»Oh, Mr. Woods«, sagt sie überrascht. Sie kommt hinter der Rezeption hervor und führt mich den Flur hinunter. »Ich habe nicht damit gerechnet, dass Sie... Ich dachte, ich...« Sie sieht auf ihre Uhr und zeigt auf einen Warteraum für Angehörige, und mein Mund wird ganz trocken. Ich muss erst einmal auf der Schwelle stehen bleiben, bevor ich eintreten kann. Ich habe das schon einmal erlebt. Diese Räume sehen alle gleich aus. Riechen gleich, irgendwie sauber, doch angefüllt mit einer Mischung aus schlechten Nachrichten und Verzweiflung. Die Schwester, Kat, macht mir ein Zeichen einzutreten. Ich reibe mir das Kinn, Stoppeln kratzen über meine Handfläche, ich mache einen Schritt, dann noch einen und stehe mitten in einem Raum, der genauso aussieht wie der, in dem man mir und Mum gesagt hat, dass David nicht gerettet werden konnte. Wir hatten ihn zu spät gefunden. Es wäre nicht zu seinem Besten gewesen, wenn sie ihn am Leben erhalten hätten.

Kat bietet mir einen Stuhl an. Ich setze mich nicht.

»Sind Sie okay?«, fragt sie. Es gibt keinen Spiegel, in dem ich sehen kann, was sie sieht, aber wenn mein Gesicht so aussieht, wie meine Brust sich anfühlt... »Bitte, setzen Sie sich«, wiederholt sie. Diesmal tue ich, was sie sagt. Sie schlägt die Beine übereinander, stützt die Ellenbogen auf die Knie und beugt sich vor. Dunkles braunes Haar fällt nach vorne, und sie schiebt es sich hinter die Ohren. Sie trägt Ohrstecker, kleine goldene wie Mum. »Danke, dass Sie gekommen sind, Mr. Woods. Mein Name ist Kat, ich bin die Stationsschwester.«

»Ist sie in Ordnung?«, frage ich ungeduldig, weil sie nicht schneller macht und ich mich unwohl in diesem Raum fühle. »Sie haben mich angerufen. Sie haben gesagt, dass Sie eine Patientin hier haben. Ist es meine Mutter? Ist sie in Ordnung? Bitte, sagen Sie mir, dass sie in Ordnung ist, denn ich glaube nicht, dass ich das noch einmal aushalten kann.« Ich stehe wieder auf, gehe im Raum auf und ab, die Wände rücken näher.

»Es geht ihr gut, alles ist gut, meine Güte, es tut mir so leid, Mr. Woods.« Die Worte strömen aus ihr heraus. »Ich wollte Sie nicht beunruhigen.« Die Schwester wird rot. »Ich denke nicht, dass es sich um Ihre Mutter handelt. Sie brauchen sich wirklich nicht… Möchten Sie etwas trinken?« Sie versucht, meinen Blick einzufangen. Sie steht auf und rückt ihre Brille zurecht, sieht mich kritisch an, greift nach meinem Arm und drückt ihn sanft. Ihre Hände sind weich, aber sicher, und irgendetwas an ihrer Berührung lässt mich aufatmen. »Ich glaube nicht, dass es sich bei der Patientin um Ihre Mutter handelt, Mr. Woods. Wir glauben eigentlich nicht, dass sie Familie hat. Um ehrlich zu sein, es ist kompliziert.«

Ich atme tief aus, reibe mir die Augen und strecke meine verkrampften Arme. Ich fühle mich, als hätte ich gerade ein Zuckerhigh von der schlimmsten Sorte. Und dann piept mein Handy.

Entschuldige, ich habe deinen Anruf verpasst, ich hatte das Telefon auf lautlos gestellt. Ich bin in ungefähr einer Stunde zu Hause. Ruf an, wenn du kannst. Mum x.

Verdammt.

Durchatmen.

Es geht ihr gut. Es geht ihr gut.

Ich lasse mich zurück auf meinen Stuhl fallen, habe aber immer noch das Gefühl, von einem Lkw überrollt worden zu sein: der Raum, die Gerüche. Das Gefühl von Eiswasser in den Adern, wenn es dir klar wird. Technicolor-Erinnerungen kämpfen gegen meine Erleichterung an, dass Mum okay ist. Dass der Tag nicht wieder in diesem ultimativen Albtraum endet: in dem du am Morgen erwachst, und deine Welt ist in Ordnung, alles scheint gut, bis das Unerwartete, das Unaussprechbare passiert. Und du einen Bruder verloren hast, wenn du am selben Tag abends ins Bett gehst. Das Leben dreht sich einmal um 180 Grad, und obwohl du zurück in deinem Haus bist, ist alles verändert. Es lässt sich mit nichts vergleichen, was ich jemals erlebt habe, vorher oder hinterher. Es endete damit, dass ich in einem Warteraum für Familienangehörige stand, fast identisch mit diesem, und mich fragte, wie ich das Weinen einer Mutter beenden könnte, die einen Teil von sich verloren hatte, ihr Kind, ihren Grund, jeden Tag aufzustehen. Das Kind, das sie als Baby gehegt und gepflegt hatte, als Teenager, als Erwachsenen, schwierigen Mann, der nie wirklich gewusst hatte, wo er im Leben hingehörte. Ich stand da, mit ihr im Arm, kurz vor dem Zusammenbruch, während ich versuchte, sie zu stützen, ohne zu wissen, ob ich jemals meinen eigenen, sehr physischen Schmerz verstehen würde. Einen Schmerz, der bleibt, fest verschnürt. Luftdicht verpackt.

Ich beiße die Zähne zusammen, während ich das alles wieder zurückdränge. Ich räuspere mich. Es geht ihr gut. Mum geht es gut. Sie muss anfangen, mir zu antworten, wenn ich sie anrufe, aber es geht ihr gut. Während ich mich auf den Stuhl zurückfallen lasse, stecke ich das Handy in die Vordertasche meines Overalls, auf der das Logo prangt: »Gebrüder Woods, Sanitärinstallationen.« Gebrüder. »Entschuldigung! Das war ... Entschuldigung«, sage ich und fahre mir durch die Haare. »Sorry, okay. Es geht mir gut«, versichere ich mir ebenso wie ihr.

»Vielleicht sollten wir noch einmal von vorne anfangen.« Ihre Stimme ist geduldig, verständnisvoll. Sie setzt sich wieder neben mich. Ihr Knie berührt meins, bis ich die Stellung wechsle. Mein Herz beginnt, wieder normal zu schlagen. Ihre tiefbraunen Augen sehen mich aufmerksam an, versuchen möglicherweise, meine Gemütsverfassung einzuschätzen. »Mein Name ist Kat. Ich bin die stellvertretende Stationsschwester hier. Ich habe Sie angerufen, weil wir eine Patientin haben, die uns keinen nahen Angehörigen nennen kann.« Ich nicke, als würde ich verstehen. Aber das tue ich nicht. »Die einzige Information, die wir in ihren Sachen finden konnten, war Ihre Nummer. Sonst nichts«, sagt sie und kratzt an irgendetwas nicht Sichtbarem auf ihrem Rock. »Ich habe gedacht, dass es einen Versuch wert ist.«

»So ...«

»Um ehrlich zu sein, ich habe nicht damit gerechnet, dass Sie gleich kommen.« Sie rutscht auf ihrem Stuhl herum. Sie sieht jung aus. Ich hatte mir Stationsschwestern immer im mittleren Alter und mütterlich vorgestellt. »Ich dachte, ich hätte Sie gebeten, uns erst einmal anzurufen?« Sie sieht auf ein paar Papiere in ihrem Schoß, nimmt die Spange aus ihrem Haar und kratzt sich am Hinterkopf, bevor sie ihr Haar fest zusammendreht und wieder hochsteckt.

Sie sieht zu mir hoch, während sie auf der Innenseite ihrer Wange herumkaut. »Mr. Woods ...«

»Rhys«, korrigiere ich sie.

»Okay, Rhys, darf ich Sie fragen, ob Sie eine Susan Smith kennen?«

Ich zermartere mein vom Adrenalin durchlöchertes Gehirn. »Moment, lassen Sie mich nachdenken«, antworte ich. »Ich habe durch meinen Job mit vielen Leuten zu tun. Ich bin Installateur. Ich meine ... vielleicht kenne ich sie ...« Ich gehe meine Kunden aus den letzten Wochen durch. »Hat sie gesagt, dass sie mich kennt?«

»Nun ja, nicht direkt, nein.« Kat verändert die Stellung ihrer übereinandergeschlagenen Beine, jetzt liegt das rechte über dem linken. Sie hält eine Akte in ihrem Schoß, der Name ihrer Patientin steht in Großbuchstaben darauf. Susan Smith. Der Name kommt mir bekannt vor. »Susan spricht im Moment gar nicht. Deshalb ist das alles auch irgendwie ... seltsam, kann ich mir vorstellen.«

»Sie spricht nicht?« Susan Smith ... Eine Erinnerung taucht im Nebel auf. Eine stille Frau. Klein. Die nur im Flüsterton spricht. Aber ... »Ich denke, ich kenne sie wirklich«, sage ich. Die Erinnerung wird klarer, die grauen Wolken teilen sich, und ihr Gesicht erscheint. Ihr Auftreten ist ruhig, aber intensiv. Irgendwie faszinierend.

»Bis auf Ihre Nummer steht nichts in ihrem Terminkalender. Wir hatten irgendwie gehofft, dass Sie vielleicht wissen, warum das so ist?«

»Soll das ein Witz sein?«, frage ich plötzlich und springe auf, um das Zimmer nach Anzeichen einer versteckten Kamera abzusuchen. »Steckt Paul dahinter? Will er mich verarschen? Will er es mir heimzahlen, dass ich ihn einmal zu einem Blind Date mit einer alten Lehrerin von uns geschickt habe? Ich bin jetzt überall auf MTV zu sehen, ja? Wenigstens ist Beadle, der Moderator, tot, Gott sei seiner Seele gnädig und so weiter.« Mir wird klar, dass das die einzige Erklärung sein kann, obwohl ich mir wünsche, er hätte etwas anderes gefunden, um mich hereinzulegen. »Ich muss schon sagen, ich hätte nicht gedacht, dass Susan Smith bei so etwas mitmacht. Ist sie hier?«

»Dann kennen Sie sie?«, fragt Kat, und ich spüre ihre Erleichterung.

»Ja, ich kenne sie. Ich meine, ich kenne sie nicht wirklich, aber ich weiß, wer sie ist. Falls das für Sie Sinn macht?« Ich kann selbst hören, dass es das nicht tut. »Ich habe nur nicht gewusst, dass Paul sie kennt«, füge ich verwirrt hinzu.

Kat zwickt sich oben in die Nase, dann steht sie auf und zieht ihren Rock über die Knie. »Wie würden Sie Ihre Beziehung beschreiben?«, fragt sie.

»Meine und Pauls?«

»Ihre und Susans.«

»Oh, dann ist das kein Streich?« Sie schüttelt den Kopf. »Na ja, ich weiß nicht ... ähm, eng genug für Small Talk, aber ich würde nicht plötzlich bei ihr auftauchen, um mir eine Flex zu leihen«, scherze ich und wünsche mir sofort, es nicht gesagt zu haben, als ich Kats Gesichtsausdruck sehe. »Entschuldigung, das machen diese Räumlichkeiten, sie … wir haben für sie gearbeitet. Mein Bruder und ich. Wie bereits gesagt, wir sind Installateure.« Ich halte inne und schließe die Augen, während mein Herz zersplittert. »Ich bin Installateur. Wir waren am Ende schließlich ein paar Mal dort, und da kommt man eben ins Gespräch. Wenn man ein paar Stunden in der Waschküche von jemandem verbringt, schließt man so etwas wie Freundschaft.«

»Ja«, sagt sie. »Freundschaft.«

»Na ja … das ist etwas übertrieben, mir ist nur nichts Besseres eingefallen. Was ist mit ihr?«

Kat neigt den Kopf zur Seite und hält die Worte zurück, als würde sie nach der richtigen Antwort suchen. »Sie hatte einen Unfall«, sagt sie einfach.

»Ich erinnere mich besser an Adressen und Häuser als an Menschen.« Ich habe das Bild von Susans Doppelhaushälfte klar vor Augen. Ein grauenvoller Teppich, in irgendeinem smaragdgrünen Paisleymuster. »Norton Park Way!«, blitzt es in meiner Erinnerung auf.

Sie sieht in ihre Akte, um es zu überprüfen. »Ja.« Sie setzt sich auf die Lehne eines Stuhls mir gegenüber. »Das stimmt.«

»Gut.« Ich lehne mich auf meinem Stuhl zurück. »Na schön, dann kenne ich sie also.« Meine Augen schnellen hoch, um in ihre zu sehen. Erleichterung hat sich auf ihrem Gesicht ausgebreitet. »Wie gesagt, ich kenne sie nicht gut, aber ich weiß, wer sie ist. Ich hatte irgendwann den Verdacht, dass sie sich die Aufträge für uns nur ausdenkt. Es war immer etwas Neues, das gemacht werden musste.«

»War sie einsam?«

»Sie hat mit ihren Eltern zusammengelebt, demnach …«

»Ja, sie scheinen kürzlich verstorben zu sein. Wann haben Sie sie das letzte Mal gesehen?«

»Oh, verstehe.« Wie soll ich ihr erklären, dass dieses Detail von den Ereignissen, die sich wahrscheinlich ein paar Tage nach unserer letzten Begegnung ereignet haben, ausradiert worden ist? »Ich schätze letztes Jahr, im Spätsommer, zum Herbst hin. Und vielleicht noch einmal Anfang diesen Jahres.« Mir wird klar, wie sicher ich klinge, was die Termine angeht, und ich fühle mich bemüßigt, es zu erklären. »Mein Bruder ...«

»Vielleicht könnte Ihr Bruder helfen«, sagt sie aufgeregt. »Ist er vor Ort? Können wir ihn anrufen?«

»Äh, nein, er ist ...« Die Worte bleiben mir in der Kehle stecken. »Er ist nicht ...« Ich hasse die Worte. Ich hasse es, sie auszusprechen. Es ist, als würden sie erst in dem Moment wahr werden, in dem ich sie laut ausspreche. Was lächerlich ist, da es ja bereits passiert ist. Aber ich kann so tun, als wäre es das nicht, wenn ich es nicht ausspreche. »Er ist nicht mehr unter uns«, sage ich leise. »Er ist im März gestorben.«

»O mein Gott. Es tut mir so leid. Das ist ...« Sie sieht sich im Raum um, als würde sie plötzlich eins und eins zusammenzählen und alles verstehen.

»Er konnte nicht weitermachen, verstehen Sie?«

»Oh, ich verstehe.« Dass sie es instinktiv versteht, erleichtert mich. »Ja, wir haben Grund zu der Annahme, dass Susan genauso hier gelandet ist«, sagt sie leise. Ich drehe mich um, um sie anzusehen, und ihre Hände schnellen hoch, ihre Lippen sind fest zusammengepresst. »Oh, das hätte ich nicht ... Das hätte ich Ihnen wahrscheinlich gar nicht sagen dürfen.«

Eine Pause entsteht, draußen ist eine Sirene zu hören, ein Krankenwagen fährt oder kommt, ich bin mir nicht sicher. Ich erinnere mich, wie ich im Krankenwagen seine Hand gehalten habe, während wir von Mums Haus hierhergerast sind. Ich habe die ganze Zeit sein Gesicht angesehen und versucht zu verstehen, warum. Warum er das getan hat. Was genau dazu geführt hat, dass er aufgegeben hat. Ich habe mir die Momente bis zu diesem Tag in Erinnerung gerufen. Das tue ich immer noch. Nach einer Antwort suchend.

»Was bringt jemanden dazu?«, höre ich mich selbst fragen. »Was bringt jemanden dazu aufzugeben?« Kat schüttelt den Kopf, antwortet aber nicht. »Ich denke immer, wir hätten etwas merken müssen, merken müssen, was er denkt, bevor er ...«

Sie kommt auf mich zu, greift nach meiner Hand und nimmt sie in ihre. »Manchmal gibt es einen Grund. Etwas, mit dem jemand nicht leben kann. Manchmal können die Mitmenschen helfen«, sagt sie und nimmt Augenkontakt auf, zwingt mich, sie anzusehen. »Aber manchmal auch nicht. Susan ist allein. Sie hat keine Familie. Auch keine Freunde. So scheint es zumindest. Falls, und ich weiß wirklich nicht sicher, ob es so war, aber *falls* sie sich etwas antun wollte, wird es einen Grund dafür geben. Das tut es immer, wir können ihn nur nicht immer verstehen.«

Ich verarbeite ihre Worte, sehe aus dem Fenster und versuche mir die Atmosphäre in Erinnerung zu rufen, als ich Susan das letzte Mal gesehen habe. Davids Stimmung. Sie haben miteinander geredet, aber nicht mehr als sie und ich. Ich denke an diese paar Monate zurück, in denen es nur David und mich gegeben hat. Oder zumindest habe ich ihm das zu sagen versucht.

»Ich rede mit ihr«, sage ich.

»Es ist in Ordnung, Rhys. Sie müssen das nicht, wirklich.«

Diesmal halte ich den Augenkontakt zu Kat. »Ich rede mit ihr. Vielleicht kann ich helfen«, sage ich. »Sie schienen sich zu verstehen. Vielleicht hatten sie etwas gemeinsam. Vielleicht hat er ihr etwas erzählt, das er uns nicht erzählt hat. Vielleicht hat sie ihm etwas erzählt.« Je mehr ich sage, desto mehr wird mir klar, dass das genau das sein könnte, was ich brauche. Eine Chance zu verstehen. Und wenn ich verstehe, kann ich vielleicht meinen Schmerz verarbeiten, kann ich vielleicht helfen.

Kat verlagert ihr Gewicht und guckt durch das Bullaugenfenster in der Tür. Je länger sie sich mit der Antwort Zeit lässt, desto klarer wird mir, dass ich das tun muss. Weil Susan vielleicht, vielleicht die Antwort auf Davids Tod hat. Ich sehe mich in dem Raum um. An den Wänden hängen Bilder aus den alten Tagen von Sheffield: von den Kühltürmen, dem Rondell unten am Markt, dem heute legendären *Hole in the Road*. Ich erinnere mich an die Samstage, an denen ich mit Mum und David aus dem Bus gestiegen bin. Wir sind durch diese Unterführung zum Aquarium gegangen. Wir haben Chips gekauft und sind zu dem inzwischen zubetonierten Brunnen vor dem Einkaufszentrum am Orchard Square gegangen.

Wir drei. Ich war der große Bruder. Es war meine Aufgabe, auf ihn aufzupassen.

»Ich spreche mit ihr«, sage ich.

Bevor Kat etwas sagen kann, steuere ich auf die Tür zu und sehe auf der Suche nach Susan den Flur hoch und runter.

»Rhys, warten Sie.« Kat kommt hinter mir her. »Ich sollte

vielleicht…« Sie versucht, mich zu überholen, und indem sie das tut, führt sie mich in die richtige Richtung. »Ich muss das mit ihr absprechen«, sagt sie und kommt zu mir zurückgerannt, um mich aufzuhalten. Das letzte Bett auf der Station, auf der wir jetzt sind, wird von Vorhängen abgeschirmt.

Kapitel 6

KAT

A lles okay, Kat?«, fragt mich eine der Schwestern von der Zeitarbeitsfirma, als sie Rhys auf Susans Bett zusteuern sieht.

Ich habe die Kontrolle verloren, ich bin überfordert. »Ja, klar, alles gut, danke.«

Rhys schiebt sich an mir vorbei. »Susan?«

»Sie haben Besuch«, rufe ich über seinen Kopf hinweg und versuche, ruhig zu klingen und die Situation in den Griff zu bekommen. »Falls Ihnen nicht danach ist, kann ich ihn jederzeit bitten, wieder zu gehen.« Ich suche in Susans Gesicht nach einer Antwort. Einem Hinweis, wie sie sich angesichts seines Besuchs fühlt. Obwohl es nicht eindeutig ist, weiten sich bei seinem Anblick ihre Augen etwas.

»Susan«, sagt er noch einmal, diesmal hat er seine Stimme weniger unter Kontrolle. Die Härte, die er beim Verlassen des Warteraums an sich hatte, ist verschwunden. Er studiert ihr Gesicht, dann ihren Körper bis hinunter zu ihrem Bein und anschließend den Raum. Sie wendet den Blick nicht ab, was sein Gefühl der Unsicherheit zu verschlimmern scheint. Er lächelt, dann winkt er ihr nervös. Eine weitere Pause entsteht, bevor er die Hände in die Hosentaschen steckt wie ein unartiger Schuljunge, und die Änderung in seinem Verhalten bringt mich aus dem Gleichgewicht. Obwohl das eigentlich etwas unkonventionell ist, rät mir mein Bauch, noch ein wenig abzuwarten. »Ich bin's, Rhys.« Er räuspert sich. »Rhys Woods…« Er sieht zu mir hin, dann wieder zu Susan.

»Das wissen Sie natürlich noch, oder? Sie haben schließlich nicht ihr Gedächtnis verloren? Ha! Oder doch? Haha!« Susan starrt ihn an. »Äh, Entschuldigung.« Er sieht mich an. »Entschuldigung«, formt er unhörbar mit den Lippen.

Der gequälte Ausdruck auf seinem Gesicht zusammen mit dem Gestolper über die eigenen Worte lässt bei mir das Gefühl aufkommen, dass ich den Falschen angerufen habe – bis ich mich umdrehe und sehe, wie Susan den Kopf auf dem Kissen herumdreht, um ihn besser sehen zu können. Da ist etwas in ihrem Blick; etwas, das ich vorher nicht gesehen habe, eine Vertrautheit. Sie sehen einander an, und die Intensität schnürt mir die Luft ab.

Schließlich bricht er das Schweigen. »Das sieht… schlimm aus«, sagt er und zeigt auf ihr Gesicht und das eingegipste Bein, bevor er die Hände wieder versteckt.

»Kat!« Eine Krankenschwester steckt den Kopf durch den Vorhang. »Bett zwei ist gestürzt, komm schnell, hilf mir!«

»Wie bitte?« Ich will ihr gerade folgen, als mir klar wird, dass ich Susan und Rhys dann allein lassen muss.

»Kat!«, ruft die Schwester.

»Ich komme! Rhys, Susan, es tut mir leid.« Hin- und hergerissen, schwanke ich zwischen gehen und bleiben. Er sieht mich an, doch Susans Blick ist nur auf Rhys gerichtet. »Entschuldigung«, wiederhole ich wider besseres Wissen. »Ich bin gleich zurück!«

Kapitel 7

RHYS

Schwester Kat ist weg. Mit einem kurzen, panischen Winken, das, wie ich vermute, dazu dienen sollte, uns zu ermutigen, miteinander zu reden, ist sie verschwunden. Durch den kleinen Spalt in den Vorhängen sehe ich sie zu einem dringenderen Notfall eilen.

Scheiße.

»So, Susan«, beginne ich, als mir klar wird, dass ich mir nicht überlegt habe, was ich weiter sagen soll, und meine Small-Talk-Fähigkeiten sind unter Druck mitunter ziemlich dürftig. Ich erhasche einen weiteren Blick auf Kat, wie sie vorbeieilt, bevor sie wieder weg ist. Das lenkt meine Aufmerksamkeit auf den Spalt im Vorhang, von dem ich mich gewissermaßen inspirieren lasse. »Soll ich den schließen?«, frage ich und ziehe die beiden Vorhänge zusammen, sodass sie einander überlappen und die Sicht von draußen nach drinnen versperren. Zufrieden, ihre Privatsphäre wiederhergestellt zu haben, frage ich mich dann doch, ob ich wirklich mit ihr hier so abgeschirmt sein will oder sie mit mir, sodass ich die Hand zwischen die Vorhänge schiebe und sie wieder ein wenig aufmache. »Ich lasse das jetzt so«, sage ich. »Ein gutes Mittelding.«

Susan blickt flüchtig von mir zu den Vorhängen und von den Vorhängen zu mir.

Das war eine schlechte Idee.

Vielleicht sollte ich besser gehen.

Ihre haselnussbraunen Augen sehen mich fest an – das eine mehr als das andere, von dem sich ein Hämatom über die Wange bis zum Kiefer zieht. Ich möchte sie fragen, ob es wehtut. Sie beobachtet jede meiner Bewegungen: meine Hände, die ich aus den Taschen nehme und wieder hineinstecke. Meine Füße, die auf die Ballen rollen und wieder zurück auf die Fersen. Ich schlinge die Arme fest um mich. Sie sieht das alles, genau wie Mum früher, wenn sie mich argwöhnisch beobachtet hat, ob ich im Garten Tomaten aus dem Schuppen stibitzt hatte. Ich mache eine kleine Bewegung nach links, eine Verlagerung des Gewichts, die sie verfolgt. Auf solche Situationen sind wir in der Berufsschule nicht vorbereitet worden. Die Kunst, mit sprachlosen Kunden umzugehen, stand nicht auf dem Stundenplan zwischen der Wartung von Heizkesseln und der Installation von Duschkabinen. Ebenso wenig wie der Rückzug von einem Kunden, der vielleicht die Antwort auf all deine Fragen hat, aber nicht die Stimme, um sie dir mitzuteilen.

Und trotzdem bin ich noch hier.

Ich will meinen Arm auf die Vorrichtung legen, an der ihr Bein hängt, lasse ihn jedoch auf seltsame Art in der Luft schweben, als ich es mir anders überlege. Auch das beobachtet sie. Schließlich lege ich ihn auf die Lehne ihres Besucherstuhls.

»Ich schätze, Kat kommt gleich wieder«, sage ich und nicke zu oft mit dem Kopf. Wir schweigen beide eine Weile. Die Rettungsaktion draußen geht mit Rufen, einem Alarm, viel

Gequietsche von Schuhen auf Linoleum und Anordnungen weiter, die in dem Flur widerhallen – gelegentlich unterbrochen von einem Husten aus dem Nachbarbett. Ein Fenster wird geöffnet, in einer Pause in all der Panik schreit unten ein Kind, vielleicht hat es einen Wutanfall. Ich weiß es nicht. Ich konnte nie gut mit Kindern. Ich ziehe an meinem T-Shirt und blase mir die Haare aus dem Gesicht. Sie beobachtet mich noch immer. Ich erinnere mich jetzt, wie sie oben am Fenster gestanden und zugesehen hat, wie wir nach unserem letzten Besuch mit dem Lieferwagen weggefahren sind.

»Geht es Ihnen gut?«, frage ich, was wirklich nicht gerade intelligent ist. »Ich meine, ich weiß das … aber … Sie …« Sie blinzelt. »In der Regel werde ich in solchen Situationen nicht zu Kunden gerufen.«

Sie blinzelt erneut.

Ich denke an die ersten Male zurück, die wir in ihrem Haus waren.

»Erinnern Sie sich, dass ich versucht habe, Sie zu überzeugen, sich nicht die ganze Extraarbeit aufzuhalsen?« Ich beuge mich auf dem Stuhl nach vorne. »Die ganzen Termine mit uns. Sie haben den neuen Heizungskessel nicht wirklich gebraucht, oder?« Ich lehne mich leicht auf dem Stuhl zurück, und er quietscht. »Waren Sie …« Irgendwie bringe ich es nicht fertig, den Satz zu beenden. Falls sie einsam war – denn das habe ich damals vermutet, und ich schätze, das vermute ich auch jetzt –, geht mich das nichts an. Hat sie das zu dem getrieben, was immer sie annehmen, dass sie getan hat? War David auch einsam? Er hatte mich, er hatte Mum. Eine Nachricht wird auf meinem Handy angekündigt, und ich sehe nach. Sie ist von Michelle. Er hatte Michelle.

Ich schlucke. Ein Anflug von Schuld sammelt sich in meiner Kehle. Ich schalte mein Handy aus und gelobe mir, die Nachricht später zu lesen. Vielleicht.

»Ich habe ein Problem mit Gesichtern…«, sage ich, nicht ganz sicher, wohin das führen soll. »Es ist furchtbar. Ich könnte die Bäder von den meisten meiner Kunden beschreiben. Aber die Gesichter, keine Chance.« Susan starrt mich an. Ein sanfter und willkommener Luftzug fährt in die Vorhänge. Er kühlt mein Gesicht und unterbricht den Augenkontakt. Ich sehe zu ihrem Bein hin, das hochgebunden und eingegipst ist. »So etwas habe ich noch nie gesehen«, sage ich und nicke in Richtung des Streckverbands. »Ich dachte, das gebe es nur im Fernsehen. Sie wissen schon, diese ganzen Krankenhausserien.« Sie sieht ebenfalls zu ihrem Bein hin, und uns vereint ein neuer Schwung. Und dann muss ich aus irgendeinem Grund kichern, unpassend unter den gegebenen Umständen, aber ich kann nichts dagegen tun. Aus dem Kichern wird ein Wiehern, und zu meiner Schande bin ich gezwungen, näher zu erklären, was so lächerlich ist, dass ich mich so unangemessen verhalte.

»Haben Sie jemals diesen Sketch gesehen?«, kichere ich und fühle mich immer schlechter, während ich lache. »Mit Peter Cook und Dudley Moore. Im Bein-Ressort genügen ihre Leistungen nicht«, sage ich und zeige auf ihr Bein. »Entschuldigung.« Ich versuche, den Rest herunterzuschlucken, doch Susan dreht den Kopf zur Seite, und ich könnte schwören, dass sie mehr hören will. »Er geht zu diesem Vorsprechen, für Tarzan.« Ich reibe mir die Augen. »Er hüpft hinein, im wortwörtlichen Sinne, er hüpft.« Mir selber unbegreiflich warum, stehe ich auf, um es ihr zu demonstrieren, und hüpfe auf einem Bein vor ihr herum. Susans Kopf bewegt sich leicht zu meinen Hopsern, was mir, ehrlich gesagt, nicht hilft, das Ganze unter Kontrolle zu bekommen. »Der Regisseur, Cook, sagt ihm, dass seine Leistungen zu wünschen übrig lassen. Im Bein-Ressort. Er sagt, dass Tarzan herkömmlicherweise von einem Mann mit zwei Beinen gespielt wird und dass Moore mit nur einem im Hintertreffen ist.«

Mein Gott, ich wünschte, ich müsste nicht lachen.

»Aber, dass er jedem ohne Beine überlegen ist«, kreische ich, dann flippe ich total aus, und mein Lachen dringt zweifellos durch die Vorhänge und die ganze Station. Doch als ich die Kraft aufbringe, die Augen zu öffnen, bremst mich Susans ernstes Gesicht, und ich halte sehr langsam inne.

»Entschuldigung. Ja. Ähm … Es war sehr lustig«, sage ich, stemme die Hände in die Hüften, während dem Witz meiner Geschichte schnell die Luft ausgeht. »Wahrscheinlich muss man es selbst gesehen haben.« Ich räuspere mich ausgiebig. »Mum sagt immer, dass ich in einer Krise völlig nutzlos bin.« Ich schiebe die Hände zurück in die Taschen. »Auf der Beerdigung von David habe ich einen Lachanfall bekommen, wissen Sie.« Susan blickt auf, um mich anzusehen. Vielleicht hätte ich das vorsichtiger erwähnen sollen? Mein Ton wird weicher bei der Erinnerung, kämpft gegen die aufsteigende Traurigkeit an. »Wir sind die Hutcliffe Wood Road hinuntergefahren. Ich, Mum und die Freundin von David.« Ich stopfe mein Handy tiefer in die Tasche. »Ich musste an etwas Dummes denken, das wir als Kinder angestellt und weswegen wir Ärger bekommen hatten, damals, als das Leben uns noch nicht in die Mangel genommen hatte, verstehen Sie?« Susan schluckt. »Er hat sich umgebracht«, sage ich zu ihr, direkter, als es hätte sein müssen. Meine Worte erschrecken mich selbst. »Im März«, füge ich hinzu. »Nicht lange nachdem wir das letzte Mal bei Ihnen waren.«

Ich beiße mir in die Wangen, mein Herz beginnt schneller zu schlagen.

Wenn ich sie besser kennen würde, sie richtig kennen würde, würde ich ihr Gesicht zu mir hindrehen und nach einer Antwort auf das suchen, was ich gerade gesagt habe. Ich würde sie fragen, was sie dabei fühlt. Ich würde sie fragen, ob sie gerade das Gleiche versucht hat. Ich würde sie fragen, warum.

Doch ein Luftzug streicht über mein Gesicht, und ich lasse es bleiben.

Ich sehe mich um. Jetzt braucht es einen Stimmungsumschwung. »Möchten Sie irgendetwas?«, frage ich. »Etwas zu trinken? Ihr Glas steht hier, und Wasser auch. Soll ich ...?«

Susan greift nach ihrem Glas, ihre Augen bohren sich in meine.

»Hier.« Ich gieße ihr ein, reiche ihr das Glas und beobachte, wie sie daran nippt, das Gesicht verzieht und das Glas gleich wieder zurückstellt. »Was? Was ist?« Ich schnuppere daran und trinke selbst einen Schluck. Abgestandenes Wasser benetzt meine Kehle, und ich unterdrücke ein Husten, als ich schlucke. »Mein Gott, wie lange steht das denn schon hier? Das können Sie unmöglich trinken. Einen Moment.« Ich entfliehe ihrem Krankenzimmer und ziehe die Vorhänge hinter mir zu. Meine Beine fühlen sich schwach an; meine Lungen lechzen nach Luft. Ich atme tief durch, um wieder Kraft zu finden, bevor ich mich auf die Suche nach Wasser mache.

Kat steht im Flur, in ein Gespräch mit einer Kollegin vertieft. »Entschuldigen Sie die Unterbrechung. Ähm, Susan braucht etwas zu trinken.«

»Wie bitte?«, fragt sie zerstreut.

»Susan. Sie möchte etwas trinken.« Ich zeige in ihre Richtung, das Wasser schwappt in dem Krug, und ich kann gerade noch verhindern, dass es überschwappt. »Das Wasser, es ist ein bisschen …« Ich schneide eine Grimasse. »Abgestanden. Wo kann ich frisches bekommen?«

Kat sieht mich verwirrt an. »Hat sie wirklich nach etwas zu trinken *gefragt*? Hat Susan *gesprochen*?«

»Nein, aber …«

Kat wartet auf weitere Erklärungen. »Sie haben uns allein gelassen, und ich habe versucht, Small Talk zu machen. Ich habe ihr etwas zu trinken angeboten. Sie hat etwas getrunken, aber dieses Wasser hat zu lange gestanden«, sage ich und ziehe vorwurfsvoll die Brauen hoch.

»Ja, also, das ist … der Trinkwasserkühler steht in der Küche.«

»Danke.«

»Ich bin gleich wieder bei Ihnen.« Sie wendet sich erneut ihrer Kollegin zu und erteilt ihr Instruktionen für die Patientin, die gestürzt ist.

»Entschuldigung«, sage ich und lüfte praktisch einen nicht existenten Hut, als ich wieder ihre Aufmerksamkeit habe. »Wo ist die Küche?«

»Gleich da.« Ich folge Kats Blickachse zu der Tür rechts neben uns. Unübersehbar steht auf einem Schild KÜCHE.

»Ja, klar«, sage ich und zeige darauf. »Küche.«

Ich drücke die schwere Tür auf und lasse sie wieder hinter mir zuschwingen. Am Ende des Raums steht ein Fenster offen. Ich beuge mich über die Arbeitsplatte, um den Kopf hinauszustrecken, und frage mich, wie lange ich mich hier verstecken kann. Und dann vielleicht flüchten. Die Regenrinne hinunterklettern. Ich sehe die sieben, acht Stockwerke bis zum Erdgeschoss hinunter ... Vielleicht lieber doch nicht.

Als ich den Hahn aufdrehe, lasse ich das Wasser über meine Finger laufen, bis es kühl genug ist, um es zu trinken. Ich halte statt der Finger den Krug unter den Hahn und beobachte, wie das Wasser in den Krug läuft, bis er voll ist. Ich frage mich, wann ihre Eltern gestorben sind. Wie es ihr damit geht, plötzlich alleine zu sein, wie sie sich jetzt fühlt. Hat sie sich an die neue Situation gewöhnt? Kann man das jemals? Vielleicht mache ich mir zu viele Gedanken. Es *muss* Einsamkeit gewesen sein. Was kann sie für ein Leben gehabt haben in diesem Haus, mit ihren alternden Eltern? Sie hat einmal gesagt, dass es ihre Pflicht sei, zu Hause zu bleiben und sich um sie zu kümmern. Warum? Und jetzt, wo sie ihre »Pflicht« erfüllt hat, ist ihr Leben da nicht mehr wert, als dass sie es beendet, wo es eigentlich doch gerade erst begonnen hat?

Als Dad uns verlassen hat, waren wir noch Mum, David und ich. Wir drei. Als ich ausgezogen bin, war es irgendwie unvermeidlich, dass David blieb. Eine unausgesprochene Abmachung. Er war jünger als ich, für ihn war es weniger wichtig, sich abzunabeln, als für mich. Selbst als er mit Michelle zusammengekommen ist, hat er keine Anzeichen gemacht, ausziehen zu wollen. Er schien sich zu Hause einfach wohler zu fühlen. Sicher. Es ist seltsam – jetzt, wo ich zurückdenke, erinnere ich mich, dass ich gesehen habe, wie er mit Susan gesprochen hat. Er hat ihr ein Foto gezeigt, etwas auf seinem Handy, und sie hat leise gelacht. Ich erinnere mich jetzt, dass ich in dem Moment gedacht habe, dass er vielleicht die Kurve gekriegt hatte. Dass es vielleicht okay war, dass er zu Hause geblieben war. Dass Susan okay war, egal, wie still sie wirkte. Aber falls sie versucht hat, sich umzubringen, kann sie nicht glücklich gewesen sein. Und er auch nicht.

Was treibt jemanden zu der Entscheidung?

Ich spritze mir Wasser ins Gesicht, das so kalt ist, als könnte es das Gehirn einfrieren, rüste mich und verscheuche meine wirren Gedanken. Mit vollem Krug mache ich mich auf den Weg zurück zu Susan. Wir konnten David am Ende nicht helfen. Aber das heißt nicht, dass es immer vergeblich ist, oder?

Kapitel 8

SUSAN

Geben Sie mir Ihre Tasse«, sagt er und streckt die Hand aus. Das Wasser kräuselt sich nur leicht in dem Krug. Er gibt mir die Tasse vorsichtig zurück, sie ist übervoll. Als ich danach greife, verschütte ich etwas Wasser, weil ich verzweifelt versuche, ihn nicht zu berühren.

»Entschuldigung«, sagt er, seine Stimme klingt jetzt sicherer als eben, bevor er hinausgegangen ist. »Das Zittern und die zu volle Tasse sind eine schlechte Kombi.« Er fährt schnell über mein Laken, dann wischt er sich die Hand an seinem Overall ab. Ich atme tief aus, um an dem Wasser zu nippen.

Eiskaltes Wasser rinnt von meinem Mund zu meinen Mandeln, durch meine Kehle und weiter in meinen Bauch. Die Kälte lässt mich schaudern, aber ich trinke alles aus und halte ihm die Tasse hin, damit er mir nachfüllt. Meine Mundwinkel fühlen sich nass an; Rhys wischt sich seine ab, als hätte er einen Eiswasserschnäuzer.

»Sie hatten Durst!« Er lacht und zeigt mir einen Zipfel des Jungen, der er vielleicht einmal war. »Hier.«

Diesmal gießt er weniger ein und reicht mir die Tasse, während er den Krug zurück auf den Tisch stellt. Ich halte die Tasse in den Händen, konzentriere mich auf ihren Inhalt, bis

ich trinke, innehalte und er sie mir abnimmt. »So.« Er stellt
sie neben den Krug und ordnet die wenigen Dinge, die auf
dem Tisch liegen, neu. Ich möchte die Hand ausstrecken und
ihm sagen, dass er das lassen soll, weil seine Gegenwart mich
plötzlich überwältigt. Aber ich kann nicht, ich kann ihm
nichts sagen. Nun ja, ich könnte. Aber ich will nicht. Wenn
ich anfange zu sprechen, mache ich all das real. Gebe ich
ihnen die Möglichkeit, meine Meinung zu ändern.

»Wunderbar, nicht? Diese Krankenbetttische.« Er klopft
darauf und prüft das Holz, wie er es auch bei mir zu Hause
getan hat: die Kante der Küchenarbeitsplatte, als ich ihm und
David etwas zu trinken gemacht habe, die Tür des Heizkes-
selschranks, als er das Problem diagnostiziert hat. Das Dach
seines Lieferwagens, als er sich von mir verabschiedet und
gesagt hat, dass sein Bruder kommen könne, falls ich noch
etwas brauche. Er war auch eine gebrochene Seele, sein Bruder, David. Ich habe es sofort erkannt. Es ist wie eine unsichtbare Ehrenplakette, die nur eine andere gebrochene Seele
sehen oder spüren kann. Ich bin mir nicht sicher, was es war.
Ich habe nicht erkannt, wie gebrochen er war oder warum,
aber ich habe etwas gesehen. Ich dachte, es in Rhys auch zu
sehen, aber er ist nicht wie sein Bruder. Sie sind sich nicht
ähnlich. Warum sollten sie auch?

Rhys guckt noch immer auf den Krankenbetttisch neben
mir, dreht ihn herum, um ihn sich besser ansehen zu können.
»Mit den Dingern haben Sie alles, was Sie brauchen, in Ihrer
Nähe.« Er zieht an einer der fest schließenden Türen, und
Fächer werden sichtbar, die leer sind bis auf die Packung Taschentücher neben der Ersatzpackung mit den Einmalhand-
schuhen, wie mir die Putzfrau erklärt hat, als sie mir ange-

boten hat, meine Sachen auszupacken. Er greift hinein und schiebt sene Hand nach hinten, sein Arm verschwindet in der riesigen Leere des Schränkchens, in dem eigentlich meine Habseligkeiten sein sollten. Das Wesentliche für meinen Aufenthalt.

»Wo ist Ihre Tasche? Ich packe sie Ihnen aus, bevor ich gehe.«

Geh nicht, möchte ich sagen. Meine Gefühle kämpfen miteinander, was ich will, was ich fühle, was ich brauche.

Ich blinzele.

»Ihre Tasche?«, wiederholt er, und ich starre ihn an. Fragt er sich, warum er hier ist? Was denkt er, wenn er mich ansieht? Oder was fühlt er? Oder was vermutet er? Oder hält er das alles für einen verrückten Zufall? Und welche Version der Ereignisse würde ich bevorzugen?

»Was?«, fragt er. »Was ist los?« Er fährt sich mit dem Handrücken über den Mund. »Habe ich irgendwas in meinem Gesicht? Ketchup? Ich habe heute Morgen ein Bacon-Sandwich gegessen und danach nicht in den Spiegel gesehen.« Er greift in das Schränkchen nach einem Taschentuch.

»Wo? Zeigen Sie es mir.« Er beugt sich ein wenig zu mir hin, ich kann ihn riechen. Kein Aftershave oder Deo. Nur ihn. Seinen Geruch. Er wischt sich das Gesicht ab. »Das bin ich«, sagt er und sieht sein Gesicht im Handy prüfend an. »Was für ein Kolben.« Er blickt jäh auf. »Oh, entschuldigen Sie die Wortwahl.« Er wird rot, genau wie an dem Tag, an dem er geflucht hat, als ihm ein Schraubenschlüssel auf das Knie gefallen ist, während wir zusammengesessen und geredet haben. David war Material holen gefahren; wir beide waren allein.

Die Vorhänge um mein Bett fliegen zur Seite, und der Zauber ist gebrochen.

»Es tut mir so leid, Rhys, Susan.« Kats Wangen sind gerötet, und sie macht einen nervösen Eindruck. Sie kommt hereingestürzt, stellt sich neben Rhys und beugt sich zu mir herunter. Mein Blick folgt ihrer Hand, ihre Nägel sind kurz und ordentlich, ihre Hand ruht auf meiner. »Geht es Ihnen gut?«, fragt sie.

Rhys sieht mich an, dann antwortet er für uns. »Es geht uns gut... denke ich. Geht es der anderen Patientin gut?«, fragt er sie.

»Ich denke, ja«, beginnt Kat. »Sie wird sich erholen.« Sie schüttelt den Kopf, als wollte sie jegliche Unsicherheit vertreiben. »Ja, es geht ihr gut. Alles ist gut.« Sie lächelt, hat wieder alles unter Kontrolle.

»Geht es Ihnen gut?«, fragt er. Er hat gesehen, was auch ich gesehen habe, nämlich dass sie nicht aussieht, als ginge es ihr gut, egal, was sie sagt. Er beugt sich zu ihr hin, wie sie es bei mir gemacht hat, und ich frage mich, wie es wohl sein mag, jemanden zu kennen, der so fürsorglich ist – jemanden, der nicht dafür bezahlt wird. Jemanden, der so ist, der dir die Hand reicht, wenn du so aussiehst, als würdest du das brauchen. Ein vertrautes Stechen macht sich in meinen Augen bemerkbar, und ich schließe sie, suche an der Decke nach der Stärke, den Schmerz zu überwinden.

»Ehrlich, alles ist gut. Nur eine vorübergehende Unruhe. Wir sind ein wenig unterbesetzt, das ist alles.« Ihre Wangen werden röter. »Ich habe alles im Griff«, fügt sie noch hinzu. Ich bin mir nicht sicher, wen sie damit überzeugen will.

»Natürlich.« Er guckt sie an, dann nickt er. »Ich habe Susan gerade meine Hilfe angeboten, sich hier einzurichten.

Ihre Tasche in den Schrank auszupacken und so was.« Er sieht sich um. »Gibt es eine?«

»Bis auf ihre Handtasche hatte sie nichts bei sich, als sie eingeliefert wurde, fürchte ich. Ich hatte gehofft, dass wir jemanden finden, der ihr ein paar Dinge bringen kann. Daher haben wir Sie angerufen, wissen Sie, nur für den Fall.«

»Natürlich.«

»Ich hatte nicht damit gerechnet, dass Sie nur ihr Installateur sind.«

»Nein.«

Nur der Installateur.

Ich hebe den Arm, strecke ihn nach ihm aus, und in dem Bruchteil der Sekunde, die es braucht, bis er reagiert, wird mir klar, was ich da tue, und ich ziehe ihn schnell wieder zurück und stecke ihn unter die Decke.

Nur der Installateur.

Ich suche nach Falten in dem Laken, konzentriere mich auf mein Bein, auf die Zehen, die aus meinem Gips herausgucken. Konzentriere mich auf sie, während meine Augen glasig werden und alles verschwimmt. Kat sagt etwas zu Rhys, bedeutet ihm, ihr zu folgen. Er lächelt mich an, dann verschwindet er hinter dem Vorhang.

»Wahrscheinlich ist es besser, wenn Sie gehen«, flüstert sie. »Sie wird schnell müde. Machen Sie sich keine Gedanken, Sie müssen nicht wiederkommen, wenn Sie das nicht wollen. Ich meine, sie reagiert eindeutig auf Sie, ich habe bisher nicht gesehen, dass sie auf irgendjemanden reagiert, aber ich verstehe sehr gut, wenn Sie das nicht können.«

»Ich würde gerne helfen«, sagt er schnell, seine Stimme bricht. »Falls Sie glauben, dass ich das kann, meine ich.«

»Sie scheint es zu mögen, wenn Sie da sind.«

Eine Pause entsteht. Ich halte die Luft an.

»Gut. Okay. Dann komme ich wieder.« Ich höre, wie er gehen will, dann aber stehen bleibt, seine Stiefel quietschen auf dem Boden. »Nur ... sehen Sie zu, dass sie immer frisches Wasser hat. Ja?« Eine zweite Pause, dann geht er. Ich zähle seine Schritte: zwölf, bis ich sie nicht mehr hören kann. Aus dem Nachbarbett kommt ein Husten. Kat steckt den Kopf wieder durch meinen Vorhang. »Versuchen Sie, sich etwas auszuruhen, Susan«, sagt sie. »Ich sehe später noch mal nach Ihnen.«

Ich frage mich, ob ich das Bild von seinem Gesicht bis zum nächsten Mal festhalten kann, wenn ich die Augen ganz fest schließe.

Kapitel 9

KAT

Ich ziehe mich in mein Büro zurück, mache die Tür fest hinter mir zu, ein akzeptiertes Zeichen für »Bitte nicht stören«. Ich stöhne, als ich mich auf den Stuhl fallen lasse und mich frage, wann ich das Gefühl haben werde, das alles zu schaffen. Frage mich, ob jeder sich so fühlt, so wie ein Betrüger, ob nicht irgendjemandem, der fähiger ist, irgendwann auffallen wird, dass ich nicht in der Lage bin, mich wie eine Erwachsene zu verhalten, geschweige denn wie eine Erwachsene mit einer dienstlichen Verantwortung. Ich strecke die Arme aus, stoße gegen meinen Computer, der sich einschaltet und Daniels Facebookseite zeigt. Sie facht den Schmerz an, den ich zu ignorieren versuche. Jetzt ist nicht die Zeit, sich das anzusehen.

Ich minimiere das Fenster auf dem Bildschirm und greife nach meinem Block, um eine To-do-Liste zu machen. Rhys Telefonnummer steht ganz oben, und ich lehne mich zurück, um über seinen Besuch nachzudenken und darüber, wie Susan auf mich gewirkt hat, als er neben ihrem Bett stand. Wie beschreibt man jemanden, für den Angst und Bedürftigkeit sich mit jedem Atemzug mischen? Sie war mit Sicherheit präsenter als die Male, als ich mit ihr allein geredet habe.

Weniger abweisend. Sein Besuch schien nicht das Schlechteste für sie zu sein, und doch war sie irgendwie befangen – zumindest als ich auch da war –, als würde sie Mund und Herz verschließen. Aber das mit dem Wasser, das Ausstrecken der Hand nach ihm, da ist etwas passiert. Da ist etwas. Vielleicht kann er ihr helfen. Er hat mit Sicherheit gespürt, was sie gebraucht hat.

Meine Bürotür fliegt auf. »Kat! Genau dich suche ich!«

Mark steht groß und selbstbewusst in der Tür, er scheint offenbar nicht zu verstehen, dass eine geschlossene Tür »Erst anklopfen« bedeutet. Es ärgert mich, aber wahrscheinlich nur, weil er mich erschreckt hat, was mich immer ärgert. Daniel hat das extra gemacht, nur so zum Spaß. Hat mich aufgeschreckt, wenn ich beim Spülen tagträumend aus dem Fenster geschaut habe, sich im Kleiderschrank versteckt, wenn ich morgens nach einer Nachtschicht ins Bett gekrochen bin. Dann hat er mich ausgelacht, wenn ich mich total erschrocken und ihm einen Schlag auf den Arm verpasst habe. Mark steht noch immer in meiner Tür: die Füße auseinander, die Arme hochgestreckt. Er benutzt den Türrahmen, um sich daranzuhängen, und der flüchtige Anblick, wie der Rahmen sich von der Tür löst und er mit dem Gesicht zuerst auf meinem Büroboden landet, ist lustig genug, um meinen Ärger über sein Eindringen zu mildern.

»Ich bin gleich weg«, sagt er und klopft auf seine Tasche, als wollte er es beweisen. »Aber ich wollte mich noch nach Susan Smith erkundigen, bevor ich gehe. Gibt es irgendwelche Fortschritte? Redet sie inzwischen? Jemand hat etwas von Besuch gesagt?«

»Ja. Aber er ist bereits wieder gegangen.« Ich blättere in

der Akte, die ich gerade herausgesucht habe. Wenn ich mich nicht auf ein Gespräch einlasse, wird er nicht näher kommen. Ich werde ihn nicht riechen und damit auch Daniel nicht. Doch als ein Mann mit zu viel Selbstvertrauen und zu wenig Verständnis für subtile Körpersprache tritt er natürlich über die Schwelle. Jetzt ist er offiziell in meinem Büro. Ich unterdrücke ein missbilligendes Zungenschnalzen.

»Wer war er?«, fragt er. »Der Besucher. Konnte er helfen? In was für einer Beziehung steht er zu ihr? Hat sie mit ihm gesprochen?«

Ich klappe die Akte zu und lege sie für später in die Ablage. »Sie kennen sich nicht so gut, um ehrlich zu sein. Es war nur eine Telefonnummer in ihrem Terminkalender. Die ihrem Installateur gehört, wie sich herausgestellt hat.« Mark runzelt die Stirn. »Ich weiß, man sollte meinen, dass es nichts gebracht hat, aber das hat es. Irgendwie hat sein Besuch geholfen. Ich hatte Sorge, dass er sie ermüden könnte, und habe ihn aufgefordert zu gehen, aber er könnte nützlich sein, ja.« Ich sage das, als wäre ich vor Ewigkeiten zu diesem Schluss gekommen und nicht erst jetzt, wo Mark vor mir steht und sich auf jedes Wort von mir konzentriert.

»Gut«, nickt er. »Gut gemacht.«

»Danke.«

»Ein Installateur also ...«, sagt er nachdenklich. Er sieht mich spitzbübisch an, als er sich auf den Extrastuhl an meinem Schreibtisch lehnt. »Vielleicht ist es ja eine beschönigende Umschreibung.« Er zieht lüstern die Brauen hoch. »Vielleicht bedeutet Installateur ...«

»Ich denke eher nicht« unterbreche ich ihn und sehe ihn so an, wie Mrs. Shepherd mich und Lou in der Oberstufenversammlung angesehen hat, als wir über Pete Earnshaw gelacht haben.

»Okay«, grinst er. »Wie du meinst; wenn er helfen kann. Das ist großartig, gut gemacht. Wunderbar.«

Er sieht sich auf meinem Schreibtisch um und greift schließlich nach einem Foto von Lou und mir, wie wir den nächtlichen Fundraising-Spaziergang gemacht haben. Ich würde es ihm am liebsten aus der Hand reißen. Und gegen eins austauschen, auf dem ich keine Madonna-Korsage trage. Und keine Perücke. Und keine Hotpants, um dieses Jean-Paul-Gaultier-Outfit genau hinzubekommen. Irgendwo auf meinem Schreibtisch liegt einer dieser Kulis, die man umdrehen kann, woraufhin das Mädchen darauf seinen Bikini verliert. Ein klassisches Urlaubsmitbringsel. Wenn ich ihn nur finden und ihm geben könnte. Ihn ablenken und dazu bringen könnte, mich allein zu lassen, sodass ich mir endlich ein paar Notizen zu Susan und Rhys machen kann.

»Unterrichtest du die Kollegen vom Psychologischen Team von dieser Entwicklung? Sie haben Fluoxetin empfohlen. Ein Rezept für sie ist in der Akte. Kannst du dich bitte darum kümmern?«

»Natürlich, was meinen sie?« Ich sehe in der Akte nach, während er redet.

»Dass es sich um selektiven Mutismus handeln könnte. Möglicherweise posttraumatisch. Das Antidepressivum ist eine Behandlungsmöglichkeit dafür. Hier, ich habe dir dieses Buch darüber mitgebracht.« Er sucht in seiner Tasche und zieht es zusammen mit den Autoschlüsseln, ein paar verknäulten Kopfhörern und einem Taschentuch heraus. Ich hatte ihn nicht als Taschentuchtyp eingeschätzt. »Ein Geschenk von meiner Großmutter!«, sagt er, greift danach und steckt es zurück in die Tasche, als er mir das Buch gibt. »Es gibt andere Herangehensweisen, aber im Grunde genommen geht es darum, jeglichen Stress zu vermeiden und all das zu bestärken, war ihr guttut und sie entspannt.«

Ich denke an ihr Gesicht, als sie Rhys zum ersten Mal gesehen hat; da war ein Schimmer von irgendetwas in einer ansonsten leeren Seele. Ich blättere in den Seiten.

»Wirf einen Blick hinein. Mach dich mit den Symptomen und der Behandlung vertraut.«

Während ich weiter in der Akte blättere, warte ich darauf, dass er geht, aber er weicht mir nicht von der Seite, sieht sich um, als würde er nach einem weiteren Gesprächsthema suchen.

»Okay!«, sagt er schließlich, dreht sich um und verschwindet wie Zorro im fliegenden Umhang, nur eben ohne Umhang. Unsicher, was gerade passiert ist, stütze ich den Kopf in die Hände. Ich ziehe meine Brille aus und lege sie unsanft auf den Tisch und wünschte, ich hätte noch Kontaktlinsen in meiner Tasche.

»Oh«, sagt er und steckt seinen Kopf noch einmal zur Tür herein. »Ich wollte dich noch fragen …« Er guckt über die Schulter, bevor er ganz hereinkommt. Ich bin gezwungen, die Brille wieder aufzusetzen – und schwöre mir, wieder Linsen zu tragen. »Wann hast du heute Schluss?« Er senkt leicht die Stimme, doch nicht genug in Anbetracht dessen, was er sagen will. »Ich habe mich gefragt, ob du vielleicht Lust hast, mit mir ein Curry essen zu gehen?«

Seine Worte hängen zwischen uns in der Luft, getragen von seinem hoffnungsvollen Blick und meiner tief sitzenden Panik. Er hält meinen Blick zum ersten Mal, seit wir uns kennen, richtig fest. Ich ziehe meinen Pony hinter meiner Brille hervor, mir ist plötzlich warm. Meine nicht unmittelbar erfolgende Antwort scheint sein übliches Selbstvertrauen zu verwirren. »Du musst mir sagen, wo man am besten hingeht, ich bin immer noch etwas fremd hier.« Da ist eine Schwachstelle in seiner üblichen Selbstsicherheit.

Scheiße! Hat er ... ist das ... O Gott, hat er mich gerade eingeladen?

»Äh, tut mir leid, ich kann nicht ...« Ich durchforste meinen umnebelten Verstand nach einem Grund. Einem legitimen Grund, nicht mit ihm ein Curry essen zu gehen. »Ich muss zu Hause noch ein paar Dinge erledigen. Auf dem Nachhauseweg noch in dem großen Baumarkt vorbeischauen, warst du schon mal dort? In der Queens Road. Er ist riesig!« Ich deute die Größe mit meinen Händen an, dann wünschte ich, ich hätte es nicht getan. »Tagsüber Krankenschwester und abends keine sonderlich geschickte Handwerkerin ...«, sage ich und hebe die Stimme am Ende des Satzes, wobei ich innerlich ein bisschen sterbe. Ich greife mir in den Nacken, der aus irgendeinem Grund unter der Berührung brennt. Ich ziehe meinen Kragen hoch und hoffe, dass er die verräterischen roten Flecken verbirgt, die sich auf meiner Brust ausbreiten. Verhalte ich mich normalerweise so, wenn mich jemand einlädt? In meinen späten Jugendjahren habe ich mich ins Unileben gestürzt, mich auf den berühmten Pyjamapartys der Uni Sheffield amüsiert. Verabredungen hatte ich nur wenige und selten. Glücklicherweise. Meistens waren das Abende mit Erdbeer-Limes und befremdlichen Fummeleien in unserer Studentenvereinigung. Als ich im

Krankenhaus anfing, habe ich mich auf die Arbeit konzentriert, bis Daniel kam und mich eines Abends im Leadmill verzaubert hat, wo wir uns eine Liveband angehört haben. Ich glaube, er hat mich nicht zu einem einzigen offiziellen Date eingeladen. Wir sind einfach irgendwie... zusammengekommen. Und fünf Jahre zusammengeblieben. Deshalb habe ich keine Ahnung, wie ich darauf reagieren soll, dass mich jemand um ein Date bittet.

»Aber vielen Dank. Dass du gefragt hast«, sage ich verlegen.

»Ja«, sagt er. »Natürlich, sicher. Kein Problem.«

Oh Gott. Habe ich ihm gerade massiv etwas unterstellt? Er ist neu hier. Er hat keine Freunde. Was, wenn er mich wirklich nur auf ein Curry einladen wollte... Oh, ist das peinlich. »Vielleicht ein anderes Mal?«, biete ich halbherzig an und frage mich, wie lange dieser furchtbarste aller furchtbaren Momente noch dauert.

»Nein, nein, es ist okay. Ich habe es verstanden.« Er verschränkt die Arme, schiebt seine Brust leicht vor und versucht eindeutig, sein Nennen-Sie-mich-einfach-Mark-Barnes-Selbstvertrauen wiederzugewinnen. Ehrlich gesagt, habe ich morgen sowieso frei. Wenn das Wetter so gut bleibt, setze ich mich vielleicht einfach mit einer Zeitung ins Wig and Pen und trinke ein paar Biere. Aus rein medizinischen Gründen natürlich.

»Es tut mir leid!«, sage ich. Den Blick, mit dem er mich ansieht, kenne ich noch nicht an ihm. Warm. Fast schon sanft. Wie jemand, der fürsorglich sein kann. Ich bin erstaunt, aber bevor ich noch etwas sagen kann, dreht er sich auf dem Absatz um und geht. Ich halte den Atem an, falls er noch einmal zurückkommt, doch mir bleiben nur sein Aftershave und das Gefühl, vielleicht einen Fehler gemacht zu haben, obwohl ich wirklich nicht weiß, warum.

Draußen sind Stimmen zu hören, bevor die Schwestern losprusten und jemand in Richtung meiner Tür bewundernd pfeift. »Sagt nichts!«, rufe ich, und sie biegen sich erneut vor Lachen.

In meinem Kopf kann ich die Stimme meiner besten Freundin Lou hören: *Schwing dich wieder aufs Pferd, Kat. Egal was für eins. Sei nicht so wählerisch. Tu es einfach, und vertreib den Trübsinn.* Nur, dass ich noch nicht so weit bin. Ein Ping von meinem Computer kündigt eine E-Mail an, und ich öffne sie, dankbar für die Ablenkung. Sie ist von Lou. Ein Update ihres Pinterest-Boards mit neuen Bildern von Brautkleidern und Hochzeitsreisezielen. Genau das, was ich jetzt brauche – eine Hochzeit, um mich daran zu erinnern, wie einsam ich mich fühle.

Kapitel 10

RHYS

Ich stoße die Tür meines Elternhauses auf, eines Reihenhauses mit zwei Schlafzimmern am Stadtrand von Sheffield.

»Mum, bist du da?«, rufe ich, ziehe meine Stiefel aus und stelle sie ordentlich auf die Seite, wie Mum das von allen Besuchern verlangt. Das ist vertraut. Das vermittelt Sicherheit. Ich bin vor fast zehn Jahren ausgezogen, aber es hat sich nie so angefühlt, als wäre ich gegangen. Vielleicht weil David noch hier war, vielleicht weil sie sich nicht die Mühe gemacht hat, mein Zimmer zu renovieren, obwohl sie das restliche Haus überholt hat. Als Dad gegangen ist, war das unsere sichere Festung. Es war unser Zuhause. Wir drei gegen die Welt. Ich fahre mit der Hand an der Wand entlang. Vielleicht sollte ich für eine Weile wieder einziehen.

»Mum?«

Der künstliche Kiefernduft vom Putzmittel weht die Treppe hinunter, sie macht wieder sauber. Sie liebt es, sauber zu machen. Seit David tot ist noch mehr als früher. Wenn ein Haus Glanz versinnbildlichen könnte, würde dieses Haus das tun. Diamantschimmer würden vom Fußboden, den Wandleisten und den Regalbrettern strahlen. Mum hat als Einzige in der Häuserreihe makellose Gardinen, einen gemähten Vorgarten und Fenster, die auf die altmodische Weise geputzt sind: mit Essig und einer Tageszeitung.

»Hallo, mein Lieber«, ruft sie herunter. »Ich putze gerade das Badezimmer. Stell schon mal den Kessel auf, ich bin echt am Schnaufen.«

»Du wirst noch das neue Muster herunterwaschen – ich fliese das Bad nicht noch mal!«

Ich gehe in die Küche, fülle den Kessel und gucke aus dem Fenster. In meiner Jugend hatte ich keine Ahnung davon, dass wir nur das Allernotwendigste zum Leben hatten oder dass die Zeiten irgendwie hart waren. Mein arbeitsloser Stahlhüttenarbeiter-Dad hatte eine Frau aus der Streikpostenkette kennengelernt. Und uns ohne einen Pfennig sitzen lassen. Ewigkeiten hatten wir zu kämpfen. Haben von der Hand in den Mund gelebt, wie Mum sagen würde. Dieses Haus hatten wir jahrelang von der Gemeinde gemietet, bis zur Ära Thatcher, wo Mum, wie so vielen anderen, nahegelegt wurde, es zu kaufen. Sie hat geschuftet und sich krummgelegt und Schulden gemacht und malocht, um es zu halten, nur damit wir unser eigenes Zuhause hatten. Hat etwas ohne Dad aufgebaut. Trotz ihm sogar. Sobald ich etwas beitragen konnte, habe ich das getan. Hier und da ein bisschen, um ihr zu helfen. Meinen Lohn vom Zeitungsaustragen. Das Geld, wenn ich Flaschen gesammelt hatte, als ich dreizehn wurde. Sie hat es in ihre Brotdose gesteckt und ist nur darangegangen, wenn sie wirklich verzweifelt war. Ich gebe ihr auch heute noch was, und sie mag es immer noch nicht ausgeben. Vielleicht würde sie das, wenn ich hier wohnen würde, und zumindest könnte sie dann nicht unentschuldigt wegbleiben. Und ich würde vielleicht nicht an Orten landen, an denen ich nichts verloren habe.

»Alles in Ordnung, mein Lieber?« Sie wirft ein paar braun gewordene Ringelblumen in den Abfall unter der Spüle, bevor sie sich die Hände wäscht und mit ihrer »Lily of the Valley«-Handcreme eincremt. »Was macht die Arbeit?«, fragt sie und gibt mir einen Kuss auf die Wange.

»Alles okay. Viel zu tun.« Ich gebe ihr auch einen Kuss, die Hand auf dem Kessel, während ich warte, dass das Wasser kocht.

»Du siehst blass aus.« Sie greift mir an die Stirn, dann sieht sie mich argwöhnisch an und schnuppert. »Oder hast du getrunken? Warst du auf Sauftour? Falls du das warst, kann ich das nicht gutheißen. Ohne harte Arbeit erreichst du nichts im Leben!« Sie droht mir mit dem Finger.

»Ich war arbeiten!«, sage ich und halte die Hände hoch. »Ich habe nicht einen Tag mehr blaugemacht und mich betrunken, seit ich zweiundzwanzig war und im Vollrausch zusammen mit diesen mexikanischen Straßenmusikanten draußen vor dem Rathaus gejammt habe. Ich glaube, ich habe immer noch einen ihrer Ponchos. Und ja, ich weiß, was harte Arbeit ist.«

Sie ist besänftigt. »Die Kekse sind im Schrank. Direkt da hinten, im obersten Fach. Wenn ich sie verstecke, vergesse ich, dass sie da sind, und esse sie nicht alle auf. Als David noch da war, brauchte ich das nicht, er hatte sie immer alle gegessen, bevor ich mich versehen habe. Er hat sie geliebt.« Sie geht zum Kühlschrank und holt ein Kännchen Milch heraus, die sie aus der größeren Flasche abgefüllt hat. Ich habe nie verstanden, warum sie das tut. »Warum siehst du dann so aus, mein Sohn?«

Ich gehe ins Wohnzimmer, der Stuhl von David steht an

der falschen Stelle, und Mum kommt mir eilig hinterher und stellt ihn zurück an seinen Platz. »Ich muss vergessen haben, ihn ... nun gut, egal, möchtest du den Pouf?« Sie wartet meine Antwort nicht ab und schiebt mir den alten Fußschemel aus Leder unter die Füße. Er hat auch David gehört. Er hatte ihn auf einem Flohmarkt entdeckt. Mum hatte gemeckert, dass wahrscheinlich Flöhe darin seien, aber er hatte sich geweigert, ihn wegzuwerfen. Jetzt hat er natürlich, genau wie die Flöhe, einen sentimentalen Wert. Der Stuhl und der Schemel und unsere Zimmer: All das ist unverändert geblieben in dem Haus, das erst vor Kurzem eine geblümte Tapete bekommen hat, Veloursvorhänge und viel zu viele künstliche Blumen. »Es braucht nur mir zu gefallen«, hatte sie argumentiert, als wir durch die Stoffabteilung von Atkinsons spaziert waren und nach den perfekten Vorhängen gesucht hatten.

Sie räumt Zeitschriften weg und legt sie in ein Regal. »Komm, spuck es aus. Was ist los?«

»Es ist nichts. Absolut nichts, Mum.« Sie runzelt ungläubig die Stirn. »Ehrlich!«, beharre ich. Mein Telefon klingelt, und ich greife in die Tasche in der Hoffnung, einen Moment abgelenkt zu werden. Es ist Michelle. Ich drücke das Gespräch schnell weg, bevor ich das Handy auf lautlos stelle und tief in die Tasche stopfe.

»Anrufe nicht zu beantworten! Es könnte schließlich was Dienstliches sein. Du bist wirklich nicht ganz gescheit. Komm schon, raus damit«, fordert Mum.

»Ach, ich weiß nicht. Es ist nichts Wichtiges, nicht wirklich. Es ist einfach nur verrückt. Ein Tag, mit dem ich nicht gerechnet hatte. Na ja, eigentlich ein Morgen. Und weißt du was, so etwas bringt dich zum Nachdenken.« Ich versuche, nicht wegen irgendwelcher Dinge rührselig zu werden, das Leben ist zu kurz dafür, aber manchmal lässt mir etwas keine Ruhe.

»Rede weiter«, seufzt sie. »Und fang am besten nicht damit an, dass du dich beschwerst, dass ich dich nicht zurückgerufen habe. Ich habe deine SMS bekommen. Erwachsene Frauen müssen sich nicht bei ihren erwachsenen Kindern abmelden.« Sie starrt die Krümel an, die ich mit meinem Keks gemacht habe, und als wäre ich immer noch der Junge, der ich immer für sie sein werde, picke ich sie auf und esse sie, um den frisch gereinigten Boden zu schonen. »Hast du schon wieder den Teppich gereinigt, Mum?« Sie braucht mir nicht zu antworten, der Geruch hängt schwer in der Luft: Vanille. »Damit, mit dem Putzmittel und der Handcreme, hat das Haus was von einer Flittchen-Handtasche«, ziehe ich sie auf.

»Hör auf, das verdammte Thema zu wechseln, und erzähl mir alles«, schneidet sie mir das Wort ab.

»Okay, also, ich bin zu Mrs. Johnson gefahren…«

Ein scharfes Luftholen. »Hat sie wieder mit dir geflirtet? Ich könnte schwören, die Frau ist besessen. Seit sie in dieses Haus gezogen ist, du weißt schon. Sie war nicht so, als sie noch neben uns gewohnt hat. Als hätte der Umzug in ein Haus in dieser schicken Gegend der Stadt sie in eine Nymphomanin verwandelt. Das Ganze ist ihr zu Kopf gestiegen.« Mum streckt die Brust heraus. »Ich verstehe sie einfach nicht mehr.« Sie schüttelt betroffen den Kopf.

»Ich habe keine Lust, mir über Pauls Mum und ihre Lust auf Sex Gedanken zu machen, vielen Dank.« Ich schaudere. »Nein, ich habe ihren Siphon repariert und …«

»War er sauber?«

»War was sauber?«

»Ihr Siphon. Ich habe gehört, sie hat jetzt eine Putzfrau! Sehr vornehm!«

»Mum!«

Dieses Getratsche und diese Nachspioniererei erinnern mich daran, warum genau ich damals ausgezogen bin. Ich habe es gehasst und hasse es noch immer. Ich halte es für eine Ablenkung, eine Ersatzbefriedigung fast schon, und für den einzigen Grund, warum sie immer noch Vorhänge hat. Helle, weiße Spitze, hinter der sie sich verstecken kann, während sie ihre Nase in die Angelegenheiten anderer Leute steckt. »Dann hat mein Handy geklingelt«, fahre ich fort. »Aber ich habe es nicht geschafft, rechtzeitig dranzugehen. Egal, ich hatte eine Nachricht auf der Mailbox, von einer Krankenschwester, die mir gesagt hat, dass eine Frau ins Krankenhaus eingeliefert worden ist.«

Ein weiteres scharfes Luftholen von Mum lässt darauf schließen, dass sie die Aussicht auf ein Drama genießt. »Erzähl weiter«, fordert sie mich auf.

»Da wir seit gestern Nachmittag nicht mehr miteinander gesprochen hatten, bin ich natürlich davon ausgegangen, dass du das seiest. Ich bin in Panik geraten und habe alles stehen und liegen gelassen ...«

»Ich hoffe, du bist vorsichtig gefahren, Rhys Desmond Woods.« Ich hasse es, wenn sie mich mit meinem vollen Namen anredet. »Es bringt nichts, dein Leben aufs Spiel zu setzen, nur um zu mir zu kommen. Es ist kein Geheimnis, dass dein Auto eine Todesfalle ist.«

»Na schön, jedenfalls warst du das nicht.«

»Nein, natürlich war ich das nicht.« Sie räuspert sich. »Ich war den ganzen Tag über hier.«

»Aber das habe ich nicht gewusst, Mum, oder?« Ich sehe sie an, dann spiele ich an meinem Ohr herum, während sie den Beistelltisch gerade rückt. »Ich wusste nur, dass da eine Frau im Krankenhaus liegt und dass ich dich den ganzen Abend nicht erreicht hatte. Kannst du mir nicht wenigstens eine SMS schicken, wenn du schlafen gehst? Oder aufstehst? Oder beides?«

»Ich werde nichts davon tun.« Sie setzt sich wieder hin.

»Das hast du doch sonst immer.«

»Das war früher, die Dinge ändern sich.«

»Na schön, egal, du warst das jedenfalls nicht.« Ich fahre mir mit der Hand durch das Gesicht, versuche noch immer, die Ereignisse zu verstehen und zu verarbeiten – ganz zu schweigen von den brennenden Gefühlen, die sie entfacht haben. »Irgendwie ist es darauf hinausgelaufen, dass ich eine halbe Stunde bei dieser Frau gesessen habe, bevor man mich aufgefordert hat zu gehen.« Ich nippe an meinem Tee. »Ihr Trinkwasser war abgestanden. Ich weiß, dass sie unterbesetzt sind, aber muss das sein? Gut, dass mir das aufgefallen ist.«

»Wer war sie denn?«

Mum kann eine Geschichte auf zwanzig Meilen gegen den Wind riechen, und bevor der Tag um ist, weiß die ganze Bingohalle davon. Aber es interessiert mich zu hören, ob sie etwas Licht auf das Ganze werfen kann, ob Susan mehr als eine Kundin für mich ist. Für die Familie. »Susan Smith.« Sie geht ihr inneres Adressbuch durch auf der verzweifelten Suche nach einer »Susan Smith«. Tratsch ist immer besser, wenn die Leute die Hauptperson kennen. »Ich habe einmal eine Susan Brown gekannt«, sagt sie. »Eine furchtbare Frau. Feuerrotes Haar. Das reinste Flittchen.«

»Das ist sie nicht.«

»Und eine Susan Killigrew. Erinnerst du dich an sie? Dein Dad hatte etwas für sie übrig – nicht dass sie die einzige gewesen wäre, nein, aber das wollen wir jetzt nicht vertiefen. Er und Killigrew sind als Jugendliche miteinander gegangen. Eine nette Frau. Sie hatte eine Weile den Zeitschriftenladen. Als sie ihr viertes Kind bekommen hat, hat sie aufgehört. Das Letzte, was ich gehört habe, ist, dass sie nach Schottland gegangen ist.« Ich kann mich nicht an sie erinnern, und damit hat Mum auch nicht gerechnet. »Aber eine Susan Smith … Ich kenne keine Susan Smith.« Sie ist enttäuscht. Und ich auch.

»Nein, das dachte ich mir.«

Mum verzieht das Gesicht über ihrem Tee und geht damit zurück in die Küche, vermutlich, um Milch hineinzugeben. »Findest du es nicht seltsam, dass sie nur meine Nummer bei sich gehabt hat?«, rufe ich ihr hinterher.

»Du weißt nie, wann du einen Installateur brauchst, mein Lieber.« Mum kommt zurück und trinkt ihren Tee, diesmal ohne das Gesicht zu verziehen. »Du hast sie vermutlich gefragt?«

»Sie spricht nicht.«

»Ist sie stumm?«

»Ich glaube nicht, dass man das heute noch so sagt, Mum.«

»Ich sage, was ich will, und das war nicht negativ gemeint.«

»Ja, trotzdem. Ich will nicht …«

»Wie auch immer, Rhys, iss diesen Keks auf, damit ich die Dose wegstellen kann. Das ist jetzt nicht mehr dein Problem, mein Lieber.« Sie zwinkert mir zu, wahrscheinlich denkt sie, dass sie das Gespräch damit beendet hat. Während sie nach meiner Tasse und der Keksdose greift, schiebt sie den Schemel zurück an die Wand. »Jetzt haben wir genug über Fremde und Einsamkeit gesprochen. Ich wollte mit dir reden.«

»Ja?«

»Also, du weißt, wie … Die Sache ist die … Siehst du …« Ich lehne mich zurück und beobachte, wie Mum aufsteht und sich im Wohnzimmer zu schaffen macht. »Du wirst es nicht glauben«, sagt sie lachend. Dann bleibt sie stehen, sieht aus dem Fenster und späht in den hinteren Garten. »Der Postbote hat Geld aus den Geburtstagskarten geklaut.« Sie dreht sich zu mir um. »Und …« Sie setzt sich wieder hin. »Doreen am Ende der Straße hat eine neue Hüfte bekommen und kann offenbar wieder tanzen.« Ich sehe sie verwirrt an. »Das ist erstaunlich!«, sagt sie und klatscht entzückt in die Hände.

»Gut … Schön …« Ich weiß nicht, welche Antwort sie hören möchte.

»Sie hatten gedacht, sie muss in eine Einrichtung ziehen, in der sie Hilfe und Unterstützung bekommt und so, und jetzt das! Ist das nicht wunderbar!«

Ich stimme ihr zu, dass das wunderbar ist, bin mir aber nicht sicher, was das mit mir zu tun hat. Oder mit ihr. Oder mit Susan, die ganz allein in diesem Krankenhausbett liegt.

»Das Krankenhausbett hat sie fast verschluckt. Sie sah winzig darin aus.« Ich habe es laut ausgesprochen, bevor mir das klar wird.

»Du bist nicht für sie verantwortlich, mein Lieber.«

»Nein, aber …«

»Aber nichts, Liebling. Lass dich da nicht hineinziehen. Wir haben selbst genug um die Ohren mit der Arbeit und dem Leben und allem …« Sie hält inne. »Wir beide.«

»Sie glauben nicht, dass ihr Unfall ein Unfall war«, sage ich und sehe auf die Blasen in meinem Tee.

»Oh, verstehe«, sagt Mum und stellt ihre Tasse ab. Wir schweigen eine Weile. Ich weiß, dass sie das Gleiche denkt wie ich. So was ruft dir sofort den Moment in Erinnerung, in dem du den Menschen, den du liebst, gefunden hast, so … »Du weißt, dass du die Menschen nicht retten kannst, Rhys. Nicht?« Ihre Stimme ist dünn, schmerzumhüllt. Ich nicke, weil es so einfacher ist. Wir haben uns immer darauf einigen müssen, dass wir diesbezüglich einfach unterschiedlicher Meinung sind. »Es ist genauso wenig deine Aufgabe, sie zu retten, wie es deine Aufgabe war, David zu retten«, fügt sie hinzu. Ich reibe mir die Augen, weigere mich, meinen Gefühlen nachzugeben.

Sie greift nach einem Kissen, klopft es glatt und zieht die Ecken gerade. »Alles in Ordnung, Mum?«, frage ich. Ich weiß immer, wenn sie noch mehr zu sagen hat, sie scheint dann das Ende der Worte zu betonen. Gewöhnlich reicht ein kleiner Anstoß. »Was ist los?«

»Nichts ist los. Ich meine nur … Wir haben alle unsere Probleme.«

»Was heißt das?«, frage ich und studiere ihr Gesicht, als sie nach einem weiteren Kissen greift. »Ich weiß nicht, Rhys, Probleme eben, du meine Güte, Probleme.« Eine Pause entsteht. Eine ungewohnte Unterbrechung in unserem Gespräch. »Ich bin mehr als die Summe aus Mutter und geschiedener Hausfrau, weißt du!«

»Natürlich bist du das, das weiß ich, Mum.« Ich sehe mich im Wohnzimmer um, sehe die Blumenbilder und die Lebensweisheiten an den Wänden. Das Bild von mir und David. »Ich habe mich gefragt, ob ich wieder bei dir einziehen soll, weißt du.« Sie sieht abrupt auf. »Nur für eine Weile, ich habe das Gefühl ... ich brauche dich. Und vielleicht brauchst du mich ja auch?«, frage ich hoffnungsvoll.

»Du brauchst mich nicht, mein Lieber. Du brauchst ein eigenes Leben. Und außerdem geht es mir gut. Hier haben viele ein Auge auf mich.«

»Und wer zum Beispiel?«, frage ich ungläubig. »Wir wissen beide, dass die meisten von ihnen ihre Mutter am liebsten beim Bingo verkaufen würden, wenn sie die Gelegenheit dazu hätten.«

Mum wirft einen Blick auf die Uhr und sieht zur Haustür. »Ich habe ... Menschen, die sich um mich kümmern«, sagt sie. Sie steht auf und stellt ein paar Tontöpfe auf dem Kaminsims um. »Ich habe noch zu tun, mein Lieber. Du musst jetzt los. Wir können ein anderes Mal darüber reden. Wir sollten nichts überstürzen. Und hör auf, dir Sorgen um diese Susan zu machen. Wie ich gesagt habe, du bist nicht für sie verantwortlich. Hier sind deine Schlüssel. Ruf mich morgen an, ja?«

»Gut, gut. Ich rufe dich später an«, sage ich, doch Mum sieht mich nur an, bevor sie mich aus dem Haus scheucht. »Und was hat sich verändert?«, frage ich, als mir einfällt, was sie gesagt hat, aber sie hat die Tür bereits geschlossen.

Ich setze mich ins Auto, hole mein Auftragsbuch aus dem Handschuhfach und blättere es durch, heute, gestern, letzte Woche, letzten Monat. Alles ist in meiner Handschrift geschrieben, bis ich zum März komme, wo meine Schrift sich mit der von David abwechselt. Ich gehe bis zum letzten November zurück und sehe einen Eintrag: Susan Smith. Außenrohr. Norton Park Way. Neben ihrer Telefonnummer ist ein Häkchen, das zeigt, dass der Auftrag erledigt ist. Ich werfe das Buch auf den Beifahrersitz und fahre nach Hause, mit einem Umweg über den Norton Park Way.

Als ich die Straße hinunterfahre, kommt sie mir bekannt vor. Ich erinnere mich, dass vor dem Nachbarhaus ein ganz neuer Lieferwagen stand. Ein VW T5. Ich habe David gesagt, wie sehr ich mir so einen wünsche, dass wir vielleicht ein Darlehen aufnehmen und auf den Wagen unseren Firmennamen kleben sollten. Ihm war das egal. Bei ihrem Haus werde ich langsamer. Der T5 steht immer noch vor dem Nachbarhaus. Susans kleiner brauner Fiesta parkt in der Einfahrt. Kleine Erinnerungsteilchen tauchen auf – ich stehe in ihrem Flur. Erkläre ihr, dass wir das Rohr draußen repariert haben und dass sie eigentlich keinen neuen Heizkessel braucht. Versuche, sie davon abzubringen, Geld auszugeben, das sie nicht ausgeben muss. Aber sie besteht darauf. Sagt, dass sie eine andere Firma damit beauftragen wird, wenn wir es nicht machen. Sie war ruhig, aber fest entschlossen. Eine seltsame Mischung. David hatte die Schultern gezuckt, als wollte er sagen, *wenn sie das so will*. Sie nannte die Namen von Leuten, die sie anrufen könnte, und ich wusste, dass sie ihr zu viel in Rechnung stellen, sie ausnutzen würden. Wir stimmten zu, wiederzukommen und die Grundwartung zu machen. Ein paar Kleinigkeiten in Ordnung zu bringen. Ich sagte, dass ich ihr einen Rabatt einräumen würde, sollte ich mich irren und der Heizkessel in den nächsten zwölf Monaten repariert werden müssen. Bei unserem dritten Besuch überredete sie uns dann doch, den neuen Heizkessel einzubauen. Das waren wieder ein paar Tage Arbeit.

Alles in allem muss ich fünf oder sechs Tage in ihrem Haus gearbeitet haben und David noch zwei weitere. Ich war so lange dort gewesen und hatte so viel geredet, dass ich damit gescherzt hatte, dass ich ihr eigentlich ein Therapiehonorar zahlen müsste. Wie hatte sie auf mich gewirkt, als ich sie das letzte Mal gesehen hatte? Hatte es irgendwelche Anzeichen gegeben? Wie die, die wir bei David übersehen hatten, wie ich inzwischen weiß? Aber ich kannte sie kaum, und ich vermute, ich hätte sie nicht einmal bemerkt, wenn es sie gegeben hätte. Sie war still gewesen, doch ich würde nicht sagen, dass sie einen traurigen Eindruck gemacht hatte. Ich schätze, da war etwas, was ich nicht genau definieren kann – etwas war anders an ihr. Mit den Kunden zu reden gehört zum Geschäft. Aber irgendwie war das hier anders gewesen.

Kapitel 11

KAT

Als Zweites, nach dem Nachhausekommen, werfe ich mich aufs Sofa. Als Erstes habe ich mir selbstverständlich meinen Schlafanzug angezogen. Es ist mir egal, dass es erst halb sieben ist und dass draußen noch sechsundzwanzig Grad sind – ich bin absolut fertig für heute.

Ich wohne jetzt ganze sechs Wochen allein, seit Daniel mich verlassen hat. Und während ich versuche, mich an dieses Alleinsein zu gewöhnen, denn es hat zweifellos auch Vorteile, mit angelehnter Toilettentür pinkeln und dabei im Spiegel *Scott & Bailey* sehen zu können, gibt es trotzdem Momente, in denen ich mir wünsche, ich wäre nicht allein. Nicht unbedingt, dass Daniel noch hier wäre, nicht, wenn er das nicht will, denke ich, aber einfach, dass ich nicht allein wäre. Vielleicht, dass ich einen Mitbewohner hätte. Oder jemanden, der weiß, wie ich mein Steak mag – medium-rare mit einer Folienkartoffel und meinem Körpergewicht in Roquefort –, oder der versteht, dass es oberste Priorität hat, den Pinot aufzumachen. Vielleicht jemanden, der gerne spült. In allen Töpfen und Pfannen klebt das Fett von Gebratenem und verkrustete Milch. Was habe ich gemacht, bevor er eingezogen ist? Als diese Wohnung allein mir gehört hat? Als ich allein für ihre

Instandhaltung verantwortlich war? Für die Töpfe. Was hat mich als Single so unordentlich werden lassen?

Ich greife nach meiner Tasche, die neben dem letzten Karton mit Daniels Sachen steht, den er noch nicht abgeholt hat. Zeug, das einzupacken er sich nicht die Mühe gemacht hat, als er die restliche Wohnung leer geräumt hat. Als er mit dem iPad und den Bose-Lautsprechern und zu vielen Ladegeräten gegangen ist. Als er die Kissen, die er hasst, mitgenommen hat und das Bettzeug, das ich gekauft habe. Ich weiß nicht, warum ich mir die Mühe gemacht habe, Fotos und Bilder und den Tontopf, den er mit sechs getöpfert hatte, einzupacken. Wir haben ihn nur für die Autoschlüssel benutzt, die er auch mitgenommen hat: die Schlüssel zu unserem nagelneuen Ford Focus, genannt Freddie. Ich schätze, dass er dann wohl auch die Rechnung des Mechanikers bezahlen und den massiven Wertverlust des Autos in Kauf nehmen wird. Schicksal.

Er macht sich eindeutig nichts aus dem sentimentalen Wert dieser Sachen, aber wieso glaubt er, dass ich seine Schul-»Schätze« haben will? Sie halten mir vor Augen, welch grauenhafte Töpfersachen unsere Kinder einmal angeschleppt hätten... Na schön, wenn es mir je gelungen wäre, ihn davon zu überzeugen, welche zu bekommen. Er ist immer eisern gewesen darin, dass er keine will. Dass er noch zu viel machen wolle und keine Zeit für Kinder habe. *Sie bluten dein Konto aus*, hat er immer gesagt. Ich dachte, er würde irgendwann nachgeben, möglicherweise ein Irrtum. Davon einmal abgesehen, warum soll ich ihm diesen Karton mit seinen Erinnerungen bringen? Er hat ihn vergessen, er soll ihn abholen. Dann könnten wir vielleicht reden. Herausfinden, was passiert ist. Noch einmal neu anfangen?

Wenn er nicht doch schon eine neue Freundin hat.

Oder ich die Stärke finde, auch zu glauben, was ein Teil von mir bereits denkt: dass ich mehr verdiene als jemanden, der sich nicht wirklich etwas aus mir macht, selbst wenn ich jahrelang gedacht habe, dass er das tue. Selbst wenn ich ihm jahrelang seine Macken verziehen habe, wie die Tatsache, dass er öffentliche Zuneigungsbekundungen abscheulich findet. Ich habe das akzeptiert. Es spielte keine Rolle. Weil ich ihn geliebt habe.

Ich merke, dass ein Heulanfall im Anzug ist. Ich bin übermüdet.

Oder ich beginne einfach zu realisieren, dass es *wirklich* vorbei ist.

Wie konnte er sich so schnell entlieben? So absolut. Bin ich so wenig liebenswert? Ich gähne, dann knurre ich laut. Ich kann so nicht weitermachen – ich kann nicht. Ich komme nie darüber hinweg, ich gewöhne mich nie daran. Und was ist die Alternative? Dass ich den Rest meiner Tage damit verbringe, mich nach ihm zu verzehren? Ich schalte den Fernseher ein, um auf andere Gedanken zu kommen, um das Schweigen, wenn ich hier alleine bin, zu übertönen. Ich zappe hin und her, bis ich eine Wiederholung von *Friends* finde.

Ich hole mein Notizbuch aus der Tasche; Rhys' Telefonnummer steht oben auf der Seite. Damit hatte ich nicht gerechnet, als ich heute Morgen zur Arbeit gegangen bin: dass ein aufgedrehter Installateur in meinem Familienwarteraum zusammenbricht. Er war ziemlich aufgewühlt, was mich zuerst in Panik versetzt hat – ich wollte meinen ersten Tag als Stationsschwester wirklich nicht damit beginnen, einen Anfängerfehler zu machen –, aber es lässt sich nicht leugnen, dass er mit Susan richtig gut war. Marks Buch bestätigt die Theorie, dass Rhys wirklich nützlich für sie sein könnte. Ich schätze, dass es nicht schaden kann, wenn er bereit ist zu helfen. Wenn ich Susan zum Reden bringen will, braucht sie das Gefühl der Geborgenheit und dass Menschen für sie da sind. Sie braucht Trost und Sicherheit. Wenn Rhys ihr das geben kann, müssen wir das Beste daraus machen. Aus ihm vor allem.

Ich kritzele vor mich hin, während ich die Pros und Kontras dieses Vorgehens durchdenke. Zehn Minuten vergehen, und ich sehe einen Block voller Vierecke, missgebildeter Quader und unzähliger schattierter Dreiecke vor mir. Das Klingeln meines Telefons holt mich ins Jetzt zurück, und ich taste nach dem Hörer. »Hallo?«

Am anderen Ende ist ein Schniefen zu hören, und eine dünne Stimme fragt: »Kat?«

Es ist meine brillante, wenn auch leicht melodramatisch veranlagte – heißt betreuungsintensive – beste Freundin, Lou. »Du hast mir eine riesige Angst eingejagt. Ich wollte gerade ...« Das Schniefen schaltet einen Gang hoch, sodass ich mich für eine andere Strategie entscheide. »Hallo, Lou-Lou! Was ist los?« Die Erfahrung sagt mir, dass ich mich anders hinsetzen und es mir bequem machen sollte, Lous Schluchzer lassen darauf schließen, dass dieser Anruf dauern kann.

»Es ist wegen Will.« Schluchz. Schnief. »Er ist ein Scheißkerl, und die Hochzeit kannst du vergessen.«

»Wieder einmal?«, frage ich, weil ich nicht mehr weiß, wie oft sie diese Hochzeit schon absagen wollte. Fast, als täte sie das nur aus Effekthascherei.

»Ja. Aber diesmal meine ich es ernst.« Nase putzen. »Du glaubst nicht, was er zu mir gesagt hat.«

»Was, Lou? Was hat er gesagt?« Ich lehne den Kopf zurück und schließe die Augen.

»Er hat gesagt, dass wir es uns nicht leisten können, die Hochzeitsreise nach Jamaika zu machen, und dass wir entweder die Hochzeit etwas weniger aufwendig angehen oder die Hochzeitsreise auf nächstes Jahr verschieben müssen. Ich meine, wer macht denn so was? Wer macht die Hochzeitsreise ein Jahr nach der Hochzeit? Und wenn ich gut genug dafür bin, dass er mich heiratet, warum bin ich dann nicht gut genug, dass er dafür spart, mit mir in ein Fünf-Sterne-Hotel auf Jamaika zu gehen?«

Meinen tiefen Seufzer ignoriert Lou. Jeden tiefen Seufzer, den ich, seit unsere Freundschaft 1998 begann, ausgestoßen habe, hat Lou ignoriert. »Ich denke, du könntest dir selbst die gleiche Frage stellen, Schätzchen.«

»Wie? Wie meinst du das?«

»Ich meine, wenn er gut genug dafür ist, dass du ihn heiratest, wieso ist er dann nicht gut genug, dass du auf die Hochzeitsreise wartest?«

»Das ist nicht fair, Kat. Er hat gesagt, dass er irgendwo mit mir hinfährt, wo es schön ist, aber dass ich ihm das überlassen soll. Ich meine, das ist meine Hochzeit. Ich werde das nur einmal im Leben erleben und will, dass ALLES perfekt ist. Verdiene ich das nicht?«

»Natürlich tust du das, Lou, aber wenn es das Budget nicht hergibt und Daddy nicht einspringt, geht es eben nicht.«

»Daddy will ja einspringen, aber Will lässt ihn nicht.«

»Es ist auch Wills Hochzeit, weißt du.« Ich öffne die Augen

und betrachte den Sonnenstrahl an der Decke, der sich durch meine halb geschlossene Küchentür gestohlen hat. »Guck mal, schreib ihn nicht ab. Jeder Mann, der es mit dir aushält, verdient eine dicke, fette Medaille, und deshalb verdient Will es mit Sicherheit nicht, dass du traurig bist, nur weil er dir nicht jeden Wunsch erfüllen kann. So ist das Leben nun mal.« Aber so was kriegt Lou natürlich nicht mit – Mummy und Daddy sind gut betucht.

»Eine Medaille? Meinst du, dass es schwer ist, mit mir zu leben? Meinst du, dass er mich ertragen muss?«, heult sie.

Eine Wolke zieht vorbei und verzerrt den Sonnenstrahl. »Du hast da so deine Momente.«

Es gibt einen Grund, dass ich mir nie mit meiner besten Freundin eine Wohnung geteilt habe. Ich weiß zufällig, dass Will nicht nur plant, die Hochzeitsreise mit Lou nach Jamaika zu machen, sondern dass er auch für drei Wochen ein All-inclusive-Fünf-Sterne-Hotel für 500 Pfund die Nacht gebucht hat. Ohne dass sie das weiß, hat er eine Zeremonie geplant, bei der sie ihre Versprechen im privaten Raum noch einmal wiederholen können – trotz der Tatsache, dass sie gerade erst geheiratet haben –, und er hat sich um ein ganz besonderes Kleid gekümmert, das sie bei dieser Zeremonie tragen soll, weil er weiß, dass sie das lieben wird.

Er hat mir sein Geheimnis eines Abends verraten, als wir in der West Street zusammen was getrunken haben.

»Sieh mal, Lou. Kehr nicht bei allem die Prinzessin heraus. Ihr beiden passt perfekt zueinander, und er wird immer nur das absolut Beste für dich wollen. Wenn das bedeutet, auf den richtigen Zeitpunkt zu warten, dann warte. Er wird dafür sorgen, dass es sich lohnt, das verspreche ich dir.«

»Meinst du?«, schnieft sie.

»Ich hätte das nicht gesagt, wenn ich es nicht meinen würde.« Ich ziehe an einer Feder, die aus dem Sofa guckt und in mein Bein pikst. Sie ist lang und weiß und schwebt sanft zu Boden, als ich sie fallen lasse.

»Ja, du hast recht. Wir passen perfekt zueinander, nicht wahr?«

»Das tut ihr.«

»Mein Gott, ich liebe Will wirklich.«

»Ja, das tust du, Lou. Und glücklicherweise liebt er dich auch.«

»Ja. Das tut er. Ja.«

Ich kann mir den rehäugigen Blick vorstellen, den sie jetzt aufsetzt. Wenn ihr Hörer eine Schnur hätte, würde sie wie ein Pin-up-Girl aus den 1950ern damit herumspielen und einen Blick auf den Zinnrahmen mit dem Foto von ihrem zukünftigen Ehemann werfen, dem einzigen Mann, der sie je für das geliebt hat, was sie ist: eine amtliche Nervensäge mit einem Herz aus Gold.

»Okay, Schwester Kathryn«, sagt sie, ihre Stimmung hat sich augenblicklich wieder gebessert. »Wie war dein Tag? Sind irgendwelche attraktiven Ärzte neu zum Team hinzugekommen, irgendjemand, mit dem du dich anfreunden könntest? Oder vielleicht nur einen fürs Bett – so einen kannst du wirklich brauchen. Die tragen zur Genesung bei, Kat!«

Und damit ist das Drama beendet.

»Sie tragen nicht zur Genesung bei, Lou. Das ist eine medizinische Unmöglichkeit. Außerdem ist es noch nicht so lange her.« Was Teil des Problems ist. Ich habe es nicht kommen sehen. Wir hatten noch an dem Abend, bevor Daniel Schluss

gemacht hat, Sex – was mit Sicherheit nicht für Trennungs-
absichten spricht. »Ich brauche keinen Mann, Lou. Das
habe ich dir schon einmal gesagt.« Ich habe ihr das so gesagt. Und irgendwo in dem Schmerz glaube ich das auch. Den
Spruch sollte es als Küchenmagneten geben. Der mich jedes
Mal daran erinnert, wenn ich mir alleine Wein nachschenke
und mir ein Essen für eine Person in der Mikrowelle warm
mache.

»Ich weiß, dass du keinen Mann *brauchst*, Schätzchen, wir
wissen alle, dass du eine unabhängige Frau bist, die für sich
selbst sorgen kann, und wir bewundern dich sehr dafür.«

»Sehr?«

»Ja, sicher, klar. Doch manchmal würde es dir guttun,
etwas lockerer zu sein. Du kannst etwas… wie heißt das doch
gleich… zugeknöpft sein. Genau. Aber du kannst auch anders, das weißt du.«

»Zugeknöpft? Wo hast du das denn her? Weißt du überhaupt, was das heißt?«

»Aus *Ruf des Lebens,* und natürlich weiß ich, was das
heißt.« Mir fällt auf, dass sie nicht weiter darauf eingeht, aber
das Leben ist zu kurz, um sie zu drängen.

»Hör zu, du weißt, was ich meine. Du musst ausgehen.
Dein Leben leben. Leute treffen. Weißt du überhaupt, wann
du das letzte Mal ein Date hattest?«

Ich schaudere bei dem Gedanken daran, einem Gedanken,
den ich zusammen mit den Ausschweifungen des Studenten-
lebens tief vergraben habe. Es war ein paar Monate bevor
ich mit Daniel zusammengekommen bin. Ungefähr vor fünf
Jahren. Eine Exkollegin wollte mich mit dem Mitbewohner
ihres Bruders verkuppeln. Er wollte mir seine Reptiliensamm-

lung zeigen, und obwohl er mir versichert hatte, dass das kein Euphemismus war, stellte sich heraus, dass es doch einer war.

»Du weißt, dass ich diesen wiederkehrenden Traum von einer Python habe, Lou.«

»Oh, ja«, sagt sie, als sie sich erinnert. Lou ist die Einzige, die von diesem Date weiß. »Das war keins deiner besten Dates, oder? Du hättest zumindest etwas Spaß in den Ferien haben können, die es nicht gegeben hat.« Lou ist auch die Einzige, die von meinem Kneifen weiß. »Du hast gesagt, dass du dich durch die Archipele vögeln wirst.«

»Ich weiß.« Ich denke, das habe ich wahrscheinlich gesagt. Ich mag das Wort Archipele. Eigentlich wollte ich nur nach Lesbos.

»Und eine Straßensperrung ist kein guter Grund, das Check-in zu verpassen«, sagt sie missbilligend.

»Ich hätte das Check-in beinahe verpasst.«

»Beinahe. Aber du hast es nicht verpasst.«

»Nein.«

Wir warten beide, um zu sehen, wer das Schweigen als Erste bricht. Ich habe eine gute Erfolgsbilanz vorzuweisen, ihr keine andere Wahl zu lassen. Das ist das Einzige, was ich in unserer Beziehung vorzuweisen habe, aber diesmal sage ich als Erste was. »Hör zu, sei nicht so streng mit mir. Ich bewege mich gerade am Rand einer streng kontrollierten, emotionalen Felskante entlang.«

»Ach, Schätzchen. Ich weiß. Vergiss es. So etwas passiert. Will hat ein paar Kumpel. Vielleicht triffst du ja auf der Hochzeit jemanden, der dich interessiert.«

»Dann findet sie also doch statt!«

»Sie war nie *wirklich* abgesagt. Als würde ich Will nicht heiraten.«

»Du sagst es.«

»Oh, warte mal, Schätzchen, ich muss Schluss machen. Will kommt gerade von der Arbeit nach Hause, und da ich ihn bei unserem letzten Anruf angeschrien habe, ziehe ich mir wohl besser die Lippen nach und zeige ihm, wie furchtbar leid es mir tut. Hab dich lieb, tschüss, tschüss.« Sie legt auf.

»Hab dich lieb, tschüss«, sage ich in das folgende Schweigen. Ich sehe ein Bild von Lous ganz besonderer Art von Sex-Kunststückchen vor mir, das auf meine Netzhaut gebrannt ist, seit ich an einem Wochenende in Robin Hoods Bay zufällig in ihr Zimmer gestolpert bin. Jedes Mal, wenn sie von Sex redet, bin ich wieder in ihrem Zimmer.

Ich versuche, es abzuschütteln, und schaue mich in der Wohnung um. Ich habe es nicht zum Baumarkt geschafft, die ganzen unerledigten Arbeiten scheinen mich anzugrinsen. Es reicht; ich muss die Wohnung wirklich in Ordnung bringen. *Ich* habe diese Wohnung gekauft. *Mein* Name ist im Grundbuch eingetragen. Doch ich schätze, bevor er hier eingezogen ist, war sie kein Zuhause. Nur ein Ort, um sich nach der Arbeit auszuruhen. Seit dem Tag, an dem ich nach Hause gekommen bin und festgestellt habe, dass er ausgezogen ist, wie er es per SMS angekündigt hatte, hat sich hier nichts verändert. Es war, als hätte ich die Stoßstange eines Umzugswagens in den Bauch gerammt bekommen. Er hatte fast alles mitgenommen, bis auf Großmutters Esstisch und einen abgenutzten Teppich, den ich aus einer Laune heraus gekauft hatte. Als ich ihn mitgebracht hatte, hatte er erst höhnisch gegrinst und ihn dann unter den Esstisch verbannt, im Wohnzimmer hatte er ihn nicht haben wollen. Ich hätte es kommen sehen müssen; es konnte einfach nicht gut gehen mit einem Mann, der nicht einmal meinen Teppich ertragen konnte. »Scheiße«, sage ich, die Frustration in meiner Stimme verliert sich in der leeren Wohnung. Dann stehe ich auf und schiebe an dem Esstisch herum, damit ich meinen Teppich aus seinem Versteck befreien kann. »Der ist Vintage und nicht abgenutzt«, murmele ich, stemme den Tisch mit der Schulter hoch und zerre den Teppich hervor. Ich schleife ihn in die Mitte des Wohnzimmers, ziehe ihn gerade und trete einen Schritt zurück, um ihn zu bewundern. Vom Lufthauch, als ich ihn fallen lasse, fliegt die Feder wieder hoch. Ich fange sie auf und lege sie zur Seite. Mein Wohnzimmer. Der letzte Karton mit seinem Zeug grinst mich höhnisch aus der Ecke an, und ich bringe ihn zur Wohnungstür. Wenn er nicht kommt und ihn abholt, werde ich ihm den Karton eben bringen. Ich ignoriere das Zittern meines Kinns und das Stechen in den Augen und nicke stattdessen und verschränke die Arme als letzten Akt des »Du kannst mich mal«. Dann wische ich mir die salzigen Tränen von den Wangen und hole mir Schokoflocken und einen Pinot, wie das jede Frau tun sollte, die ihr Leben fest im Griff hat.

Vielleicht hat Lou recht. Vielleicht sollte ich mal rauskommen. Unter Leute gehen. Vielleicht würde es helfen. Vielleicht hätte ich mich mit Mark treffen sollen oder mit wem auch immer. Vielleicht mit Rhys – er ist attraktiv. Vielleicht ist er Single. Nicht, dass das passender wäre, als mit einem Facharzt auszugehen.

Vielleicht sollte ich mich bei Parship anmelden ...

Vielleicht auch nicht.

Mein Block liegt zu meiner Linken, mit Rhys' Handynummer, umgeben von den Dingen, die ich immer wieder aufschiebe. Ist es zu spät anzurufen? Oder um eine SMS zu schicken? Leicht beunruhigt von meinen Gedanken, reiße ich die Seite aus dem Block, knülle sie zusammen und werfe sie in Richtung Mülleimer, doch sie landet daneben. Meine Arbeit. Darauf werde ich mich konzentrieren. Meine Arbeit. Und Susan. Ich stehe auf und gehe ins Bad. Starre mein Spiegelbild an. Die Brille. Das Haar. Ich google Nana Mouskouri und gelobe mir, ab morgen wieder Kontaktlinsen zu tragen.

Als ich meinen Pony zurückschiebe, sehe ich wieder mehr aus wie vor dem Beginn der Krise. Vielleicht bringe ich den Karton bei Daniels Mum vorbei. Nur für den Fall …

Kapitel 12

RHYS

In dem Moment selbst schien es eine gute Idee zu sein. Ein paar Blumen und ein paar Kleinigkeiten zu kaufen und mit ins Krankenhaus zu nehmen, um Susan zu zeigen, dass jemand an sie denkt. Dass sie nicht allein ist. Die Gelegenheit zu nutzen, eine Weile bei ihr zu sitzen und zu reden, zu sehen, ob ich sie eventuell dazu bringen kann, sich zu öffnen.

Nur dass sich jetzt mit jeder Etagenzahl, die hell im Fahrstuhl aufblinkt, ein kleines Aber in meinem Hinterkopf meldet. Als sich die Türen öffnen, wird mir klar, dass das kein ganz so altruistischer Akt ist. Oder wie auch immer das heißt. Ich gehe Richtung Station. Ich bin egoistisch. Ich hatte mich verpflichtet gefühlt zu kommen, als müsste ich sie wiedersehen, doch hier geht es weniger darum, nett zu sein, als etwas tief in meinem Inneren zu befriedigen, das sagt: *Geh nicht weg.*

Eine Krankenschwester hält mir auf ihrem Weg nach draußen die Tür auf. Ich bleibe stehen und denke über das nach, was Mum gesagt hat. Ich bin nicht für Susan verantwortlich. Die, die nicht gerettet werden wollen, kannst du nicht retten. Doch bevor ich mich umdrehen kann, um zu gehen, wird sie zurück auf die Station geschoben und sieht mich dort stehen, mit den Blumen in der Hand. Als man ihr wieder ins Bett hilft, dreht sie sich und versucht, sich aufzusetzen, während ich auf sie zugehe. Sie sieht mich mit einem ganz bestimmten Blick an, einem wissenden Blick, und was immer meine Motive für mein Hiersein sind, es fühlt sich tatsächlich richtig an. Außerdem *kann* man Menschen vielleicht doch retten.

»Guten Morgen«, sage ich, mir meiner Nervosität mehr als bewusst. Die Fragen, die ich habe, sind leiser geworden, gedämpfter.

»Hallo«, sagt die Krankenschwester, die sich um sie kümmert.

»Ich habe Susan ein paar Kleinigkeiten gebracht.« Ich nehme die Tüte mit den Sachen als Rechtfertigung für meine Anwesenheit.

»Ist Ihnen nach Besuch zumute, Susan?«, fragt sie. Ich bin mir fast sicher, dass sich in Susans Mundwinkeln ein Lächeln bildet. Oder vielleicht wünsche ich mir das auch nur.

»Ja. Wunderbar.« Die Schwester dreht sich zu mir um. »Gut, gehen Sie es ruhig an. Sie wird im Moment sehr schnell müde.«

»Natürlich.« Ich nicke und setze mich neben sie. Sie hat die Haare gewaschen bekommen. Feine Silbersträhnen fallen über die Schwellung, die angefangen hat, sich von Rot und Lila zu Orange und Gelb zu verfärben. »Ihr Gesicht sieht nach Herbst aus«, scherze ich. Sie hebt die Hand, um vorsichtig ihre Wange zu berühren, und schiebt das Haar weg. »Sie sehen großartig aus«, versichere ich ihr. »Ich hoffe, Sie haben nichts dagegen, dass ich wiedergekommen bin. Ich bin auf dem Weg zu einem Kunden hier vorbeigekommen und habe mir gedacht, Sie könnten das hier brauchen. Ich bin davon ausgegangen, dass Sie keinen anderen Besuch hatten, der mir zuvorgekommen ist.« Ich sehe mich nach Anzeichen um, dass ich überflüssig bin, und spüre eine seltsame Erleichterung, als mir nichts auffällt.

»Und, wie geht es Ihnen heute? Haben Sie schon Ihre Tanzschritte für die Zeit nach Ihrer Entlassung geübt?«

Ich greife in die Tasche nach den Blumen. »Nelken«, sage ich. »Mein Großvater hat sie immer in seinem Garten hinter dem Haus gepflanzt; ich dachte, sie könnten Ihnen gefallen.« Sie streckt die Hand aus, um sie entgegenzunehmen, und fährt mit den Fingern über die gekräuselten rosa Blütenblätter. »Ich habe noch nie jemandem Blumen gekauft«, sage ich. »Nicht einmal meiner alten Mutter. Ihnen die zu bringen hat fast etwas von einer Verbindlichkeitserklärung, finden Sie nicht? Bevor ich mich versehe, werden wir verheiratet sein und Hunde haben, und Sie werden uns zueinanderpassende Pullover stricken.« Ich bremse mich, bevor ich noch mit Namen für die Kinder ankomme. Es ist schon ein bisschen seltsam.

Susan wirft einen Blick auf die Tasche.

»Weintrauben, mögen Sie Weintrauben? Ich weiß, es ist nicht besonders originell, Kranken Weintrauben zu kaufen. Aber wissen Sie was … sie haben keine Kerne. Hier.« Ich stecke mir ein paar in den Mund, bevor ich zu sagen versuche: »Probieren Sie mal eine.«

Sie greift nach der Tüte und nimmt sich eine Traube. Meine Schultern sacken nach unten, und ich lehne mich auf dem Stuhl zurück, als sie die Tüte in ihren Schoß legt. »Ich bin am Markt vorbeigefahren – die sind wirklich frisch. Nicht so ein Supermarktscheiß.« Sie sieht mich an. »Entschuldigung.«

Ich greife in die Tragetasche nach den noch nicht ganz reifen Bananen und lege sie zusammen mit den weichen Pfirsichen auf den Tisch. »Die sollten Sie heute essen«, sage ich. »Sie waren im Angebot, um ehrlich zu sein.« Ich biege die Seiten einer weiteren Papiertüte herunter, um eine Schale daraus zu formen, und versuche, das Obst darin zu arrangieren. Als ein Pfirsich herausrollt, wird mir klar, dass ich sie mehr als reichlich mit Proviant eingedeckt habe. »Sie könnten etwas davon weitergeben, denke ich.« Sie gibt mir die Trauben zurück, und ich lege sie zu dem anderen Obst, wobei ich die, die nicht liegen bleiben wollen, aufesse. »Und jetzt verraten Sie mir, wie Sie geschlafen haben?«, sage ich, während ich die leere Tüte in meine Tasche stopfe.

Da ist ein Zucken in ihrem Gesicht, eine unfreiwillige Antwort vielleicht. Ich warte einen Moment, nur für den Fall. Sie schluckt.

»Saft?« Ich greife nach dem Orangensaft, den ich ihr mitgebracht habe. »Er ist mit Fruchtfleisch«, sage ich und schüttele ihn, bevor ich ihn aufdrehe, um ihr ein Glas einzuschenken.

»Rhys!«

Kats Stimme lässt mich hochfahren, und ich verschütte etwas von dem Saft.

»Entschuldigen Sie, bitte.« Sie holt Tücher aus Susans Vorrat und wischt mir das Bein ab, bevor sie mir die Flasche abnimmt und mich selbst reiben lässt. »Entschuldigung, ich wollte nicht ...« Sie sieht Susan an. »Er ist wieder da!«

»Volltreffer.« Ich lache – dann räuspere ich mich und stopfe das von Saft durchweichte Tuch in meine Tasche. »Ich wollte, ich wusste, dass Susan nicht ... Ich wollte helfen und ...«

Etwas kläglich zeige ich auf die Früchte und sage: »Ich habe ihr Weintrauben gekauft.«

»Schön …« Kat sieht von mir zu Susan und zu den Früchten und wieder zurück zu Susan, die zu meiner Erleichterung keine offensichtlichen Anzeichen von Bestürzung zeigt, bevor sie mich wieder ansieht. Der Saft aus dem Tuch dringt inzwischen durch meine Tasche. Ich gebe auf, ziehe es heraus und werfe es in den Papierkorb.

»Schön«, wiederholt sie.

»Nicht der Rede wert.«

»Ich bin mir sicher, Susan sieht das anders.« Susan nimmt sich noch eine Traube. »Es ist schön, Sie wiederzusehen, aber ich muss ein paar Sachen überprüfen. Könnten Sie uns bitte einen Moment alleine lassen?«

»Sicher, natürlich. Ich habe jetzt sowieso einen Termin, vielleicht sehe ich später noch mal vorbei. Sind Sie dann noch da?« Ich sehe Susan an.

»Sie wird noch da sein«, sagt Kat und wirft einen schnellen Blick auf die Vorrichtung, in der ihr Bein steckt und die sie für die absehbare Zukunft an ihr Bett fesseln wird.

»Ha! Natürlich. Na gut, ich … Sie wissen schon.« Ich greife nach einem der Pfirsiche aus der provisorischen Obstschale. »Darf ich? Für die Arbeit.« Ich werfe ihn in die Luft, lasse ihn an meinem Arm abprallen und fast fallen, statt ihn geschickt mit der Hand aufzufangen, wie sie das im Fernsehen machen. Idiot. »Möchten Sie einen?«, frage ich Susan und werfe ihr einen zum Auffangen zu, was sie auch tut. »Super. Dann sehen wir uns später. Gut.« Ich zeige auf Susan und Kat und entferne mich rückwärts von dem Bett, während Kat die Stirn runzelt. Susan knabbert an ihrem Pfirsich und erinnert

mich an die Zeit, als ich meine Oma im Heim besucht habe.
Ich war nie lange da, habe nur kurz vorbeigeschaut, wirklich,
aber Mum hat immer gesagt, dass es Oma viel bedeutet hat.
Ihre Stimmung gehoben hat. Doch das hier hebt irgendwie
meine Stimmung.

Kapitel 13

KAT

Ich lege den Kopf gegen den Sandwich-Automaten. Geld rein, auswählen zwischen Geflügelsalat und einem Schinken-Salat-Tomaten-Sandwich. Emmas Arm greift über meinen und drückt auf den Sandwich-Knopf. »Wie ich gehört habe, bist du gestern Abend zu einem heißen Date eingeladen worden.«

Ich trete einen Schritt zurück, als sie die Verkaufsklappe aufmacht und mir zu verstehen gibt, dass ich mein Mittagessen herausnehmen soll, damit sie das Gleiche tun kann. Sie zögert, wirft noch mehr Geld ein und zieht wie ein aufgedrehtes Kind vor dem Schulausflug eine Tüte Chips mit Krabbencocktailgeschmack heraus. »Und?«, sagt sie und zwinkert mehrmals, während sie darauf wartet, dass ich sie informiere.

»Wow. Das hat nicht lange gebraucht, um die Runde zu machen. Mit Krabbencocktailgeschmack, wirklich?«, ich schneide eine Grimasse. Der Schokoladen-Automat will mich zu einem Spätnachmittags-Snack verführen. »Um genau zu sein, bin ich zu einem Curry eingeladen worden, was ein Date sein kann oder auch nicht, aber auf jeden Fall so peinlich und furchtbar war, wie man sich das nur vorstellen kann. Ich habe mich immer noch nicht ganz von dem Trauma erholt.«

»So schlimm ist er nun auch wieder nicht«, rügt sie mich.
»Du bist Single. Er ist Single. Ich verstehe nicht, was das Problem ist.«

»Mein Problem, meine Liebe, ist …« Ich versuche herauszufinden, was das Problem eigentlich ist, und entscheide mich für: »Er nimmt das gleiche Aftershave wie Daniel.« Es ist nicht das größte Problem, aber es ist ein Problem. Wir stoßen die Stationstüren auf, sprühen Desinfektionsmittel auf unsere Hände und reiben sie, als würden wir einen niederträchtigen Plan schmieden.

»Er sieht besser aus als der Durchschnitt und scheint auch ein netter Typ zu sein. Wenn du mich fragst, bist du zu kurzsichtig!«

»Ich habe dich nicht gefragt«, murre ich.

»Wo wir gerade davon sprechen, wo ist eigentlich das sexy Gestell geblieben? Hast du Hunderte für eine neue Brille ausgegeben, nur um dann doch wieder Kontaktlinsen zu tragen?«

»Es waren nicht Hunderte. Und ich hätte mich nie dazu überreden lassen dürfen. Das ist nicht meine Brille.«

»Sie könnte es sein«, sagt Emma, die mir an meinem Schreibtisch gegenübersitzt. Sie sieht mich mit einem Ausdruck an, als würde sie mich besser kennen als ich mich selbst, und ich zupfe mir den Pony zurück in die Stirn, als wollte ich ihr beweisen, dass ich recht habe. Emma beißt in ihr Sandwich und sieht dabei selbstzufriedener aus, als jemand mit Mayo auf der Backe eigentlich aussehen sollte. Sie beugt sich zu mir herüber, wobei Schinken von ihrem Sandwich auf meinen Tisch fällt. »Hast du seinen Hintern gesehen?«

»Emma!«

»Ja, ja«, sagt sie, den Mund voller Schinken, Salat und Tomate. »Unangebrachte vorlaute Bemerkung. Es ist nur so, dass in der letzten Zeit, was das angeht, nicht viel los war.«

Ich ignoriere, worauf Emma anspielt. »Wenn du so interessiert bist, warum springst DU dann nicht auf diesen Zug auf, wenn er so toll ist?«

»Auf was für einen Zug?«, fragt Mark, der plötzlich in meinem Büro steht. Weil der Zug natürlich – natürlich! – in dem Moment vorbeikommen muss, in dem wir von ihm reden. Mir wird eng in der Brust, weil ich fast ertappt worden wäre. Emma, deren Gesicht er nicht sehen kann, bekommt große Augen, neigt den Kopf und gestikuliert Ist-es-nicht-gerade-furchtbar-heiß-hier-drinnen, wedelt mit ihrem Kasack und bläst ihren Pony hoch.

»Nichts«, sage ich. »Keine Züge. Was kann ich für dich tun?«

Er sieht uns beide misstrauisch an. »Ich wollte dir nur sagen, dass die Kollegen vom Psychologischen Team morgen zu einer Besprechung wegen Susan vorbeischauen. Ich möchte, dass du mit mir daran teilnimmst.«

»Ich komme morgen erst um ein Uhr mittags. Morgens habe ich einen Termin. Eine Anprobe für ein Brautjungfernkleid, um genau zu sein.« Er runzelt die Stirn. »Ich kann versuchen, ihn zu verlegen«, biete ich an und wage nicht, mir Lous Reaktion vorzustellen, falls er Ja sagt.

»Nein, nein, das ist in Ordnung. Der Nachmittag ist ohnehin besser. Ich mache vier Uhr fest.«

»Gut. Super.« Ich greife nach meinem Stift und notiere mir den Termin in meinem Kalender.

Mark sieht zwischen Emma und mir hin und her, er hat den

Mund geöffnet, als wollte er noch etwas sagen, dann schweigt er. »Gut, danke. Wir sehen uns dann morgen.«

»Ja. Bis morgen, pünktlich um vier«, antworte ich und schlage meinen Kalender auf eine unnötig effektive Weise zu. »Einen schönen Tag noch«, beende ich das Gespräch, nicht weniger übertrieben.

»Dir auch.«

Er schwankt, dann geht er, woraufhin Emma laut pfeift. »Okay, die konntest du buchstäblich in der Luft schneiden.«

»Was?«, frage ich.

»Die sexuelle Spannung.« Sie sagt es so, wie deine Mutter das sagen würde. Die das Wort Sex eigentlich nicht laut aussprechen, es nicht einmal mit den Lippen formen will. »Du musst sie doch auch gespürt haben.«

»Verdammt, reiß dich zusammen, Mensch. Übrigens, warum bist DU rot geworden?«

»Bin ich nicht«, sagt sie. »Und man glaubt es nicht, eine Chefin, die flucht!«

»Ich darf das. Und jetzt halt die Klappe.«

»Dir ist die Macht zu Kopf gestiegen, das ist dein Problem.« Sie wirft die leere Sandwichschachtel in den Papierkorb. »Egal, wenn du so tun willst, als wärst du an keinen Dates mit dem heißen Doc interessiert, dann lass uns weitermachen. Was ist mit Susan?«

Ich beiße mir auf die Zunge, um mir eine weitere Bemerkung zu verkneifen. »Keine Veränderung, obwohl Rhys wiedergekommen ist.«

»Wie, er ist noch mal gekommen?«

»Ja, mit einem halben Blumenladen und einem Jahresvorrat an Obst, wie es scheint.«

»Wow. Nett. Oder ein bisschen unheimlich?«

»Mmm. Ich bin mir nicht sicher«. Nachdenklich picke ich an meinem Essen herum.

»Was?«

»Ich weiß es nicht. Irgendwas ist daran ... seltsam.«

»Wie seltsam?«

»Ich weiß es nicht.« Ich lege mein Sandwich hin. Plötzlich habe ich keinen Hunger mehr. »Es ist süß, denke ich, aber ... auch verrückt. Als ich heute Morgen hereingekommen bin, haben sie mich an Bücherstützen erinnert, ihre Körpersprache war ein Spiegelbild des anderen. Ich frage mich, ob die ganze Installateursgeschichte genau das ist, eine Geschichte. Es ist, als würden sie sich wirklich *kennen*.«

Emma isst ihre Chips auf, dann greift sie nach meiner Schokolade, macht sie auf und bricht sich ein Stück davon ab. »Kauf dir selbst welche«, sage ich, hole sie mir zurück und tue so, als hätte ich sie nicht gerade für später im Schreibtisch verstecken wollen. Es ist okay. Ich kann teilen. »Und falls es eine Geschichte ist, warum? Wozu soll sie gut sein? Ich denke, ich warte mal ab, wie sich die Dinge entwickeln. Er hat ihr einen Pfirsich zugeworfen.« Emma sieht mich verständnislos an. »Sie hat ihn aufgefangen«, sage ich, als würde das alles erklären.

»Na schön. Dann ist das also so. Der Weg der Besserung liegt direkt vor unseren Augen.«

»Sarkasmus ist die billigste Form der Schlagfertigkeit!«

»Einer ist eben nicht besser als der andere.«

»Urkomisch. Worauf ich hinauswill, ist, dass Susan auf Rhys auf eine Weise reagiert, wie sie das auf uns nicht tut. Sie geht auf das, was er sagt, ein, zwar nicht mit Worten, aber mit Taten. Sie hört ihm zu. Ich glaube nicht, dass sie dem, was ich sage, Aufmerksamkeit schenkt.« Emma tut, als würde sie gähnen. »Du hingegen bist brillant!«

»Ich weiß, dass ich urkomisch bin. Aber sieh mal, wenn seine Besuche helfen, dann ist es doch einen Versuch wert, oder?«

»Ich schätze, ja.«

»Guck einfach, was passiert, wie du gesagt hast. Außerdem, was kann es schon schaden?« Sie steht auf, um zu gehen. »Übrigens, Kat?«

»Ja?«

»Heiße Fachärzte sind manchmal eine ausgezeichnete Ablenkung vom Stalking in den sozialen Netzwerken.«

Ich hebe den Kopf, um einen Blick auf meinen Computerbildschirm zu werfen, der zum Leben erwacht ist und wieder Daniels Facebook-Seite zeigt.

»Ein altes chinesisches Sprichwort. Oder so.«

Sie zwinkert, wirft den Rest von ihrem Mittagsabfall in den Papierkorb und lässt mich allein, um meine Maus über dem Log-out-Button schweben zu lassen. Mein Gott, ich vermisse ihn. Ich kann nichts dafür. Ich vermisse es einfach… jemanden zu haben, mit dem ich meinen Tag teilen kann. Bei dem ich den Stress abladen kann, den diese neue Verantwortung mit sich bringt. Würde ich ihm von alldem erzählen – von Susan und Rhys? Vielleicht keine Details, aber in groben Zügen, ja. Und beim Reden würden mir neue Ideen kommen. Ich kneife mich in die Nase, die andere Hand immer noch auf der Maus. Ich vermisse auch seine Arme, seine Hände, die die hartnäckigen Knoten in meinen Schultern wegkneten, die Spannung in meinem Nacken.

Ich werfe wieder einen Blick auf das Foto, das ich vorhin angesehen habe. Ich habe es gemacht, als wir essen gegangen sind, um unseren fünften Jahrestag zu feiern. Dann fällt mir etwas auf, etwas, das ich bisher gar nicht bemerkt habe, obwohl ich das Foto so oft angesehen habe. Daniels Augen konzentrieren sich auf etwas hinter mir. Oder auf irgendwen? Mein Magen krampft sich zusammen angesichts dieser neuen Erkenntnis. Dieses Foto, dieser abwesende Blick – wann habe ich angefangen, das zu ignorieren? Wann habe ich seine Zerstreutheit akzeptiert? Wann ist sie zur Normalität geworden?

Und obwohl offensichtlich ist, dass er selbst in dem Moment, als wir auf unsere Beziehung angestoßen haben, nicht ganz anwesend war, tut es immer noch weh. Es tut immer noch weh. Und ich denke nicht, dass ich das weiter will.

Kapitel 14

RHYS

Ich bin wieder da, wie versprochen, und ich habe Ihnen etwas mitgebracht«, sage ich zu Susan und reiche ihr das geblümte Notizbuch, das auszuwählen ich fünfundvierzig Minuten gebraucht habe. Die meiste Zeit habe ich eigentlich darüber nachgedacht, ob das eine gute Idee ist, vermutlich, weil ein Teil von mir inzwischen akzeptiert, dass es hierbei nicht um sie geht. Hierbei geht es zu hundert Prozent um mich, ich versuche, jemandem näherzukommen, der meine Fragen beantworten kann, von denen ich jetzt weiß, wie ich sie stellen kann. Was bringt jemanden dazu, nicht länger mitzumachen? Was bringt jemanden dazu aufzugeben? Warum können die, die dich lieben, dir nicht das Gefühl geben, dass es sich lohnt weiterzumachen? Warum kannst du das Gute im Leben nicht sehen? Ist es egoistisch, oder zeugt es von Stärke, alles beenden zu wollen? Was kannst du tun, dass es nicht dazu kommt? Am Ende habe ich einfach die Augen zugemacht und nach einem Buch in dem Regal gegriffen. Das Design war unwichtig, der mögliche Inhalt ist es nicht. Ich halte es ein wenig höher, dränge sie, es zu nehmen. »Ich konnte mich zwischen diesem und einem, das auf alt getrimmt war, nicht entscheiden. Und einem mit Eulen. Egal, ich hoffe es gefällt Ihnen.«

Sie nimmt es nicht. »Ich dachte, Sie könnten vielleicht hineinzeichnen. Ich weiß nicht einmal, ob Sie zeichnen können. Können Sie zeichnen?« Ich mache es auf, drücke den dazu passenden Stift auf und kritzele ein grauenhaftes Schwein auf eine der Seiten. Ich sehe es kurz an, dann füge ich in einer Sprechblase über seinem Kopf das Wort »Oink!« hinzu, der Deutlichkeit halber. »Mit Rohren bin ich besser«, sage ich und reiche es ihr. »Wenn Sie nicht zeichnen können, können Sie vielleicht etwas hineinschreiben. Ein Gedicht? Eine Kurzgeschichte?« Sie sieht das Notizbuch verwirrt an. »Vielleicht eine Einkaufsliste? Ich könnte ein paar Besorgungen für Sie machen.«

Ich fahre mir mit der Hand durchs Haar. Susan setzt sich anders hin, um mich anzusehen. Es ist das erste Mal, seit ich gekommen bin, dass wir einander wirklich ansehen.

»Susan.« Ein Typ in einem weißen Kittel mit einem Stethoskop und dem dazu passenden großen Ego tritt an ihr Bett. »Oh, Sie haben Besuch.« Er sieht auf seine Uhr und ich auf meine: halb vier.

»Ich bin Rhys.« Ich stehe auf und strecke ihm die Hand hin.

»Rhys, ja. Ohne die Ritterrüstung habe ich Sie gar nicht erkannt.« Ich sehe ihn mit großen Augen an, und er erstarrt. »Und das weiße Pferd.«

»Entschuldigung?«

»Der Ritter. In seiner glänzenden Rüstung. Ich habe von Ihren Besuchen gehört.«

Eine Pause entsteht. Eine Pause, in der wir einander mustern. Oder vielleicht mustere ich auch nur ihn, versuche herauszufinden, ob er Freund oder Feind ist. Von mir oder von Susan. Nicht, dass das eine Rolle spielen würde. »Verstehe.«

»Schwester Davies hat mir alles erzählt.« Er schiebt die Ärmel hoch, wischt sich die Stirn. »Ich bin Susans Arzt, Mark. Hallo.« Schließlich schüttelt er meine immer noch ausgestreckte Hand.

»Soll ich gehen?«, frage ich sie. Obwohl sie nicht antwortet, greift sie langsam nach Block und Stift. Vielleicht bleibe ich doch.

Ich beobachte, wie er Susans Streckverband kontrolliert, und höre zu, wie er ihr die nächste Behandlungsphase erklärt. Sie reagiert nicht mehr auf ihn als auf uns andere. Als er geht, legt sie den Block hin und greift nach ihrer Handtasche.

»Also, wie ich gesagt habe«, wage ich mich weiter vor. »Ich habe gedacht, ich bringe Ihnen einfach das Notizbuch vorbei und Sie können es benutzen, wozu Sie Lust haben. Kein Druck. Ich habe auch einen *Sheffield Star* mitgebracht. Es gab den oder die *Daily Mail*.«

Sie öffnet schnell ihre Tasche, greift hinein und holt einen Schlüssel heraus. Es ist ein einfacher Sicherheitsschlüssel, der an einem dünnen rosa Seidenband hängt. Sie hält ihn hoch, und er schwingt an ihrem Finger hin und her.

»Was ist das?«, frage ich, ohne ihn zu nehmen.

Sie greift nach meiner Hand. Es ist das erste Mal, dass wir einander berühren. Ihre Hände sind kühl und weich. Wie Großmutters; bei jedem Besuch hat sie meine Hand genommen und getätschelt. Susan legt den Schlüssel in meine Handfläche, bewegt ihre Finger, um nach meinen zu greifen und sie darüber zu schließen.

Als sie das tut, taucht Kat auf. »Hallo, Rhys. Mr. Barnes hat gesagt, dass Sie wieder da sind.«

Sie lächelt mich an, als sie nach Susans Akte greift. Susan

legt die Hand zurück aufs Bett, meine Finger gehen auf, und der Schlüssel in meiner Handfläche ist für alle zu sehen. »Was ist das?«, fragt Kat.

»Ein Schlüssel.« Ich frage mich, ob Schuldgefühle oder ein plötzlicher Herzinfarkt für das schnelle Schlagen meines Herzens verantwortlich sind. Ich schätze, ich könnte dafür an schlechteren Orten sein.

Kat betrachtet den Schlüssel. »Wozu ist er?«

»Keine Ahnung.« Ich sehe Susan an. »Vielleicht zu ihrem Haus? Stimmt das?«, frage ich. »Ist das ein Schlüssel zu Ihrem Haus?«

Susan blinzelt.

»Oh, ich denke nicht...« Kat streckt die Hand nach dem Schlüssel aus und nimmt ihn mir weg. »Ich denke nicht, dass das eine gute Idee ist«, sagt sie und wirft mir einen Blick zu, der andeutet, dass ich gerade dabei aufgeflogen bin, wie ich eine Patientin manipuliert habe. Mein innerer Ungerechtig-keitssinn schlägt an, doch ich beiße mir Susan zuliebe auf die Zunge. Kat gibt Susan den Schlüssel zurück, die ihn ordent-lich wieder in ihre Handtasche steckt, die Tasche jedoch auf ihrem Schoß stehen lässt. »Wir können für alles sorgen, was Sie brauchen, Susan. Wenn Sie etwas von zu Hause brauchen, bin ich sicher, dass ich es einrichten kann, dass jemand von uns Ihnen das holt.«

Susan blickt auf ihre Hände, die ordentlich auf der Tasche liegen.

»Ich bin mir sicher, das Rhys sehr viel zu tun hat«, sagt sie, und ich ärgere mich, dass sie sowohl Susan als auch mir keine Wahl lässt. »Haben Sie eine Minute, Rhys?«, fragt Kat energisch. Ihr Gesicht ist hart und verschlossen. Schon wenn ich an Flughäfen durch die Detektoren gehe, fühle ich mich wie ein Verbrecher, sodass ich trotz meines Ärgers über ihre Vorverurteilung annehme, dass ich wie das personifizierte schlechte Gewissen aussehe.

Kapitel 15

KAT

Wütend ziehe ich ihn auf die Seite, die Arme verschränkt. »Auch wenn wir Ihre Hilfe, was Susan angeht, zu schätzen wissen, halte ich es in keiner Weise für angemessen, dass Sie ihren Hausschlüssel nehmen, oder sehen Sie das anders?«

Er starrt mich mit offenem Mund an.

»Oder wie sehen Sie das?«, dränge ich in einem vorwurfsvollen Flüstern auf eine Antwort und sehe mit gerecktem Hals den Flur hoch und runter, um mich zu vergewissern, dass sich niemand vor meinem Büro herumdrückt. Ich habe das Gefühl, dafür verantwortlich zu sein, dass die Situation außer Kontrolle geraten ist. Bin ich das? Liegt der Fehler bei mir? »Was haben Sie sich nur dabei gedacht?«, frage ich leise.

»Entschuldigen Sie, Schwester.« Seine Stimme ist tief und fest. Er bleibt stehen, schluckt, dann setzt er noch einmal an, diesmal etwas leiser. »Ich habe mir gar nichts dabei gedacht, genau genommen.« Ich signalisiere ihm zu schweigen, als jemand vorbeigeht, und er wartet, bis dieser außer Sichtweite ist. »Susan hat mir den Schlüssel gegeben. Okay? Sie hat ihn mir gegeben.«

»Warum sollte sie das tun, sie kennt Sie doch kaum?«, fahre ich ihn an.

»Ich bin genauso überrascht wie Sie. Aber ich hatte nicht die Gelegenheit, sie zu fragen.«

Ich mustere ihn, versuche, zwischen den Zeilen zu lesen. Er sieht aufgebracht aus. Ärger ist an die Stelle seines freundlichen Wesens getreten, doch ich gehe davon aus, dass das gut der Fall sein kann, wenn man bei etwas erwischt wird, von dem man selbst weiß, dass es unangemessen ist. »Sie hat mir den Schlüssel *gegeben*, Kat.«

Eine Schwester taucht neben uns auf. »Hast du schon den Dienstplan für nächsten Monat, Kat?«

»Äh, ja, ich drucke ihn aus und lege ihn später auf den Tisch. Wie lange bist du noch da?«

»Eigentlich bin ich jetzt weg.«

»Okay, gib mir eine Minute.« Ich setze ein Lächeln auf und warte, dass sie geht.

Rhys starrt mir in die Augen. »Ich habe sie gefragt, ob ich etwas für sie einkaufen soll. Ich habe ihr ein Notizbuch mitgebracht – ich dachte, es könnte vielleicht helfen. Ich wollte sie ermutigen, etwas aufzuschreiben.«

»Das mit dem Notizbuch haben wir bereits versucht. Sie ist nicht darauf eingegangen«, sage ich übereifrig.

»Das habe ich nicht gewusst. Aber es kann auch nicht schaden, es immer wieder zu versuchen, oder?«

Ich verschränke die Arme und warte, dass er weiterredet.

»Sie hat in ihre Tasche gegriffen und mir den Schlüssel gegeben. Ich hatte überhaupt keine Chance, darauf zu reagieren, weil Sie hereingekommen sind und gleich Ihre Unterstellungen von sich gegeben haben«, faucht er. Er hat die Arme fest vor der Brust verschränkt. »Ich versuche nur zu helfen«, bekräftigt er, und seine Mundwinkel zucken.

Eine Putzfrau kommt mit einem Mopp und einem Eimer vorbei. Rhys und ich setzen gleichzeitig ein falsches Lächeln auf, bevor wir uns wieder ansehen und das Lächeln sofort verschwindet. »Verstehe.«

Angesichts seiner Empörung frage ich mich, ob ich vielleicht überreagiert habe. Er behauptet seinen Standpunkt, und mich beschleicht das Gefühl, ihn falsch eingeschätzt zu haben. Ich denke, dass ich vielleicht etwas zurückpaddeln sollte. »Hören Sie, nur um das klarzustellen, ich kann es nicht gutheißen, dass Sie in ihr Haus gehen. Das wäre unangemessen, okay? Wir können organisieren, was sie braucht. Versprechen Sie mir, es dabei zu belassen.«

Er sieht mich an, sein Gesichtsausdruck ist hart und verärgert. »Pfadfinderehrenwort«, sagt er.

Ich habe das Gefühl, dass er noch immer sauer auf mich ist. Und ich habe das Gefühl, dass er recht damit hat.

»Sind wir jetzt fertig? Kann ich mich von ihr verabschieden, oder müssen Sie mich zu ihrem Bett und anschließend nach draußen eskortieren?«

Die Schwester, die nach dem Dienstplan gefragt hat, kommt zurück. »Entschuldigung«, sagt sie. »Ich … Ich muss jetzt gehen und …«

»Kein Problem. Ich komme.« Ich drehe mich zu Rhys um. »Keine Spielchen«, sage ich, als würde diese letzte Warnung sicherstellen, dass ich weiterhin auf meiner Station alles im Griff habe, meine Patienten und meine Karriere. Er sieht mich an, verdreht nur die Augen und geht zurück zu Susan.

Kapitel 16

SUSAN

Ich habe sie flüstern hören, konnte aber nichts verstehen. Wenn er geht und nicht mehr zurückkommt, ist das das Ende. Ich habe es vermasselt. Jetzt wird er es nie erfahren, und ich werde nie meine Ruhe finden. Ich halte den Atem an, als sie fertig sind, und bin total erleichtert, als sein Gesicht wieder auftaucht.

»Nun gut, das hätte besser laufen können«, sagt er, die Hände in die Hüften gestemmt, wobei er mit den Fingern trommelt. »Warum, Susan?«, fragt er, als würde er wirklich eine Antwort erwarten. Ich vermute, das wäre jetzt ein guter Moment, ihm die Höflichkeit einer Antwort zu erweisen, doch stattdessen greife ich wieder nach dem Schlüssel.

»Man hat mir gesagt, dass das nicht okay ist. Ich denke, sie machen sich Sorgen, weil wir uns nicht so gut kennen. Das ist verständlich, aber ich habe das da draußen geklärt.« Er zeigt in die Richtung, und mit Herzklopfen greife ich nach seiner Hand. Ignoriere den Schmerz, den ich bei seiner Berührung erneut spüre, drücke den Schlüssel hinein und greife schnell nach dem Stift, um meinen Wunsch aufzuschreiben.

»Märchenbuch, Nachttisch.«
Ich reiße die Notiz heraus und gebe sie ihm.

Er liest sie, dann sieht er in die Richtung von Kats Büro. »Ich bin nicht sicher…«, sagt er und seufzt tief. »Vielleicht kann ich jemanden aus dem Krankenhaus bitten, es zu holen. Vielleicht Kat?« Doch bevor er ausgeredet hat, habe ich zwei weitere Worte geschrieben: »SIE. BITTE.« Ich drehe das Notizbuch zu ihm herum und greife nach seiner Hand, um sie, zusammen mit dem Schlüssel, wieder an seinen Körper zu drücken. Den Riss in meiner Seele, als wir uns berühren, ignoriere ich. Ich sehe ihm direkt in die Augen. Ich brauche dieses Buch. Ich wische eine Träne fort, ohne dass ihm das entgeht.

»Ist alles in Ordnung mit Ihnen?«, fragt er und nickt langsam. Ich blinzele. »Okay.« Er faltet die Notiz zusammen und steckt sie mit dem Schlüssel in seine Tasche. »Okay.« Er seufzt, nickt wieder und geht, wobei er mir über die Schulter noch einen Blick zuwirft, bevor er aus meinem Blickfeld verschwindet.

Ich schiebe das Notizbuch weg, lasse mich zurück ins Bett sinken und starre aus dem Fenster. Seine Besuche. Seine Fürsorge. Sein Gesicht. Ohne das Buch kann ich das nicht.

Kapitel 17

KAT

Lou sitzt Beine schwingend auf der Arbeitsplatte, die Hände unter den Oberschenkeln, und diskutiert Moodboards mit mir, während ich koche. »Was hältst du von denen für den Tisch?«, fragt sie, ihre Gedanken springen zwischen Hochzeit und Tratsch hin und her. »Eins bei jedem Gedeck.«

»Schön. Mehr oder weniger.«

»Vielleicht hattest du recht, und er hat Susan nach dem Schlüssel gefragt.« Sie löst das inzwischen verworfene Lieblingshochzeitsfoto und wirft es in den Müll. »Oh ja, und Blumen. Ich liebe diese, du auch?« Sie zeigt auf einen in Sackleinen gebundenen Strauß Fresien, und das Parfüm meiner Großmutter weht durch meine Gedanken. »Vielleicht ist er ein manipulatives Superhirn. Oder ein Einbrecher. Und sie hat ihm einen einfachen Zutritt verschafft.« Sie runzelt die Stirn über dem Bild und reißt es schließlich auch durch. »Ist auf denen zu viel Glitzer?«

Ich werfe einen Blick über ihre Schulter. »Rosen sind auch ohne zusätzlichen Glitzerkram schön«, wende ich ein.

»Ihre Versicherung wird nicht zahlen«, sagt sie wütend, während sie das Bild von den in Glitzer getauchten Rosen oben auf dem Moodboard festmacht.

»Du hast sein Gesicht nicht gesehen, Lou. Ich habe ihn der Manipulation beschuldigt, und er hat wie ein verletzter Vogel ausgesehen – aber mit Rückgrat. Verletzt und wütend, weißt du?« Lou runzelt die Stirn. »Er sieht nicht wie ein Einbrecher aus«, füge ich hinzu.

»Nein, natürlich nicht. Seit sie keine Beutetaschen mehr mit sich herumtragen und nicht mehr ganz in Schwarz gehen, ist es ziemlich schwer, sie zu identifizieren. Wach auf, Kat!« Sie verdreht die Augen und beugt sich herüber, um einen Pilz aus der Pfanne zu stibitzen. »Und um das ein für alle Mal klarzustellen, bei einer Hochzeit kann es gar nicht genug Glitzer geben.«

»Vielleicht könnte Will eine kleine Überprüfung von ihm für mich vornehmen? Seinen Namen durch ihre Computer laufen lassen oder so was? Coppers hat doch Zugang zu diesen Dingen, er würde es sehen, wenn er Dreck am Stecken hätte, richtig?«

»Na schön, ich kann ihn fragen, Kat, aber er macht so was eigentlich nicht mehr. Nicht seit wir herausgefunden haben, dass Mums Gärtner vorbestraft ist, weil er mit zwölf eine *dieser* Zeitschriften aus dem obersten Regal gestohlen hat, und mir aus Versehen herausgerutscht ist, dass ich das weiß. Will hat gesagt, dass ich nicht vertrauenswürdig bin.«

Ich erinnere mich an den Vorfall. Nicht wie der Gärtner die Zeitschrift geklaut hat, sondern wie Lou es erwähnt hat. An seinen Gesichtsausdruck, als sie ihn aller möglichen Perversionen beschuldigt hat. »Der arme Kerl, ich habe noch nie jemanden über einen Buchsbaum springen sehen«, sage ich.

»Er war puterrot!«

»Nun ja, wir können Mums Büsche schließlich nicht von

jedem beschneiden lassen, richtig?« Lou gackert über ihren anzüglichen Witz, und ich kann nicht anders, als einzustimmen. »Und wie ist er so?«, fragt sie ganz nebenbei, als ich nicht auf der Hut bin. »Rhys, der Ich-bin-kein-Einbrecher-aber-vielleicht-ein-etwas-seltsamer-Installateur.«

»Lou!«

»Was? Beschreib ihn mir, dann weiß ich, was ich der Polizei sagen kann, wenn du plötzlich verschwindest und sie einen Hauptverdächtigen brauchen.«

»Herrgott noch mal!« Ich verteile das Essen auf unsere Schüsseln, die von meinen ungeschickten Spülversuchen angeschlagen sind. »Denk dran, dass es ein bisschen scharf ist«, sage ich und drehe die kaputte Seite von ihr weg.

»Du brauchst eine Spülmaschine«, sagt sie. »Oder einen Lakaien für die niederen Arbeiten.« Ich drehe ihr den Rücken zu und gehe ins Wohnzimmer. »Komm schon – beschreib ihn! Mal mir ein Bild«, ruft sie mir hinterher.

»Nun, ja…«, seufze ich nachdenklich. »Er ist ziemlich groß. Vielleicht gut ein Meter achtzig? Und er hat mittelbraunes Haar, das ein Eigenleben führt.«

»Wie meinst du das? Wie bei Aidan Turner in *Poldark* oder wie bei Zayn Malik in seinen frühen Jahren?«

»Ähm… wie bei Aidan Turner vielleicht? Aber es ist nicht lockig. Und er hat keine Sense. Aber er hat Poldarks Bartstoppeln, genug, um als sexy und nicht als bequem durchzugehen. Und gute Arme, ja. Er hat großartige Arme – er ist Installateur, du weißt schon. Viel körperliche Arbeit. Das hält fit, oder?« Ich nippe an meinem Wein, während ich nachdenke, was ich noch sagen könnte. »Seine Augen sind haselnussbraun mit grünen Flecken? Wenn man genau hinsieht.«

»Wenn man genau hinsieht?«

»Ja, du weißt schon. Sie gucken irgendwie herausfordernd ... ein bisschen frech. Aber er sieht nicht wie Aidan aus, er ist einfach ...« Meine Stimme verliert sich. Lou starrt mich an. Sie hat die Schale auf den Tisch gestellt und die Arme verschränkt. Ich kann fast sehen, wie sie unter dem ganzen Botox die Brauen hochzieht.

»Was ist!?«, frage ich.

»Eine ziemlich genaue Beschreibung«, sagt sie.

»Du hast mich danach gefragt.«

»Das habe ich. Ja. Das habe ich.«

»Was!?«

»Nichts, Kat. Absolut nichts. Es wird dich erleichtern zu hören, dass eine bevorstehende Hochzeit eine neue Stufe der Reife mit sich bringt. Siehst du, ich bin abgeklärt. Ich sage nichts.« Sie unterbricht sich, und ich denke, ich bin noch mal davongekommen. Nicht, dass es irgendetwas gibt, womit ich davonkommen müsste. »Bis auf, dass ...«, Lou tanzt durch mein Wohnzimmer, »du auf den Installateur scharf bist, du auf den Installateur scharf bist.« Sie legt einen perfekten Running Man hin, und ich bin genauso neidisch, wie ich sauer bin.

»Bin ich nicht!«

»Du willst schlimme Dinge mit ihm machen. Du bist scharf auf den Installateur.«

Sie vollführt weitere Tanzbewegungen. »Bin ich nicht, Lou!« Ihre Anschuldigungen bringen mich auf die Palme.

»Bist du nahe genug an ihn herangekommen, um ihn zu riechen? Wie riecht er? Macht sein Geruch dich verrückt vor Begierde?«

»Manchmal bist du eine richtige Arschgeige«, sage ich, schiebe das Essen in meiner Schale herum und versuche, ihre Neckereien nicht zu beachten, weil ich weiß, dass sie wirklich nicht mehr sind und dass ich nicht auf ihn scharf bin. Wenn ich das wäre oder wenn ich, was das angeht, auf irgendjemanden scharf wäre, wäre es einfacher, Daniel zu vergessen. »Und jetzt gib mir den Wein.«

Sie läuft zurück in die Küche und kommt, die Flasche unter den Arm geklemmt, zurück. Sie jongliert mit Flasche, Schale und Glas, schenkt mir nach und setzt sich neben mich. Wir verfallen in ein angenehmes Schweigen, während meine Gedanken auf Wanderschaft gehen. Vielleicht sollte ich auf ihn scharf sein? Kann man sich dazu bringen, jemanden attraktiv zu finden? Er ist ein gut aussehender Typ, das stimmt. Aber ich habe keine Lust, mit ihm *Poldark* nachzuspielen. Ich denke nicht, dass er wirklich mein Typ ist. Falls ich überhaupt einen Typ habe. Mein Gott, ich kann das nicht einmal mehr sagen. Daniel hat mich umprogrammiert. Darauf geeicht, nur auf ihn, auf ihn allein scharf zu sein. Oder auf Männer, die aussehen wie er. Oder mich an ihn erinnern. Oder wie er riechen... Nein, das nicht. Was nicht gerade hilfreich ist, wenn deine beste Freundin dir unentwegt sagt, dass er ein Arschloch war.

»Okay, du bist also nicht scharf auf den Installateur.«

»Bin ich nicht«, sage ich erleichtert.

»Gut. Verstanden. Egal. Aber was ist mit dem Arzt, dem, der dich eingeladen hat?«

»Du meinst den Facharzt. Mark.« Ich schaufele mir einen Berg Nudeln in den Mund, während ich wieder nach einem Grund suche, warum ich ihm abgesagt habe. Falls es irgendwas abzusagen gab.

Lou weicht zurück, als sie die Essensreste in meinem Gesicht sieht. »Attraktiv«, meint sie, während ich mir Soße von meinem Kinn wische. »Also weder der Installateur noch der Arzt. Mensch, du bist ziemlich anstrengend!«

»Ich!« Ich verschlucke mich fast an meinem Abendessen.

»Wills Trauzeuge will sich vielleicht von seiner Freundin trennen. Ich bin mir sicher, ihr beiden würdet perfekt zusammenpassen.«

»Ich dachte, seine Freundin sei auch deine Freundin.«

»Nicht wirklich. Sie ist eine dumme Kuh. Weißt du, dass sie das letzte Mal, als wir zusammen aus waren, die ganze Zeit darüber gemeckert hat, dass der Wein nicht gut genug war? Bei Nonnas! Wer's glaubt, wird selig. Und sie hat gesagt, dass das Essen kalt war.«

»Vielleicht war es das ja.«

»Wir hatten Gazpacho.«

Ich lache schallend.

»Apropos anstrengend, sie ist anstrengend. Anstrengend dumm in einem gefakten Hervé-Kleid.«

»Wow, Lou, nur keine Hemmungen. Trotzdem, wenn er mit so jemandem ausgeht, bin ich nicht sicher, ob er wirklich der Richtige für mich ist, oder? Und wie ich dir immer wieder sage …«

»Ich weiß. Du brauchst und du willst keinen Mann. Dir geht es alleine gut. Cool, egal. Ich denke nur, dass es nett für dich wäre, das ist alles.«

Ich beende mein Abendessen vor dem Hintergrund von *Coronation Street*. Lou bringt mich, was die Handlung angeht, auf den neuesten Stand, weil Deirdre scheinbar vor fast zwanzig Jahren befreit wurde und ich nicht mehr auf dem

Laufenden bin. Ich nicke zustimmend, als würde ich a) verstehen und b) mich dafür interessieren.

»Was ist das?« fragt sie und nickt zu dem bisher nicht kommentierten Karton mit Daniels letztem Scheiß hin.

Ich werfe einen geringschätzigen Blick darauf. »Ein paar Kleinigkeiten, die der, dessen Name nicht genannt wird, dagelassen hat. Ich habe ihm eine SMS geschrieben, aber er hat sich nicht zurückgemeldet.« Lou nickt zu der gleichen alten Geschichte. »Deshalb habe ich beschlossen, sie ihm zu bringen«, sage ich, während ich mich gerade dafür entscheide.

»Hast du?«, fragt sie verblüfft. Sie starrt geradeaus und meidet die Konfrontation, wie man einen Bären meiden würde. Oder einen Gorilla. Oder jemanden mit einer sehr kurzen Zündschnur in allen Exfreund-Angelegenheiten.

»Ja«, sage ich und weigere mich, das weiter auszuführen. Ich habe das noch nicht ganz durchdacht. Aber ich weiß, dass ich mein Leben wieder in die Hand nehmen muss. Ich werde ihm zeigen, dass er nicht einfach gehen und mich verlassen kann, ohne anständig hinter sich aufzuräumen. Ich werde nur erst herausfinden, ob er wirklich eine neue Freundin hat, dann kann ich ihn endgültig loslassen, oder wie auch immer.

Lou räuspert sich. »Ich schätze, da ist kein Platz für einen Installateur, wenn ein Ex noch herumspukt.«

»Ich brauche keinen Platz für einen Installateur, Lou.«

»Wenn du das sagst.« Sie sieht zu dem Karton hin und nickt teils anerkennend, teils aus der Erkenntnis meines eigentlichen Motivs heraus, vermute ich. Sie steht stöhnend auf, sammelt ihre Moodboards ein und bedeutet mir, ebenfalls aufzustehen. »Okay, ich bin jetzt weg. Ich will auf dem Heimweg noch bei Daddy vorbeischauen und ihn um Geld für die Pferdekutsche bitten.« Sie gibt mir einen Kuss. »Daniel ist ein Loser, der genug von deinem Leben eingenommen hat. Es wird Zeit, dass du dich von ihm befreist.«

»Ich befreie mich von ihm.« Ich schnipse in die Luft, als sie geht.

»Und ich bekomme Rosen mit Glitzer«, ruft sie. »Wir sehen uns morgen um halb zwölf, vor Debenhams!«

Als ich wieder auf dem Sofa sitze, tauche ich in die Geräusche meiner Wohnung ein: Im Fernsehen nebenan läuft die Erkennungsmelodie von *EastEnders*; der Typ oben tapst in seinem Zimmer herum; eine ferne Sirene rast von irgendwo bei der Schlittschuhbahn Richtung Manor Top, gefolgt von einem Polizeihubschrauber. Sommerregen bricht durch die Blätter der Bäume. Eine willkommene Unterbrechung der stickigen Hitze, des Drucks. Und in diesem Moment bricht auch etwas in mir. Meine selbst geknüpften Fesseln gehen auf, geben mich langsam frei. Ich greife nach meinen Schlüsseln und meiner Tasche, stemme mir den Karton auf die Hüfte und lasse die Wohnungstür hinter mir zufallen.

Kapitel 18

RHYS

Durch die überstrapazierten Scheibenwischer sehe ich Mums Gesicht durch die Vorhänge gucken. Ich frage mich, wie viel sie von dem Leben unserer Nachbarn mitbekommt, protokolliert und festhält, um es später weiterzugeben, alles unter dem Vorwand, dass sie auf mich wartet. Nachbarn, die von der Arbeit nach Hause kommen, Kinder, die nach der Schule spät dran sind, durchnässt vom unerwarteten Regenschauer. Ich ziehe sie damit auf, dass ich ihr übertrieben zuwinke, und sie zieht sich sofort vom Küchenfenster zurück. Bis ich die Handbremse angezogen habe, steht sie wartend an der Tür.

»Endlich«, sagt sie und scheucht mich ins Haus. Sie sieht die Straße hinauf und hinunter, dann geht sie an mir vorbei, während ich meine Schuhe wegkicke, um sie dann ordentlich hinzustellen. Als ich ihr folge, erwische ich sie dabei, wie sie den Pouf von Davids Stuhl wegschiebt. Es sieht ihr nicht ähnlich, ihn einfach irgendwo stehen zu lassen. Irgendetwas ist.

»Ich habe dir ein Sandwich zum Mittagessen gemacht. Du kannst es auch jetzt essen, wenn du dir damit nicht den Appetit für den Tee verdirbst. Gehst du heute Abend aus?« Ich schüttele den Kopf. »Schön, es wird eine Weile vorhalten.« Sie gibt mir zu verstehen, dass ich mich setzen soll, dann reicht sie mir lächelnd ein Tablett mit einem Käsesandwich und einer Flasche Cola. Es ist definitiv etwas.

»Dafür, dass ich spät dran bin, hast du wirklich gute Laune.«

»Oh, das ist kein Problem. Das ist in Ordnung«, räuspert sie sich. »Was für Chips möchtest du? Gesalzene oder welche mit Krabbencocktailgeschmack? Wahrscheinlich sind auch noch welche mit Fleischgeschmack unten in der Tasche.« Sie stöbert herum, ihr Kopf verschwindet fast ganz in der Riesentasche des Supermarkts.

»Gesalzene, bitte.«

Sie wirft mir eine Packung zu. »Danke, dass du vorbeigekommen bist, mein Lieber. Ist bei dir alles in Ordnung? Du siehst müde aus. Bist du müde? Hast du zu viel zu tun? Vielleicht solltest du mal Urlaub machen. Wann warst du das letzte Mal weg?«

»Mir geht es gut«, sage ich und hebe die Hände, um ihrem Theater ein Ende zu machen. »Es ist nichts, dem ein frisches Pint und ein guter Nachtschlaf nicht Abhilfe schaffen könnten.« Ich nehme einen großen Bissen von dem Sandwich und murmele: »Kannst du bitte die Terrassentür aufmachen? Es ist brütend heiß hier drinnen.«

»Sodass die Nachbarn alles mithören? Nein, danke. Außerdem regnet es. Mein Teppich wird nass werden. Komm, spuck es aus.« Sie sieht auf ihre Uhr, während sie auf der Stuhlkante sitzt und ich daran erinnert werde, dass sie mich dieses Mal herzitiert hat.

»Was ausspucken?«

»Was immer dich dazu bringt zu trinken. Hast du Probleme mit Frauen?«

Ich denke an Michelle, und zum ersten Mal seit Tagen verbanne ich sie nicht gleich aus meinem Kopf. Die Sache mit Susan hat mir gerade von diesem Katastrophenschauplatz eine bequeme Ablenkung verschafft. »Ja«, stimme ich ihr der Bequemlichkeit halber zu. »Ich versuche, sie mit den billigsten Tricks abzuwehren.« Ich lecke mir etwas Salatcreme von der Hand. »Wenn du es unbedingt wissen willst, geht es aber nur um eine Frau.«

»Oh, um wen? Hast du endlich jemanden kennengelernt und mir nichts davon erzählt? Dann wird es verdammt noch mal aber Zeit!«

»Nein, Mum! Nein ... nicht so. Nein, es geht um Susan.«

»Susan wer?«

»Smith«, sage ich, als würde das die Verwirrung klären. Mums Gesichtsausdruck verrät etwas anderes. »Die Frau aus dem Krankenhaus.«

»Die, die du für mich gehalten hast? Aus welchem Grund auch immer.«

»Ich weiß es nicht, Mum. Um freundlich zu sein. Um zu helfen, vielleicht? Sie ist allein. Ich war einfach nett zu ihr.« Mums Lippen werden schmal. Ich weiß nicht, ob es daran liegt, was ich ihr gerade erzählt habe, oder weil ich gerade meinen leeren Teller auf den Boden gestellt habe. Ich löse Problem Nummer zwei, indem ich ihn in die Küche bringe und meine Stimme hebe, sodass sie mich noch hören kann. »David hat sie gemocht. Ich hielt es für richtig, das zu tun.« Ich komme zurück ins Wohnzimmer. »Und, nun ja ... sie hat etwas an sich.«

Mum sieht mich an, den Kopf in einer Mischung aus Verwirrung und Entsetzen zur Seite geneigt.

»Was ist?«, frage ich.

»Nichts, mein Sohn. Absolut nichts.«

»Was ist?«, seufze ich. Ich bin mir voll bewusst, dass »nichts« das genaue Gegenteil bedeutet.

»Nichts, ehrlich. Es geht mich nichts an, du bist ein erwachsener Mann. Du kannst tun und lassen, was du willst...« Sie zieht an ihrer Schürze. »Ich finde es nur ein bisschen...«

»Spuck es aus, Mum.«

»Es ist nicht verwunderlich, dass du jemandem in ihrer Lage helfen willst, angesichts dessen, was David getan hat...« Sie verschluckt die Worte, die wir voreinander nicht aussprechen. »Angesichts von David verstehe ich, warum du jemandem helfen willst, der das Gleiche versucht hat, aber...«

»Das ist es nicht«, sage ich im vollen Bewusstsein, dass ich sie nicht hinters Licht führen kann. Ich stehe auf und öffne trotz des Wetters die Tür zum Garten. Mum schürzt die Lippen noch mehr; ein mit der Erziehung von zwei Jungen jahrelang eingeübter missbilligender Ausdruck zeigt sich auf ihrem Gesicht.

»Ich konnte sie nicht einfach allein lassen, oder?«, frage ich, doch Mums Gesichtsausdruck verändert sich nicht. »Was, wenn *du* das gewesen wärst? Was, wenn ich nicht wäre und du allein wärst?« Sie verengt die Augen, ich fahre mir durch das Gesicht. »Wärst du dann nicht auch froh, wenn sich jemand um dich kümmern würde?«

»Du bist da, also stellt sich die Frage nicht. Und bezahlen wir nicht dafür, dass der National Health Service sich kümmert?«

»Das tun sie auch, deshalb haben sie mich ja angerufen.« Der Hund nebenan bellt, und irgendwo macht irgendwer ihn nach.

»Warum haben sie dich angerufen? Weißt du das inzwischen?«

»Ich habe dir gesagt, dass sie meine Nummer in ihrer Tasche hatte. Es war die einzige Nummer, die sie finden konnten. Sie haben es versucht, und weißt du was? Ich bin froh, dass sie das getan haben.«

»Gut«, sagt sie. »Das erklärt das.« Sie zieht sich ihre Schürze über den Kopf, faltet sie zusammen und legt sie neben sich.

»Wolltest du nicht irgendwas?«, frage ich und fixiere ihren Blick, um das Thema zu wechseln. Unser Schweigen wird von einem Streit bei einem der Nachbarn untermalt. Wut, Schreie und Flüche dringen aus einem offenen Fenster, jedes Wort findet durch die offene Terrassentür seinen Weg zu uns.

»Siehst du«, sagt Mum, um ihre vorhin geäußerte Meinung zu offenen Türen und Privatsphäre zu erhärten. Sie steht auf, um die Tür wieder zu schließen. Sucht den Teppich kritisch nach Schäden durch den Regen ab.

»Also, was ist?«, frage ich.

»Nun, ich weiß nicht, ob ich jetzt darüber reden will, um ehrlich zu sein.«

Ich stöhne, verärgert, dass sie plötzlich auf stur schaltet. »Dann sollte ich vielleicht jetzt gehen.«

Mum dreht sich zum Fernseher um, wobei sie mir weder zustimmt noch Einwände erhebt. Sie hat sich die Wiederholungen einer Inneneinrichtungsserie angesehen, gerade beginnt eine weitere Episode, und sie schaltet den Fernseher nicht aus. »Komm schon, spuck es aus«, sage ich.

»Vielleicht gibt es ja gar nichts zu sagen.«

»Mum, Claire Sweeney ist im Fernsehen, und die Worte

selbstgefällig und aufgedreht kommen nicht über deine Lippen. Irgendetwas ist.«

Sie seufzt und geht zurück zu ihrem Platz, lässt sich wieder auf der Kante nieder. »Nun, ich bin mir nicht sicher, ob das der richtige Moment ist, aber da du nun einmal hier bist...« Sie umklammert mit den Händen ihr Knie. »Ich habe jemanden kennengelernt.« Ihre Hände öffnen sich und fliegen zu ihrem Mund, um ihn zuzuhalten, doch die Worte haben genug Zeit, durch den Raum zu flitzen, mich in den Magen zu boxen und dann als die riesige, klebrige Sensation, die sie sind, im Zimmer zu schweben. »Einen Mann«, stellt sie klar, als wäre das nötig. »Ich habe ihn beim Bingo kennengelernt. Wir sind seit einer Weile befreundet.« Ihre Stimme ist blechern, ihre Worte sind wie kleine Tropfen einer scharfen Realität, die mein Bewusstsein durchlöchern. »Rhys«, sagt sie und will sich erheben, vermutlich um auf mich zuzugehen, und ich bin dankbar, dass sie dann doch bleibt, wo sie ist. »Ich wollte das nicht so... Ich kann nicht...«

Nur wir beide wollten doch füreinander da sein.

»Ich kann nicht gut alleine leben«, flüstert sie.

Wir hatten uns darauf geeinigt. Wir hatten uns alle darauf geeinigt, als Dad gegangen war. Und später, als David starb, hatten sie und ich einen neuen Pakt geschlossen. Nur wir beide. Wir allein. Nur sie und ich. »Ich weiß, dass du vielleicht denkst...«

»Du kannst nicht alles wissen, Mum«, flüstere ich, die Hände auf den Knien zu Fäusten geballt. Diesmal steht sie auf, kommt zögernd auf mich zu und starrt stattdessen dann doch nur aus der Hintertür.

»Das wären mal Gartenerbsen geworden«, sagt sie und

nickt zu der Zaunwinde hin, die an den Spalieren hochklettert. »Und Tomaten.« Mit ihren Worten kommt der Geruch: ein schwerer, pelziger Geruch nach selbst gezogenen, prallen Früchten, die an den Rankengewächsen hingen. Ein Geruch, der jedes Mal, wenn sie in der glühenden Hitze die Tür zum Treibhaus öffnete, daraus entwich. »Ich habe mich dieses Jahr nur nicht darum gekümmert.«

Ihre Worte drücken auf einen Schuldknopf tief in meinem Inneren. »Ich habe einen Partner vermisst. Das habe ich immer, aber ich hatte euch beiden etwas versprochen. Mein Gott, ich habe damals so hart gearbeitet, um euch zu bekommen, da konnte ich euch doch nicht enttäuschen, indem ich mein Wort nicht hielt, aber es stimmt, ich habe einen Partner vermisst.«

»Du hast mich.«

»Rhys...«

»Ja, aber das stimmt.«

»Du bist nicht hier. Und ich weiß, was du sagen willst, doch zu mir zu ziehen ist keine Lösung.«

»Ist das der Grund, warum du in der letzten Zeit so schwer zu erreichen warst?«, frage ich, aber sie antwortet nicht. Das braucht sie auch nicht.

»Ich habe es nicht darauf angelegt.«

»Wann?«, frage ich. Sie hält inne, geht zu ihrem Stuhl zurück. »Wann?«, wiederhole ich.

»Vor ein paar Monaten.«

Ich habe einen Verdacht, einen Verdacht, dass da noch etwas ist. »Vor wie vielen Monaten?«, frage ich.

»David hat es gewusst«, sagt sie leise.

Diesmal stehe ich auf, fahre mir mit den Händen über den

Kopf, während ich die Monate zurückscanne, nach dem Anfang suche, dem kritischen Moment, in dem ich nicht mitbekommen hatte, dass sie sich verändert hatte, einen Hinweis übersehen hatte. Ein Elternteil hatte David zurückgewiesen, und der andere lebte jetzt sein Leben weiter. Hatte ihm das den Rest gegeben? War sie leichtsinnig gewesen? Hatte es Anzeichen gegeben? Es ist schwer zu sagen. Ich hatte auf nichts geachtet. Warum hätte ich das auch tun sollen? Wir drei gehörten doch zusammen!

»Ich gehe gewöhnlich zu ihm«, beginnt sie leise.

Ich hatte nichts gemerkt, als David noch da war. Ich war ohnehin nicht so oft abends vorbeigekommen. Und David dürfte auch nichts gemerkt haben. Er musste gedacht haben, dass sie zum Bingo geht. Oder er war bei Michelle gewesen. Doch seit er tot ist, ist es vorgekommen, dass sie mir angedeutet hat, ich solle gehen, weil sie noch etwas vorhatte, aber sie hatte nicht gewollt, dass ich sie mitnahm. Und all die Male, die sie nicht ans Telefon gegangen ist. Die Male, die ich sie nicht erreicht habe, um ihr »Gute Nacht« zu sagen, oder keine Antwort bekommen habe, wenn ich ihr morgens eine SMS geschickt habe. Wie am Montag. All diese Male hatte sie etwas vorgehabt und es nicht gewagt, mir das zu sagen.

»Was hat David dazu gemeint?«

»Rhys, tu das nicht.«

»Was? Tu was nicht?«

»Mach mir keine Vorwürfe. Gib mir nicht das Gefühl, dass das dazu beigetragen hat. Du weißt, wie schlecht es ihm gegangen ist, du weißt, wie diese letzten Monate waren.«

Das tue ich. Ich weiß es, weil ich mit ihm in unserem Lieferwagen gesessen und zugehört hatte, wie wütend er über sein Leben war. Über jede dämliche Kleinigkeit, die er auseinandergenommen hatte. Ich war derjenige gewesen, auf den er eingeschlagen hatte, wenn der Schmerz zu groß wurde, und er nicht gewusst hatte, wo er sich sonst Luft machen sollte. Ich war derjenige gewesen, der seine eigenen Probleme, seinen eigenen Schmerz und seine eigenen Herausforderungen weggesteckt hatte, weil seine größer zu sein schienen. Ich war derjenige gewesen, der versucht hatte, ihn wieder auf den richtigen Weg zu bringen, der ihm einen Job gegeben und ihn ermutigt hatte, mit mir zu reden, mit Michelle. Alles, um ihm zu helfen. Ich war derjenige gewesen, der gesehen hatte, welchen Schaden es verursachen konnte, in der Vergangenheit zu wühlen. Ich war derjenige gewesen, der genau gewusst hatte, wie er sich fühlte.

»Er war mir eine große Stütze. Bei alldem«, sagt sie. »Ich kann mit ihm reden. Ich kann bei ihm weinen.«

»Kommt er her?«, frage ich.

»Manchmal«, sagt sie leise. Ich schaue zu dem Stuhl von David, der manchmal an einem anderen Platz steht, der Pouf war weggeschoben, als ich heute kam. Ich beiße mich in die Wange. »Er ist sehr respektvoll, Rhys. Er versucht nicht, sich hier einzunisten.«

»Das ist gut.«

»Es würde ihm nicht im Traum einfallen, einfach hier hereinzuspazieren und …« Sie hält inne, sieht zu Davids Stuhl hin. Zupft an dem dünner werdenden Stoff des Polsters. Es ist Davids Stuhl.

Ich frage mich, wie oft er dort gesessen hat.

»Es ist mir wichtig, dass du dich für mich freust, Rhys. Ich habe ein Recht darauf, glücklich zu sein.« Sie räuspert sich, schnieft und sucht mit den Augen die Decke ab. »Deinen Bruder zu verlieren hat mir das Herz gebrochen, und nichts wird das je heilen können. Nichts. Aber das heißt nicht, dass ich aufgehört habe zu leben.«

In ihren Augen sammeln sich Tränen, doch sie hält sie zurück. Sie kämpft für ihre Sache, und sie ist tapfer und stark, wie sie das immer gewesen ist.

»Rhys…«

Aber ich kann das nicht. Ich gehe in die Diele, ziehe meine Stiefel an und stolpere gegen die Heizung, als ich das Gleichgewicht verliere.

»Bitte, Rhys«, ruft sie aus dem Wohnzimmer. Ich öffne die Haustür und halte die Klinke fest für den Fall, dass ich die Kraft aufbringe, etwas zu sagen, irgendetwas zu antworten. Zu ihr zurückzugehen. Aufhören kann, mich wie ein verzogener Junge zu verhalten. Doch als ich die Türe hinter mir zuschlage und zu meinem Auto renne, wird mir klar, dass ich nichts davon geschafft habe – und ich habe das Gefühl, sie gerade total im Stich gelassen zu haben.

Ich zögere. Ich sollte zurückgehen und mich allein für die Andeutung entschuldigen, dass das etwas mit Davids letzten Entscheidungen zu tun gehabt haben könnte. Doch ich ertappe mich dabei, wie ich den Zündschlüssel herumdrehe und davonbrause und stattdessen in meiner Tasche nach Susans Schlüssel suche. Zumindest eine braucht mich noch.

Kapitel 19

KAT

Ich gucke durch die regenverschmierten Fenster. Ich kämpfe gegen ein Zittern in meiner Hand an, als ich sie voreilig nach dem Klingelknopf ausstrecke; ich will nicht darauf drücken, bevor ich bereit bin, bevor meine Haltestelle kommt. Bevor ich sicher bin, dass ich das Richtige tue.

Vielleicht sollte ich vorbeifahren, die ganze Runde fahren, zurück nach Hause.

Reiß dich zusammen. Nimm die Sache in die Hand. Atme.

Dicke Regentropfen prallen vom Bürgersteig ab. Die Kombination aus Sintflut und der Körperhitze der Fahrgäste lässt die Fenster im Bus beschlagen. Jemand putzt eins halb sauber, und ich senke den Kopf, um hinauszusehen. Ich sehe nach den Geschäften vor dem Pub: der Drogerie, dem Coop. Meine Haltestelle. Die Klingel lässt mich zusammenzucken, ihr Klang bringt meine Nerven zum Schwingen. Ein paar Leute stehen auf und bewegen sich vorsichtig vorwärts, während der Bus durch den Verkehr navigiert, langsamer wird und links heranfährt. Die, die aussteigen wollen, warten an den hinteren Türen des Doppeldeckers. Ein Fahrgast in einem Leinenanzug verliert das Gleichgewicht, als wir zum Stehen kommen, und prallt gegen ein Mädchen in einem Sommerkleid und Sandalen; sie flucht leise, lächelt aber trotzdem. Ein anderes Mädchen sieht aus dem Fenster und auf ihr weißes Kleid hinunter, bevor sie ihre Handtasche an sich drückt, in der Hoffnung, sie vor den Elementen und denen, die auf einen schnellen und leicht verdienten Nervenkitzel aus sind, zu schützen.

Ich warte, lasse den anderen den Vortritt, bis mich schließlich jemand vorlässt. Hier bin ich. In Meadowhead. Nicht weit von meinem Elternhaus entfernt, doch weit genug von dort, wo ich jetzt wohne. Daniels Revier. Als wir anfangs zusammengekommen sind, hat er mich abgeholt, sein Auto bei seinen Eltern abgestellt, und wir sind hierherspaziert. Wir haben im Pub etwas getrunken, Poolbillard gespielt, wenn der Tisch frei war, und sind wieder zurückgelaufen. Ich sehe zu der leer stehenden Garage hinter den Geschäften hinüber und werde von einer lebhaften Erinnerung heimgesucht. Ich schwöre, ich kann seine Berührungen fühlen, das Gewicht seines Körpers, wie er mich gegen die Tür gedrückt hat. Ich konnte nicht atmen; ich brauchte ihn. Wir brauchten einander. Ich erinnere mich, dass wir an diesem Abend zurück in sein Elternhaus gerannt sind, da wir genau wussten, dass seine Eltern lange aus sein würden. Der bittersüße Geschmack dieser Erinnerung wird von einer anderen Erinnerung verdrängt, der, wie wir uns das erste Mal getrennt haben. Das ist auch hier passiert – ziemlich genau an dieser Stelle. Zu der Zeit hatte ich meine erste eigene Wohnung, aber er wohnte noch bei seinen Eltern. Ich habe beobachtet, wie er weggegangen ist, zurück zu ihrem Haus in der Little Norton Lane. Er hat sich nicht einmal umgesehen. Ich beiße mir in die Wangen, erinnere mich, wie ich damals das

Gleiche getan habe, verzweifelt versucht habe, nicht nach ihm zu rufen. Zwei Tage später hat er mich angerufen. Ist vorbeigekommen. Hat mir gesagt, dass er ein Idiot gewesen sei, und wir haben uns darauf geeinigt, dass er zu mir zieht. Wir waren überzeugt, dass sich alles regeln würde, wenn wir zusammenwohnten. Wir waren dumm. Wir hatten unrecht. Die Vorstellung häufiger Ikea-Besuche und eines gemeinsamen Netflix-Accounts begeisterte uns.

Ich stehe wie angewurzelt da, meine Füße sind so schwer wie mein Herz und der Karton mit seinem Zeug. Wasser tropft von den Speichen meines Regenschirms und ich halte ihn kurz zur Seite. Regen fällt in mein Gesicht, dann bringt ein Riss in den Wolken Wärme, Trockenheit. Es ist wie ein Omen. Ein Vorbote meiner Befreiung.

So oder so, am Ende dieses Abends werde ich diesen Albtraum endgültig hinter mir gelassen haben.

Mit erhobenem Kopf gehe ich die Straße hinunter zum Haus seiner Eltern. Mir rutscht das Herz in die Hose, aber ich ziehe das durch. Er kann seinen Karton wiederhaben. Ich kann ihn fragen, was wirklich passiert ist. Dann kann ich loslassen. Ich biege in ihre Einfahrt ein. Sein Auto ist nicht da. Ich bleibe stehen, erleichtert und enttäuscht zugleich. Erleichtert, weil ich mich bei Weitem nicht so als Herrin der Situation fühle, wie ich das gerne täte, und enttäuscht, weil das mit Sicherheit bedeutet, dass ich noch einmal wiederkommen muss. Ich gehe knirschend den frisch gekiesten Weg hoch, und es fängt wieder an zu regnen, diesmal richtig. Der fuchsrote Kater seiner Eltern streicht mir um die Beine und miaut. Er ist nass wie diese Katze am Ende von *Frühstück bei Tiffany*, obwohl ich vermute, dass ich nicht viel Ähnlichkeit mit Audrey

Hepburn habe. Leider. Ich klopfe, stelle den Karton auf die oberste Stufe und warte. Durch das Milchglas sehe ich, wie Daniels Mutter die Küchentür hinter sich zumacht und zur Haustür kommt. Zeitgleich mit dem Öffnen der Tür schlüpft der Kater durch die Katzenklappe in der Garagentür. »Oh, Kat! Hallo, meine Liebe. Was für eine nette Überraschung.« Sie putzt sich die mehligen Hände an der Schürze ab, dann zieht sie mich an den Schultern zu sich hin, sodass sie mir einen Kuss auf jede Wange geben kann, wobei sie über meine Schulter guckt.

»Hallo, Pam, wieder beim Kochen?«, sage ich und ärgere mich über mich selbst, dass ich das Offensichtliche kommentiere.

»Scones. Oder sagt man ›Scons‹?« Sie mimt die Anführungen in der Luft. »Egal. Ja, so ist es.« Sie sieht zu dem grauen Himmel hoch. »Willst du ... hereinkommen?«

»Nein, danke.«

»Ja, okay, meine Liebe. Gut.« Sie sieht wieder die Straße hinunter.

»Ich wollte nur ...« Ich zeige auf den Karton, den ich von zu Hause zur Bahn, zum Bus und hierhergeschleppt habe. »Das ist der Rest von seinen Sachen. Er sollte sie eigentlich abholen.«

Sie beugt sich hinunter, um ihn aufzuheben, und unsere Köpfe stoßen leicht gegeneinander, als ich das Gleiche tue. »Entschuldigung«, sagen wir beide.

»Ich wusste nicht, dass noch etwas bei dir war ...« Sie drückt den Karton an ihre Brust und sieht mich mitleidig und traurig an. »Geht es dir gut?«, fragt sie.

»Ja, mir geht es gut«, sage ich enthusiastisch, denn es

ist besser zu lügen, als auf der Schwelle der Mutter deines Exfreunds zu stehen und zu fluchen. »Und wie geht es euch?«

»Mir, meine Liebe, mir geht es gut. Uns geht es gut. Es wird Colin leidtun, dass er dich verpasst hat.«

Ich nicke und frage mich, ob ich sie fragen soll. Wahrscheinlich sollte ich es besser lassen. *Hat Ihr Sohn mich fallen lassen, weil er eine andere fickt?* Aber ich muss es wissen. Ich muss Klarheit haben. Ich muss …

Ein Auto biegt um die Ecke und in die Einfahrt; voll aufgeblendete Scheinwerfer lassen den Regen glitzern. Als der Fahrer das Licht ausschaltet, sehe ich, dass es Daniel ist. Dann geht die Beifahrertür auf, und eine amazonenartige Schönheit mit meterlangen Beinen steigt aus. Und das nicht so, wie ich aus einem Auto steige, plump und nach meiner Handtasche und dem Handy suchend. Nein, sie macht das wie ein Model, schwingt ihren Fuß durch die Luft, um ihn dann fest auf den Boden zu setzen, ihre Absätze machen sie noch größer, als ich sie mir zuerst vorgestellt habe. Ihr Haar, dem das Wetter nichts auszumachen scheint, hüpft auf ihren Schultern, als sie aus dem Auto steigt. Als stände sie in ihrem eigenen, perfekten Wettersystem.

Verdammt.

Ich halte mich an meinem geschlossenen Regenschirm fest. Ich fühle mich noch weniger wie Audrey Hepburn und mehr wie eine nasse Ratte oder Katze. Oder wie Kat. Ich schlucke schwer, fest entschlossen, nicht zu weinen. »Hallo«, sage ich, bevor ich mir fest auf die Unterlippe beiße. »Den hast du vergessen …« Ich zeige auf den Karton, den seine Mutter festhält. Sie sieht mich mitleidig an, was mir beinahe den Rest gibt. Die Schönheit macht ein paar Ballettschritte auf das

Haus zu und küsst Daniels Mutter auf die Wange. »O mein Gott, Pam, sag nicht, dass du Scones machst. Ich *liebe* deine Scones«, trieft es aus ihr heraus, und ich denke: *Nein! Ich liebe Scones. Ich liebe ihre Scones. Du hast wahrscheinlich noch nie ein Scone gegessen.* Sie steht neben Pam, sieht wunderschön und dünn aus und ganz so, als sei sie dort zu Hause.

Ich nicke vor mich hin. Ich habe es begriffen. Endlich habe ich es begriffen.

»War schön, dich zu sehen«, sage ich zu Pam. Ich lächle der Schönheit zu, nicke vage in Daniels Richtung, dann raffe ich meinen Mantel um mich und entferne mich so schnell, wie meine vergleichsweise verdammt kurzen Beine mich tragen.

Als ich um die Ecke und außer Hörweite bin, sehe ich zum Himmel auf und schluchze stoßweise beim Gehen. Ich lasse den Regen auf mein Gesicht fallen, dankbar, dass er meine Tränen verbirgt. Dann bleibe ich kurz stehen, um Kraft zu sammeln, setze mich aber wieder in Bewegung, bevor mich die Ereignisse des Abends total überwältigen. Und da ist sie. Die Erkenntnis, dass ich nicht nur fünf Jahre meines Lebens verschwendet habe, sondern auch die letzten sechs Wochen. Sechs Wochen, in denen ich über dieses Stück Scheiße und seine unerreichbar umwerfende neue Freundin hätte hinwegkommen sollen. Es spielt nicht einmal eine Rolle, ob es eine Übergangszeit gegeben hat oder ob er ihretwegen mit mir Schluss gemacht hat. Tatsache ist – es ist vorbei.

Ich wische mir die Tränen ab, verschmiere die Mascara in meinem ganzen Gesicht und auf der Rückseite meiner Hand. Ich putze sie an meinem Hosenbein ab, denke, dass *ihr* vermutlich nicht die Mascara verläuft. Und dass sie sie sicher nicht an ihrem Bein abwischen wird, falls sie das doch tut.

Kein Wunder, dass er mich verlassen hat. Ich sehe furchtbar aus.

Ein Lieferwagen hält auf meiner Straßenseite, wobei er durch eine Pfütze fährt. Ich schaffe es gerade noch, dem Wasserstrahl auszuweichen, der hoch bis auf den Bürgersteig spritzt. Nicht, dass es eine Rolle spielen würde, ich kann kaum noch schlechter aussehen. Der Wagen bleibt abrupt stehen, genau vor mir. Der Fahrer schaltet den Motor aus, springt heraus und schlägt die Tür zu.

»Lassen Sie sich von mir nicht stören!«, rufe ich, als er meinen Weg kreuzt und Schutz unter dem gebogenen Eingang des nächsten Hauses sucht.

»Entschuldigung!«, ruft er und hantiert mit ein paar Schlüsseln herum.

»Rhys?«, frage ich. *Genau das habe ich jetzt noch gebraucht.*

»Kat?«

Ich blicke zum Himmel und versuche herauszufinden, an welchem Punkt das Universum es für angemessen gehalten hat, mich nicht nur mit einem beschissenen Exfreund zu konfrontieren, sondern mir, nachdem ich begriffen habe, was Sache ist, und mich in ein filmreifes Häufchen Elend verwandelt habe, auch noch eine schwierige arbeitsbezogene Situation zu präsentieren, in der ich die Kontrolle selbst sein sollte.

»Ist mit Ihnen alles in Ordnung?«, fragt er.

»Mit mir, ja, klar, alles gut.« Ich wische mir erneut das Gesicht ab und putze mir die Nase. Nur für den Fall. Er sieht die Straße hoch und runter und dann wieder zu mir.

»Und mit Ihnen?«, frage ich, als mir plötzlich klar wird, dass er ebenfalls so aussieht, als hätte er geweint. »Ist alles in Ordnung, Rhys?« Sorge um ihn tritt an die Stelle meiner Befangenheit. Ich gehe die Straße hinunter auf ihn zu. Er streicht sich das nasse Haar aus dem Gesicht und wischt sich die Augen.

»Mir geht es gut«, sagt er. »Es ging mir nie besser.« Ich denke an Daniel und die Schönheit. Ich denke an Daniels Mum und ihren mitleidigen Blick. Ich denke an Lou und ihre Frotzeleien über den Installateur. Und ich sehe den Installateur an, dem es ganz eindeutig nicht besser geht als mir. Ich seufze. »Nichts, was ein guter Drink nicht richten kann? Ich muss zugeben, ein intravenös verabreichter Gin wäre jetzt genau das Richtige.«

Rhys sieht mich an, blinzelt durch den Regen und nickt zustimmend.

»Hören Sie, ich sollte ...« Er guckt zu dem Haus hoch.

»Natürlich, ein schönes Plätzchen«, sage ich und zeige auf das Haus, als er drei nicht geöffnete Milchflaschen von der obersten Stufe nimmt. »Ich habe mir immer vorgestellt, eines Tages in so einem zu wohnen.« Oder genauer gesagt, habe ich im Internet regelmäßig nach einem Zuhause für uns gesucht, ohne zu merken, dass Daniel eigentlich gar keins zusammen mit mir wollte.

»Es gehört mir nicht ...« Seine Worte verlieren sich, aber ich habe mich bereits umgedreht. Ich muss nach Hause. Ich muss aus diesen Kleidern heraus. Ich muss mich mit einer Ausgabe von *Bridget Jones* und meinem tief sitzenden Gefühl, versagt zu haben, in der Badewanne verkriechen.

»Es gehört Susan«, sagt er leise. So leise, dass ich es kaum höre. Ich drehe mich wieder zu ihm um. »Das ist Susans Haus«, wiederholt er.

Ich sehe zu den sauberen cremefarben gestrichenen Holzfenstern hoch. Zu dem Rosenbusch, der an dem roten Backstein aus den 1950er-Jahren hochklettert. Pralle rosa Blütenblätter ächzen unter dem Gewicht des Regens. Auf den Stufen steht eine Sammlung an Milchflaschen.

»Sie haben den Schlüssel genommen«, flüstere ich.

»Sie hat mir den Schlüssel gegeben«, korrigiert er mich.

»Macht das einen Unterschied?«

»Natürlich tut es das.«

Ich sehe die Straße hoch und runter und wieder zum Haus, bevor ich mich zu Rhys umdrehe. »Hat sie gesagt, was sie haben will?«

»Ein Buch.«

»Das ist alles? Sie lassen sich für ein Buch so in ihr Leben ziehen?«

»Wenn es ihr hilft, ja«, sagt er fest und verschränkt die Arme. Wir stehen einen Moment schweigend da, bevor er mir den Rücken zukehrt. »Sie hat mich gebeten, es ihr zu holen. Deshalb bin ich hier. Sie können bleiben oder gehen, es liegt an Ihnen. Aber ich tue das, um ihr zu helfen.«

»Das ist nicht ideal, Rhys, das entspricht nicht dem Protokoll.«

»Gut, dann gehen Sie.«

Ich warte, versuche mir klar zu werden, was zu tun ist. Eine sanfte Brise mischt die Gerüche von nassem Gras und heißem, dampfendem Boden.

»Woher wissen Sie, was sie will? Hat sie Sie *gefragt*?«

Er kommt den Weg hinunter auf mich zu, zieht ein zerknittertes Stück Papier aus der Tasche. In Susans Handschrift, die ich aus dem kaum benutzten Kalender wiedererkenne, stehen zwei Worte auf dem Papier: Märchenbuch. Nachttisch.

»Ich bin hier, um ihr zu helfen. Das ist alles. Ich hole ihr, was sie will, dann gehe ich wieder.« Rhys geht zum Haus hoch. »Es ist Ihre Entscheidung, ob Sie mit reinkommen.«

Kapitel 20

RHYS

Ich höre ihre Schritte, als sie sich entschließt, mir zum Haus zu folgen. Ich drücke gegen die Tür, drehe den Schlüssel herum und öffne sie. Kat sieht sich um, wirft einen Blick auf ihre Uhr. Ihr Gesichtsausdruck hat sich verändert. Die fürsorgliche Kat, die neben Susans Bett stand, ist verschwunden, an ihre Stelle ist eine ernste Person getreten. Sie sieht streng aus, verärgert, aber auch verletzlich. Auf ihren Wangen ist eine schwarze Spur von verschmierter Wimperntusche. »Ich komme mit«, sagt sie.

»Gut«, sage ich und schaffe es schließlich, die Tür über Briefe, Zeitungen und Werbung hinweg ganz aufzumachen. Ich stelle die Milchflaschen ab, ziehe den Schlüssel aus dem Sicherheitsschloss und stecke ihn in meine Jeanstasche.

Es ist der Geruch, der mir als Erstes auffällt, irgendwie muffig. Da ist eine Basisnote – vielleicht nach Möbelpolitur. Sie setzt sich in meine Nasenlöcher. Es riecht nicht schmutzig oder staubig, denke ich. Nur alt. Sauber, aber alt, wie das Haus meiner Oma. Ich hatte vergessen, dass es so gerochen hat. Zu meiner Rechten führt eine Treppe nach oben, eine enge Diele erstreckt sich vor mir, an der linken Seite ist eine Tür. Ich suche nach Hinweisen, die auf ihren Gemütszustand vor ihrem Aufbruch deuten könnten – eine Notiz vielleicht. Aber da ist nichts, bis auf dieses Gefühl von unterschwelliger Leere, die dieses Haus ausstrahlt. Ich bleibe reglos stehen.

Kat räuspert sich, verändert ihre Position, um mir über die Schulter zu blicken. Langsam macht sie einen Schritt und steht neben mir. Sie sagt nichts. Der alte Teppich mit dem smaragdgrünen Paisleymuster scheint sich unter meinen Füßen zu bewegen. Kat zieht die grün gestreiften Vorhänge von der Haustür weg und beugt sich hinunter, um die Post aufzuheben. Sie hält sie in der Hand, sieht sich um, wo sie sie hinlegen kann, bevor sie sie ordentlich auf dem Mahagonitelefontischchen zu ihrer Rechten stapelt.

»Wo, hat sie gesagt, ist das Buch?«, fragt sie.

»Auf dem Nachttisch.« Wir beide sehen die Treppe hoch.

»Vielleicht sollten Sie …«, sage ich ausdruckslos und zeige Richtung Treppe. Ich wünsche mir, dass sie Nein sagt, weil ich das Zimmer selbst sehen möchte, aber nicht will, dass sie annimmt, ich wollte hier etwas anderes als das Buch holen. Kat macht einen unsicheren Schritt, sodass mein Herz einen Schlag aussetzt. Dann bleibt sie stehen, den Fuß auf der untersten Stufe. Sie sieht sich über die Schulter – sieht nicht mich an, sondern nur in meine Richtung. Ich folge ihr.

Oben steht die Tür zu einem kleinen Raum offen. Bis auf ein Bett und einen Nachttisch ist er leer – da ist kein Buch, das kann also nicht ihr Zimmer sein. Es sieht so aus, als wäre jahrelang niemand hier drinnen gewesen. Ich schüttele den Kopf und trete einen Schritt zurück, als Kat Platz macht, um mich vorbeizulassen. Ihr Atem ist flach, sie hat die Arme um sich geschlungen. Ich gehe zu dem einzigen anderen Zimmer, dessen Tür offen steht, nach hinten raus, neben einem

Wäschetrockenschrank. Ich kann Susan fast sehen, wie sie neben mir gestanden hat, als ich gearbeitet habe; ich kann fast die Suppe riechen, die sie ihren Eltern zum Mittagessen gekocht hat. Die Erinnerung ist seltsam lebendig.

Das Bett in dem Zimmer ist gemacht, beigefarbene Laken sind fest unter die Matratze geklemmt. Auf dem Nachttisch liegt ein Buch.

»Sehen Sie mal«, Kat zeigt darauf. »Ist es das?«

Ich gehe durch den Raum, die Dielen knarren unter meinen Füßen. Eine goldene Kursivschrift windet sich über die Vorderseite. *Gebrüder Grimm. Gesamtausgabe.* Ich nicke und greife danach. Es ist schwer. Der Stoffeinband fühlt sich rau unter meinen Fingern an.

»Verdammt.« Kat stolpert gegen die Wand, sie atmet so tief aus, als hätte sie die Luft angehalten, seit wir das Haus betreten haben. Sie reibt sich das Gesicht, sieht blass und erschöpft aus. Die frühere Mascaraspur ist jetzt verschwunden.

»Sind Sie okay?« Ich gehe zu ihr, den Arm ausgestreckt, falls sie fällt.

Sie stößt sich von der Wand ab, streicht ihre Kleidung glatt und gewinnt die Fassung zurück. »Mir geht es gut«, sagt sie. »Mir geht es gut.« Ich folge ihrem Blick, als sie den Raum in Augenschein nimmt. »Ich kann nicht glauben, dass jemand so wohnt.«

»Wie wohnt?«

»Als ... wäre sie nie wirklich hier gewesen. Es ist, als hätte sie das Haus nicht stören wollen.«

Sie hat recht. Genau das ist es. »Es hat etwas von einer Zeitschleife, oder?« Ich fahre mit der Hand über einen weißbraunen Kleiderschrank, der um das Bett herumgebaut ist.

»Willkommen im Jahr 1976, wir hoffen, Sie werden hier sehr glücklich werden.« Kat versucht zu lachen, doch es klingt angespannt. »Kommen Sie«, sage ich. »Wir haben das Buch.« Aber ich rühre mich nicht, denn obwohl ich weiß, dass wir das haben, was Susan braucht, bin ich nicht sicher, ob ich habe, was ich brauche.

Ich habe nicht erwartet, dass es hier an die Wand geschrieben stehen würde, aber ich dachte, da würde etwas sein. Ein Hinweis, warum sich jemand das Leben nimmt. Oder es versucht. Nicht nur Susan, sondern irgendjemand. Ich hatte auf Antworten gehofft. Ich sehe mich um. Ich atme die Luft ein. Haben wir etwas übersehen? Etwas, nach dem ich Susan fragen kann, wenn ich sie wiedersehe?

Kat schenkt mir ein halbherziges Lächeln, dann übernimmt sie die Führung. Ich fühle Tauwetter in ihrer Stimmung, einen Moment des Nachgebens. Vielleicht bin ich unfair gewesen. Seit dem Vorfall mit dem Schlüssel habe ich mich verletzt gefühlt, bin in die Defensive gegangen. Doch diese Situation überfordert mich. Vielleicht überfordert sie uns beide, und vielleicht hat sie das eingesehen.

Am Fuß der Treppe bleibt Kat stehen. »Ich werfe gerade noch einen Blick in die Küche.« Sie sieht flüchtig in die Diele. »Sie wird noch eine Weile bei uns sein. Vielleicht sollten wir die leicht verderblichen Sachen wegwerfen? Käse und Brot und so etwas. Die Milch da wird schlecht werden. Können Sie einen Zettel schreiben, dass keine mehr geliefert wird? Da wir schon einmal hier sind.«

»Und Sie halten mich für einen Schnüffler!«, sage ich, was nicht ganz so lässig klingt, wie ich gehofft hatte. Sie wirft mir einen Blick zu. Wir sind noch nicht aus dem Gröbsten raus. »Okay, eins zu null für Sie. Hier entlang.« Ich gehe durch den Flur voraus, stoße die Tür zur Küche auf und taste an der Wand nach dem Schalter. Das Licht flackert ein paar Mal, bevor es richtig zum Leben erwacht und ein leises elektrisches Summen von sich gibt. Der Raum fühlt sich anders an als damals, als David und ich hier waren. Die Dosen mit Teebeuteln und Zucker sind von den Stellflächen verschwunden. Das Spülmittel und die gelben Haushaltshandschuhe, die sie angezogen hat, als sie gespült hat, fehlen auf der Spüle.

»Sehen Sie hier irgendwo Mülltüten? Vielleicht unter der Spüle? Wir könnten den Mülleimer leeren.« Kat öffnet den Kühlschrank. »Oh ...«

»Was ist?«

Sie bückt sich und guckt richtig hinein. »Da ist nichts drinnen«, sagt sie.

Ich gehe um die Frühstückstheke herum, als müsste ich wirklich selbst einen Blick hineinwerfen. »Gar nichts?« Ich stecke die Hand hinein.

»Nichts. Nicht ein Teil. Er ist an, und er ist kalt, aber es deutet nichts darauf hin, dass jemals Essen darin gewesen ist.« Sie steckt die Hand hinein, wischt durch ein Fach. Unsere Hände streifen sich, als ich meine herausziehe. Sie richtet sich auf und schnuppert an ihrer Handfläche. »Sauber. Zitrone.« Sie runzelt die Stirn. »Wer hat so einen leeren Kühlschrank?« Ihr Gesichtsausdruck wechselt von Verwirrung zu Besorgnis, die wächst, als sie die Schränke öffnet. Alle sind leer. »Da ist nichts.« Sie öffnet Tür für Tür. »Nicht ein Teil. Ich meine, wir alle haben abgelaufene Konserven in unseren Schränken, oder? Sehen Sie mal, Rhys. Sehen Sie sich das an.« Sie hat sich wieder aufgerichtet, die Hände in den Hüften. »Das«, sagt sie. »Das hier. So wohnt doch niemand.«

»Sie waren noch nie bei mir zu Hause«, sage ich und versuche, einen Witz zu machen, obwohl mir langsam klar wird, worauf sie hinauswill.

»Ein makelloses Haus ohne offensichtliche Anzeichen dafür, dass jemand dort wohnt, ist eine Sache – ich meine, das ist nicht *mein* Ding, aber ich habe so etwas in Zeitschriften gesehen, manche mögen das. Aber leere Schränke? Ein leerer Kühlschrank?«

»Vielleicht wollte sie Urlaub machen?«, sage ich und probiere es mit einer Lüge.

»Und deshalb hat sie die ganze Küche komplett leer geräumt? Vor wie vielen Urlauben machen Sie das?«

»Ich weiß nicht, wann ich das letzte Mal Urlaub gemacht habe.« Ich stecke die Hand in einen Schrank, um mich noch einmal selbst davon zu überzeugen, und sehe nur leere Fächer. Wir schauen uns in der Küche um, die das restliche Haus in all seiner veralteten, aber makellosen Pracht widerspiegelt. Vielleicht ist Pracht das falsche Wort. Dieses Haus ist zu steril, zu unpersönlich. Der alte weiße Emailleherd ist frei von Schmutz und Flecken. Die Arbeitsflächen sind makellos sauber. Nur auf den Regalen hinter Glas steht etwas: beiges und braunes Geschirr, das ordentlich, der Größe nach gestapelt ist.

»Es ist wie ein Musterhaus oder so etwas«, sage ich und fahre mit dem Finger an dem glänzenden Geschirrkorb entlang.

Kat sieht sich um. »Es ist traurig…«, sagt sie leise und geht zu dem Bogengang, der ins Wohnzimmer führt. »Sehr, sehr traurig.«

Und mir wird klar, dass sie recht hat. Traurig. Traurigkeit. Es gibt sie hier lagenweise, eingeschlossen in die Wände, zwischen Farbe, Tapete und der Vergangenheit. Ich weiß nicht, wie mir das nicht auffallen konnte, als ich hier gearbeitet habe, denn jetzt ist sie unverkennbar.

Kat legt sich die Hand auf die Brust. »Oh, Susan.«

»Was?«

Sie drückt die Finger auf ihren Mund, um sich am Sprechen zu hindern. Sie sieht sich noch einmal um, bis sie sich nicht länger beherrschen kann. »Die Vermutung, dass ihr Unfall nicht ganz zufällig war, stand die ganze Zeit im Raum, nicht? Aber das? Das habe ich nicht erwartet.« Ich muss verwirrt aussehen, denn sie fährt fort: »Das hat ein ganz anderes Ausmaß. Hier geht es nicht um jemanden, der nicht mehr leben will, weil er des Lebens müde ist und keinen anderen Ausweg sieht. Das ist geplant, bis ins kleinste Detail vorbereitet, um allen Beteiligten einen leichten Ausgang zu bescheren. Sie hat sich selbst aus dem Haus eliminiert. Sie hat jede Erinnerung an ihre Gegenwart ausradiert. Bis auf das Buch ist sie hier unsichtbar.« Kat stößt die Tür auf, die vom Esszimmer ins Wohnzimmer führt, und ich folge ihr. Auf dem Kaminsims steht eine Tischuhr mit einem Drehpendel. Das Pendel dreht sich eine Sekunde lang in die eine, dann in die Gegenrichtung, ein Spiegel zeigt unsere Gesichter. Als wir einander bemerken, sehen wir weg. »Wie gebrochen muss jemand sein, der so etwas tut?«, flüstert sie.

Wie gebrochen wir alle sind, denke ich. Und in dem Moment muss ich die Augen schließen. Gegen die Erinnerung ankämpfen, als ich Davids Zimmer betreten habe. Die Szene blitzt plötzlich vor mir auf, egal, wie sehr ich versucht habe, sie zu verdrängen. Ich kneife die Augen ganz fest zu; ich dränge sie zurück. Ich presse die Handballen so fest vor die Augen, dass ich Sterne und nicht wieder sein Gesicht sehe. Jegliche Luft entweicht meinem Körper, genau wie damals, genau wie sie fast ganz aus David entwichen war, als ich in sein Zimmer getreten bin, und ich lasse mich auf einen Stuhl fallen. Es kommt mir alles bedrohlich nahe. Es ist zu viel.

»Rhys?« Kat tritt zu mir, hockt sich vor mich, legt mir die Hand auf die Knie. Ich sehe auf Susans Buch, fahre mit den Fingern über die Buchstaben. Märchen. Die Moral einer Geschichte. Ein glückliches Ende. Ich mache das Buch auf, blättere in den Seiten, die so dünn wie Pauspapier sind. Ein Zeitungsausschnitt fällt auf den Boden. Er ist vergilbt, durch das Alter fast wie mit Tee gefärbt. Kat hebt ihn auf. Sie gibt einen Laut von sich, ganz leise, als sie ihn liest. »Oh, nein...«, flüstert sie.

Kapitel 21

KAT

W as?«, fragt er. »Was steht da?«
Ich lese die Überschrift immer wieder. POLIZEI
SUCHT MUTTER DES IN DER ST. JAMES KIRCHE, NOR-
TON, AUSGESETZTEN BABYS. Darunter ist ein unschar-
fes Schwarz-Weiß-Foto von einem winzigen gewickelten
schreienden Baby. Ich drehe den Zeitungsausschnitt um und
lese die letzten Absätze einer Filmkritik von *Rocky*. Mit
einem Bild von einem jugendlich frischen Sylvester Stallone.
Ich drehe ihn wieder um, um noch einen Blick auf das Baby
zu werfen, bevor ich merke, dass Rhys mich anstarrt, wartet. Ich versuche, den Zeitungsausschnitt zu falten, um ihn in
meine Tasche zu stecken; die Privatsphäre der Geschichte zu
wahren. Ihrer Geschichte? Bevor ich das kann, hat Rhys ihn
mir aus der Hand genommen. Er liest die Überschrift, hält
den Artikel in der Hand. Seine Augen überfliegen mehrmals
die Worte, während seine Zähne mahlen und sein Kiefer sich
anspannt. Dann starrt er ausdruckslos auf den Zeitungsausschnitt, vielleicht auch daran vorbei.

»Wow«, sagt er. Seine Stimme ist leise und fremd. Er schüttelt den Kopf. »Wie konnte sie…«

»Wir wissen nicht, was das zu bedeuten hat, Rhys«, versuche ich es. »Es kann einfach…«

»Was?«, zischt er. »Halten Sie das für einen Zufall?«

»Ja, das könnte es sein. Es kann absolut nichts mit ihr zu tun haben. Sie wissen nicht, woher dieses Buch kommt oder wie lange sie es schon hat. Nur weil…« Ich weiß nicht, was ich sagen soll. Ich bin mir nicht sicher, was ich denke. Natürlich kann dieser Zeitungsausschnitt auch gar nichts mit Susan zu tun haben, aber ich weiß genau, was er denkt. Warum sollte er sonst hier liegen, wenn er nicht Teil ihrer Geschichte ist?

»Sie wollte unbedingt, dass ich ihr das Buch hole. Warum hätte sie es gewollt, wenn nichts darin ist, das sie verbergen möchte«, knurrt er und sieht wieder auf den Zeitungsausschnitt. Seine ungewohnte Aggressivität ist einschüchternd. Ich bin mit einem wütenden Fremden allein in einem Haus, und niemand weiß, dass ich hier bin. Ich stehe auf, mache einen Schritt zurück, nicht sicher, wie viel Angst ich vor ihm haben sollte. Meine Handflächen sind feucht.

»Kommen Sie.« Er springt auf, drückt mir das Buch mit dem Zeitungsausschnitt gegen den Bauch. Ich weiche zurück, versuche aber, ihm nicht zu zeigen, dass es wehtut. Er starrt mich mit wildem Blick an, und ich gebe mir alle Mühe, Blickkontakt zu ihm zu halten, beiße die Zähne zusammen und kämpfe gegen meine Verwirrung an. Schließlich habe ich Angst. Ich bewahre die Fassung, Haltung. Aber ich kenne ihn nicht, diesen Mann mit dem steinernen Gesicht. Er drängt sich an mir vorbei, um zu gehen.

»Rhys…« Mein rasender Puls leitet die Angst zu meinem Herzen weiter, mir wird kalt und schwindelig. Ich eile hinter ihm her, nicht sicher, was los ist. Er sieht nicht aus wie der Mann, den ich auf meiner Station begrüßt habe. Er sieht nicht einmal aus wie der Mann, der noch vor weniger als zehn Minuten auf der Schwelle dieses Hauses stand. Da war er verwirrt, er hatte unrecht, aber er war nicht so. Er war nicht… wütend? Durchgedreht? Oder hatte vor irgendetwas Angst? Er steht an der Haustür, eine Hand auf der Klinke, mit der anderen stützt er sich an der Wand ab. Trotz meines rasenden Pulses und einer Stimme in meinem Kopf, die mir davon abrät, greife ich mit einer zitternden Hand nach seiner Schulter. Er scheint zu reagieren, als ich meine Hand seinen Rücken hinuntergleiten lasse. Sein Atem geht schwer, und sein Körper strahlt Hitze aus, als ich mich näher zu ihm hinbeuge, doch er scheint sich ein wenig zu entspannen. Als brauchte er meine Berührung. Ist das eine verzögerte Reaktion auf das Haus? Ist es das Buch, der Zeitungsausschnitt? Hat das etwas mit seinem Bruder zu tun? Was immer es ist, es geht ihm nicht gut. Ich muss ihm helfen.

»Rhys, sprechen Sie mit mir. Was ist los?« Er schüttelt den Kopf, dreht sich zu mir um. Sein Atem auf meinem Gesicht ist heiß. Neben der Wut entdecke ich so etwas wie Angst. Oder Bedürftigkeit. Ich kann nicht sagen, was es ist. Seine Augen fokussieren meine, und es entsteht ein Moment der Stille, eine Pause, eine Sekunde, in der ich Schmerz sehen kann, etwas, das er verbirgt.

Er haut mit der Faust gegen die Tür. »Verdammt.« Er reißt sie gewaltsam auf. Ein Luftstoß erwischt mich volle Pulle im Gesicht. Er läuft die Auffahrt hinunter zu seinem Lieferwagen. Ich schütze das Buch mit meinem Mantel gegen den Regen und ziehe die Tür hinter mir zu. »Steigen Sie ein«, ruft er. »Ich fahre Sie zur Bushaltestelle.«

Will ich mit ihm in einem Lieferwagen sein? In einem engen

Raum? »Machen Sie sich keine Gedanken«, rufe ich zurück. »Ich laufe.« Ich sehe zu den dicken, dunklen Wolken hoch.

»Es ist nur ein Schauer.«

»Steigen Sie ein!«, beharrt er, seine Finger trommeln auf das Dach des Wagens. Da ist ein seltsamer Ton in seiner Stimme, eine gewisse Verletzlichkeit. Ich kann ihn in diesem Zustand nicht einfach allein lassen. Wenn man es genau nimmt, ist es meine Schuld, dass er überhaupt hierhergekommen ist. Ich renne den Weg hinunter, springe auf den Beifahrersitz, während er einsteigt. Er knallt seine Tür zu, und durch die Heftigkeit geht das Handschuhfach auf. Er flucht, streift mein Bein, als er herüberreicht, um es wieder zuzumachen. Er macht sich nicht die Mühe, sich anzuschnallen, sondern versucht, den Motor anzuwerfen, flucht erneut, als es zu einer Fehlzündung kommt. Nervös versuche ich, mich anzuschnallen, obwohl meine zitternden Hände diese einfache Aufgabe nicht bewältigen. Er greift nach dem Gurt und lässt ihn einrasten. Ich umklammere fest Susans Buch, das auf meinen Knien liegt, wünschte, ich könnte nachsehen, ob der Zeitungsausschnitt noch drinnen liegt. Er lässt den Motor aufheulen, dann schlingert er auf die Straße, durch die Beschleunigung werde ich in meinen Sitz gedrückt.

»Ich lasse Sie vor Mitchells raus«, knurrt er über das Geräusch des überbeanspruchten ersten Gangs hinweg. Wir rasen auf den Seitenstraßen von Kreuzung zu Kreuzung, weg von Susans Haus, navigieren um Bremsschwellen herum, die den Wagen dumpf aufschlagen lassen.

»Seien Sie vorsichtig, Rhys«, bitte ich ihn und halte mich an meinem Sitz fest.

In Meadowhead biegt er auf die Schnellstraße ab und reiht

sich in eine Schlange ein, die zum Kreisverkehr führt. »Nun fahrt schon«, ruft er und schlägt mit der Hand auf das Lenkrad. »Warum ist zu dieser Zeit hier immer so verdammt viel los?«

Ich antworte nicht. Ich vermute, es gibt keine richtige Antwort. Ich möchte die Hand ausstrecken, ihn beruhigen. Ich habe noch nie jemanden gesehen, der gleichzeitig so jung und so alt ausgesehen hat, so verwirrt und wütend und verletzt. Und in dem Moment wird mir ohne jeden Zweifel klar, dass ich nicht in Gefahr bin. Aber er vielleicht. In Gefahr vor sich selbst. In der Gefahr, dem, was immer diese Situation getriggert hat, zu erlauben, den Selbstzerstörungsknopf zu drücken, den wir alle in uns haben. Mein Herz, das noch immer rast, das Adrenalin, das noch immer durch meine Adern rauscht, geben mir das Gefühl, außerhalb meines Körpers zu sein, nur zuzusehen, aber wenn ich nicht versuche zu helfen, dann … Daran will ich nicht denken.

»Ich bin mir nicht sicher, was da eben passiert ist. Ich weiß nicht, um was es hier geht, Rhys.« Ich verschränke die Hände ineinander, finde Stärke in mir selbst. »Wenn Sie reden möchten, ich kann zuhören. Oder jemanden finden. Sie müssen nicht …« Er wechselt schnell die Spur, holt eine Radfahrerin fast von ihrem Fahrrad. »Vorsicht!« Ich gerate in Panik, strecke die Hand aus, um mich am Armaturenbrett festzuhalten, werfe einen Blick zurück, um zu sehen, ob sie okay ist. »Bitte seien Sie etwas vorsichtiger.«

»Mir war nicht klar, wie spät es ist«, sagt er. »Ich habe noch einen Termin.« Er beißt sich auf die Innenseite seiner Wange. Er strengt sich an, um an den Autos vor ihm vorbeizusehen. »Wissen Sie, was mich wirklich ärgert?« Seine Augen blicken konzentriert nach vorne. »Leute, die meinen, mich manipulieren zu können. Mich ausnutzen zu können.«

»Ich wollte nicht, ich hatte nicht…«

»Ich meine nicht Sie.«

»Oh.« Meine Gedanken wandern zu der winzigen Frau in dem Bett, die nicht sprechen kann. Oder nicht sprechen will. »Ich denke nicht, dass es so einfach ist.«

»Geh verdammt noch mal aus dem Weg«, ruft er jetzt jemandem zu, der versucht, den Platz zwischen zwei Spuren für sich zu beanspruchen. Ich bin auf der Hut, lehne mich vor, um in den Seitenspiegel und seinen toten Winkel sehen zu können. Das Auto ruckelt und schwankt, als er aufschließt und sich durch eine kleine Lücke zwängt.

»Mir kommt es sehr einfach vor.« Er lehnt sich zur Seite, um an einem Poller vorbeizusehen; er ist der Nächste vor dem Kreisel. »Wir kennen sie nicht, richtig?«

»Doch, Sie kennen sie.«

»Ich?« Er wendet den Blick von der Straße ab und sieht mich zum ersten Mal an, seit wir das Haus verlassen haben. Er schüttelt den Kopf. »Ich habe ein paar Aufträge für sie erledigt. Das ist alles. Mein Bruder David hatte mehr mit ihr gemein als ich. Und selbst sie waren nicht befreundet.«

»Sie hatte Ihre Nummer.«

»Ja, und warum? Das regt mich verdammt noch mal auf. Ich habe zugesagt, ihr zu helfen, mich zu versichern, dass sie nicht von irgendeinem Cowboy übers Ohr gehauen wird, und das Nächste, was ich weiß, ist, dass ich in ihrem Haus bin und einen Hinweis finde, der nahelegt, dass Ihre stumme Patientin nicht ganz so unschuldig und bedürftig ist, wie sie zunächst erscheint.«

»Das wissen wir nicht, Rhys.«

Er wirft mir einen Blick zu, dann überholt er einen Bus, wechselt im Kreisel die Spur, um sich vor ihm wieder einzuordnen, und fliegt um die Verkehrsinsel. Auf der anderen Seite biegt er in die Haltebucht vor dem Weinladen ein. Aus einem neuen Restaurant weht der Duft von gebratenem Knoblauch in die Abendluft. Der Bus – mein Bus – biegt hinter ihm ein, und ich muss meine Augen vor den blendenden Lichtern im Außenspiegel abschirmen. »Der Bus«, sagt er ausdruckslos und zeigt hinter sich, damit ich mich beeile.

Bevor ich die Tür richtig zugemacht habe, fährt er an und ist weg, wechselt die Spur und entschwindet den Berg hinunter, außer Sichtweite. Der Bus rollt zu mir heran, die Türen fauchen und öffnen sich. Ich bezahle und hangele mich an den Haltestangen entlang, bis ich hinten im Bus einen Platz finde. Was zum Teufel ist da gerade nur passiert?

Kapitel 22

RHYS

Die Ampel unten in Woodseats schaltet vor dem Fußgängerübergang auf Rot, und ich trete auf die Bremse. Das Anhalten gibt mir einen Moment zum Denken, zum Atmen. Ich brauche einen Drink. Ich brauche mehrere Drinks. Das kann alles nicht wahr sein. Ich weigere mich, es zu glauben, es überhaupt zu denken.

Ich parke den Lieferwagen auf dem Parkplatz des Big Tree Pubs über zwei Plätze. Stelle den Motor ab, bleibe sitzen, stemme die Arme gegen das Lenkrad, um meinen Rücken in den Sitz zu drücken. Mein Kopf hämmert, meine Kehle brennt. In meinem Kopf häufen sich die Bilder von Zeitungsausschnitten, von David und von Susans Haus. Von Kat, die im strömenden Regen an der Bushaltestelle steht. Das war nicht die Antwort, die ich hatte finden wollen. Ich hatte auf Einsicht gehofft, auf einen Anhaltspunkt, einen Hinweis, was einen Menschen dazu bringt, sein Leben zu beenden, und keinen Beweis dafür, dass Susan aufgegeben hat, weil sie die Wahrheit nicht ertragen konnte, wie egoistisch sie gewesen ist. Wie sie ein Kind dem Tod hat überlassen können. Ein Kind, das vielleicht eines Tages herauszufinden versucht, wer es ist, wenn es das Glück hatte, eine zweite Chance zu bekommen. Das seine Geschichte erfahren will. Ein Kind, für das die Wahrheit der Stoß über eine emotionale Klippe sein könnte. Es stolpert, es fällt, immer weiter, bis es an einen Tiefpunkt gelangt, was niemand bemerkt, und seine Gefühle außer Kontrolle geraten.

Oder ein Kind, das vielleicht nie lernt, mit der Wahrheit zu leben. Ein Kind, das deswegen aufgeben könnte.

Susan verdient mein Mitgefühl nicht, jetzt, wo ich von dem Schmerz weiß, den sie verursacht hat. Sie verdient meine Zeit nicht. Sie verdient nicht zu ... Ich verbiete mir, zu Ende zu denken, was mein Unterbewusstsein begonnen hat. Es ist nicht an mir, über Überleben oder Nicht-Überleben zu bestimmen.

Ich hole mein Handy heraus, um Mum anzurufen. Genau wie an dem Abend, an dem ich in Michelles Bett gelandet bin, habe ich das Bedürfnis, Ballast abzuladen. Ich brauche weise mütterliche Worte, um mich zu beruhigen. Doch als sie abnimmt, rufe ich mir ins Gedächtnis, was sie mir heute Abend erzählt hat, und Wut steigt in mir auf, als mir bewusst wird, wie allein ich bin. Ich drücke das Gespräch weg, bevor sie weiß, dass ich es bin. Ich frage mich, ob *er* bei ihr ist. Dieser neue Mann. Diese Person, an die sie sich statt meiner wenden kann. Er hat in dem Sessel von David gesessen, die Füße hochgelegt, eine Tasse Tee in der Hand, total gleichgültig gegenüber der Tatsache, wie die Dinge eigentlich sein sollten. Wir hatten gesagt, dass wir nur für uns bleiben wollten. Wen habe ich jetzt?

Ich knurre das Lenkrad an, dann steige ich aus dem Wagen. Eine Gruppe Mädchen sitzt auf einer der Bänke unter dem großen mit Lichtern geschmückten Baum, nach dem der Pub benannt ist. Sie kauern sich vor dem Regen unter einem Pubschirm zusammen, rauchen Zigaretten und albern herum. Stoßen sich gegenseitig an, kreischen und benehmen sich insgesamt albern. Oder amüsieren sich. Entweder ... oder. Der Erwachsene in mir weiß, dass ich den Pub besser meiden und direkt nach Hause fahren sollte. Den Stress überschlafen sollte, um mich morgen in einer besseren Verfassung damit auseinanderzusetzen. Das Kind in mir riecht den Hopfen und wittert die Chance auf mentales Vergessen. Ich knicke ein. Eins der Mädchen pfeift und ruft mir etwas zu, als ich den Lieferwagen abschließe. »Komm schon, Bruder Woods, Installateur, schenk uns ein Lächeln.«

Ich blicke düster drein, den Kopf gesenkt, nicht in der Stimmung für Spielchen. »Dein Pech!«, ruft sie, als ich vorbeigehe.

In der Bar ist nicht viel los, nur ein paar vereinzelte Stammgäste und ein paar Typen, die zweifellos Unsinn reden. Es ist heiß, zu heiß. Ich sehe mich nach meinem besten Freund Paul um, er ist donnerstags gewöhnlich immer hier. Als ich an die Bar trete, ist keine Bedienung da. Ich hole meine Geldbörse und Kleingeld aus der Tasche, während ich warte.

Als ich wieder aufblicke, steht Michelle am Zapfhahn. Verdammt. Das kann ich jetzt gar nicht brauchen. Das kann ich jetzt wirklich nicht brauchen.

»Was machst du hier?«, frage ich.

»Ich brauche das Geld«, antwortet sie. »Ich wollte es dir erzählen, aber da du mich meidest ...« Wir starren einander an, beide unsicher, was wir sagen oder tun sollen. Ich könnte mich ohrfeigen, dass ich nicht das Richtige getan habe und direkt nach Hause gefahren bin. Hätte ich das getan, hätte ich diese Konfrontation noch etwas hinausschieben können. Jetzt ist nicht die richtige Zeit dafür, obwohl ihr Anblick mich irgendwie etwas beruhigt. Wenn ich ihr nur erzählen könnte, was los ist. Wenn ich nur in ihren Armen liegen und so den ganzen Schmerz lindern könnte.

Aber das kann ich nicht.

»Hör mal«, sagen wir beide gleichzeitig. »Entschuldige«, fügen wir beide hinzu.

»Du zuerst«, sagt sie und schiebt sich das feuerrote Haar aus dem Gesicht. Ihr Markenzeichen, ihre stark geschminkten Augen, sind groß und erwartungsvoll und nicht so verärgert, wie ich mir das vorgestellt hatte. Ich hatte mit einer Schmäh-kanonade gerechnet, mit einem Sturm an Beschimpfungen. Ich denke, ich hatte mit alldem gerechnet, weil ich es verdient gehabt hätte.

»Es ist unser beider Schuld«, sagt sie stattdessen, wobei sie darauf achtet, dass ich das mitbekomme. »Es ist nicht mehr deine Schuld als meine. Es gehört einfach zu den Dingen, die ... «

Na schön, vielleicht stimmt das für sie, und vielleicht stimmt das für mich, aber es fühlt sich nicht so an. Und es hat sich auch in dem Moment nicht so angefühlt, was vielleicht erklärt, warum ich so unsicher bin, als sie nach meiner Hand greift. Ich wünschte, ich könnte sie an mich ziehen. Ich brauche sie.

»Es war Scheiße«, sage ich. »Es war beschissen, das zu tun. Aber du hast recht, wir sind beide schuld. Ich schätze nur, ich kann mir nicht so leicht vergeben, wie du das offensichtlich kannst.«

Sie sieht mich verblüfft an, als hätte ich ihr einen unerwar-teten Schlag versetzt, und ich wünschte, ich könnte die Worte zurücknehmen, denn ich wollte ihr kein schlechtes Gefühl geben – stattdessen bemühe ich mich, Augenkontakt zu halten, zu meinen Fehlern zu stehen. Mich wie ein Mann zu verhalten. Sie fährt sich mit der Zunge über die Zähne, dann öffnet sie den Mund, um etwas zu sagen, aber es kommt nichts heraus. Sie nickt nur, zieht ihre Hand zurück und greift stattdessen nach einem Glas. »Ein Pint?«, fragt sie kühl.

Ich nicke. »Und eins für Paul, falls er hier ist?« Ich lege ein paar Münzen auf die Theke. Zähle den Preis für zwei Pints ab. Sie knallt die Gläser auf die Bar, und ich greife danach, um den Schaum aufzufangen, der an ihnen hinunterläuft. Der bittere Geschmack breitet sich in meinem Mund aus, und ich sehne mich nach der Trägheit, die sich nach ein paar weiteren Pints in mir ausbreiten wird.

Michelle sammelt die Münzen ein und zählt sie. Ich warte, tue so, als wollte ich sichergehen, dass es genug sind, obwohl ich in Wirklichkeit alles, was ich gesagt habe, zurücknehmen möchte. Als sie das Geld in die Kasse getan hat, dreht sie sich zu mir um und lehnt sich über die Bar. »Ich habe deinen Bruder geliebt, Rhys. Und ich bin zutiefst erschüttert, dass es ihn nicht mehr gibt.« Sie hält kurz inne, aber sie ist noch nicht fertig. »Und ich bin erschüttert darüber, was wir getan haben. Wie wir seine Erinnerung hochgehalten haben. Wie konnten wir so egoistisch sein? Aber weißt du was? Trauer umhüllt dich und vernebelt dir die Sicht. Sie erstickt und verwirrt dich. Du triffst schlechte Entscheidungen, du tust dumme Dinge. Du hast einen Bruder verloren, das habe ich verstanden. Ich habe meinen Freund verloren. Ja, es war nicht leicht zum Ende hin, und ich weiß nicht, ob wir eine Zukunft gehabt hätten, wenn er nicht …« Ich nehme meine Getränke, um zu gehen, aber sie greift nach meinem Arm.

»Wage es nicht, auch nur eine Sekunde zu glauben, dass du ein Monopol auf die Trauer hast, Rhys Woods. Wage es verdammt noch mal nicht.«

Ich beiße die Zähne zusammen, will mich unbedingt entschuldigen, will unbedingt, dass sie nicht sauer auf mich ist. Will ihr unbedingt von Susan erzählen und was wir herausgefunden haben. Doch stattdessen wende ich ihr den Rücken zu. Es ist für uns beide besser, wenn sie mich hasst.

Ich marschiere in die Ecke des Pubs, in der Paul und ich gewöhnlich sitzen. Rote, goldene und grüne Lichter blitzen an dem Glücksspielautomaten auf. Paul steht davor, wirft Geld hinein und versucht, die Symbole zu erkennen, bevor sie richtig zu sehen sind, um herauszubekommen, was als Nächstes kommt. »Das lohnt sich doch nicht«, sage ich und stelle sein Pint neben das Glas, das er fast ausgetrunken hat.

»Doch, Kumpel, Steve hat gerade fünfzehn Pfund reingeworfen, die müssen doch irgendwann wieder rauskommen. Ich bin ein Gewinner. Prost.« Er kippt den letzten Schluck von seinem Bier hinunter, bevor er nach dem frischen Pint greift und mit mir anstößt. »Sie hat nach dir gefragt, als ich gekommen bin.« Er nickt in Michelles Richtung. »Ist alles in Ordnung mit ihr? Sonntagnachmittag hat sie ziemlich fertig ausgesehen.«

»Es geht ihr gut. Schätze ich. Ich weiß es nicht wirklich.«

Paul studiert mein Gesicht. »Hast du sie nicht nach Hause gebracht?«

»Nein, nur...« Ich zucke mit den Schultern. Schüttele den Kopf. Vergrabe das Gesicht in meinem Pint. Paul kennt mich zu gut, er würde sehen, dass ich lüge. »Es geht ihr gut«, sage ich.

»Gut«, sagt er. »Okay.« Er trinkt einen weiteren Schluck.

»Was veranlasst dich eigentlich, unter der Woche auszugehen? Du weißt, dass Mum dich morgen erwartet, ja?

»Tut sie das? Scheiße, ich hab so viel um die Ohren, dass ich das vergessen haben muss.« Ich trinke mein Pint halb aus und sehe zur Bar hinüber.

»Was ist los?« Er zieht einen Stuhl an den Tisch. »Willst du darüber reden?« Ich schüttele den Kopf. »Kumpel, so hab ich dich aber lange schon nicht mehr gesehen.«

»Und wie, verdammt noch mal?«

Er runzelt die Stirn. »Oh, keine Ahnung, vielleicht so, dass du gefährlich nahe daran bist, einen Streit mit deinem besten Freund zu provozieren?«

»Mir geht es gut. Es gibt nichts zu reden«, knurre ich und füge hinzu, »jedenfalls nichts, worüber ich reden will.« Michelle erwischt mich dabei, wie ich sie ansehe, und dreht sich weg. Vielleicht *sollte* ich mit ihr reden. Vielleicht können wir das klären und vergessen. Vielleicht ist das, was passiert ist, verständlich.

Ich stöhne tief, der Laut verlässt meine Kehle, bevor ich es gemerkt habe. Lang und erschöpft, und Paul sieht mich an, als wollte er sagen, *hab ich doch gesagt.* »Ich hatte einfach eine Scheißwoche, das ist alles. Ich brauche etwas Ablenkung.«

Paul nickt zu einem Mädchen hin, mit dem er seit Monaten immer mal wieder vögelt.

»Nicht die Art von Ablenkung.« Ich schüttele den Kopf.

»Neulich habe ich deine Mum gesehen«, sagt Paul.

»Ja?« Ich habe mir die Fernbedienung geschnappt und surfe durch die Kanäle des Fernsehers, der in der Ecke des Pubs steht.

»Sie war unten in der Stadt. Kam aus dem *All you can eat.* Zusammen mit…«

»Darüber will ich auch nicht reden.« Ich stehe auf und trinke den letzten Schluck von meinem Bier.

»Worüber?«

»Ich meine es ernst«, warne ich ihn.

»Okay.« Er schweigt kurz. »Ich wollte gerade sagen, dass sie glücklich ausgesehen hat. Was, alles in Betracht gezogen, schön ist.«

Mein Bein zuckt. »Ja, also…«

»Sie hat ein Recht auf ein eigenes Leben«, sagt er, und eine Weiche wird gestellt. Die Weiche, die bedeutet, dass ich jetzt definitiv einen Streit provozieren will.

»Was? Habt ihr miteinander gesprochen? Denn den Scheiß hat sie mir auch erzählt«, zische ich. »Auf welcher Seite stehst du eigentlich?«

»Ich bin auf deiner Seite, Kumpel. Das bin ich immer gewesen, es sei denn, du führst dich auf wie der letzte Arsch – dann ist das etwas schwerer. Und nein, wir haben nicht miteinander gesprochen. Doch wenn wir das hätten, würde ich vielleicht verstehen, warum du so mies drauf bist. Mein Gott, Kumpel, komm runter.«

»Da gibt's nichts zu verstehen. Es geht mir gut.«

»Klar.«

Ich will mein Bein festhalten, doch stattdessen beginnt auch mein Fuß zu zucken. »Es ist… nichts.«

»Wenn du das sagst.«

Ich schiebe ihn aus dem Weg, um eine Münze in den Automaten zu werfen, klopfe oben drauf, während er sich dreht, und ich warte. Der Automat gibt einen feierlichen Hupton von sich, und mehrere Münzen fallen ins Auffangfach. Paul sieht mich an, bevor er sich meinen Gewinn grapscht. »Lässt du den Wagen hier?«, fragt er. Ich nicke, und er geht, um uns eine zweite Runde zu holen.

Fünf Pints und zwei Kurze später schwankt Paul davon, klopft mir auf den Rücken und murmelt etwas davon, dass morgen alles besser wird oder ein neuer Tag ist, ich bin mir nicht so sicher – er hat gelallt, ich habe nicht zugehört. Ich starre eine Minute ins Leere, bevor Michelle die Sperrstunde ausruft und ich mich von meinem Stuhl hochrappele. Ich hänge an der Bar herum, beobachte, wie sie die Gläser auf der Theke einsammelt und in die Spülmaschine räumt. So hat es letztens auch angefangen, nur dass sie auf dieser Seite der Theke war, mit mir. Die letzten ihrer Freunde waren gegangen. Sie hatte den Whisky in ihrem Glas kreisen lassen. Ich hatte sie angestupst und fest umarmt. Sie hatte mir einen Stuhl herangezogen und mich gebeten zu bleiben, um zu reden. Sie hatte mir erzählt, wie schlecht sie sich gefühlt hatte, weil ihr nichts mehr eingefallen war, womit sie ihm hätte helfen können. Dass sie sich, bevor das alles passiert war, Gedanken über ihre Zukunft gemacht hatten, ob sie überhaupt eine hatten. Sie war traurig geworden. Ich hatte ihr gesagt, dass sie sich nicht schlecht fühlen brauchte. Dass es nicht ihre Schuld war. Dass man niemanden retten kann, der nicht gerettet werden will. Im Grunde genommen hatte ich wiederholt, was Mum gesagt hatte, obwohl ich es nicht glaube. Wahrscheinlich wollte ich, dass etwas passierte.

Michelle sieht sich um, um zu sehen, was als Nächstes getan werden muss, und unsere Blicke begegnen sich. Ich beiße die Zähne zusammen und kämpfe gegen jedes Gefühl an. Ich bin gerettet, als sie mir wieder den Rücken zukehrt und weggeht. Ich sehe ihr nach. Ich frage mich, wann ich mich in sie verliebt habe. Ich frage mich, wie lange es dauern wird, bis ich darüber hinweg bin. Über sie. Über das alles.

Durch das Pubfenster kann ich den Kebab-Laden sehen, und mein Magen knurrt. Ich schwanke aus dem Pub und über die Straße. Verliere auf der Stufe in den Laden das Gleichgewicht und taumele gegen die Theke. »Einmal gemischt mit Knoblauchsoße«, lalle ich und werfe einen zerknitterten Zehn-Pfund-Schein aus meiner Gesäßtasche auf den Tresen, bevor ich durch mein Handy scrolle, während ich warte. Irgendjemand hat Michelle vor Jahren auf einer Hausparty fotografiert. Auf dem Bild lacht sie, lächelt, ist glücklich. Sie verdient mein Verhalten nicht, und trotzdem habe ich ihr gegenüber keine andere Wahl, als mich genauso zu verhalten. Sie ist für mich tabu. Und das muss sie auch bleiben. Ich knurre die Theke an und stecke mein Handy zurück in die Tasche.

»Es muss nicht so sein«, sagt eine Stimme. Ich blicke auf und sehe Michelle in der Tür des Kebab-Ladens lehnen. Sie schenkt mir ein vorsichtiges Lächeln, das mir das Gefühl gibt, dass sie mich in- und auswendig kennt, dann stellt sie sich neben mich. Es erinnert mich daran, was ich an ihr mag. Sie ist besser als ich. Sie ist erwachsener. Sie vergibt sich, vielleicht sogar mir. Sie ist unglaublich. Mein Kebab kommt.

»Das ist dumm, Rhys. Ich will nicht sauer auf dich sein. Dafür bist du mir zu wichtig.« Ich möchte die Hand ausstrecken und ihr das Haar, das ihr über die Augen fällt, aus dem Gesicht streichen, sodass ich die stechend blauen Augen besser sehen kann, die etwas in mir zu erreichen scheinen, an das ich alleine nicht herankomme. »Soll ich dich mitnehmen?«, fragt sie. »Kein Reden, kein … nichts. Nur mitnehmen.«

Ich beschäftige meine Hände, indem ich nach meinem Essen greife. Das hindert mich daran, sie an mich zu ziehen. »Ich gehe zu Fuß«, sage ich. »Um den Kopf wieder klar zu bekommen.«

Sie nickt und lächelt leicht. »Du weißt, er würde wollen, dass wir Freunde sind«, sagt sie, und ich lache vor mich hin. »Ich will, dass wir Freunde sind«, fügt sie hinzu. In ihren Augen liegt Stärke, obwohl sie mit Traurigkeit unterlegt ist. Sie versteht nicht, was mir das bedeutet, was *sie* mir bedeutet. Und das muss sie auch nicht.

Ich hebe den Arm, lege ihn ihr um die Schulter und ziehe sie an mich. Sie riecht frisch, nach Kokosnuss und Wärme. Seine Michelle. »Wir sind Freunde«, sage ich in ihr Haar und küsse sie auf den Kopf, wobei ich verzweifelt versuche, nicht mehr von ihrem Geruch einzuatmen. »Wir sind Freunde.« Ich drücke sie ein letztes Mal, dann gehe ich. Ich traue mir nicht zu, dass ich stark bleibe, wenn ich zurückschaue.

Zehn Minuten später schließe ich die Tür zu meiner Wohnung auf. Die auf die Straße gehenden Fenster sind offen, die Vorhänge, die Mum genäht hat, halb durchnässt, der Sommerregen tropft auf den Boden. Ich werfe Schlüssel, Handy und Kebab auf den Kaffeetisch, den David gemacht hat. Klempnerarbeiten waren nie wirklich sein Ding. Im Gegensatz zu tischlern und schnitzen – er hat es selten gemacht, aber die Ergebnisse waren wunderschön. Ich lege meine Hand auf den Tisch, neben die Schlüssel. Das Holz ist weich. Ich kann die Energie fast fühlen. Er hat den Tisch mit seinen eigenen Händen gehobelt, ihm Form gegeben und ihn abgeschmirgelt, ein Geschenk zu meinem dreißigsten Geburtstag. Er war fast verlegen bei der Übergabe, denn weder Mum noch ich hatten eine Ahnung, dass er solche handwerklichen Fähigkeiten besaß. Hat er gewusst, wie sehr er mir gefällt? Habe ich es ihm jemals gesagt?

Wasserpfützen sammeln sich in den Vertiefungen auf dem Boden, aber ich mache mir nicht die Mühe, sie aufzuwischen. Stattdessen lasse ich mich in meinen Stuhl fallen und picke an meinem Essen. Übelkeit ist an die Stelle meines Hungers getreten. Ich weiß, was Mum sagen würde, wenn sie mich jetzt sehen könnte: *Es ist eine Schande, sieh dir an, wie deine Wohnung aussieht, reiß dich zusammen, mein Sohn.*

Ich werfe einen Blick auf mein Handy, nur für den Fall, dass sie mir eine SMS geschickt hat, wie sie das manchmal tut. *Gute Nacht. Hab dich lieb.* Irgendwas. Weil sie mich so braucht wie ich sie.

Aber da ist nichts.

Durch das offene Fenster dringen die vertrauten Geräusche herein: Busse, lautes Rufen, als jemand nach Hause kommt, Einsatzhörner. In meinem Schlafzimmer hülle ich mich in die feuchtheiße Wärme meiner Laken und spüre das Gewicht meines Körpers, als ich in die Matratze sinke. Ich habe Kopfschmerzen von dem Bier und den Kurzen, und von der Kraft, die es mich gekostet hat, mich von Michelle loszureißen. Eine Kraft, von der ich nicht weiß, wie lange ich sie noch haben werde...

Kapitel 23

KAT

Nach einer unruhigen Nacht habe ich die letzte Stunde, eingehüllt in eine Decke, auf meinem Sofa gesessen und mich gefragt, was ich mit Rhys machen soll. Mit Susan kann ich umgehen. Sie ist auf meiner Station, sie geht nirgendwohin, ich kann mir Zeit lassen. Aber Rhys? Ich kann mir nicht vorstellen, dass er in der nächsten Zeit zurückkommt, und trotzdem drängt sich mir das Gefühl auf, dass er vielleicht Hilfe braucht. Jemanden zum Reden. Was immer es ist, er hat Probleme.

Er hat auch noch immer Susans Schlüssel.

Vielleicht sollte ich mich darum kümmern, dass die Schlösser ausgewechselt werden? Ob er noch einmal hingeht? Er war so ... ja, was? Verwirrt? Wütend? Ängstlich? Ich werde immer noch nicht ganz schlau daraus. Ich sehe die zusammengeknüllte Seite aus dem Notizbuch hinter dem Mülleimer liegen und danke dem Universum, dass ich gestern Abend keine Lust hatte, sie aufzuheben. Ich werde ihn anrufen, ihm vorschlagen, sich mit mir zu treffen und mir den Schlüssel zurückzugeben. Wenn er zustimmt, weiß ich, dass alles in Ordnung ist. Wenn nicht, werde ich den Schüsseldienst anrufen.

Ich streiche die Seite glatt und tippe die Nummer in mein Handy. Es klingelt dreimal, bevor er sich meldet.

»Ja?« Er klingt, als hätte ich ihn geweckt, total benebelt und müde.

»Habe ich Sie geweckt?«, frage ich. »Entschuldigung.«

»Wer ist da?«, antwortet er, seine Stimme ist angespannt, als wollte er den Schlaf daraus vertreiben.

»Ich bin's, Kat…« Ich zwirbele meine Decke zwischen den Fingern und ziehe sie hoch, bis ich den abblätternden Nagellack auf meinen Zehen sehen kann. »Ist mit Ihnen alles in Ordnung?«, frage ich vorsichtig.

»So einigermaßen«, sagt er, er klingt übernächtigt und fahrig. Alles andere als okay.

»Mir ist eingefallen, dass Sie noch Susans Schlüssel haben. Ich denke, Sie sollten ihn mir zurückgeben.«

»Damit ich nicht noch mal hingehe und das Haus ausräume?«

»Das habe ich nicht gesagt«, antworte ich schnell.

»Natürlich nicht.« Er klingt nicht überzeugt. »Hören Sie, ich habe den ganzen Tag Termine. Ich kann nicht einfach vorbeikommen und ihn abgeben.«

»Das ist in Ordnung, ich kann mich mit Ihnen treffen. Wo passt es Ihnen?« Ich muss ihn festnageln. Wenn ich ihn sehe, kann ich einen Blick in seine Augen werfen und mich davon überzeugen, ob er wirklich in Ordnung ist.

Er seufzt. »Ich weiß es nicht, ich muss als Erstes noch ein paar Dinge besorgen. Treffen wir uns in einer halben Stunde am Bahnhof. Okay? Wenn das nicht geht, müssen Sie warten. Wie ich gesagt habe, ich habe zu tun.«

»Okay, kein Problem.« Ich stehe auf, laufe in mein Schlafzimmer und hole einen sauberen Schwesternkittel heraus. Mit etwas Glück kann ich mich mit Rhys treffen, zu der Anprobe gehen und um eins in der Arbeit sein. »Am Bahnhof. Fahren Sie auf den Kurzparker-Parkplatz, da warte ich auf Sie.«

Susan wird ihren Schlüssel zurückbekommen, und ich werde mich versichern, dass ich, was Rhys angeht, an alles gedacht habe.

Ich brauche zehn Minuten, um mich fertig zu machen, aus dem Haus zu rennen und in eine Bahn zum Bahnhof hinunter zu springen. Ich warte zwischen den Pendlern, während Leute auf ihrem Weg zur Arbeit, zu Meetings oder um Nah- und Fernzüge zu erreichen, in allen Richtungen an mir vorbeidrängen.

Rhys fährt neben mir auf den Parkplatz und lässt sein Fenster herunter, während er die Handbremse zieht. Er wirft mir den Schlüssel zu. »Hier. Ein Schlüssel. Okay?«

»Danke«, sage ich. Er nickt, blickt nach vorne, fährt aber nicht. »Rhys, ich habe mir Sorgen um Sie gemacht«, sage ich. »Gestern Abend, da sind Sie … Sie sind so übereilt aufgebrochen, Rhys. Sie schienen so … Ist alles in Ordnung?«

»Klar, war nie besser. Das Leben ist prima.«

»Rhys.«

Er sieht mich zum ersten Mal an, seit er gekommen ist. Seine Augen sind rot gerändert. Seine Bartstoppeln dichter. Er sieht furchtbar aus, und ich fühle mich voll und ganz verantwortlich. »Schulde ich Ihnen eine Entschuldigung?«, frage ich.

»Wofür?«

»Dass ich Sie angerufen habe. Sie ermutigt habe, Susan zu besuchen. Sie in ihr Haus habe gehen lassen.«

»Sie haben mich gar nichts gelassen«, sagt er. »Ich war da, um ihr zu helfen. Ich habe nur nicht erwartet, dass es sich so entwickelt, wie es das nun getan hat.«

»Nein, nein. Ich auch nicht.«

Er reibt sich das Kinn. »Hören Sie, es tut mir leid, dass ich ausgeflippt bin. Ich kann das nicht wirklich erklären, es ist nur…«

»Ja?«

»Es ist kompliziert.«

»Was ist los?«, frage ich, aber Rhys antwortet nicht, und ich weiß nicht genau, was ich als Nächstes tun soll. Er stößt einen langen, tiefen Seufzer aus, der mit einem Stöhnen endet. »Hören Sie, ich sollte jetzt fahren. Sie schulden mir keine Entschuldigung. Es ist in Ordnung.«

Er will losfahren, und ich gerate in Panik. »Rhys…« Er schaut mich an, und ich sehe, wie verletzlich er in Wirklichkeit ist. Ich laufe vorne um das Auto herum und klettere auf den Beifahrersitz, bevor er losfahren kann.

»Was machen Sie da?«, fragt er.

»Ich bin mir nicht ganz sicher«, antworte ich ehrlich. »Aber ich habe das Gefühl, dass Sie meine Hilfe brauchen, und da wir gar nicht hier wären, wenn ich nicht gewesen wäre, kann ich das nicht einfach ignorieren. Sie haben zwei Möglichkeiten: richtig zu parken und zu reden oder zu fahren und zu reden. Aber Sie müssen mir zumindest teilweise erzählen, was los ist, damit ich sehen kann, wie ich das Chaos für Sie in Ordnung bringe.«

Rhys sieht mich ungläubig an. »Sie denken, Sie können das in Ordnung bringen!« Er lacht unfreundlich. »Sie denken, Sie können in mein Auto springen, verlangen, dass ich mit Ihnen rede und Ihnen meine dunkelsten Geheimnisse anvertraue, damit Sie Ihren Zauberstab schwingen, und alles ist wieder in Ordnung? Sie sind Krankenschwester, Kat. Und nicht meine gute Fee!«

Ich starre ihn an, das Herz rutscht mir in die Hose.

»Also gut, wie Sie wollen. Wie wäre es damit: Ich bin adoptiert.« Mir dämmert etwas. »Sowohl David als auch ich waren das. Sie erinnern sich an David, meinen Bruder, der Bruder, der sich vor ein paar Monaten umgebracht hat. Natürlich tun Sie das, das habe ich Ihnen ja bereits erzählt.« Er verstummt, doch sein Atem geht schwer, und mir wird langsam klar, was da in Susans Haus passiert ist.

»Es tut mir leid, Rhys, ich weiß nicht, was ich sagen soll.«

»Wirklich? Aber Sie haben mir gesagt, dass Sie mir helfen werden.« Er starrt mich an. »Offenbar hat es Ewigkeiten gedauert, dieses Adoptionsverfahren, das Mum und Dad durchlaufen mussten. Sie haben für mich und David gekämpft. Mum hat immer gesagt, dass sie wirklich Eltern hatten sein wollen, aber was Dad angeht, habe ich mich oft gefragt – ob er einfach nur so Ja gesagt hat. Schließlich ist er nicht bei uns geblieben.«

»Aha«, sage ich. Als würde ich jetzt alles verstehen.

»Oh, das ist es nicht. Nein. Nein, Dad ist mit einer Frau weggegangen. Mum hat immer Entschuldigungen für ihn gefunden. Er ist arbeitslos geworden, als die Stahlwerke geschlossen haben. Sie hat gesagt, dass er nicht gut damit zurechtgekommen ist, hat gesagt, dass er einen Fehler gemacht hat, aber sie hat nie versucht, ihn zurückzubekommen, also kann sie ihm nicht vergeben haben. Er hat sich ziemlich schnell nicht mehr um uns gekümmert. Sie hat versucht, etwas für uns zu arrangieren, Besuche und so. Ich erinnere mich, dass wir uns einmal mit ihm einen Film ansehen sollten. *Schöne Bescherung* mit Chevy Chase. Er hat sich nicht einmal die Mühe gemacht zu erscheinen.« Er lacht vor sich hin, aber nicht fröhlich. »Schließlich ist Dad gar nicht mehr gekommen. Er hatte eine neue Familie. Offensichtlich mit eigenen Kindern. Richtigen.« Rhys seufzt tief. »Und uns hat er fallen gelassen. Zurückgelassen. Verlassen.«

Letzteres betont er, und ich frage mich, wie er sich gefühlt haben muss, mit diesem Schmerz der elterlichen Ablehnung. Wie er jeden Tag beeinflusst. Wie du dich fühlst, wenn du erfährst, dass der Mensch, dem du versucht hast zu helfen, sein Kind nicht gewollt hat. »Ich denke, das muss ...«

»Hart gewesen sein?« Er verdreht die Augen. »Wow, warum fragen Sie mich nicht einfach, wie ich mich gefühlt habe, und lassen es dann gut sein?«

Ich bin dem nicht gewachsen, und er spürt das. Aber ich bin hier, sitze in seinem Lieferwagen und versuche, eine Lösung zu finden. Ich kann jetzt nicht abhauen. »Hören Sie, es tut mir leid. Es sollte nicht so abgedroschen klingen.«

Wir sitzen schweigend da und starren beide durch die Windschutzscheibe hinaus. Mein Herz rast, und ich frage mich verzweifelt, was ich als Nächstes sagen soll.

»Finden Sie Selbstmord egoistisch?«, fragt er ohne Vorwarnung.

Ich halte einen Moment die Luft an, spüre den Druck in meiner Brust. »Ich denke, nichts ist einfach nur schwarz und weiß«, antworte ich vorsichtig.

»Aber Menschen zurückzulassen, Menschen, die dich vielleicht brauchen. Welcher Mensch tut so was?«

»Jemand, der das Gefühl hat, keine andere Wahl zu haben? Der keinen Ausweg sieht.« Ich schließe die Augen, suche nach der Kraft, richtig zu reagieren. Gehe sogar davon aus, dass das auch möglich ist. »Ich denke, dass so jemand manchmal glaubt, dass seine Mitmenschen ohne ihn besser dran sind.«

»Wie kann jemand das glauben?«

»Ich weiß es nicht. Aber ich glaube, in dem Moment tut er das. Ist das sein Grund.«

»Und was ist mit Susan?«, fragt er, seine Stimme ist jetzt kälter. »Was mag ihr Grund gewesen sein?«

»Keine Ahnung, Rhys. Wir können in diesen Dingen keine Vermutungen anstellen. Wir können nicht davon ausgehen, dass wir die Entscheidungen anderer Menschen verstehen. Ob wir ihnen nun zustimmen, ob wir ihre Entscheidungen respektieren oder nicht, es sind nicht unsere Entscheidungen.«

»Wie meinen Sie das?« Seine Stimme wird weicher, als würde ihm die Energie, die seinem Ärger Nahrung gegeben hat, ausgehen.

»Ich vermute, dass ich sagen will, dass das alles erlaubt ist. Vergebung ist alles.«

»Wie nobel von Ihnen.«

»Es geht hier nicht darum, nobel zu sein, Rhys, oder?« Ich setze mich anders hin, um ihn anzusehen. »Es geht darum, sich sein Leben nicht von den Entscheidungen anderer Leute diktieren zu lassen.« Meine Worte hallen nach, und ich denke an Daniels Gesichtsausdruck, als er mich gestern Abend vor der Tür seiner Mutter gesehen hat. Als würden die fünf Jahre ihm nichts bedeuten. Da war keine Reue, keine Verwirrung, keine Andeutung, mich beschützen zu müssen, damit ich nicht verletzt werden würde. Ich war ihm offensichtlich egal. Vielleicht war ich das auch schon immer.

Rhys dreht sich um, um mich anzusehen. »Aber die Leben der anderen bestimmen unser Leben, stimmt doch? Oder haben zumindest Einfluss darauf. Natürlich ist es so. Wir reagieren auf die Dinge, die andere sagen und tun, wir alle sind miteinander verbunden. Wir atmen alle den gleichen Sauerstoff, wir sind alle auf die gleiche Weise gepolt. Wenn dein Bruder sich umbringt, wie willst du jemals darüber hinwegkommen?«

»Vielleicht tut man das auch nie.«

Zum ersten Mal, seit ich meine Wohnung verlassen habe, werfe ich einen Blick auf meine Tasche. Susans Buch und der Zeitungsausschnitt liegen sicher darin.

»Ich verstehe, dass das schwer für Sie ist, Rhys, aber wir wissen nichts über Susan, über ihr Leben. In diesem Artikel geht es möglicherweise gar nicht um sie.«

»Um wen sollte es denn sonst gehen? Was ist, wenn ihr Kind versucht, sie zu finden, sie aber nicht finden kann, weil sie sich umgebracht hat? Dieses Kind wird gleich zweimal abgelehnt.«

Sein Ärger kehrt zurück. Sein Gesicht läuft rot an.

»Aber Susan ist nicht tot«, sage ich. »Sie hat überlebt. Und vielleicht können wir etwas bewirken. Vielleicht können Sie das. Es war noch nicht ihre Zeit, und jetzt hat sie eine zweite Chance. Und vielleicht ist das Ihr Verdienst.« Ich schlucke, bin mir der Schmerzlichkeit meiner Worte bewusst. »Vielleicht hat sie eine Chance, sich anders zu entscheiden. Und vielleicht wird sich das eines Tages auszahlen ...«

»Mum sagt immer, dass Liebe alles besser macht. Dass sie selbst die am schlimmsten Verzweifelten heilen kann.«

»Und was denken Sie?«

»Ich denke, mein Bruder konnte es nicht sehen, obwohl er danach gesucht hat.«

»Was hat er gesucht?«

»Seine leibliche Mutter. Sein Fleisch und Blut. Er hat geglaubt, dass sie alles, was in ihm zerbrochen war, heilen könnte.«

»Aber das hat sie nicht?«

»Wir haben ihn begraben«, sagt er einfach.

Ich sehe auf meine Finger, meine Knöchel sind weiß, weil ich sie so fest verschränkt habe. »Weiß sie das?«, frage ich.

»Wer?«

»Ihre leibliche Mutter«, sage ich vorsichtig. »Das von David, meine ich. Wenn sie weiß, was er getan hat, könnte das vielleicht der Anstoß sein, den sie braucht, um die Dinge anders anzugehen – mit Ihnen, meine ich. So schrecklich es klingt, vielleicht gibt es eine Möglichkeit, in alldem etwas Gutes zu finden. Vielleicht würde Ihnen das auch helfen? Vielleicht können Sie dann eine Beziehung zu ihr aufbauen, obwohl…«

»Sie ist mir völlig egal.«

»Nicht jetzt, aber sie ist Ihre leibliche Mutter.«

»Nein. David war jünger als ich. Wir hatten nicht dieselben Eltern.«

»Oh. Das hatte ich fast vermutet.«

»Ja, dann. Sie wissen, was man von Vererbung sagt. Vielleicht waren wir deshalb so verschieden. Natur versus Erziehung oder so. Egal, Davids leibliche Mutter kennenzulernen würde mir rein gar nichts bringen.«

Eine Uhr schlägt zehn, und Rhys sieht auf seine Uhr und flucht. »Ich muss los. Sagen Sie Susan, dass ich zu tun habe, dass ich nicht vorbeikommen kann. Ich kann das nicht, Kat. Ich dachte, ich könnte es, ich dachte, ich könnte helfen, aber ich bin nicht stark genug. Es ist zu schwer. Sagen Sie ihr …« Da ist ein Zögern, ein Moment, in dem ich spüre, dass er herauszufinden versucht, was er mir sagen will. »Sagen Sie ihr, dass es mir leidtut.«

Er sieht mir in die Augen, wartet, dass ich aussteige. Ich nehme meine Tasche und erwische ihn dabei, wie er einen Blick darauf wirft, wohl wissend, was drinnen ist. »Wenn Sie jemanden zum Reden brauchen …«

»Ich denke, ich habe genug gesagt.«

»Ich meine nicht mit mir, ich meine mit jemandem, der Ihnen helfen kann. Lassen Sie es mich einfach wissen, ja? Das ist das Mindeste, was ich tun kann.« Ich öffne die Tür und steige aus, als er den Motor anlässt. Genau wie gestern Abend ist Rhys innerhalb von Sekunden losgefahren und verschwunden.

Ich lasse mich auf eine Bank bei dem Wasserfall sinken und greife nach dem Buch in meiner Tasche. Ich lasse die Seiten von selber auffallen und lese. »Dann gingen die Kinder zusammen nach Hause und freuten sich von Herzen, und wenn sie nicht gestorben sind, dann leben sie noch heute.«

Kapitel 24

RHYS

Ich spüre Wärme in meinem Gesicht, dort, wo ein Lichtstrahl der Augustsonne durch das Autofenster dringt. Seit dem Gespräch mit Kat hat das Hämmern meiner Katerkopfschmerzen zugenommen. Ich suche nach Tabletten, werfe mehrere leere Verpackungen in den Fußraum, bevor ich ein Aspirin finde und einwerfe. Ich huste, als es in meiner Kehle stecken bleibt.

Vor mir liegt ein arbeitsreicher Tag. Ich muss Material abholen, das ich für die Arbeit brauche. Muss meinen Lebensunterhalt verdienen. Und trotzdem kann ich mich nicht aus der Seitenstraße fortbewegen, in die ich abgebogen bin, sobald ich mir sicher war, dass Kat mich nicht mehr sehen konnte. Mein Kopf tut weh, mein Herz tut weh, mein ganzer Körper schmerzt. Was soll ich tun? Wo soll ich jetzt hinfahren? Soll ich Mum anrufen? Michelle? Sollte ich irgendwas wegen Susan unternehmen? Ich möchte weglaufen, ich möchte Zeit und Raum zwischen mich und all das legen, aber mein Bauch, mein Instinkt, sagt mir, dass die Geschichte noch nicht vorbei ist. Ich kann mich nicht darauf einlassen. Es ist zu groß für mich. Es ist zu viel. Ich habe das Gefühl zu ertrinken.

Mein Handy zeigt eine SMS an. Sie ist von Mum: Wir müs-

sen reden. Ich bin bis zum Mittagessen hier. Komm vorbei.
Kein Kuss, kein Anzeichen von Tauwetter ihrerseits, was mich
ärgert. Was ist, wenn ich nicht alles stehen und liegen lassen kann, um zu ihr zu fahren? Dann erinnere ich mich, wie
diese Woche angefangen hat, wie ich gedacht habe, ich würde
sie verlieren. Wie die Vorstellung, ganz allein auf der Welt zu
sein, auf einmal beunruhigend real war. Nur ich. Ganz allein.
Ohne Unterstützung. Ohne Beistand. Allein.

Wie Susan …

Ich blättere in meinem Auftragsbuch. Da stehen ein paar
Termine, einschließlich dem Vermerk, noch mal bei Mrs. J
vorbeizuschauen. Nichts, was ich nicht absagen kann. Pflicht-
bewusst antworte ich: Ich bin in zwanzig Minuten da.

Zwanzig Minuten später parke ich vor meinem Elternhaus.
Soll ich klopfen? Soll ich direkt hineingehen? Ich gehe auf
Nummer Fingerspitzengefühl und entscheide mich für eine
Kombination aus beidem. Der Geruch von gebratenem Speck
begrüßt mich in dem Moment, als ich die Tür öffne.

»Morgen«, sagt sie, nicht ganz so überschwänglich wie
sonst.

Es ist schwül. Bacon oder nicht, ich bin definitiv noch nicht
aus dem Schneider. Meine Einschätzung ihrer Stimmung erweist sich als richtig, als sie mir nur die Wange zum Kuss hinhält. Heute Morgen gibt es keine Umarmung. Keine Witze
und kein Gelächter. Nur eine Wange. Ich gebe ihr einen Kuss,
wie es von mir erwartet wird; ihre Haut ist weich und prall.
Sie lässt den Wunsch in mir aufkommen, mich zu entschuldigen und mich von ihr in den Arm nehmen zu lassen, als wäre
ich wieder ein Kind. Stattdessen greife ich nach der Teetasse,
die neben ihrer eigenen dampfenden Porzellantasse steht.

»Wie geht es dir heute?«

»Mir geht es gut, danke.« Ich widerstehe der Versuchung, ihr von meinem Kater oder meinem Gespräch mit Kat zu erzählen. »Wie geht es dir?« Wir haben nie Krach gehabt. Manchmal hat es böse Worte gegeben, aber seit wir David verloren haben, nicht einmal die. Weil es ein ungeschriebenes Gesetzt gibt – du weißt nie, was passieren kann. Ich brauche sie.

»Du riechst, als wärst du gestern Abend aus gewesen?«, stellt sie fest und schnuppert, bevor sie mir ein großes Bacon-Sandwich und den Ketchup aus dem Kühlschrank gibt. Sie sieht mich mit einem dieser Blicke an, wie nur eine Mutter das kann. Vorwurfsvoll und wissend. Ich folge ihr ins Wohnzimmer. »Pass auf die Krümel auf«, weist sie mich an, und ihre Aufforderung hat etwas beruhigend Normales.

»Ja, ich…« Ich zögere und frage mich, ob ich ihr von Susan erzählen soll. Von ihrem Haus und was wir gefunden haben. Zu jeder anderen Zeit hätte ich so etwas mit ihr geteilt. Ich habe ihr immer alles erzählt, doch diese Woche stellt alles auf den Kopf. Ich weiß nicht, ob ich bereit bin, ihr irgendwas zu erzählen, doch wahrscheinlich bräuchte ich das im Moment mehr denn je. »Ich hab im *Tree* was getrunken, habe Paul kurz getroffen.« Mum nickt, sieht mich aber nicht an. »Keine große Sache«, füge ich hinzu wie ein Teenager, der die Details von einem Abend im Park mit einer Flasche Bacardi und zwanzig Zigaretten nicht preisgeben will. »Bist du aus gewesen?«, frage ich und bin mir nicht sicher, ob ich die Antwort hören will. Ich beiße in das Bacon-Sandwich – es schmeckt nach zu Hause.

»Ja. Kurz. Ich bin bei Derek vorbeigegangen, nachdem du weg warst.«

Da wir noch nicht so weit waren, dass Namen genannt wurden, kann ich nur annehmen, dass Derek der ist, der ich glaube, dass er ist. Ich verkneife es mir, danach zu fragen. »Er hat mir einen Tee gemacht und zugehört, während ich Dampf abgelassen habe, und dann bin ich mit dem Bus zurückgefahren.«

Ich nicke und frage mich, was sie ihm gesagt und was er geantwortet hat. Frage mich, was er von mir denkt, und ärgere mich, dass ich mir überhaupt Gedanken darüber mache. Ich schiebe mir den Rest des Bacon-Sandwichs in den Mund, um nichts sagen zu müssen, und wische den Ketchup ab, der an meiner Oberlippe klebt. Der salzige Bacon zusammen mit den süßen Tomaten macht meinen Kopf wieder klar. Mums Reiseuhr, die sie zum Dienstjubiläum bei Marks & Spencer bekommen hat, tickt in unser Schweigen. Ich lenke meine Aufmerksamkeit auf ihr Drehpendel. Erst eine Sekunde in die eine Richtung, dann in die andere. Wie die bei Susan.

»Das muss aufhören«, verkündet Mum. »Du bist nicht mein Aufpasser, Rhys, und weil ich nicht will, dass wir streiten, haben Derek und ich uns darauf geeinigt, dass du nicht ganz bei dir warst.«

Klingt, als sei Derek ein Kumpel.

»Er hat gesagt, dass es mir zusteht, eine Beziehung zu haben. Es ist nicht gesund, so zu tun, als würden du und dein Bruder mir für den Rest meines Lebens genügen. Ich bin eine Frau, die einen Partner braucht, nicht nur wohlmeinende Söhne.« Sie zögert kurz. »Einen wohlmeinenden Sohn.« Jedes Mal, wenn sie sich selbst berichtigt, ist das wie ein Schlag in die Magengrube. Ob es ihr genauso geht?

Mum hält ihren Tee fest, die Hände um die warme Tasse verschränkt. Sie sieht aus dem Fenster. Ich will etwas sagen, doch sie hält die Hand hoch, um mich zum Schweigen zu bringen, deshalb lasse ich ihr die Zeit, um die Kraft aufzubringen zu sagen, was sie auf dem Herzen hat.

»Manchmal wache ich morgens auf und bin ganz kurz wieder in dem Leben, das wir einmal hatten«, sagt sie schließlich, ihre Stimme ist dünn und geistesabwesend. Sie lächelt sanft. »David schläft in seinem Zimmer oder ist auf dem Rückweg von Michelle.«

Als ihr Name fällt, blicke ich zur Seite.

Mum dreht sich zu mir um. »Und dann erinnere ich mich wieder. Und es ist, als würde ich ihn noch einmal verlieren. Der Schmerz sitzt so tief, Rhys. Tiefer, als Worte das ausdrücken können.« Ihr Lächeln verblasst, während sich ihre Augen mit Tränen füllen. Tränen, die zitternd ihre Wangen hinunterkullern. »Und ich weine. Weine, weil ich ihn so sehr vermisse. Weil ich ihn verloren habe. Weil ich, seine eigene Mutter, ihm nicht helfen konnte. Mein Gott, Sohn, du weißt nicht, wie weh das tut. Du wirst nie verstehen können, wie das ist. Selbst wenn du irgendwann einmal selbst Kinder hast, Rhys, wirst du das nicht können. Und darüber bin ich froh.« Sie holt Luft. »Weil ich das niemandem wünsche.« Sie greift sich an die Brust, zieht ein Taschentuch aus ihrem Ärmel und wischt sich die Tränen ab.

Normalerweise würde ich aufstehen und sie in den Arm nehmen, aber irgendetwas hält mich auf Davids Stuhl zurück. Mum sieht müde aus, aber auch entschlossen. Ich möchte etwas sagen, aber nichts fühlt sich richtig an.

»Falls Derek mir auch nur ein ganz klein wenig hilft, falls er mir etwas Lebenswillen zurückgibt, etwas Glück, habe ich das verdient, denke ich. Wenn der Verlust eines Kindes mich eins gelehrt hat, dann das, im Heute und Jetzt zu leben. Jede Sekunde zu schätzen. Zu lieben und geliebt zu werden, Rhys, du kennst meine Einstellung dazu. Liebe hat David vielleicht nicht retten können, aber vielleicht kann sie mich retten.«

Eine kalte Angst breitet sich in mir aus. Sie will mir sagen, dass sie diesen Derek liebt, und dafür bin ich noch nicht bereit. Ich bin noch nicht bereit für irgendetwas hiervon, bereit dafür, dass das Leben weitergeht. Ich bin noch nicht bereit, ihn loszulassen.

Nicht, dass meine Nummer mit Michelle das bestätigen würde.

Mum sieht auf ihr nicht gegessenes Frühstück. »Ich versuche, deine Gefühle zu respektieren, Rhys. Und ich will dir mein Leben nicht aufzwingen. Doch wie Derek sagt...« Ich blicke säuerlich hoch, als wieder sein Name fällt. Sie schluckt, beendet ihren Satz diesmal nicht, sondern liest die Antwort von meinem Gesicht ab und hat die Größe, es dabei zu belassen. Stattdessen nickt sie, um das Ende ihres gut eingeübten Monologs anzuzeigen.

Ich sehe sie an, versuche einzuschätzen, ob ich sagen soll, was ich sagen möchte, den Mund halten oder aufstehen soll und gehen. Wir stecken in einer Sackgasse. In einer Pattsituation. Ich versuche, gegen mein inneres Kind anzukämpfen, das sich fühlt, als würde es den Halt verlieren. Und ich merke, dass ich versage.

Kapitel 25

KAT

Lou schätzte meine Stimmung sofort richtig ein, als wir uns in der Stadt trafen. Ich hatte vor Debenhams auf sie gewartet und ihr vorschlagen wollen, vor der Anprobe zusammen zu frühstücken. Sie warf einen Blick in mein Gesicht – ganz blass und mit Schatten unter den Augen –, bevor sie mich zu einem Breakfast-Wrap zu McDonald's schleppte, während sie versuchte, Informationen aus mir herauszukitzeln, die ich ihr aber nicht geben wollte.

Und dann war es Zeit für die Anprobe, und mein Leben sprang innerhalb einer Stunde von ausgesetzten Babys zu bevorstehenden Hochzeiten.

Ich greife nach der Designer-Wasserflasche und fülle mein Champagnerglas. Obwohl das Wasser Kohlensäure hat, sprudelt es nicht so wie der Moët in Lous Glas, deren zweites bereits leer ist. Ein in Goldtönen changierender Vorhang verbirgt sie vor meinen Blicken. Ich kann sie mit der Verkäuferin kichern hören, nachdem sie erklärt hat, dass sie mir erst ihr Kleid vorführen will, bevor ich meins zu sehen bekomme. Es ist noch nicht einmal halb elf. Prunkvolles Intérieur umgibt uns.

Ich warte gedankenversunken und frage mich, wie ich

meiner Chefin, Gail, erklären soll, dass ich gestern Abend in Susans Haus war. Denke an Rhys und an das, was er mir heute Morgen erzählt hat. An Daniel. Lasse unsere gemeinsamen Jahre Revue passieren, die Urlaube, die Sonntagsbesuche bei seinen Eltern, die Male, die wir darüber gesprochen haben zu heiraten. Das hätte ich sein können, die da Kleider anprobiert und Champagner trinkt. Aber eigentlich haben wir nicht wirklich darüber gesprochen. Ich habe das Thema gelegentlich angeschnitten, er hat kurz etwas gebrummt, und dann sind wir zu anderen Themen übergegangen.

Die Luft um mich herum sprüht vor Aufregung, und ich sage mir, dass ich mich zusammenreißen muss. Ich muss meine eigenen Probleme zur Seite schieben und mich daran erinnern, dass das der große Tag meiner Freundin ist. Ich muss enthusiastisch sein. Das ist ihr Wahnsinns-Kleid. Oder vielleicht ist es auch ein ganz schlichtes Kleid – wer weiß, wofür sie sich schließlich entschieden hat. Denn so ist das nun mal mit Lou, sie ist immer für eine Überraschung gut.

Vielleicht sollte ich mit *ihr* über alles reden. Manchmal legt sie eine Weisheit an den Tag, von der ich bisweilen vergesse, dass sie sie besitzt. Was würde sie zu den letzten vierundzwanzig Stunden sagen? Mir geht das alles nicht aus dem Kopf. Ich bin froh, dass sie gleich aus der Kabine auftauchen wird.

»Oh, mein Gott, Kat. Ich kann gar nicht glauben, wie wunderschön es ist und wie glücklich ich bin und wie wunderbar alles werden wird! Diese Spitze ist …« Sie verstummt, als der Vorhang aufgeht und sie aus der Kabine tritt, um sich auf die Kiste vor dem Spiegel zu stellen. Die Kiste ist offensichtlich wichtig für die Höhe. Ich halte die Luft an, als sie sich vorsichtig auf die Kiste stellt und der riesige, goldgerahmte

Spiegel ihr Bild wie das einer Märchenprinzessin widerspiegelt. Alle Gedanken an gestern Abend, an Rhys und Susan verschwinden, als Lou und ich bei ihrem Anblick große Mädchentränen wegblinzeln. Ich bin so mit meinen eigenen Sorgen beschäftigt gewesen, dass ich die Kraft ihrer in Elfenbein, Seide und Spitze gehüllten Schönheit unterschätzt habe.

»Du siehst …« Mir fehlen die Worte.

»Ich weiß.« Sie strahlt und dreht sich um sich selbst, um jeden Winkel ihres Spiegelbilds zu betrachten. Sie streckt die Arme aus, bewegt die Finger, weiß nicht genau, was sie mit ihnen anfangen soll. Schließlich legt sie die Hände in die Hüften, und ihr Körper entspannt sich zusehends in dem Kleid. Er wird weicher, und sie nimmt stolz den Kopf hoch. »Ich kann es nicht glauben, ich heirate«, flüstert sie.

»Ich weiß …«

Sie schnieft. Ich nippe an meinem Wasser. Wir kichern.

Die Verkäuferin überprüft, wie das Kleid sitzt. Sie zieht und zerrt und kürzt, während Lou brav ihre Anordnungen befolgt. »Wenn Sie sich noch ein ganz klein wenig in diese Richtung drehen könnten, stecken wir das noch etwas ab, um die letzten Änderungen vorzunehmen. Es ist fast fertig.«

Lou grinst mich frech an. »Du bist als Nächste dran«, sagt sie und klatscht in die Hände.

»Gott bewahre, für mich liegt das alles in weiter Ferne«, bringe ich heraus. Ich ignoriere den kleinen Stich, den ich bei diesem Gedanken verspüre.

»Nein, das meine ich nicht.« Sie zeigt auf das Kleid mit einem Blick, der *höchst unwahrscheinlich* sagt. Ich versuche, es nicht persönlich zu nehmen. »Ich meine dein Brautjungfernkleid.«

»Ähh… ja.« Der Anblick von ihrem Kleid hatte kurz die Furcht, meines zu sehen, verdrängt. Doch jetzt macht die Panik sich wieder bemerkbar, stärker als vorher. Von pfirsichfarbenem Taft war die Rede gewesen. Auf Pinterest hatte ich ein Foto von so einem Verbrechen aus den Achtzigern gefunden und es als Witz ihrem Moodboard hinzugefügt. Sie hatte es nicht weggenommen. Wer weiß, was sie für mich ausgewählt hat.

Ich sehe erneut auf die Uhr.

»Du hast reichlich Zeit. Es ist doch fertig, nicht, Jenny?«

Jenny, die Verkäuferin, nickt. »Kannst du bitte das Brautjungfernkleid für Miss Davies holen, Fiona?«, ruft sie.

»Ich muss allerspätestens um zwölf los, Lou, okay? Meine Schicht beginnt um eins, und ich muss vorher noch ein paar Dinge erledigen. Im Moment ist viel los.«

»Ich weiß, ich weiß. Das klappt alles. Davon einmal abgesehen, was kann wichtiger sein als eine Anprobe?«

Ich denke nicht, dass ich mich dazu durchringen kann, ihr zu erklären, was so wichtig ist. Meine Tasche mit Susans Buch verhöhnt mich wie ein großer, hässlicher Sack voller Unangemessenheit. Ich muss es Susan geben. Dann muss ich mich entscheiden, ob ich mit Susan über ihr Haus und den Zeitungsausschnitt sprechen will oder erst mit meiner Chefin, Gail. Vielleicht könnte ich auch zuerst mit Mark reden. Er ist ihr Arzt. Vielleicht hat er eine Idee, wie am besten vorzugehen ist. Obwohl ich vielleicht Susan erst einmal Zeit geben sollte, über den Zeitungsausschnitt nachzudenken, darüber, wie sie darauf reagieren will. Ich könnte ihr Hilfe anbieten, das Baby zu finden… falls es überhaupt ihr Baby ist. Obwohl ich mir nach Rhys' Reaktion heute Morgen nicht sicher bin, ob Familien wirklich mein Ding sind. Aber ich könnte sie mit jemandem in Kontakt bringen. Aus der Ferne helfen. Was auch passiert wäre, wäre Rhys nicht so fest entschlossen gewesen, das Buch aus Susans Haus zu holen. Ich ziehe die Tasche zu mir heran.

»Was ist da drin?«, fragt Lou. Als wäre es wirklich möglich, Gedanken zu lesen, und als hätte sie Erfahrung in dieser Kunst. »Du hast sie den ganzen Morgen nicht losgelassen. Ich habe dir bereits gesagt, dass sie verdammt hässlich ist. Musstest du sie unbedingt mit hierherbringen?« Sie senkt die Stimme zu einem Flüstern. »Das ist eine Designerboutique, Schätzchen. Und die Tasche kommt direkt aus einem Billigladen im Castle Market.«

»Was ist am Castle Market falsch?«

»Sie haben ihn dichtgemacht, Kat. Mehr ist dazu nicht zu sagen.« Sie schürzt die Lippen.

»Egal. Ein paar Sachen, die ich für eine Patientin besorgt habe. Ich will sie einfach nicht verlieren, das ist alles.«

»Sie verlieren! Wie denn das? Niemand nimmt dieses Ungetüm mit. Und hast du keine Leute, die so was für dich erledigen können, jetzt, wo du der Boss bist? Hat die Patientin niemanden?«

»Ich bin nicht wirklich der Boss, Lou«, sage ich. »Und selbst wenn. Zumindest hat uns das vielleicht davor bewahrt, die Büchse der Pandora zu öffnen.«

»Wovon redest du? Und wer ist ›uns‹?«

Ich habe eindeutig und, um ehrlich zu sein, ziemlich unbedacht zu viel gesagt. Lou hat bereits Witterung aufgenommen, wie ein in Seide gehülltes Trüffelschwein. Sie wird die Story aus mir herausquetschen. »Rhys«, sage ich, als sie den

Kopf zu einer stummen Frage neigt. »Der Installateur«, füge ich hinzu, obwohl ich weiß, dass sie nur so tut, als sei sie so naiv.

»Oh, der Installateur. Ja. Rhys. Richtig.«

»Lou ...«, warne ich sie.

»Der Installateur, auf den du absolut nicht scharf bist.«

»Korrekt.«

»Wie auch immer.«

»Genau. Und jetzt ist wirklich nicht die richtige Zeit dafür.«

»Wenn du das sagst«, sagt sie. Eine Sekunde glaube ich, dass sie sich damit zufriedengibt, dann wirft sie die Hände in die Luft und sieht mich an, wie sie das in der Oberstufe getan hat, als ich zu leugnen versucht habe, dass ich mit Dean Waters geschlafen habe. Die Neuigkeit von meiner Affäre mit dem spießigsten Jungen der Schule wurde noch durch die Tatsache verschlimmert, dass es mein erstes Mal gewesen war. Noch Jahre danach hat sie davon gesprochen. »Es ist nicht an mir, dir Vorhaltungen zu machen, Kat. Ich meine, natürlich mache ich dir Vorhaltungen – das ist ein Privileg von besten Freundinnen –, aber das sollte dir nichts ausmachen.«

»Es macht mir nichts aus, weil ich nicht auf den Installateur stehe. Nicht, dass es mir etwas ausmachen würde, wenn ich das täte. Bei dem Ganzen geht es um sehr viel mehr als um eine Schwärmerei für einen Typen auf der Arbeit, für den ich gar nicht schwärme – sondern nicht zuletzt um die Tatsache, dass Susan sehr viel komplizierter ist, als ich zunächst gedacht habe.« Ich werfe ein irrsinnig großes Stück an Information in den Ring in dem Versuch, sie abzulenken. Ein schlecht ausgeführter Taschenspielertrick.

»Erzähl. Mir. Alles.«

Wie konnte ich nur so dumm sein!

Die Verkäuferin rettet mich. »Würden Sie das Kleid jetzt bitte ausziehen«, sagt sie und führt Lou zurück in die Umkleide. Meine Erleichterung, als sie in der Kabine verschwindet, wird vom Eintreffen meines eigenen Kleids gedämpft.

»Merk dir, wo wir stehen geblieben sind«, ruft sie mir durch den Vorhang zu. »Ich will alle Details, sobald ich mich umgezogen habe und wir uns am Anblick deines wundervollen Kleids weiden konnten. Du wirst es lieben.«

Dankbar für den Gesprächsstopp versuche ich, durch die weiße Tüte zu gucken, die meinen Hochzeitshimmel oder meine Hochzeitshölle enthält, abhängig von der Stimmung, in der Lou war, als sie es ausgesucht hat. Ich denke nicht, dass es pfirsichfarben ist. Oder aus Taft. Aber ich kann nichts sehen, nachdem mir die Augen verbunden worden sind und ich halb nackt und ein wenig schutzlos zum Ankleiden in der Kabine stehe. Es sollte Vorschriften gegen so etwas geben. Ungefähr drei Minuten und fünfundvierzig Sekunden später trete ich heraus vor den Spiegel, und Lou holt scharf Luft. Als die Verkäuferin die Binde von meinen Augen entfernt, sehe ich mein Spiegelbild. Ein Kleid im griechischen Stil in einem satten Schiefergrau. Eine passende Blumenkorsage sitzt perfekt in meiner Taille, und das Nackenband berührt leicht meine Schultern. Meter um Meter an Stoff fallen in geraden Falten, und jedes Mal, wenn ich mich bewege, bewegt sich das Kleid mit. Zum zweiten Mal an diesem Morgen wird meine Kehle eng, als mir bewusst wird, dass ich mich noch nie in meinem Leben so schön und mädchenhaft gefühlt habe. »Es ist nicht…«

»Pfirsichfarben?«, fragt Lou und greift nach einem Kleenex, um sich die Augen zu tupfen.

»Es ist so …«

»Perfekt«, sagt sie. Dann stellt sie sich neben mich und spricht durch den Spiegel zu mir. »Sieh dich an, du bist wunderschön.« Sie greift nach meinem Haar, zieht eine Spange aus ihrem eigenen und steckt meine Haare locker hoch. »Und guck mal, wenn du das magst, kannst du dein Haar so hochstecken. Mit nur einem Hauch Make-up und einem Spritzer Parfüm. Ich kauf dir welches. Du wirst die schönste Brautjungfer, die ich mir wünschen kann.« Sie nimmt meine Hand und küsst sie. »Kat, ich könnte mir niemand besseren vorstellen, der an meinem Hochzeitstag an meiner Seite ist. Ich hoffe wirklich, dass es dir gefällt.« Ich sehe mein Spiegelbild an, meine Augen sind dick und müde. Und aus dem Nichts kommen plötzlich Tränen. Große, fette, unvermeidbare Tränen, die sich vor der besten Freundin schwer verstecken lassen. »Hey, Schätzchen. Was ist los? Hasst du es?« Sie sieht die Verkäuferin an und greift nach einem weiteren Kleenex, um mein Gesicht abzutupfen. »Oh, mein Gott, sie hasst es. Sie hasst es.« Dann flüstert sie hinter meinem Rücken: »Ziehen Sie es ihr aus. Ziehen Sie es aus.«

»Nein«, schlucke ich. »Nein. Es ist nicht das Kleid. Es ist wunderschön, Lou, danke. Ich liebe es.« Ich lasse sie meine Tränen abtupfen. »Und ich liebe dich. Und ich kann es kaum erwarten, an deinem großen Tag an deiner Seite zu sein.« Ich seufze. »Es ist absolut nicht das Kleid.« Ich greife nach der Taschentuchbox, die mir die Verkäuferin, die zweifelsfrei weiß, wie man mit heulenden Hochzeitsgruppen umgeht, hilfreich hinhält. »Ich weiß nicht, warum ich weine.« Ich sehe zu Boden und bin mir durchaus bewusst, dass ich genau weiß, warum, und dass Lou auch herausfinden wird, warum, wenn ich sie ansehe, und ich will es nicht näher erklären müssen. Ich versuche gegenzusteuern, als sie mein Gesicht zu ihrem anhebt.

»Was ist so schlimm, dass du in deinem Brautjungfernkleid weinst, Kat? Denn wenn Tränen auf den Stoff fallen, werden sie ihn höchstwahrscheinlich ruinieren.«

Ich hole tief Luft, dann erzähle ich Lou alles, wie ich Rhys vor Susans Haus getroffen habe, von dem Buch, von der einsamen Leere ihres Hauses. Ich erzähle ihr von Rhys' plötzlicher, unerwarteter Reaktion und von unserem Gespräch heute Morgen. Ich erzähle ihr von meiner Angst, eine Patientin zu haben, die eine so spezielle Betreuung braucht, und dass ich mich davon überfordert fühle. Ich erzähle ihr, dass ich im Moment so mit meiner eigenen Verwirrung über Daniel, die Arbeit und alles beschäftigt bin, dass ich mich nicht in der Lage fühle, bei irgendetwas die richtigen Entscheidungen zu treffen.

Lou hört mir erstaunlich schweigsam die ganze Zeit zu, was zeigt, wie ernst sie das alles nimmt. Sie updatet nicht einmal heimlich ihr Facebook-Profil oder tweetet irgendetwas, das ich sage.

»Und was willst du jetzt tun?«, fragt sie. Ich zucke die Schultern, überwältigt, verwirrt und erschöpft. »Ich habe dich noch nie so erlebt«, sagt sie. »Du weißt immer, was du tust und was zu tun ist. Das hast du immer getan! Was ist passiert, dass sich das geändert hat? Was hat dich so verunsichert?«

»Ich bin nicht verunsichert, Lou. Ich bin einfach nur beschäftigt und verletzt und verwirrt.«

Die Verkäuferin erscheint und bleibt in meiner Nähe, als eine neue Schar Mädchen zu ihrem Termin erscheint. Lou drückt meine Hand, und ich drücke zurück, doch irgendetwas an ihrem Gesichtsausdruck sagt mir, dass sie denkt, dass da mehr ist, als dass ich nur beschäftigt, verletzt und verwirrt bin. »Ich muss zur Arbeit«, sage ich und hüpfe von der Kiste herunter.

Als ich wieder meine Uniform anhabe und die Streifen auf meinem Arm mir das Gewicht meiner Verantwortung deutlich machen, wartet Lou vor der Kabine auf mich, meine Tasche in der Hand. »Hier ist das Corpus Delicti.«

Ich nehme die Tasche an mich und überprüfe den Inhalt. »Danke.«

»Wieso warst du übrigens dort?«, fragt sie, als wir in den klimaanlagenfreien Sonnenschein treten.

»Ich habe Daniels Kram zu seiner Mutter gebracht.«

»Wow, wirklich?«, fragt sie und führt mich vom Ladeneingang weg.

»Jepp.« Ich werfe mir die Tasche über die Schulter, als jemand vorbeikommt und dagegenstößt.

»War er da?«, fragt sie zögernd und hilft mir, die Tasche wieder zurechtzuziehen, bevor sie schweigend meinen Arm drückt.

»Jepp.«

»Und?«

»Und seine amazonenartige Schönheit mit dem makellosen Haar und den Beinen, für die ich morden würde, auch.«

»Oh.« Sie senkt den Kopf und sieht auf ihre Füße. »Ich hab dir gesagt, dass er ein Loser ist.«

»Ich weiß. Ich weiß, dass du das hast.«

»Vielleicht könntest du jetzt ja zu diesem Date mit diesem Arzt gehen.«

Womit wir wieder beim Thema wären. »Ja, Lou. Genau das brauche ich jetzt – noch mehr Verwirrung.«

»Du brauchst Ablenkung. Du musst dein Leben weiterleben. Du brauchst … einen One-Night-Stand!«

»Oh, mein Gott, das ist das Letzte, woran ich gerade denke«, stöhne ich.

Lou zieht mich an sich, drückt mich fest, dann gibt sie mir einen glossigen Kuss auf die Wange. »Rede es nicht schlecht, bevor du es nicht ausprobiert hast!« Sie blinzelt mir zu. »Und jetzt, meine liebe Brautjungfer, sieh zu, dass du zur Arbeit kommst. Deine Patienten brauchen dich. Deine Patientin braucht dich. Und der Facharzt!« Ich sehe zu, wie sie davonstöckelt. »Und du selbst brauchst dich auch!«, ruft sie, verschwindet um eine Ecke und lässt mich, auf den Bus wartend, zurück.

Kapitel 26

RHYS

Ich kuschele mich in Davids Sessel und vergrabe den Kopf in seiner Wärme. Ich gähne, und Mum seufzt. Wir nutzen die Pause, um uns anzusehen. Meine Mutter, die Frau, auf die ich immer zählen konnte. Die Frau, die mich versteht und die mir vergibt. Die Frau, die mir aufgeholfen hat, als ich im Alter von sechs Jahren kopfüber über den Fahrradlenker gefallen bin. Die Frau, die mich aufgerichtet hat, als ich bei der Mittleren Reife in allen Fächern durchgefallen bin. Was denkt sie, wenn sie mich ansieht?

»Da steckt noch mehr dahinter, oder nicht?« Es ist eher eine Feststellung als eine Frage. »Hier geht es nicht um Derek oder um David. Was ist los, Rhys?«

Wir stehen an einem Scheideweg. Entweder: Ich sage ihr die Wahrheit. Komme von Michelle auf Susan, auf das Märchenbuch und meine Panik, wie zum Teufel ich mit einer Welt umgehen soll, die ich nicht kontrollieren kann. Oder: Ich tische ihr eine Lüge auf, um die Wogen zu glätten, und gehe die Dinge weiter alleine an. Was sie letztendlich vor weiteren Beweisen dafür schützen wird, dass ich die größte Enttäuschung aller Zeiten bin.

»Rhys?«

»Ich habe versucht, dieser Frau im Krankenhaus zu helfen. Der, die ich für dich gehalten habe.«

»Warum, Rhys?«

Ich denke einen Moment nach, und mir wird klar, dass ich nicht ganz die Wahrheit sagen kann. »Weil sie niemanden hat. Weil sie allein auf der Welt ist und weil sie mir nicht mehr aus dem Kopf gegangen ist. Die Krankenschwestern haben gesagt, dass meine Gegenwart ihr guttut, und weißt du was, das hat sich gut angefühlt. Der Gedanke, dass ich für jemanden wichtig bin, hat sich gut angefühlt.«

»Aber du bist für mich wichtig, Rhys.«

»Bin ich das noch? Du hast doch jetzt Derek, du brauchst mich nicht mehr.« Ich höre mich selbst, und es gefällt mir nicht. Ich gebe mir mehr Mühe, mich an die Wahrheit zu halten. Mich nicht wie ein verzogener Junge aufzuführen. »Ich dachte, ich könnte es vielleicht verstehen.«

»Was verstehen, Rhys?«

Ich verschränke die Arme.

»Rhys?«, drängt sie.

»Ich dachte, wenn ich ihr helfe, verstehe ich vielleicht, was jemanden dazu bringt, sich umzubringen«, antworte ich leise. »Ich habe es dir schon einmal gesagt, Mum, aber ich glaube, du verstehst nicht, wie wichtig das für mich ist. Wie sehr ich das wissen muss. Ich dachte, ich könnte ihr helfen und mich dadurch von einem Geist verabschieden. Sie ist im Krankenhaus gelandet, weil sie versucht hat, sich umzubringen. Ich konnte David vielleicht nicht retten, aber vielleicht könnte ich sie retten.«

»Oh, Rhys.« Sie schiebt mir den Pouf hin und legt mir die Hände auf die Knie. »Oh, mein Lieber.« Sie streichelt mein

Gesicht. »Du kannst niemanden retten, der das nicht selbst will. Darüber haben wir gesprochen.« Ihre Berührung drückt mich zurück auf den Stuhl; die Uhr tickt die Sekunden. »Du hast ›hätte‹ gesagt… geht es hier darum? Hat sie…?« Sie kann sich nicht überwinden, den Satz zu beenden, und ich schüttele schnell den Kopf, gehe aber nicht weiter darauf ein. Wie soll ich ihr sagen, warum ich nicht weitermachen kann? Warum die Frau, der ich helfen wollte, plötzlich zu der Frau geworden ist, an die ich nicht einmal denken kann? Nach einer Pause zieht Mum scharf die Luft ein, bevor sie vorsichtig fragt: »Hast du versucht, mit Michelle zu reden?«

Ich beiße mir fest auf die Lippe. Und habe sofort den metallischen Geschmack von Blut im Mund.

»Vielleicht kann sie dir helfen? Vielleicht könnt ihr einander helfen? Geht es ihr gut? Hast du sie gesehen? Warum trefft ihr beiden euch nicht?«

»Was meinst du mit treffen?«

»Ich meine, dass ihr miteinander redet. Du willst jemanden finden, dem du helfen kannst und der dir vielleicht helfen kann, warum nicht Michelle? Zumindest hat sie David gekannt. Und sie kennt dich. Sie versteht unsere Familie. Vielleicht kann sie dir helfen und du ihr? Wie geht es ihr, weißt du das? Ich habe diese Woche versucht, sie anzurufen, aber sie ist nicht drangegangen. Vielleicht ist sie…«

»Michelle geht es gut.« Ich stehe auf und gehe zum Kamin hinüber, entziehe mich Mums Blick. Ich stelle die Uhr und einen Porzellanhund im Regal um. »Ich habe sie neulich gesehen, Mum. Es geht ihr gut. Na schön, nicht wirklich gut, aber sie ist okay. Sie schafft das. Sie ist…«

Mum steht auf und tritt neben mich, legt eine Hand sanft

auf meinen Arm, wie Mütter das machen, wenn sie dir etwas unmissverständlich klarmachen, dich aber nicht in die Defensive drängen wollen. »Ich denke einfach, dass es wichtig für dich ist, noch mit anderen zu sprechen als mit mir, mein Lieber. Michelle wäre da wohl am besten geeignet – sie weiß, was du durchmachst. Wenn du noch jemand anderen hättest, mit dem du reden könntest, würdest du aufhören, dich auf diese Susan zu konzentrieren. Ich glaube nicht, dass das gesund ist, Rhys.«

»Ich sollte sehen, dass ich an die Arbeit komme.« Ich drehe mich um, da ich mich nicht wirklich in der Lage fühle, Mum in die Augen zu sehen.

»Ja, das solltest du.« Sie zieht an meinen Armen und sucht den Augenkontakt, den ich unbedingt vermeiden wollte. »Das war wirklich sehr nett von dir, was du getan hast«, sagt sie, während sie meine Hände festhält. »Du hättest sie nicht noch einmal besuchen müssen, du hättest dich nicht einspannen lassen müssen. Du hast deinen Teil getan, jetzt lass sie selbst ihren Weg finden, damit umzugehen. Du hast selbst genug, womit du fertigwerden musst.« Sie begleitet mich in die Diele und gibt mir meine Stiefel. Ich lehne mich mit der Schulter gegen die Haustür, die Augen hinter den Haaren verborgen. Mum bürstet mir irgendeinen imaginären Schmutz von der Schulter. »Das Leben ist so schnell vorbei, Rhys. Wir wissen das besser als viele andere.« Ich öffne die Haustür und sehe sie nur halb an. »Verschwende deins nicht damit, Kämpfe zu kämpfen, die du nicht gewinnen kannst. Mit mir oder sonst wem.«

Ich versuche mich an einem Lächeln, und sie lächelt pflichtschuldig zurück.

»Vielleicht magst du ihn ja irgendwann einmal kennenlernen«, sagt sie. »Derek, meine ich …«

Ich nicke und hoffe, dass mein Pokerface verbirgt, dass das
das Letzte ist, was ich will.

Kapitel 27

KAT

Ich laufe die kopfsteingepflasterte Norfolk Row hinunter zu den übervollen Bushaltestellen. Die Leute drängeln, streifen mich und stoßen mich an, während sie zu ihren Bussen hasten oder aus ihnen herausspringen und in die Stadt eilen. Meine Tasche, in der noch immer Susans Buch liegt, schwingt hin und her und knallt mir mehrmals gegen das Schienbein, bevor ich sie fest an die Brust drücke. Susan geht nicht davon aus, dass ich es ihr bringe. Wird sie sich fragen, ob ich den Zeitungsausschnitt gesehen habe? Weiß sie überhaupt, dass er in dem Buch liegt? Wird ihr irgendetwas von alldem ihre Stimme zurückgeben, oder riskieren wir, dass sie uns noch weiter entgleitet?

Als ich in den Bus steige, ist die Hitze erstickend. Die Luft ist vom intensiven Geruch der Fahrgäste geschwängert. Ist es das, wovon mir schlecht wird? Hinten ist noch ein freier Sitz, und ich dränge mich hin und nutze die Fahrt, um verschiedene imaginäre Gespräche im Kopf durchzugehen. Ich beginne mit Susan, erkläre ihr, warum ich ihr das Buch bringe und nicht Rhys. Ich werde ihr sagen, dass er viel zu tun hat, dass er mit Arbeit zugeschüttet ist oder etwas in der Art. Dass er versuchen wird, sie in den kommenden Tagen zu besuchen.

Vielleicht sollte ich das nicht sagen. Ich denke nicht, dass wir ihn noch einmal zu Gesicht bekommen. Dann ist da das Gespräch mit Gail, meiner Chefin. Wie soll ich ihr erklären, was passiert ist? Wie kann ich sichergehen, dass sie weiß, dass ich jede Entscheidung in gutem Glauben, in der besten Absicht getroffen habe? Dass mir inzwischen zwar klar ist, dass es vielleicht nicht die richtigen Entscheidungen waren, aber dass es mit den Informationen, die ich zu der Zeit hatte, die bestmöglichen waren? Wie soll ich das angehen, ohne dass meine Probezeit abgebrochen wird? Ich will diese Beförderung nicht aufs Spiel setzen. Ich will, dass sie einsieht, dass sie richtig entschieden hat, das Risiko mit mir einzugehen. Wird sie das immer noch so sehen, wenn sie von den Ereignissen der letzten Tage weiß? Vielleicht ist mir deswegen übel.

Ich darf diesen Job nicht verlieren.

Ich schließe die Augen, atme durch die Nase ein und durch den Mund wieder aus, um ruhiger zu werden. Öffne sie wieder und beobachte, wie die Stadt vorüberzieht, während sich der Bus durch die Straßen schlängelt. Sheffield Theatres, Ponds Forge, Bürogebäude und die Polizeiwache. Fahrgäste steigen aus und ein, und ich nehme die Tasche vom Nebensitz auf meinen Schoß, um jemandem Platz zu machen. Ihr Gewicht ruht schwer auf meinen Knien. Es ist ein wunderschönes Buch. Was bedeutet es Susan? Oder will sie es nur wegen des Zeitungsausschnitts haben?

Der Bus hält an meiner Haltestelle. Ich reiße mich zusammen und springe hinaus, laufe den von Bäumen gesäumten Hügel hinauf zum Haupteingang des Krankenhauses.

Ich trommele mit den Fingern auf der Tasche und blättere zur Ablenkung in den Flyern, die in einem Regal liegen, während ich auf den Aufzug warte. Ich schlage den direkten Weg zu meiner Station und Susans Bett ein.

Als ich mich ihr nähere, schiebt sie einen leeren Mittagessensteller weg. »Guten Morgen, Susan. Oder eher guten Mittag?« Ich werfe einen Blick hoch auf die Uhr: Es ist halb eins. »Wie geht es Ihnen heute? Das Hämatom sieht sehr viel besser aus. War das Mittagessen in Ordnung?« Ich nehme ihren Teller weg und sehe nach ihrem Wasser. »Ich habe Ihr Buch hier, Susan. Das, das Rhys Ihnen holen sollte.« Ich reiche es ihr, doch sie wirft nur einen leicht verwirrten Blick darauf. »Und Ihren Hausschlüssel habe ich auch. Darf ich?« Ich lege das Buch in Reichweite auf ihr Bett und gebe ihr ihre Handtasche, falls sie den Schlüssel zurücktun will. Nervös lasse ich schließlich beides auf dem Bett liegen.

Susan starrt das Buch an, ohne sich zu rühren. Ich nehme es in die Hand und gebe es ihr. Ihre Brust hebt und senkt sich, während ihre Augen meinen ausgestreckten Arm und das tiefrote Buch fixieren. Ich werde noch nervöser und lege es zurück auf ihren Tisch, doch diesmal streckt sie langsam eine Hand aus und legt sie darauf. Sie macht keine Anstalten, das Buch zu nehmen oder es zu öffnen, lässt ihre Hand jedoch darauf liegen, die Finger verdecken den Titel.

Schließlich blickt sie auf und sieht hinter mich, sucht nach noch jemandem. Nach Rhys.

»Er lässt Sie grüßen«, sage ich instinktiv. Susans Augen wandern zu mir, lassen mein Vertrauen in meine eingeübte Rede schwinden. Meine Nervosität wird immer größer, kriecht mir vom Magen in die Kehle. »Er ist ziemlich … nun ja, er hat zu tun. Er hat gesagt, dass ich Ihnen sagen soll …« Sie sieht mich aufmerksamer an. Interessiert sich mehr für meine Worte, als ich es je bei ihr erlebt habe. Sind sie mir deshalb ausgegangen? Susan sieht nicht länger wie ein verletztes Vögelchen in ihrem Bett aus – sie sieht konzentriert, fast schon entschlossen aus. Sie öffnet den Mund, und mir bleibt das Herz stehen. Ich halte den Atem an, warte darauf, ihre Stimme zu hören. Eine Minute vergeht, dann schließt sie ihn wieder, richtet ihre Augen wieder auf das Buch. Und in dem Moment, in dem ich etwas von ihr gesehen habe, ist es auch schon wieder verschwunden.

»Vielleicht kommt er in ein paar Tagen vorbei«, sage ich, weil ich denke, dass es das ist, was sie hören will. Ich merke selbst, dass ich nicht wirklich überzeugend klinge. Ich schlucke. Die Last ihrer offensichtlich schwindenden Lebensenergie hat mein Selbstvertrauen endgültig bröckeln lassen. »Er sagt, dass es ihm leidtut«, füge ich noch hinzu. Sie streckt die Hand aus und hält mich davon ab, die Decke flach zu klopfen. Ich höre abrupt auf. »Entschuldigung.« Stattdessen streiche ich meinen Kittel glatt. Die Bäume vor dem Fenster rascheln. »Können Sie das hören?«, frage ich. »Die Bäume. Hören Sie… Sie klingen wie das Meer.« Susan lässt die Hand zurück auf das Bett fallen. Ich halte inne, lasse das Rascheln die Erinnerung an Familienurlaube in Cornwall zurückbringen. Glück und Eis. Keine Verantwortung.

»Susan« sage ich behutsam, die Worte bilden sich, bevor ich die Gelegenheit habe, darüber nachzudenken. »Ich war bei Rhys, als er das Buch geholt hat. Ich kam gerade vorbei und habe gedacht, dass es für Sie beide besser ist, wenn ich mit hineingehe. Ich hoffe, das ist in Ordnung.« Sie starrt das Buch an. »Die Sache ist die, Susan…« Ich strecke die Hand aus, lege meine Hand auf ihre, die immer noch auf dem Buch liegt. »Ich mache mir wirklich große Sorgen um Sie. Um Ihre Gemütsverfassung.« Ihre Augen wandern von meiner Hand zu meiner Schulter, suchen keinen Blickkontakt, machen aber irgendwie klar, dass sie mir zuhört. »Ihr Haus… es fühlte sich… nun ja, es fühlte sich so an, als…« Jetzt sieht Susan mich an, schiebt das Buch außer Reichweite und dreht das Gesicht zum Fenster. Das ist Sperrgebiet. Verbotenes Terrain. Aber ich kann nicht anders.

»Ich möchte Ihnen helfen, Susan.«

Sie schließt die Augen, um mir zu zeigen, dass sie mein Angebot ablehnt. Nachdem ich eine Weile gewartet habe und mir nichts einfällt, was ich sagen könnte, gebe ich auf, respektiere ihre Entscheidung und gehe.

Ich steuere mein Büro an, schließe die Tür hinter mir und lehne mich kurz dagegen, um zu verstehen, was gerade passiert ist. Wie ich das erklären, rationalisieren kann, wie ich aus dem Ganzen schlau werden kann, sodass Gail und ich die Hinweise zusammenfügen und Ordnung in das Chaos bringen können. Susan helfen können. Denn ich weiß jetzt, dass ich das nicht alleine schaffe. Und vielleicht muss ich das ja auch nicht.

Meine Finger geraten ins Stocken, als ich Gails Nummer wähle. Seit sie meine direkte Vorgesetzte ist, ist sie ziemlich schwer zu erreichen. Ich warte auf das Klingelzeichen, gehe noch einmal meine Geschichte durch, den Grund, warum ich anrufe; den Grund, warum ich zu dem Haus einer Patientin gefahren bin, ohne erst einmal streng nach Protokoll zu handeln; die Gründe, warum ich um meine Patientin besorgt bin und meine Vorschläge, wie wir die Sache angehen können. Mentale Gesundheit ist nicht mein Fachgebiet, da bin ich überfordert, aber ich kann vor der Verantwortung, die jetzt auf meinen Schultern ruht, nicht die Augen verschließen. Ihre Mailbox schaltet sich an mit der knappen Aufforderung, eine Nachricht zu hinterlassen.

»Gail, hallo, hier ist Kat. Ich …« Ich schlucke, um die Fassung zurückzugewinnen. Jetzt ist nicht die Zeit, nervös zu sein. »Ich wollte fragen, ob wir kurz miteinander reden können. Über Susan Smith. Ich bin den ganzen Tag an meinem Platz, es ist ziemlich eilig. Danke.«

Ich lege auf, stelle den Hörer in die Basisstation, womit das Gespräch definitiv beendet ist. Ich gehe zurück ins Schwesternzimmer, hefte Akten ab und räume den Schreibtisch auf. Durch die offene Türe werfe ich einen Blick in Susans Zimmer. Die Vorhänge um ihr Bett sind aufgezogen. Ich kann sehen, dass sie sich in eine sitzende Position hochgehievt hat. Sie greift nach dem tiefroten Buch. Ich erstarre, will auf keinen Fall etwas verpassen. Mit hochgezogenen, angespannten Schultern beobachte ich, wie Susan das Buch vor ihr Gesicht hält und daran riecht. Sie fährt mit der Hand über das Titelblatt. Ihre Finger zeichnen den Titel nach, und auch ich kann die Buchstaben spüren. Die goldenen Kursivbuchstaben. Ihren Schwung. Susans Atem wird schwerer, ihre Brust hebt und senkt sich auf dramatische Weise. Ich halte den Atem an. Sie nimmt das Buch, legt es sich auf die Knie, und mein Blick wird kurz von einem Pfleger verstellt, der einen Patienten an mir vorbeischiebt. Als ich wieder etwas sehen kann, holt Susan tief Luft, bevor sie langsam das Buch öffnet. Dünne, hauchdünne Seiten wölben sich und fallen wieder zu, als sie in dem Buch blättert und es schließlich aufgeschlagen liegen lässt. Bei dem Zeitungsausschnitt? Sie starrt die Seite an – oder ist es das Foto in dem Artikel? Vielleicht beides? Dann nimmt sie den Zeitungsausschnitt, studiert ihn. Während ich sie beobachte, sehe ich, dass sie das Gesicht des Babys betrachtet. Ich kenne jedes Wort des Artikels auswendig. Fühle ich, was sie fühlt? Unbehagen? Hilflosigkeit? Tiefe, abgrundtiefe Traurigkeit? Falls das ihr Baby ist, kann sie nichts anderes fühlen.

Susan legt den Zeitungsausschnitt entschlossen zurück in das Buch, macht es fest zu und lässt sich aus meinem Blickfeld zurück in die Kissen sinken, das Buch an die Brust gedrückt. Ob Rhys und ich das Richtige getan haben, als wir dieses Buch geholt haben, ist unmöglich zu sagen. Und falls nicht, wie soll man auch nur anfangen, nach so einer Geschichte wie dem Zeitungsausschnitt zu fragen, und welche Rolle sie darin spielt?

»Hat Gail dich gefunden?«, fragt eine der Schwestern. Bei dem Klang ihrer Stimme fahre ich herum.

»Wie bitte?«

»Gail. Sie war vorhin hier und hat nach dir gesucht, gefragt, ob du sie sobald wie möglich anrufen kannst.« Das Telefon in meinem Büro schellt, und mein Herz setzt aus.

»Ich wette, das ist sie«, sagt die Schwester, und ich schlucke einen Anflug von Angst hinunter. Ich bin schon auf dem Weg zurück in mein Büro, bevor ich mich umdrehe, um zu fragen: »Schien sie…«, doch die Schwester ist bereits weg.

Ich greife nach dem Hörer. »Hallo?«

»Kat, Gail.«

»Oh, hallo, Gail. Danke, dass…«

»Hör zu, ich hab jetzt keine Zeit, ich wollte dir nur kurz sagen, dass ich deine Nachricht bezüglich Susan bekommen habe und wir ohnehin miteinander reden müssen. Ich muss jetzt jemanden treffen, dann habe ich Zeit für dich – um drei. Bitte sieh zu, dass du dir den Termin frei hältst.«

»Okay. Um drei. Wir sehen…« Aber sie hat bereits aufgelegt. Mit sichtbar zitternden Fingern notiere ich den Termin in meinem Kalender.

Es klopft laut an der Tür, und Mark steckt den Kopf herein. »Hey… Oh, alles in Ordnung mit dir?«

»Sicher, warum?« Ich schlage meinen Kalender zu und blicke auf, versuche, gelassen auszusehen.

»Du siehst ein bisschen… gestresst aus«, sagt er und kommt zu meinem Schreibtisch. »Kann ich dir irgendetwas holen? Etwas zu trinken? Etwas zu essen? Schokolade?« Er lacht bei seinem letzten Vorschlag, als hätte er gerade die Lösung für eine der größten Herausforderungen des Lebens gefunden. »Irgendwo an der Rezeption müssen Kekse sein?« Er zeigt irgendwohin außerhalb meines Büros.

»Nein, nein, es geht mir gut, danke.« Ich hebe die Hand, damit er aufhört. Er sieht mich an, als dächte er über den nächsten Zug bei einer Partie Schach nach. Ich stöhne und lasse den Kopf auf den Schreibtisch fallen. »Warum ist dieser Job so hart?«

Er lacht leise. »Die leichten Dinge sind meiner bescheidenen Erfahrung nach nicht so erstrebenswert«, sagt er und zieht sich einen Stuhl heran, um sich zu setzen.

»Bescheiden?« Ich hebe den Kopf gerade genug, um ihn durch meinen Pony anzusehen, doch sein Verletzter-Vogel-Ausdruck legt nahe, dass ich eine Grenze überschritten habe, die wir noch nicht erreicht hatten.

»Was ist das Problem?«, fragt er und führt das Gespräch fort. Er lehnt sich auf dem Stuhl zurück und schlüpft in seine offizielle Doktorenrolle. Beinahe ginge er auch als Therapeut durch. Wenn er einen Bart hätte, würde er ihn sich jetzt streichen. Und ein Bart würde ihm stehen.

»Susan«, sage ich, und er beugt sich vor. »Es ist eine lange Geschichte, aber schließlich und endlich war ich gestern Abend in ihrem Haus, und es scheint, als wären unsere Befürchtungen, was ihren Unfall angeht, richtig gewesen. Sie ist so gut wie ausgezogen, hat ihre Anwesenheit ausradiert. Sie scheint ganz offensichtlich nicht die Absicht gehabt zu haben zurückzukehren. Wir haben ein Buch für sie geholt ...«

»Wir?«

»Rhys und ich.« Mark sieht verwirrt aus. »Auch das ist eine lange Geschichte, aber um es kurz zu machen, hat sie ihm bei seinem letzten Besuch ihren Hausschlüssel gegeben und nach dem Buch gefragt.«

»Gefragt?«

»Einen Zettel geschrieben.«

Er nickt, verarbeitet die Information. »Okay, und was meinst du?«

»Ich weiß es nicht. Das ist nicht mein Gebiet. Wie geht man mit so etwas um, ohne konfrontativ zu sein und um zu verhindern, dass es eskaliert? Das Ganze gerät mir außer Kontrolle.« Ich reibe mir die Stirn, wünschte, ich hätte Letzteres nicht gesagt. Wünschte, ich könnte es wieder zurücknehmen und das Bild einer Stationsschwester präsentieren, die alles im Griff hat.

»Ich bin mir sicher, du hast alles im Griff, wirklich. Hast du einen Bericht über deinen Besuch dort geschrieben?«

Ich hatte nicht einmal daran gedacht.

»Hör zu, komplizierte Patienten stellen unser Selbstvertrauen immer auf die Probe, aber ich habe nur das Beste über dich gehört, Kat. Du wirst das super machen, da bin ich mir sicher.« Er lächelt, seine Augen funkeln, und ich merke, wie ich wieder etwas Farbe bekomme. »Du kannst das«, sagt er.

»Gail kommt gleich vorbei. Ich muss sie informieren und sehen, wie sie das Ganze angehen will.«

»Sag ihr, dass wir darüber geredet haben. Schreib mir diesen Bericht, erkläre darin, wie du in Susans Haus gekommen bist, was du vorgefunden hast und wie sie insgesamt reagiert hat. Lass uns versuchen, ihn vor unserer Besprechung heute Nachmittag an das Psychologische Team zu schicken. Schaffst du das?«

Ich nicke. »Ich tue mein Bestes.«

»Sie können uns aus ihrer Sicht der Dinge bezüglich der nächsten Schritte beraten. Für den Moment bleibt sie hier. Wir haben Zeit, ihr zu helfen. Mach dir keine Sorgen.« Er steht auf, um zu gehen. »Besucht Rhys sie noch? Konnte er helfen?«

»Na ja, hier wird es dann noch komplizierter«, sage ich. »Wir haben in dem Buch einen Zeitungsausschnitt gefunden, etwas über ein ausgesetztes Baby. Wir wissen nicht, was sie damit zu tun hat, aber bei Rhys hat dieser Ausschnitt einen wunden Punkt berührt. Er hat den Zustand, in dem ihr Haus sich befand, und den Zeitungsausschnitt ziemlich schlecht aufgenommen. Er hat im Moment seine eigenen Probleme. Ich befürchte, dass wir ihn nicht wiedersehen werden.«

»Oh, das ist schade. Ist er in Ordnung?«

»Ich bin mir nicht sicher…«

»Okay, dann sollten wir auch ein Auge auf ihn haben. Ruf ihn an, versuch, ihn wieder einzubinden, wenn du kannst.

Versichere dich, dass er weiß, dass er Hilfe bekommen kann, falls die Beschäftigung mit Susans Fall etwas in ihm ausgelöst hat. Wir haben die Pflicht, uns jetzt auch um Rhys zu kümmern.« Mark geht Richtung Tür. »Und mach dir keine Sorgen!«

»Danke.« Ich stehe auf und werfe einen Blick auf meine Uhr. »Was wolltest du eigentlich?«, frage ich, als mir wieder einfällt, dass er zu mir gekommen ist.

»Ich? Nichts, nein … ich kann mich nicht erinnern. Ich komme wieder, wenn ich es tue.« Er lächelt, tippt sich zum Gruß leicht an die Stirn und verschwindet.

Kapitel 28

SUSAN

Wie lange warte ich? Wie lange bleibe ich für den Fall, dass er zurückkommt? Für den Fall, dass das Zucken in Kats Auge, die fest verschränkten Arme und das Zittern in ihrer Stimme keine Anzeichen für eine Lüge waren, sondern einfach nur Macken. Für den Fall, dass Rhys vorhat wiederzukommen, weil er sich die Wahrheit, die ich nicht leugnen kann, nicht zusammengereimt hat.

Wie lange warte ich?

Und falls ich warte, wie ich das ein Leben lang getan habe, und er wiederkommt, wie geht es dann weiter? Wo fange ich an? Wie soll ich ihm jemals erklären, warum und wie er in mein Leben gekommen ist? Wird er mir überhaupt glauben? Wie viel weiß er bereits? Wie kann ich die Fehler wiedergutmachen, die ich begangen habe?

Ich habe nach dem Buch gefragt, um den Prozess, Fehler zu berichtigen, in Gang zu setzen. Doch es fühlt sich so an, als würde diese Last mich herunterdrücken, mich in die trüben Gewässer meiner Lügen zurückziehen. Falls er voller Bitterkeit ist, sollte ich vielleicht tun, was ich geplant hatte, und meiner Schuld und Pein ein Ende machen und anderen keinen weiteren Schmerz mehr bereiten. Vielleicht wäre es für uns alle am einfachsten, wenn ich einfach verschwinde. Aber eigentlich bin ich gerade erst gekommen. Und sie haben ein Recht, es zu erfahren, oder etwa nicht?

Kapitel 29

KAT

Ich habe alle fünf Minuten auf meine Uhr gesehen – anderthalb Stunden können sich wirklich hinziehen, wenn die Last der Verantwortung und der übereilten Entscheidungen einem auf den Magen drückt. Der Bericht ist geschrieben, wie Mark es vorgeschlagen hat, jedes kleinste Detail, an das ich mich erinnere, ist darin enthalten. Ich habe mehrmals die Hand nach dem Telefon ausgestreckt, um Rhys anzurufen, aber jedes Mal hat etwas mich zurückgehalten. Ich bin mir nicht sicher, dass es wirklich zu seinem Besten ist. Ich bin mir auch nicht sicher, dass es zu Susans Bestem ist.

Drei Minuten vor drei. Ich stehe auf und gehe in meinem Zimmer auf und ab, dehne Rücken und Arme. Gail ist für so einiges berühmt, für ihre Pünktlichkeit ebenso wie für ihre Intelligenz und dafür, dass sie ihre Zeit nur ungern auf Dummköpfe verschwendet. Bin ich ein Dummkopf gewesen? Meine Augen kleben am Sekundenzeiger der Uhr, der unaufhaltsam vorrückt. Die Zeiger ticken drei Uhr, und die Stationstür öffnet sich mit einem Zischen. Ich höre sie, bevor sie da ist; ein paar Anweisungen in eine Richtung – »Emma, kannst du mal nach der Küche sehen, es scheint so, als hätte jemand vergessen, sich um die Töpfe zu kümmern« –, gefolgt vom vertrauten Klackklack ihrer Schritte. Ich kann mir vorstellen, wie Emma hinter ihrem Rücken ein mürrisches Gesicht macht, bevor sie sich beeilt, eine Arbeit auszuführen, die nicht wirklich in ihren Verantwortungsbereich fällt. Niemand sagt Nein zu Gail.

»Kat.« Sie bleibt an meiner Tür stehen wie ein Hauptfeldwebel, und ich schlucke. Kann man es sehen? Kann sie meine Angst riechen?

»Gail, es tut mir leid, dass ich …« Ich fuchtele mit den Armen herum wie eine Idiotin. »Danke, dass du gekommen bist.« Ich will ihr den freien Stuhl anbieten, dann frage ich mich, ob ich ihr nicht den Platz hinter meinem Schreibtisch anbieten sollte, der einmal ihrer war. Ihr Schreibtisch. Ich weiß es nicht. »Die Sache ist die …«

»Sorry, warte mal, Kat. Ich zuerst.« Sie tritt ein, hebt die Hände hoch. Drei Schritte und sie ist an meinem Schreibtisch. Ich schlängele mich auf meine Seite, die Bürotür verhöhnt mich damit, wie offen sie sie gelassen hat. Weit offen. Unmöglich, etwas zu verbergen.

»Ich muss schon sagen, dass ich etwas überrascht bin«, beginnt sie, forsch und selbstsicher, »denn mit dieser Situation habe ich überhaupt nicht gerechnet …« Sie schnieft, die Nase in der Luft, die Arme verschränkt. Das Herz rutscht mir in die Hose. »Wie es scheint, ist deine Beförderung zur Stationsschwester auf Zeit bereits wieder zu Ende.«

Meine Beine brechen unter mir weg, und ich greife nach meinem Stuhl. Jemand ist mir zuvorgekommen. Wer könnte das gewesen sein? Nur Mark und Lou wissen, was passiert ist. Emma weiß einen Teil, aber sie würde das nicht tun, oder? Kann Susan wieder sprechen? Ich senke den Kopf, greife nach einem Kugelschreiber, um damit zu spielen, und sehe, dass es der anstößige ist, mit dem ich Mark ablenken wollte. Typisch, dass ich ihn jetzt finde. Gail redet noch immer, etwas über die nicht vorhersehbaren Haltungen und Entscheidungen von Menschen. Über Berufe, die in Gefahr sind. Ich lasse den Kuli zwischen ein paar Akten verschwinden und greife nach einem anderen. Ich kann sie nicht ansehen. Ich weiß nicht, wo ich anfangen soll oder wie ich das erklären soll oder was ich eigentlich falsch gemacht habe. Ich habe einfach versucht, mein Bestes zu geben. Wie kann das schlecht sein?

»Die Details brauchen dich nicht zu interessieren, es genügt zu wissen, dass sie nicht zurückkommen wird«, kommt Gail zum Schluss.

»Wie bitte?«

»Herzlichen Glückwunsch«, Gail streckt die Hand aus, um meine zu schütteln. »Du bist die neue Stationsschwester. Penny hat sich entschlossen zu kündigen.«

Ich starre sie an, lange genug, dass sie die Hand vor meinen Augen schwenkt, bis ich sie ergreife und schüttele. »Sie kommt nicht zurück, Kat.« Sie lächelt und geht zu dem Bücherregal und wirft einen Blick auf die vertrauten Titel, die sie kennt und gelesen hat. Sie zieht das Buch heraus, das Mark mir geliehen hat, und nickt anerkennend. »Du bist die Zweitjüngste, der in den letzten fünf Jahren diese Beförderung zuteilwird...« Wir wissen beide, dass sie selbst die Jüngste war. »Ich habe von Personal und Patienten immer nur das Beste gehört, wenn es darum ging, deine Arbeit zu bewerten. Mr. Barnes hält unglaublich viel von dir.« Ich werde fast genauso rot wie vorhin, als er mich gelobt hat. »Und du bist ganz offensichtlich eine selbstbewusste und sichere Führungskraft, obwohl du in einigen Dingen auf die Details achten musst. Wir haben einfach nicht so viel Personal wie früher.« Sie spricht von der Küche. Ich weiß, dass sie das tut. »So.« Sie dreht sich zu mir um, wobei sie sehr zufrieden mit sich wirkt. »Herzlichen Glückwunsch.«

Ich bin sprachlos. So hatte ich mir unser Gespräch nicht vorgestellt. Ich weiß nicht einmal, ob ich das noch will. Die Verantwortung ... das ist zu viel. Denke ich.

»Nun, das ist eine große Verantwortung. Hier geht es um mehr als die bloße Versorgung der Patienten. Es geht um Management, Strategie, Verständnis des größeren Ganzen. Manche Patienten sind unkompliziert, manche Fälle leicht, aber manchmal ...«

Ich ziehe an meinem Kragen. O ja, gerade im Moment kann ich von »manchmal« ein Liedchen singen.

»Aber du hast mein vollstes Vertrauen, du wirst brillante Arbeit leisten.«

Mein Mund steht offen, ich suche nach Worten, um zu erklären, warum diese Beförderung voreilig sein könnte. Warum ich sie nicht annehmen kann.

»Gut gemacht.«

»Ich bin mir nicht sicher, ob ich schon so weit bin«, versuche ich es.

»Unsinn, natürlich bist du das. Wir können nächste Woche über ein paar der Details reden. Ich muss los. Heute ist Jonnys Schulsporttag, und ich muss mich für den Mütterlauf aufwärmen. Sheena Daly hat meine Geschwindigkeit grob unterschätzt, und ich habe vor, sie in ihrem Lycra-Outfit auf ihren Platz zu verweisen. Ich nehme jetzt meinen Jahresurlaub, bis Donnerstag in einer Woche. Lass uns zusammen einen Kaffee trinken, wenn ich zurück bin, und darüber reden, was als Nächstes ansteht. Okay? Gut. Prima.« Sie lächelt, dreht sich um und verlässt den Raum, lässt die Worte von meiner Beförderung in der Luft hängen. Ich höre sie weitere Anweisungen durch die Station bellen, als ich ihr hinterherlaufe.

»Ich kann das nicht annehmen«, rufe ich. Sie bleibt wie angewurzelt stehen und dreht sich zu mir um. »Ich kann das nicht annehmen«, wiederhole ich. »Nicht bis …«, keuche ich, schlucke und zeige auf mein Büro. »Ich muss erst mit dir reden. Geht das? Bitte.« Gails Gesicht ist eine Mischung aus Eis und Donnerwetter und absolutem Unglauben. »Kannst du vielleicht …« Ich bedeute ihr erneut, in mein Büro zu kommen. Das Büro. Sie sieht auf ihre Uhr. Der arme Jonny und sein Sporttag – obwohl ich nicht umhin kann zu denken, dass Sheena Daly durch mich noch mal davongekommen ist.

Gail tritt wieder ein und lässt mich die Tür hinter ihr schließen. »Setz dich«, fordere ich sie auf.

»Ich werde zu spät kommen«, blafft sie, als sie sich hinsetzt.

»Ich weiß, und es tut mir leid, aber das ist wichtig.« Sie legt die Hände um das Knie und wartet, dass ich anfange. Und das tue ich. Ich erzähle ihr von Susan und der Telefonnummer. Von Rhys und seinen Besuchen. Dem Schlüssel. Dem Buch. Dem Zeitungsausschnitt. Ihrem Haus. Ich erzähle ihr von dem Versuch zu helfen, dem Versuch, das Richtige zu tun. Davon, zur richtigen Zeit am falschen Ort zu sein, oder vielleicht zufällig zur richtigen Zeit am richtigen Ort. Ihr Gesichtsausdruck sagt mir, dass meine Weitschweifigkeit nicht sonderlich hilfreich ist.

»Es wird von dir erwartet, dass du dich bei Patienten wie

Susan entsprechend der Richtlinien verhältst. Du kannst nicht einfach in ihr Haus gehen.«

»Ich weiß, ich verstehe das. Aber ich hatte keine Wahl, Rhys wäre ohnehin hineingegangen. Und wenn ich es nicht getan hätte, hätten wir diese weitere Information nicht, die uns vielleicht ermöglicht, ihr zu helfen, Gail.« Ich bin aufgestanden, bin mir plötzlich sicher, dass ich das Richtige getan habe und dass ich helfen kann, egal, was die Richtlinien vorschreiben. Ich kann etwas bewirken.

Gail sieht mich an, dann wirft sie einen Blick auf ihre Uhr. Sie schaut sich im Büro um, steht auf, geht zum Fenster und verschränkt die Arme. Sagt nichts.

»Ich habe alles mit Mr. Barnes durchgesprochen, Gail. Er hat mich gebeten, einen ausführlichen Bericht zu schreiben.« Ich drehe den Bildschirm herum, sodass sie etwas sehen kann. »Es steht alles hier. Was ich herausgefunden habe, die Details und meine Ideen, was wir vielleicht tun können. Er hat mich gebeten, den Bericht vor dem von uns angesetzten Treffen an das Psychologische Team zu schicken, sodass wir eine Handlungsstrategie entwickeln können. Gail, ich weiß, dass das nicht ideal ist, aber du hattest recht, manche Patienten sind anders. Sie erfordern mehr Fürsorge. Die Personalsituation ermöglicht uns das nicht immer, doch in diesem Fall haben wir das Glück, die nötigen Maßnahmen in die Wege leiten zu können.« Ich bin fast genauso überrascht angesichts meines plötzlichen Vertrauens in die Sache wie Gail. Alle scheinen zu glauben, dass ich das kann – vielleicht ist es an der Zeit, es auch selbst zu tun.

Gail steht auf. »Schick mir den Bericht auch. Sorge dafür, dass ich alle Details bekomme. Für den Fall, dass Susan oder irgendein Familienangehöriger, den wir bisher noch nicht auftreiben konnten, auf die Idee kommt, dass es mit unserer Vorgehensweise ein Problem gibt, muss ich sicherstellen, dass ich alle Fakten habe, um dich verteidigen zu können.« Sie dreht sich um und geht Richtung Tür. »Kat...«

Ich halte den Atem an.

»Das ist eine höchst komplizierte Situation. Sei vorsichtig. Halte alles fest, was du tust. Ich muss jetzt gehen, sonst komme ich zu spät.« Ich nicke. Sie nickt ebenfalls, dann geht sie, ohne mir einen wirklichen Hinweis darauf zu geben, was sie denkt.

Ich lasse mich auf den Stuhl fallen und stoße die lang angehaltene Luft aus. Ich starre den Bildschirm an, und mein Bericht starrt zurück. Ich entferne das Wort »stellvertretend« in meiner Berufsbezeichnung am Ende des Berichts und speichere ihn. Stationsschwester Kat Davies. Das bin ich.

Als ich meine Worte noch einmal lese, drückt mich der Ernst der Situation zurück in den Stuhl. Ich fühle vielleicht ein gestärktes Vertrauen in meine Entscheidungen, doch das ändert nichts an den Fakten: Ich habe eine Patientin, die sich, wie es scheint, umbringen wollte. Ich habe eine Patientin, die wahrscheinlich die Mutter eines ausgesetzten Kindes ist. Und ich habe einen unschuldigen Besucher, der in all das verwickelt wurde und für eine ganze Menge neuer Probleme sorgt. Ich werfe einen Blick auf meine Uhr, noch eine halbe Stunde bis zu der Besprechung.

Bevor ich die Gelegenheit habe, den Bericht an Gail abzuschicken, kommt Emma quietschend wie ein losgelassener Luftballon in mein Büro geflippt. Sie dreht die Lehnen meines Stuhls zu sich herum und beugt sich vor, um mich zu fest zu drücken. »Das ist großartig, du bist großartig, ich bin so stolz auf dich!«, sagt sie und drückt mich noch einmal ganz fest, bevor sie einen Schritt zurücktritt, um meinen Gesichtsausdruck zu sehen. »Komm, sieh dich an, erwachsen und wichtig. Das müssen wir feiern! Lass uns ausgehen! Überlass das mir, ich kümmere mich darum«, sagt sie und übersieht ganz offensichtlich den leichten Zweifel in meinem Gesicht.

»Emma, ich kann nicht. Ich muss ...«

»Unsinn, man MUSS Beförderungen feiern. Mein Gott, ich bin so stolz auf dich. Du hast fantastische Arbeit geleistet! Das habe ich auch zu ...«

»Emma, bitte, wirklich«, erhebe ich die Stimme. »Ich habe gerade ziemlich viel um die Ohren.«

»Was ist los?«

»Susan! Rhys!« Ich sehe wieder auf meinen Bildschirm, während ich mit einem Stift auf die Tastatur klopfe. »Es ist einfach ein bisschen viel. Alles zusammen, weißt du?«

»Sei keine Närrin.« Sie greift nach meinen Händen. »Kat, ich bewundere dich, seit wir uns auf dem College zum ersten Mal begegnet sind, seit dem ersten Tag, an dem du mich in den Arm genommen hast, als du gesehen hast, dass ich das gebraucht habe. Du weißt instinktiv, was ein Patient braucht, und findest immer eine Möglichkeit, dass er es bekommt, weit über die normale medizinische Versorgung hinaus. Du kannst ein Team leiten. Du kannst andere motivieren. Mit deiner Entschlossenheit inspirierst du mich jeden Tag. Und ich weiß«, sagt sie und unterbricht mich, als ich versuche, sie zu stoppen, »ich weiß, dass das ein paar harte Monate für dich waren und dass das Leben, das du geplant hattest, anders aussieht als das, auf das du dich zuzubewegen scheinst, doch dieses Leben, das sich da vor dir auftut, ist sehr viel besser. Deine Karriere entwickelt sich prächtig, und du hast, wenn du so weit bist, die Möglichkeit, jemanden zu treffen, der zu schätzen weiß, wie fantastisch du bist, und der dich du selbst sein lässt.« Sie holt Luft. »Ich habe dir das nie gesagt, weil mich dein Leben nichts angeht, aber ich hatte immer das Gefühl, dass Daniel dich in einer Welt festhalten wollte, in der *er* sich wohlfühlte, egal, ob es für dich die richtige war. Das kann jetzt niemand mehr machen, du bist frei.« Sie zieht mich noch einmal an sich, und ihre Worte wirbeln mir durch den Kopf. »Du wirst das schaffen, Schwester Kat«, flüstert sie mir ins Ohr. »Und ich stehe bei jedem Schritt des Wegs hinter dir.« Ich blinzle zu ihr hoch, ich weiß nicht, was ich sagen soll. »Ich schicke dir eine SMS, wann und wo, sobald ich das organisiert habe«, sagt sie. »Wir feiern das!« Sie geht zur Tür, bleibt dann aber stehen. Ich blättere in ein paar Akten, versuche verzweifelt zu verbergen, wie überfordert ich mich von den ganzen Ordnern und Berichten fühle. »Oh, das hätte ich fast vergessen. Mark hat angerufen. Er schickt Susan runter zur Physio, während ihr eure Besprechung habt. Einer der Pfleger kommt gleich und holt sie.« Sie hüpft jauchzend aus meinem Büro.

Ich öffne meine Mails und schicke den Bericht an Mark, Gail und das Psychologische Team. Punkt eins wäre damit erledigt. Ich suche Rhys' Nummer heraus, um ihn anzurufen, lande aber direkt auf der Mailbox. »Hallo, Rhys, hier ist Kat. Ich wollte nur hören, wie es Ihnen geht, hören, ob ich irgendwie helfen kann – mit irgendetwas. Ich habe das Buch weitergegeben, Susan hat darin gelesen.« Ich halte inne, frage mich, ob Mark recht hat, dass wir ihn wieder einbinden sollten. »Falls Sie dazu in der Lage sind, bin ich sicher, dass sie Sie gerne wiedersehen würde. Und falls Sie reden möchten, melden Sie sich einfach.« Ich lege auf. Schließe die Augen. Strubbele ein bisschen Pep in meine Haare, bevor ich mich zu unserer Besprechung aufmache.

Ich hab das im Griff.

Das habe ich. Hoffentlich.

Kapitel 30

RHYS

Tag eins meiner Auszeit habe ich hauptsächlich in meinem Bett verbracht und mir selbst leidgetan. Tag zwei bin ich nach Ladybower Dam herausgefahren und im Wald spazieren gegangen, mit gesenktem Kopf, im kühlen Schatten der Bäume. Tag drei, heute, hatte ich wieder arbeiten wollen, nicht zuletzt weil ich das Geld brauche. Nachrichten von Paul, Kat und Mum habe ich ignoriert; die verpassten Anrufe häufen sich, und ich fühle mich schuldig. Mum hat mir vorgeschlagen, sie auf neutralem Boden zu treffen. Und jetzt bin ich hier, im Botanischen Garten. Und versuche, ein besserer Sohn zu sein, ein besserer Mensch.

Sie wartet auf einer Bank, das Gesicht der Sonne zugewandt. »Morgen, Mum.« Sie öffnet langsam die Augen, und ich beuge mich zu ihr herunter, um ihr einen Kuss zu geben. Sie greift nach meinen Armen, lässt sich von mir hochziehen. Ich bekomme einen kurzen Einblick in eine Zukunft, in der ich der Verantwortliche bin und in der sie mich braucht. Mir gefällt das nicht. Wir stehen verlegen da, umarmen uns nicht richtig, wahren aber auch nicht wirklich Distanz. Was würde ich dafür geben, dass sie mich in eine ihrer Mum-Umarmungen nimmt. Jene, bei denen du einfach weißt, dass alles in

Ordnung kommt. Stattdessen drückt sie meinen Unterarm, bevor sie nach ihrer Handtasche greift. Ich vermisse sie.

»Ich dachte, es würde uns guttun, einen Spaziergang zu machen. Einmal unsere Umgebung zu genießen«, sagt sie. Ich nicke, werfe einen flüchtigen Blick auf den Garten und den Pavillon. Ziergras weht in der warmen Brise, und ein berauschender Duft liegt in der Luft. »Ich liebe diesen Ort«, sagt sie, lebendig und verjüngt im Vergleich zu Freitag. »Trotz der Tatsache, dass dein Dad und ich uns hier gewöhnlich getroffen haben, als er mir den Hof gemacht hat. Wir haben einen Spaziergang gemacht und anschließend drüben in der Ecclesall Road zu Mittag gegessen.« Sie lächelt distanziert. Sie erwähnt Dad nicht oft und ganz sicher nicht, um eine schöne Erinnerung abzuspulen. Ein Indiz für ihre Gemütsverfassung? »Witzig, wie sich das Leben ändert«, seufzt sie, während Traurigkeit über ihr Gesicht huscht. Gleichzeitig schiebt sich eine vorüberziehende Wolke vor die Sonne. Der plötzliche Schatten spiegelt unsere Stimmung wider. »Manchmal frage ich mich, ob ich die Dinge auch anders hätte angehen können«, endet sie.

»Tun wir das nicht alle?«

Zum Beispiel als ich David gesagt habe, dass er keine Angst zu haben braucht, seine leibliche Mutter zu finden. Dass adoptierte Kinder das dauernd machen, dass das genau das Richtige für ihn sein kann. Dass ich genau das Gleiche tun und dass es das alles wert sein würde.

»Ich würde vieles anders machen«, sage ich in dem verzweifelten Versuch, mich davon abzulenken. »Die Willkommensparty im Ouzo-Rausch in diesem Urlaub für Achtzehn- bis Dreißigjährige mit Paul, zum Beispiel.« Mum verdreht die Augen. »Du kannst mich ruhig so ansehen, Mum, aber jemanden aufreißen zu gehen, wenn du Dünnschiss hast, ist bestenfalls schwierig.«

»Rhys!«

»Entschuldige.«

Ich bin mir nicht sicher, ob wir schon zu Scherzen bereit sind. Wir gehen schweigend weiter, was wahrscheinlich das Beste ist. Mum fährt gelegentlich mit der Hand durch die Blätter oder beugt sich hinunter, um an Blütenblättern zu riechen, deren Namen ich nicht kenne. Ein Kleinkind rennt die gewundenen Kieswege entlang, spielt Verstecken mit seinen Eltern. Es lacht und schreit jedes Mal vor Vergnügen, wenn es gefangen, gekitzelt und von seinen Eltern umarmt wird. War es jemals so, bevor Dad gegangen ist? Ich kann mich nicht erinnern. Oft fühlt es sich an, als hätte das Leben, bevor Dad gegangen ist, jemand anderem gehört.

»Ich habe nachgedacht«, beginnt Mum.

»Gefährlich.« Ich stoße leicht ihren Arm an, ernte aber einen scharfen Blick. »Entschuldige. Rede weiter.«

»Ich denke …« Sie bleibt stehen und holt tief Luft: »Ich denke, es ist an der Zeit, dass du versuchst, deine leibliche Mutter zu finden.« Sobald die Worte heraus sind, geht sie weiter, greift nach ein paar Kräutern, die sie in der Hand zerreibt. »Nein«, sage ich. Das steht nicht zur Diskussion. Ich widerstehe dem Drang wegzulaufen, werde aber schneller und gehe an ihr vorbei, als sie sich hinunterbeugt, um eine Tafel an einer Bank zu lesen. Ich bin nicht hierhergekommen, um über dieses Thema zu diskutieren. Ich dachte, sie wollte sich wieder mit mir vertragen.

»Rhys, tu das nicht einfach ab. Und geh etwas langsamer.«

Sie zieht an meinem Arm, sodass ich wieder neben ihr gehe. »Ich habe dich beobachtet, seit David… Und diese Woche ganz besonders, ich weiß nicht, was mit dir los ist. Ich hatte gedacht, du kommst zurecht, doch dann kam diese Sache mit dieser Susan, diese plötzliche Besessenheit von einer Fremden. Du läufst vor deinen eigenen Problemen weg.« Ich sehe sie an. Seit wann ist sie Therapeutin? »Und als ich versucht habe, mit dir über Derek zu sprechen…«

»Was? Was genau war da?«

»Nun ja, du musst zugeben, du hast es nicht gut aufgenommen.«

»Machst du mir das zum Vorwurf?« Ich bleibe unter einer Birke stehen. Die Sonne scheint durch das Laub, und Schatten tanzen über den Weg. »Wir hatten einen Pakt, Mum. Wir brauchen einander. Mir war nicht klar, dass dieser Pakt nur so lange Gültigkeit hatte, wie *du* ihn gebraucht hast.« Die Worte treffen sie, das kann ich an ihrem Gesichtsausdruck sehen. Und ich bin traurig und gleichzeitig auch wieder nicht. Und das macht mich nur noch trauriger.

»Das ist nicht fair, Rhys«, sagt sie leise und fest. »Natürlich brauchen wir einander, und ich werde auch immer für dich da sein, aber ich muss einen Weg finden, das Beste aus meinem Leben zu machen. Wenn aus keinem anderen Grund, dann zum Andenken an deinen Bruder. Und das ist ein Weg, das zu tun, zu versuchen, in dem Dunkel etwas Glück zu finden.« Sie starrt mich an. »Du brauchst das auch.«

Ich halte einen Moment Augenkontakt, bevor ich weitergehe. Sie folgt mir.

»Ich denke, du musst dein eigenes Leben finden, deine eigene Geschichte, Rhys. Deine leibliche Mutter ist ein Teil davon. Sie ist ein Teil von dir und du von ihr, und diese fehlenden Elemente machen es dir schwer, dir einen Platz im Leben zu erkämpfen. Eine eigene Zukunft.«

»Wovon redest du? Es geht mir gut. Ich trauere, ja, aber das ist normal, oder? Ich habe das Gefühl, ihn im Stich gelassen zu haben, Mum. Ich habe das Gefühl, ihn zu etwas gedrängt zu haben, das ihn letztendlich zerbrochen hat. Wenn ich nicht…«

»Das stimmt nicht, und das weißt du, Rhys.« Sie zieht an meinem Arm, dreht mich herum, sodass ich sie ansehe. »Warum quälst du dich so?« Sie hat Tränen in den Augen, als sie die Hand hebt, um mein Gesicht zu berühren. Ich beiße die Zähne zusammen, kämpfe gegen meine Gefühle an. »David hat seine eigenen Entscheidungen getroffen, Rhys. Genau wie du das tun solltest.« Sie hält inne, lässt ihre Hand wieder fallen. »Ich denke einfach, dass deine Entscheidungen deine leibliche Mutter mit einschließen sollten.«

Ich blicke zum Himmel. Ein Vogel segelt mit der Thermik, steigt hoch auf, um dann tief herabzuschießen. Ich folge dem Bogen, während ich verzweifelt versuche, dem Schmerz auszuweichen, der meinen Körper überschwemmt. Es ist der stärkste Schmerz, den ich je empfunden habe. Meine Kehle schnürt sich zu, wenn ich auch nur daran denke.

An die Wahrheit, die Mum nicht kennt.

»Rhys?« Sie kommt auf mich zu.

»Hast du jemals versucht, etwas über sie herauszufinden?«, frage ich und lasse mich auf eine Bank fallen, die Augen starr geradeaus gerichtet.

Mum setzt sich neben mich und rutscht herum. »Nein«, sagt sie schließlich leise. Ist sie verlegen? Ich nicke langsam, und es dauert nicht lange, bevor sie sich gezwungen sieht, das auszuführen. »Ich wollte nichts wissen. Ich wollte auf keine Informationen stoßen, die mich irgendetwas annehmen ließen. Ich wollte nicht urteilen. Ich wollte dich aufziehen. Ich wollte Entscheidungen im besten Interesse meines Kindes treffen. Ich wollte nicht, dass ich diese Entscheidungen im Nachhinein anzweifeln würde, weil ich deine Vorgeschichte inzwischen kannte. Das ist lange her, Rhys. Ich dachte, ich tue das Richtige.«

Ich nehme ihre Worte in mich auf, denke darüber nach. Ich bin nicht sicher, dass ich es verstanden habe. Warum wollte sie nichts über mich wissen? Jedes noch so kleine Detail über ihren Sohn.

»Dein Dad hat sich auch nicht dafür interessiert. Er hat mich darin bestärkt, es nicht zu tun.« Sie lacht vor sich hin, ein leises, zynisches Lachen. »Das hat mir als Rechtfertigung gereicht.«

Soll ich ihr sagen, dass ich diese Antwort schwach finde? Die Entscheidung eines Feiglings. Ein Wort, von dem ich nie geglaubt hätte, dass ich es jemals auf Mum anwenden würde. Wie würde sie sich fühlen, wenn sie wüsste, dass ich von ihr enttäuscht bin? Ist es überhaupt fair, so zu fühlen? Was weiß ich schon von der Lage, in der sie damals war? Was weiß ich überhaupt?

Bis auf die Tatsache, dass ich weiß, was sie sich nie bemühte herauszufinden.

»Ich dachte, du könntest es irgendwann einmal selbst herausfinden. Solltest du das jemals brauchen oder wollen. Und ich unterstütze das zu hundert Prozent. Ich sehe jetzt, dass es dir vielleicht hätte helfen können, und mein Gott, Rhys, es tut mir wirklich leid, wenn meine Entscheidung falsch war. Das tut es wirklich.« Sie streckt die Hand aus und drückt mein Knie. »Ich werde dir helfen, so gut ich kann, wenn du nach ihr suchen willst.«

Ich verschränke die Arme. »Wie es aussieht, werden wir sie nicht finden«, sage ich, ohne nachzudenken.

»Was?«

Ich spanne den Kiefer an, schütze mich, bevor ich die Wunde öffne. »Es gibt keine Akte zu ihrer Person.«

Meine Stimme ist diesmal leiser, nicht so energisch, meine Entschlossenheit ist aufgebraucht. Ich kann aus dem Augenwinkel sehen, dass Mum den Mund geöffnet und die Augen aufgerissen hat. Verwirrung macht sich auf ihrem Gesicht breit.

»Keine Akte? Woher weißt du das?« Sie starrt mich an, als wäre ich ein Fremder, jemand mit einer Geschichte, die sie nicht kennt. »Ich dachte, wir würden über alles reden, Rhys, ich dachte, wir hätten keine Geheimnisse voreinander. Wie hast du das für dich behalten können?« Doch dann senkt sie die Augen, als ihr klar wird, dass es hier möglicherweise nicht um ein Wissen geht, das ich nicht mit ihr geteilt habe, sondern um eine Tatsache, die ich verdrängt habe. Und dass vielleicht auch sie Dinge vor mir geheim gehalten hat. Vielleicht sind wir uns ähnlicher, als uns bewusst ist. »Woher weißt du das?«, fragt sie.

Ich beuge mich vor, vergrabe den Kopf in den Händen. Ich möchte weglaufen. Ich will das nicht tun. Ich will nicht darüber reden – über nichts.

»Kannst du mir davon erzählen?«, fragt sie sanft.

Diesmal rutsche ich unbehaglich neben ihr herum. Diesmal

ist es an mir, mich nicht wohl in meiner Haut zu fühlen. Alles juckt, Übelkeit steigt auf. »Mir fallen bessere Gesprächsthemen ein«, sage ich und starre auf meine Füße. Schnodderigkeit tritt an die Stelle des Schmerzes. »Die globale Erwärmung? Donald Trump? Pommes, die in kleinen Schalen auf einem Stück Schiefer serviert werden, ich meine, wessen Idee war das? Ich würde auf Jamie Oliver tippen«, schließe ich, als mir der Schwung ausgeht.

»Rhys.«

Der Schnürsenkel an meinem Turnschuh geht auf. Ich beuge mich herunter, um ihn zuzumachen, dann stütze ich die Ellenbogen auf den Knien ab. Ich suche nach der für sie besten Version dieser Geschichte. Der am wenigsten schmerzhaften. Der, bei der ich ihr nicht sagen muss, dass sie mich im Jetzt hätte beschützen können, wenn sie sich früher die Mühe gemacht hätte, etwas über meine Vergangenheit herauszufinden. Denn so fühlt sich der kleine Junge in mir: als wäre das ihr Fehler. Dieses Gefühl konnte ich vergessen, als wir durch David abgelenkt waren. Doch dieses Gefühl kann ich jetzt nicht mehr verdrängen. Ich weiß, dass es unfair ist, und doch … Mum sieht mich an. Wartet auf mehr.

»Als David zu der Agentur Kontakt aufgenommen hat, hat er einen Termin bekommen, richtig?«

»Ja, du hast ihn gefahren. Er wollte nicht, dass ich mitkomme.«

»Richtig.« Ich beiße mir auf die Innenseite meiner Wange, und Mum legt mir die Hand in den Rücken. Die Wärme ihrer Hand dringt bis in mein Herz. »Als er zu seinem Termin gegangen ist, hat irgendwas, ich weiß nicht … Ich dachte, dass ich es vielleicht auch gerne wissen würde. Dass es ihm vielleicht helfen würde, wenn wir beide zusammen auf diese Reise gingen.«

»Du hast dich vorher nie dafür interessiert.«

Ich nicke. »Ich weiß.« Ich nehme mir eine Minute, um darüber nachzudenken. Darüber, warum ich es nie wissen wollte. Da war ich der Feigling gewesen. »Also bin ich auch reingegangen. Und habe nach meiner Akte gefragt. Alles war sehr unkompliziert, einfacher, als ich es erwartet hatte. Ich weiß nicht, vielleicht hat ein Teil von mir nur gefragt, weil ich nicht davon ausgegangen war, dass es so leicht sein würde. Vielleicht hatte ich gedacht, sie würden sagen, dass ich noch einmal wiederkommen sollte, und dass ich so tun konnte, als hätte ich keine Zeit oder so. Ich habe vergessen, was ich genau gedacht habe, denn da war es. Innerhalb von Sekunden. Mein Leben auf dem Papier, leicht zu finden in einem Aktenschrank aus Metall aus dem Jahr 1976.«

Ich fühle mich genauso leer wie an dem Tag, an dem ich Einsicht in meine Akte bekommen habe. Ich fühle diese Erwartung, die sofort von der Verzweiflung zerstört wurde. Das sitzt tief in mir. Dass alles so klar wieder da ist, haut mich fast um.

»Meine Akte. Mein Name. Mein Geburtsdatum.« Ich atme tief durch. »Daneben das Wort ›ausgesetzt‹ in roten Großbuchstaben. Alles in allem ziemlich nichtssagend.«

Mum atmet hörbar aus, stößt einen kleinen Schrei aus. Genau diesen Laut wollte ich vermeiden. Diesen Laut, der sich mit Traurigkeit verbindet. Mit Schuld. Mit Verantwortung. Und trotzdem erleichtert es mich, ihn von ihr zu hören, denn irgendwie lässt er sie einen winzigen Teil des Schmerzes fühlen, den ich gefühlt habe, als ich die Akte gelesen habe.

Und dann fühle ich mich schlecht, dass ich ihr das gewünscht habe.

Meine Kehle schmerzt, als ich gegen den Drang ankämpfe zu weinen. Ich will das nicht. »Was soll's. Das wäre das. Ende der Geschichte.« Sobald ich die Details erzählt habe, packe ich sie wieder ein und stecke sie weg wie immer. Ich verdränge das Bedürfnis aufzustehen, zu schreien, nach ihr zu schlagen, nach der Welt, nach jedem und allem zu schlagen, in der tief sitzenden Hoffnung, dass dadurch meine Gefühle ausgemerzt werden. Stattdessen hebe ich langsam den Kopf zum Himmel, kämpfe mit jeder Faser meines Körpers gegen diese Instinkte in mir an.

Sie greift in ihre Tasche, um ein Taschentuch herauszuholen, schafft es nicht, es aus dem Zehnerpäckchen zu ziehen, es ist dreilagig. Ich nehme ihr das Päckchen ab. »Ich habe dir das schon mal gesagt, Mum, die sind ein Albtraum. Im Notfall absolut nutzlos.« Unter den gegebenen Umständen ist meine Heiterkeit fehl am Platz, aber das gebe ich nicht zu. Ich ziehe ein Taschentuch heraus, falte es auseinander und gebe es ihr. »Was für praktische Taschentücher. Superpraktisch. Von wegen!«

Mum starrt mich an. »Wie kannst du so schnodderig sein, Rhys. Wie kannst du … Wo du gerade …« Ich stehe von der Bank auf, während sie sich die Augen wischt, die Nase putzt und anschließend das Taschentuch in ihren Jackenärmel steckt. Wie kann ich das nicht sein? Alles andere tut verdammt weh. Alles andere lässt mich alles, was ich bin, hinterfragen. Alles, was ich glaube zu sein.

Alles andere lässt mich Susan hinterfragen.

Als Kat mir gesagt hat, was in dem Zeitungsausschnitt

steht, hat mein Herz mit der Idee geliebäugelt, während mein Kopf es als lächerlich abgetan hat, als Wunschdenken. Trotz meines Ärgers auf sie, dass sie das einem Baby antun konnte, bedeutete das, falls ich dieses Baby war, die Chance auf ein Happy End. Und trotz meines Zynismus dem Leben gegenüber habe ich zu träumen gewagt, dass es möglich sein könnte.

Wirklich dumm.

Als ob das Leben so liefe.

Die Familie von vorhin geht an uns vorbei. Das Kleinkind sitzt jetzt in einem Kinderwagen und isst ein Eis, von dem das meiste in seinem Gesicht klebt. Es hat eine kleine grüne Sonnenbrille auf, die sein Gesicht wie ein gequetschtes Alien aussehen lässt. Die Eltern lächeln stolz. Mum und ich versuchen zurückzulächeln.

»Ich kann es nicht glauben. Ich kann nicht ... Und du hast nichts gesagt. Du musst so ...« Sie streckt erneut die Hand aus, um mich zu berühren, legt ihre Hand auf mein Knie. Ich nehme sie in meine, ersticke fast an der Last dieses Moments. »Ich denke, das erklärt eine Menge«, sagt sie schließlich. »Ich meine, wie du mit den Dingen umgegangen bist.« Sie sieht mir direkt in die Augen. »Warum hast du mir nichts gesagt?«

Ich gebe ein lang gezogenes Stöhnen von mir. »Ich weiß es nicht. Ich schätze, ich wollte für David stark sein. Bei dem Termin haben sie ihm gesagt, dass seine Mutter kein Interesse hat, dass sie wahrscheinlich nicht reagieren wird, falls er Kontakt zu ihr aufnimmt. Sein Gesichtsausdruck, als er aus diesem Büro kam, Mum, das hat so wehgetan, ich habe nur ...« Ich fühle, wie ich loslassen will, und das darf ich mir nicht zugestehen. »Er hat uns gebraucht, stimmt's? Es war sein Moment, und ich bin einfach da reinspaziert und habe ihn auch zu meinem gemacht. Vielleicht ist das der Grund, warum ich …« Ich zögere. »Warum ich es weggepackt habe. Es unter ›weitermachen‹ abgelegt habe«.«

»Aber du musst nicht einfach weitermachen. Du darfst verletzt sein, Rhys.«

»Ich will aber nicht«, sage ich mit dünner Stimme. »Ich kann nicht. Es ist …« Mir gehen die Worte aus.

»Zu viel?«

Ich nicke, einmal.

»Oh, Rhys, was haben wir getan, dass wir all das verdient haben? Was nur?« Sie putzt sich die Nase. »Manche Leute segeln einfach so durch ihr Leben, nicht wahr, warum können wir das nicht?«

»Was würdest du mit deinem Leben anfangen, gäbe es keinen Tratsch, den du beim Bingo erzählen könntest?«, frage ich. Sie wirft mir einen Blick zu, der klarmacht, dass das daneben war, und ich spüre es. »Sind es nicht die schweren Zeiten, die uns formen?«, versuche ich, den Schaden zu beheben.

Mum greift in ihren Ärmel und zieht das inzwischen zerfledderte Taschentuch heraus. Sie wirft es in den Papierkorb neben uns, als wäre ein unbrauchbares Taschentuch der Tropfen, der das Fass zum Überlaufen bringt. »Ich denke, ich würde jetzt gern eine Pause einlegen«, sagt sie mit zitternder Stimme.

Bis auf Mums gelegentliches Schniefen sitzen wir schweigend da. Jedes Mal, wenn einer von uns meint, er hätte etwas gefunden, das er sagen könnte, zögern wir, schließen den Mund wieder und ziehen es vor zu schweigen. Die Wolken ziehen vorüber und lassen die Augustsonne in unsere Nacken scheinen. Ich fühle die Haut in der Hitze prickeln.

Schließlich fragt Mum: »Wie geht es dieser Frau?«

»Welcher Frau?«, tue ich ahnungslos und beiße die Zähne zusammen.

»Susan? Wann hast du sie das letzte Mal besucht?« Sie wischt sich das Gesicht ab und steht auf, streckt mir die Hand hin, um diesmal mich hochzuziehen.

»Ich habe sie nicht besucht. Nicht seit letztem Donnerstag.« Ich hake Mum unter und starre stur geradeaus, als wir weitergehen. »Ich bin zu ihrem Haus gefahren, mit Kat, der Krankenschwester. Susan hatte mich gebeten, etwas für sie zu holen. Na ja, sie hat es auf einen Zettel geschrieben. Sie hat um ein Buch gebeten. Ich dachte, ich sollte ihr helfen, da sie sonst niemanden hat. Ich habe mir dich vorgestellt, ganz allein. Und ich musste immer wieder an David denken und dass sie versucht hatte, das Gleiche zu tun wie er. Ich habe mich gefragt, ob das Haus oder das Buch mehr Antworten geben konnten, als ich sie bei meinen Besuchen bekam.« Mum drückt meine Hand. »Na schön, egal, jedenfalls gestaltete sich das Ganze sehr viel komplizierter. Wir fanden …« Mum hängt meinen unausgesprochenen Worten nach, und mir wird klar, dass ich nicht laut sagen kann, was ich noch immer nicht begreife. »Es gab keine Antworten. Außer der, dass sie beschlossen hatte, alles zu beenden. Keine große Offenbarung.« Ich beschleunige das Tempo, und Mum zieht ihren Arm unter meinem hervor, um durch meine Eile nicht zu stolpern.

Ich schüttele den Kopf, und Frustration breitet sich in mir aus. Weil dieses Gespräch all das wieder hochholt, was ich in den letzten Tagen zu ignorieren versucht habe, vor allem die

Vermutung, dass irgendeine Verbindung zwischen Susan und mir besteht. Ich weiß nicht, ob ich bereit bin, das herauszufinden. Happy Ends gibt es nur in Disney-Filmen. Aber um mich fliegen keine singenden Vögel herum, während ich hier herumlaufe.

Wir kommen wieder zu dem Pavillon, von dem aus wir gestartet sind. Ich beiße die Zähne zusammen, ich habe nichts mehr zu sagen. »Ich sollte jetzt gehen. Ich habe noch zu arbeiten.« Mum nickt traurig. »Ich würde dich irgendwo absetzen, aber...« Ich kann keinen Grund finden, der dagegenspricht, bis auf den, dass ich jetzt unbedingt allein sein muss und nichts und niemanden sehen will.

»Das ist in Ordnung, mein Lieber«, sagt sie. »Ich... ich treffe mich ohnehin mit Derek.«

»Gut.« Ich verschränke die Arme, kapsle mich ein, als ich seinen Namen höre.

»Ich würde mich wirklich freuen, wenn du ihn kennenlernen würdest«, sagt sie sanft.

»Wie ich schon gesagt habe, ich muss arbeiten.«

»Natürlich.« Sie sieht auf ihre Uhr. »Mein Gott, es ist ja schon zwei.«

Ich sehe auf meine Uhr, weiß, dass jetzt Besuchszeit ist.

»Ich habe das Gefühl, dass wir das nicht ordentlich abgeschlossen haben, Rhys.«

»Doch, das haben wir, Mum. Ich bin ausgesetzt worden. Meine Geschichte wird nie richtig abgeschlossen sein«, sage ich nüchtern. Ich gebe ihr einen flüchtigen Kuss auf die Wange; sie riecht nach Haarspray und Talkumpuder. Ich kämpfe gegen das Bedürfnis an, doch noch zu bleiben, und gehe zum Parkplatz und zu meinem Lieferwagen.

Sie winkt mir nach, als ich losfahre, und ich kann nicht schnell genug wegkommen. Sowohl von ihr als von all den Dingen, die ich gesagt habe. Ich möchte in meine Brust greifen und eins nach dem anderen herausholen, damit sie nie mehr ausgesprochen oder gehört werden oder jemand sich daran erinnert. Zum zweiten Mal innerhalb einer Woche fahre ich wie ein Idiot durch Sheffield, unfähig, meine Gefühle unter Kontrolle zu bringen. Ich weiß nicht einmal mehr, wer ich bin. Oder warum ich wieder auf den Parkplatz am Northern General fahre. Außer dass hier vielleicht ein Geist zur letzten Ruhe zu betten ist, nur nicht der, den ich vermutet hatte.

Kapitel 31

RHYS

Eine Krankenschwester, an die ich mich flüchtig erinnere, nickt mir auf dem Weg zur Station zu. Mir ist schlecht. Mein Magen rumort. Was mache ich wieder hier? Was werde ich sagen, und bin ich wirklich für ihre Antwort bereit?

Als ich auf Susans Station ankomme, bleibe ich abrupt stehen, als ich sie durch ihr Zimmer zu ihrem Bett humpeln sehe. Meine Füße sind an der Stelle angewachsen; zunächst möchte ich weder gehen noch bleiben, doch je länger ich sie beobachte, desto mehr bin ich geneigt, ihr zu verstehen zu geben, dass ich hier bin, dass sie nicht allein ist und dass sie das kann. Sie stützt sich bei jedem Schritt auf ihre Krücken, und die Schmerzen stehen ihr ins Gesicht geschrieben, und ich möchte sie ihr abnehmen. Es irgendwie besser für sie machen.

»Wow!«, rufe ich und springe zu ihr hin. »Sie sind auf, das ist wunderbar!« Sie starrt mich an, die Augen weit aufgerissen, der Mund geöffnet, und studiert meine Züge, als wollte sie sich vergewissern, dass ich es wirklich bin. Ich gehe zu der freien Seite ihres Betts, nehme ihr eine Krücke ab, als sie sich hinsetzt, die Augen noch immer fest auf mich gerichtet. Ich gebe die Krücke der Krankenschwester, die auf der anderen Seite des Betts steht, und sie verkeilt sie mit der anderen, gut erreichbar für Susan. »Ich kann es nicht glauben, Susan. Wie geht es Ihnen? Sie sehen...« Sie sieht anders aus. Das Hämatom auf ihrer Wange ist jetzt blassgelb, mit einem natürlicheren Rosa darunter, das zweifelsfrei die wiedergefundene Stärke hervorgezaubert hat.

Susan sucht noch immer mein Gesicht ab. Als könnte sie mich, obwohl sie mich kennt, nicht genau einordnen oder als wäre sie verwirrt, warum ich sie besuche, und einen Moment teile ich dieses Gefühl. Warum bin ich hier, wenn nicht, um die Frage zu stellen? Nur, dass ich das jetzt, wo ich hier bin, nicht kann. Denn was ist, wenn die Antwort Nein lautet?

»Hallo«, sagt die Krankenschwester. »Sind Sie gekommen, um Susan zu besuchen?«

Und jetzt bin ich unsicher, als hätte ich eine Linie überquert, die sie ohne mein Wissen gezogen hat. »Ja... Wenn das für Sie okay ist, Susan?«

Sie schluckt. Dann greift sie nach ihrer leeren Tasse und reicht sie mir wie beim ersten Mal, als ich hier war. Das ist ein Zeichen. Ein Signal, dass ich bleiben soll. »Ich bin Rhys«, sage ich zu der Krankenschwester, nehme Susans Tasse und fülle sie.

»Ich weiß.« Sie lächelt. »Sie sind genauso, wie Kat Sie beschrieben hat. Bitte strengen Sie unsere Patientin nicht zu sehr an, und bleiben Sie nicht zu lange – die Physio, die sie bekommt, ist ziemlich anstrengend, sie wird müde sein.«

»Natürlich.«

Die Schwester geht, und ich ziehe mir einen Stuhl heran. Susan starrt mich an, und das Kind in mir möchte sich entschuldigen. »Es tut mir leid, dass ich ein paar Tage nicht gekommen bin«, beginne ich, lege meine Hand auf den Tisch und klopfe leicht darauf. »Hat Kat Ihnen gesagt, dass ich viel zu tun hatte? Ich hatte sie darum gebeten. Es ist großartig zu sehen, dass es Ihnen so gut geht.« Unsere Blicke begegnen sich kurz. Die Vorhänge um ihr Bett sind offen. Der Saft, den ich ihr mitgebracht habe, ist fast leer. Das Buch liegt auf dem Tisch an ihrem Kopfende.

Das Buch.

»Kat hat mir erzählt, dass Sie sich wacker schlagen.«

Susan sieht zu dem Buch hin, dann wieder zu mir.

»Hat es … geholfen?«, frage ich und will danach greifen, doch sie kommt mir zuvor. Die Seiten fallen am Anfang einer neuen Geschichte auseinander, und sie beginnt zu lesen.

Ein peinliches Schweigen entsteht, das nur vom Umblättern der Seiten unterbrochen wird, der Klang verstärkt sich in meinem erschöpften Gehirn, als würde sie sie direkt neben meinem Ohr zerreißen. Die Geräusche auf der Station erscheinen lauter. Übertrieben. Ich fühle mich klein und fehl am Platz. Ich rutsche herum, spiele mit meinen Fingern, beiße die Nagelhaut an meinem Daumen ab. Ich entdecke einen Farbfleck, den ich von meiner Jeans kratzen kann. Sie liest weiter, und das Schweigen zwingt mich zurück in ihr Haus und zu dem Grund, weshalb sie hier ist.

»Sie hatten nicht vor, nach Hause zurückzukehren, nicht wahr?«, sage ich plötzlich. Susan lässt die Seite los, die sie gerade umblättern wollte, legt die Handfläche auf das Buch. Senkt die Augen.

»Ihr Haus. Es sah aus, als wären Sie nicht mehr da, Susan.« Ich zögere. »Vielleicht sogar, als wären Sie nie dort gewesen.« Sie schließt die Augen, und ich warte einen Moment. Als sie sie wieder öffnet, beginnt sie wieder zu lesen. Doch diesmal blättert sie die Seiten schneller um, als würde sie gar nicht lesen, sondern nur zur Ablenkung in dem Buch blättern. Es durchsuchen. Liegt der Zeitungsausschnitt noch zwischen den Seiten? »Warum wollten Sie das tun?«, frage ich. »Was ist passiert, das Sie dazu gebracht hat?« Ich halte inne, bevor ich mit einer Andeutung komme.

Der Andeutung.

Ist sie meine Mutter? Würde ich sie erkennen, wenn sie das wäre? Ist? Was würde ich fragen, was würde sie antworten? Weiß sie das überhaupt selbst?

Das ist dumm. Ich sollte nicht hier sein. Ich bin schon einmal gegangen, und ich sollte es wieder tun. Ich habe eine Mutter – ich brauche keine andere. Besonders keine, die mich nicht wollte, ob das nun Susan ist oder nicht. Und doch habe ich das Gefühl, etwas sagen zu müssen.

Ich lehne mich näher zu ihr hin, der Stuhl knarrt dabei.

»Ich habe das schon einmal erlebt, Susan«, sage ich leise. »Mit jemandem, der aufgegeben hatte. Jemandem, der keinen Grund mehr sah weiterzumachen. Und ich habe ihn nicht davon abhalten können. Habe nichts bewirken können.«

Sie sieht meine Hand an, die jetzt auf dem Bettrand liegt.

»Ich kann das nicht noch einmal geschehen lassen«, sage ich leise, aber nachdrücklich. Plötzlich habe ich das überwältigende Gefühl, dass ihr Überleben von mir abhängt. Und dass ich vielleicht nie die Wahrheit erfahren werde, wenn sie nicht überlebt.

Ich warte. Ich beobachte sie. Ich studiere ihr Gesicht: die Form ihrer Nase, ihre Augen, ihren kleinen Mund. Ich zeichne eine imaginäre Linie von meinen Händen zu ihren. Sind wir uns ähnlich? Ich spüre, wie mein Mund trocken wird. Das

Ausbleiben jeglicher Reaktion von ihrer Seite drückt mich zurück auf meinen Stuhl. Ich stöhne, reibe mir das Gesicht, meine Stirn ist angespannt vor Verwirrung. Mein Handy piept, und ich seufze, dann stöhne ich, als ich die SMS lese.

»Meine Mum«, erkläre ich. »Sie möchte…« Ich unterbreche mich, doch Susan verändert ihre Position, dreht sich gerade so viel herum, dass sie mich ansehen kann. Das ist mehr an Reaktion, als ich bis jetzt von ihr bekommen habe. Ich atme tief durch. »Sie hat jemanden kennengelernt. Sie hat einen neuen Typen.« Susan schließt das Buch. »Ich bin noch nicht bereit. Mir gefällt das nicht. Es tut irgendwie weh«, sage ich leise. »Sie ist unglaublich, meine Mum, wirklich unglaublich. Ich liebe sie, und sie hat mich aufgezogen, aber es ist kompliziert, weil sie nicht…« Ich blicke auf für den Fall, dass Susan reagiert, obwohl ich nicht weiß, ob ich das wirklich will. Noch nicht. »Na schön, egal, ich liebe sie, aber…« Susans Augen wandern zu meinem Handy, sehen zu, wie ich die SMS auf dem Bildschirm hoch und runter scrolle, während ich überlege, wie ich reagieren soll. »Ich habe sie heute Nachmittag getroffen.« Ich lese ihre SMS noch einmal, benutze sie als Ablenkung, um Susan nicht ansehen zu müssen, bin verunsichert über meine eigene Verwirrung.

Falls Susan die Frau war… ist… dann sollte ich etwas sagen. Ich könnte einfach fragen.

Falls ich ihr Sohn bin, könnte das nicht ihre Rettung sein? Oder etwa nicht?

Aber was ist, wenn sie das nur noch mehr in ihrem Vorhaben bestärkt?

Was, wenn ich wieder schuld bin, dass jemand sich umbringt?

»Sie möchte wissen, ob ich mit ihnen zu Abend esse. Heute Abend.« Ich werfe mein Handy auf ihr Bett. »Ich bin noch nicht bereit. Ich bin nicht in der Stimmung. Ich will einfach nicht.« Ich sehe Susan an. »Und jetzt klinge ich wie ein verwöhnter Junge, nicht?«

Susan greift nach meinem Handy. Sie tippt etwas, dann reicht sie mir mein Handy, behutsam, als wäre es aus Glas. Ich würde ihn gerne treffen. Wann und wo? Ich werde da sein. X. Sie hat die SMS nicht abgeschickt. Es ist ein Vorschlag. Und er gefällt mir nicht. Trotzdem drücke ich auf Senden, während Susan meinen Blick festhält. Ein kleines Rauschen signalisiert mir, dass die SMS rausgegangen ist, und Susan nickt. Dann greift sie nach ihrem Buch und zieht einen frischen weißen Umschlag heraus. Er ist in ihrer Handschrift an einen Mr. James Grey adressiert. Eine Adresse steht darauf, irgendwo im Lake District. Ambleside. Sie hat die Sondermarke perfekt in die Ecke geklebt. Mit einer Präzision, über die ich nicht verfüge. Ich drehe ihn um. »Wer ist das?«, frage ich und halte ihn ihr hin. Sie drückt ihn mir wieder an die Brust, dann lehnt sie sich im Bett zurück, das Buch fest in der Hand. Sie sieht mich ein letztes Mal an, dann schließt sie wieder die Augen. Innerhalb von Sekunden beruhigt sich ihr Atem. Ich beobachte sie und sehe, dass unter dem Hämatom und dem Pflaster langsam die Frau auftaucht und dass sie anders aussieht, als ich sie in Erinnerung hatte. Vorher war sie irgendwie verborgen. Ich komme nicht dahinter, ob ich das erst jetzt sehen kann oder ob ich vorher blind dafür war. Und welche Gefühle es in mir hervorruft. Sie seufzt im Schlaf. Ihre Augen zucken, und ihre Hände entspannen sich, lassen das Buch los. Ich nehme es ihr ab, lege es vorsichtig zur Seite und sehe wieder den Umschlag an.

»Soll ich den Brief in den Briefkasten werfen, Susan?«, frage ich laut die kleine, schlafende Gestalt. »Und wer ist James?«

»Am besten geben Sie ihn auf, mein Lieber«, unterbricht mich eine Patientin gegenüber, die anscheinend alles mitbekommen hat. »Ich habe gesehen, wie sie vorhin eine Briefmarke daraufgeklebt hat. Sie wird wollen, dass er abgeschickt wird. Tun Sie ihr einen Gefallen, und gönnen Sie ihr etwas Ruhe, wie die Schwester gesagt hat, mein Lieber.«

»Ihn aufgeben?«, frage ich noch einmal nach.

»Warum sollte sie ihn sonst geschrieben haben?«

»Vermutlich. Sagen Sie ihr, dass ich ihn habe? Dass ich ihn morgen aufgeben werde, wenn ich nichts Gegenteiliges höre, ja?«

»Ja«, sagt sie, »das mache ich.«

Als ich gehe, komme ich an Kats Büro vorbei. Die Tür ist geschlossen, und ich bleibe kurz stehen und frage mich, ob ich anklopfen und hereinschauen soll. Aber vielleicht ist sie gar nicht da, und ich weiß ohnehin nicht, was ich sagen soll. Wie soll ich erklären, dass ich wieder da bin oder was ich denke? Das schlechte Gefühl kommt zurück. Sie weiß Dinge, über die ich nicht rede. Eine Fremde, die mir Geheimnisse entlockt hat. Mir ist nur ein Aufschub gewährt worden. Was würde sie noch aus mir herausbekommen, falls ich ihr begegne? Ich kann das nur in meinem eigenen Tempo. Ich eile aus der Tür, als eine weitere SMS eintrifft: Mums Anweisungen, sie und Derek in einem Weinlokal neben dem Chinesen zu treffen. Ich stecke Susans Brief gefaltet in meine Gesäßtasche und verschwinde, bevor Kat mich sieht.

Kapitel 32

KAT

L ou, ich kann jetzt nicht reden. Ich bin in der Arbeit.«
»Okay, wann hast du Schluss? Wills bester Freund hat
sich von seiner Freundin getrennt, und ich versuche, ein Treffen zu organisieren.«

Ich klopfe mit dem Stift auf den Tisch, meine Brust wird
eng. »Ehrlich, Lou. Kann das nicht warten? Hättest du mir
die Einzelheiten nicht einfach simsen können?«

»Ja, natürlich hätte ich das, aber wie hätte ich dir dann genau sagen können, was du tragen, was du sagen und wie du
dich bei unserem Doppeldate verhalten sollst?«

»Lou, ich brauche keine Anweisungen.« Und kein Doppeldate, doch ich widerstehe dem Drang, das auszusprechen.

»Das denkst du. Das letzte Mal, als wir zusammen Cock-
tails trinken waren, hattest du dein Haar nur mit Trockenshampoo gewaschen. Ich meine, einmal ehrlich, Kat? Um in
eine Cocktailbar zu gehen?« Schuldbewusst fahre ich mir mit
der Hand durch die Haare. Möglicherweise benutze ich es zu
oft, doch woran sie das gemerkt hat, weiß ich nicht. »Egal«,
fährt sie fort. »Was ist los mit dir?«

»Nichts. Ich habe nur echt viel zu tun. Entschuldige. Das ist
der neue Job. Ich muss sehr viel mehr im Kopf haben und erst

alles in den Griff bekommen. Ich will keine Fehler machen, verstehst du?«

»Das verstehe ich. Ich meine, wir haben alle viel zu tun.« Ich weise sie nicht darauf hin, dass sie zurzeit nicht arbeitet und von der Mum-und-Dad-Bank gesponsert wird. »Hör zu, Wills bester Freund ist auch sein Trauzeuge. Es ist so üblich, dass ihr euch vor dem großen Tag kennenlernt. Du wirst neben ihm den Mittelgang zurückgehen, weißt du. Es wäre doch nicht schlecht, wenn ihr beiden euch vorher zumindest einmal gesehen hättet. Ich habe gerade …«

»Okay, arrangier was, Lou. Aber nicht heute Abend, da habe ich schon was vor.«

»Wieder! An einem Montag! Mit wem diesmal?« So, wie Lou das sagt, klingt es, als würde sich mein Privatleben in der Regel um ihres drehen. Vielleicht hat sie damit recht.

»Morgen Abend habe ich nichts vor. Und außerdem ist es nur eine kleine Feier zu meiner Beförderung. Nichts Großes. Ein paar Drinks und ein bisschen Bowlen.«

»Ähh, aber diese Schuhe …«

Da gebe ich ihr recht. Ich streiche einen Fehler durch, den ich in einer Patientenakte gemacht habe. »Hör zu, ich muss gehen. An jedem anderen Tag, okay? Schick mir einfach eine SMS, wann und wo.«

»Okay.« Ich vernehme ein leichtes Schmollen in ihrer Stimme. »Und du versprichst mir, dass du dir die Haare wäschst?«

»Ich verspreche es. Pfadfinderehrenwort.«

»Wir waren zusammen bei den Pfadfindern, Kat. Ich erinnere mich an dein Ehrenwort …«

»Klappe. Hab dich lieb, tschüss.« Ich lege auf und lasse sofort danach den Kopf auf den Tisch fallen. Emma guckt zur Tür herein. »Bist du so weit? Wir müssen in zwei Stunden dort sein? Was ziehst du an?«

»Ehrlich, Emma, ich habe keine Ahnung«, murmele ich in meinen Tisch. Sie wartet, bis ich mich dazu zwinge, den Kopf zu heben und sie anzusehen. »Hör zu, ich muss noch Berichte schreiben, diese Notiz, was wir bei dem Freitagstreffen zu Susan besprochen haben, und irgendwann muss ich mir wirklich die Haare waschen.«

»Nimm Trockenshampoo!«, schlägt Emma vor.

»Hör zu.« Ich zeige auf meine Tasche, die auch auf dem Tisch liegt. »Ich mache nur das noch fertig, dann bin ich aus der Tür.«

Ich mache noch einen Fehler in einer Akte, bevor ich es aufgebe, alles in mein Fach lege und nach meiner Tasche greife. Ich deponiere ein paar Akten im Schwesternzimmer, mopse mir ein Stück Schokolade aus einer neuen Schachtel, die irgendwoher aufgetaucht ist, und flitze los, um noch bei Susan vorbeizusehen. »Ich bin auf dem Weg in den Feierabend, Susan. Wie war die Physio? Geht es Ihnen gut?«

»Ich denke, sie ist in Ordnung. Dieser gut aussehende Typ war hier, um sie zu besuchen«, ruft mir Gloria von der anderen Seite zu.

»Welcher gut aussehende Typ?«, frage ich.

»Der Installateur. Der einzige gut aussehende Typ, der hier herumläuft – mit Ausnahme des Pflegers, der normalerweise am Wochenende arbeitet, des Facharztes, der auf Sie steht, und dieses netten jungen Putzmanns, der kein Wort Englisch kann, aber einen so straffen Hintern hat ...«

»Gloria!«, unterbreche ich sie. »Mr. Barnes steht nicht auf mich«, füge ich schnell noch hinzu, wobei ich rot werde.

»Wenn Sie das sagen...« Gloria hebt in einer Unschulds-geste die Hände, die in absolutem Kontrast zu den offensicht-lich schmutzigen Gedanken steht, mit denen sie sich amüsiert, während sie sich in ihrem Bett verkriecht.

»Ich habe nicht mitbekommen, dass er hier war«, sage ich, hieve mir meine Tasche über die andere Schulter und ste-cke die Hände in meine Taschen. »Aber es ist schön – dass er gekommen ist, finde ich. Er hat gesagt, dass er viel zu tun hat...« Susan sieht mich direkt an, und ich wette, sie kann sehen, dass ich etwas weiß. Ich wette meine gesamten Er-sparnisse darauf. Alles in allem 4.66 Pfund. »Gut, ich freue mich, dass er es geschafft hat. Sehr gut. Wunderbar. Okay.« Ich greife wieder nach meiner Tasche, sie trägt sich auf kei-ner Seite angenehm. Ich reibe mir den Nacken, massiere die harten Stellen, die in den letzten Minuten noch härter gewor-den sind.

»Ich muss jetzt los. Ich gehe heute Abend aus. Zum Bow-len. Wir feiern meine...« Ich unterbreche mich selbst. »Ja, dann...«

Susan sieht zu ihrem Buch hin.

»Möchten Sie das haben?«, frage ich und gebe es ihr. Ich habe den Zeitungsausschnitt nicht mehr gesehen, seit ich es ihr gebracht habe. Ich widerstehe dem Drang, das Buch zu öffnen und nachzusehen. Sie nimmt es mir ab. »Ich bin mor-gen nicht da«, sage ich. »Wir sehen uns dann Mittwoch?« Ich schweige kurz, warte, ob sie das Buch aufschlägt, während ich noch da bin. Sie rührt sich nicht. »Ich bin dann weg. Tschüss, Gloria. Benehmen Sie sich.«

»Verdammt unwahrscheinlich. Unsere Maria hat mir ihren Laptop gebracht, damit ich mir diese Serie mit Tom Hiddleston, *The Night Manager,* herunterladen konnte. Ich werde mir den Glamour und seinen knackigen Arsch reinziehen. Mögen Sie den auch, Susan?«

Ich schüttele entsetzt den Kopf und überlasse die beiden sich selbst.

Kapitel 33

KAT

Die Straßenbahn hält am Centertainment, und eine Computerstimme verkündet den Namen unserer Haltestelle, gefolgt von dem nächsten Stopp. Die meisten aus meinem Wagen steigen mit mir aus, und der Pulk zerstreut sich in verschiedene Richtungen. Ich laufe widerwillig los, weil ich todmüde bin, emotional total ausgelaugt, und weil ich wirklich einen Abend für mich gebraucht hätte, um meine Gedanken über das Leben zu sortieren. Die Stärke, die ich letzte Woche gespürt habe, ist mit der Nachricht von Rhys' erneutem Besuch auf der Station verschwunden, und ich weiß nicht genau, warum. Vielleicht, weil ich es nicht gewusst habe. Vielleicht, weil ich ihn nicht gesehen habe und mich nicht davon überzeugen konnte, dass es ihm gut geht. Vielleicht, weil die Besprechung mit dem Psychologischen Team mir klargemacht hat, dass ich die Situation genauestens im Auge behalten muss. Doch wie soll ich sie im Auge behalten, wenn ich nicht weiß, was vor sich geht?

Ich gerate in den Besucherstrom, falle hinter einem jungen Paar zurück, das in Richtung Kino geht. Sie hat ihre Hand in seine Gesäßtasche gezwängt, wie verliebte Teenager das zu tun pflegen. Aus Erfahrung weiß ich, dass es aber auch die unbequemste Art zu gehen ist. Ich erinnere mich an jene Tage. Dann erinnere ich mich, dass sie lange vorbei sind und ich keine Zeit habe, um wehmütig zu werden. Ich werfe einen Blick auf die Uhr – zehn Minuten zu spät, um genau zu sein. Die größtenteils dafür draufgegangen sind, dass ich meine Garderobe angestarrt und auf Inspiration für ein passendes Outfit für einen Bowlingabend gehofft habe, an dem ich eigentlich lieber zu Hause geblieben wäre.

Die anderen werden inzwischen ihre Bowlingschuhe anhaben und startklar sein. Ich komme an einer Gruppe Typen vorbei, die vor der Bowlingbahn auf einen ihrer Kumpel warten. Die Beschimpfungen, die sie ihm an den Kopf werfen, als sie ihn endlich sehen, wehen direkt zu mir herüber. »Entschuldige, Schätzchen, das war nicht für dich bestimmt. Ich bin mir sicher, du bist kein absolutes Arschloch!«, ruft einer von ihnen. »Nein, sie ist kein absolutes Arschloch – sie ist ziemlich sexy«, sagt ein anderer, stopft die Hände in seine Jeans und greift sich an eine eindeutige Stelle. Jetzt würde ich erst recht am liebsten auf der Stelle umdrehen und nach Hause gehen, doch Emma sieht mich durch die Glastüren und winkt. Jetzt führt kein Weg mehr zurück.

Das Geräusch der schweren Kugeln, die die Bahnen entlangsausen, ist über die lauten Songs von Jessie J, Ariana Grande und Nicki Minaj kaum zu hören. Obwohl ich mir wünsche, in meinem Schlafanzug zu Hause zu sein, merke ich, wie die nervöse Spannung mich zum Beat wippen lässt, während ich nach Schuhen anstehe. Die Gruppe der Typen, an denen ich vorbeigegangen bin, steht jetzt hinter mir und lässt sich über meinen Hintern aus. Ich stopfe die Hände in die Hosentaschen, dann ziehe ich sie wieder heraus. Ich bin mir nicht sicher, was mehr Aufmerksamkeit erregt. Ich suche nach Unterstützung in Gestalt von Emma, doch die ist weitergegangen und steht schon an einer Bahn, wo sie sich mit Mark unterhält. Er beugt sich zu ihr hin, flüstert ihr etwas ins Ohr, die Musik erzwingt eine gewisse Nähe. Sie wirft den Kopf in den Nacken und lacht schallend und erinnert mich daran, dass ich so ganz anders bin. Weder genieße ich die Rituale eines Paarungstanzes, noch kann ich mich gut behaupten, wenn ich von Typen ausgepfiffen werde, die nicht einmal einen Realschulabschluss haben.

»KAT!«, ruft Emma und kämpft darum, über die Musik hin gehört zu werden. Sie tanzt zum nächsten Song und trinkt irgendeinen Alkopop mit dem Strohhalm. Ihr Dienstoutfit ist hautengen Jeans, einem weißen Shirt und einem breiten Grinsen im Gesicht gewichen.

»Guten Abend!«, rufe ich und bemühe mich um etwas mehr Fröhlichkeit. »Du siehst super aus.«

Sie schlingt die Arme um mich und küsst mich auf die Wange. »Du bist spät dran!«, ruft sie mir direkt ins Ohr und runzelt die Stirn, bevor sie mir auf den Arm klopft und mir vor Augen hält, dass ich nicht nur spät dran bin, sondern auch schon im Alkoholkonsum jämmerlich hinterherhinke. »Wir haben uns schon registrieren lassen«, fährt sie fort, bevor sie kurz innehält, um zum Anfang eines neuen Songs zu tanzen. »Du und Mark seid in einem Team, ich und Chris im anderen.« Ich sehe mich nach Chris um, einem der Radiologen aus dem Krankenhaus, und winke, als ich ihn entdecke. Und dann fällt mir auf, dass sonst niemand hier ist. Unser Kollegenabend sieht verdächtig nach einem Doppeldate aus.

»Wo sind die anderen?«, frage ich Emma streng. Ich bin wirklich nicht in der Stimmung für so etwas. Jetzt ist nicht…

»Ich habe herumgefragt«, sagt sie und beugt sich zu mir hin, »aber sonst hatte niemand Zeit. Ich habe überlegt, ob wir es lassen und auf einen anderen Abend verschieben sollten, doch ich hätte es schade gefunden, heute nicht auszugehen. Aber alle grüßen dich ganz lieb und gratulieren.« Sie strahlt mich an. »Und außerdem konnte Chris und… Chris ist großartig.« Sie grinst breit in seine Richtung.

Ich spüre eine Hand in meinem Rücken, drehe mich um und stehe Mark gegenüber, der mir eine kalte Flasche Budweiser hinhält und mich auf eine Weise anlächelt, die das Eis in mir etwas zum Schmelzen bringt. »Schön, dich einmal in normalen Klamotten zu sehen«, sagt er.

Ich ziehe am V-Ausschnitt meines lindgrünen Oberteils, für das ich mich schließlich entschieden habe, und komme mir plötzlich in mehreren Bedeutungen des Wortes ziemlich underdressed vor. »Ja, freut mich auch, dich zu sehen«, sage ich und greife nach dem Drink. »Ich dachte, dass noch mehr von uns hier sein würden!« Ich nippe an dem Bier und bin dankbar für die Blasen und einen plötzlichen Luftzug aus der Klimaanlage in der Decke.

»Wirklich?« Er klingt überrascht. »Ich dachte, dass nur wir vier uns treffen wollten. Ich habe mich darauf gefreut, dich ein bisschen besser kennenzulernen.«

Ich schaue zu Emma, die, nach ihrem koketten Blick zu urteilen, als Chris ihr erst eine rosa und dann eine helltürkise Bowlingkugel reicht, so tut, als hätte sie keine Ahnung vom Bowlen. Ich weiß zufällig, dass das nur vorgetäuscht ist, und habe nicht übel Lust, sie als Rache dafür, dass sie mich zu diesem Doppeldate gelockt hat, auffliegen zu lassen. Ich war dabei, als sie unerwartet den wiederholten Champion unserer Studentenbowlingliga geschlagen hat. Ich war tagelang heiser, so habe ich sie angefeuert. Ich schiele von Emma zu Chris und dann zu Mark und trinke noch einen Schluck von meinem Bier. Der Alkohol beginnt in meinem Kopf seine Wirkung zu entfalten, und ich komme zu dem Schluss, dass mir ohnehin nichts anderes übrig bleibt, als mich in den Abend zu stürzen. »Herzlichen Glückwunsch zur offiziellen Beförderung«, sagt Mark. Ich schaue weg und trinke noch einen Schluck.

Er lehnt sich zu mir, sein heißer Atem lässt ein seltsames Prickeln meine Wirbelsäule hochlaufen. Ich nehme auch den ganz leichten Duft eines Aftershaves wahr, das diesmal glücklicherweise nicht das gleiche wie Daniels ist. Ich gestatte mir, es einzuatmen. »Mehr als verdient«, sagt er und stößt mit mir an. Seine Nähe fühlt sich seltsam angenehm an, sodass ich ein wenig abrücke, sowohl von ihm als auch von seinem Aftershave, und stattdessen nicke und trinke. Ich darf meine Wachsamkeit nicht ablegen. Er mustert mich eine Sekunde, und ich fühle mich seltsam kribbelig dabei, kann aber den Grund dafür nicht erkennen. »Dann treten wir gegen Chris und Emma an?«, fragt er.

»Bist du gut?«, frage ich, froh über den Themenwechsel.

Er zuckt die Schultern.

»Okay, mal sehen.« Ich trinke die Flasche aus, greife nach einer neuen und genieße meine ungewohnte alkoholbedingte Lockerheit. »Ich sollte dich warnen, das, was mir an Bowlingtalent fehlt, kompensiere ich durch ein unnötig ehrgeiziges Verhalten. Ich befürchte, ich werde unbedingt gewinnen wollen, egal, wie unwahrscheinlich das ist. Ich entschuldige mich jetzt schon mal, falls ich aggressiv werde.« Emma gibt mir ein Zeichen, dass ich an der Reihe bin. Ich gebe Mark meine Flasche, nehme eine Kugel, schlendere zum Anlauf, um sie mit Schmackes zu werfen und dann zu beobachten, wie sie abdreht und in die Rinne geht. »Scheiße!«, sage ich sauer und lasse mir meine Flasche wiedergeben. Mark grinst mich schief an.

Emma lässt sich Zeit, eine Kugel auszuwählen, und hört Chris' Rat zu, bevor sie zum Anlauf stolziert und sich auf ihren ersten Wurf vorbereitet.

»Sie ist ein Profi, richtig?«, schätzt Mark, wobei sein Arm meinen berührt. Er ist warm, aber auch irgendwie zart. Er ist entspannter, wenn er nicht in der Arbeit ist. Ich denke an die Gespräche über Susan, zu denen er als Facharzt hinzugezogen worden ist. Sein sprödes Verhalten den Patienten gegenüber scheint nicht zu dem entspannten Mann zu passen, der jetzt neben mir steht. Genau wie die Unsicherheit, die er manchmal in meinem Büro an den Tag legt. Hier wirkt er wie ein Mann, der weiß, was er will. Der alles im Griff zu haben scheint. Ich bin plötzlich schüchtern. Nervös. Jetzt erkennt man gleich, was die anderen an ihm finden. Er ist nicht unattraktiv … Ich verlagere das Gewicht von einem Fuß auf den anderen, sodass wir uns nicht mehr berühren. Er sieht mich an und lächelt, die Brauen leicht hochgezogen.

Emma wirft ihre erste Kugel, sie hebt den Fuß an wie eine Profi-Bowlerin und räumt mühelos alles ab. Chris springt hoch, rennt zu ihr und hebt sie zur Feier hoch, wobei er mit Sicherheit denkt, dass er der beste Lehrer auf der Welt ist. Ich verdrehe die Augen und sehe Mark an, der nur lacht.

»Und wie geht es Susan nach ihrer Physio?«, fragt er.

»Stopp!« Ich halte die Hände hoch. »Kein Wort über die Arbeit.« Er sieht mich an, als wollte er fragen, warum. »Susan ist die anstrengendste und schwierigste Patientin, die ich je hatte. Zusätzlich zu ihr, bin ich von meinem Privatleben und meiner erst zeitweiligen und jetzt permanenten Beförderung emotional ziemlich gebeutelt worden. Und im Moment arbeite ich gerade daran, genug Bier zu trinken, dass mir das alles egal ist.«

»Wirklich?«, fragt er skeptisch.

»Na schön, okay, zumindest genug, dass es mich ein paar Stunden lang nicht verfolgt. Also lassen wir es dabei.« Ich trinke noch einen großen Schluck.

»Okay«, sagt er langsam. Er kneift leicht die Augen zusammen und taxiert mich. Ich spüre eine seltsame Veränderung, ein Gefühl in meinem Bauch. »Kein Wort über die Arbeit«, sagt er schließlich.

»Mark!«, ruft Emma. »Du bist dran.« Sie schnipst mit den Fingern in Richtung Bowlingbahn. Ich lasse mich auf die Bank fallen und sehe ihm zu.

Er trägt eine dunkelblaue Jeans, nicht hauteng – denn er ist kein Teenager, der sich null Gedanken über die Folgen für die Fortpflanzung macht –, sondern *straight cut*, die nur leicht die Oberschenkel berührt. Sein hellblaues Oxfordhemd ist oben aufgeknöpft, die Manschetten sind fast bis zu den Ellenbogen hochgekrempelt, und es passt zu dem Hellblau seiner abscheulichen Bowlingschuhe. Das ist nicht das Outfit, das ich bei ihm erwartet hätte. Obwohl ich mir nicht sicher bin, was ich eigentlich erwartet habe, ich habe darüber bisher einfach noch nicht nachgedacht. Er wirft die Kugel und erzielt einen absolut akzeptablen Half-Strike.

Ich greife nach meinem Bier und rümpfe leicht die Nase, als ich feststelle, dass es schon warm ist. »Alles okay?«, fragt Mark, als er zu mir zurückkommt.

»Mmm«, sage ich. Er bleibt kurz bei mir stehen, bevor er zu Chris geht, um sich mit ihm zu unterhalten. Er wirft den Kopf in den Nacken und lacht über etwas, dass Chris gesagt hat. Ich frage mich, was so witzig ist und ob er wirklich so anders ist, wenn er nicht arbeitet, oder ob ich so mit meinen eigenen Dingen beschäftigt war, dass ich mir eine unfaire Meinung über ihn gebildet habe.

Er dreht sich um und sieht mich an, bevor ich weggucken kann. »Du bist dran«, gibt er mir lautlos zu verstehen. Emma tänzelt zurück zu Chris, nachdem sie einen weiteren Strike erzielt hat. Chris sieht amüsiert aus, scheint aber – meiner Meinung nach – ganz angetan von ihr. Ich seufze, fühle mich fehl am Platz, dann stehe ich auf, um eine Kugel zu werfen.

»Ich gehe an die Bar, ich bringe dir einen kälteren Drink mit«, ruft Mark mir zu. »Aber wenn du wieder danebenzielst, geht die nächste Runde auf dich.«

Ich nehme die Kugel und spüre ihr Gewicht in der Hand und konzentriere mich auf die Pins. Arm zurück, schwingen, loslassen. Und meine Kugel, die verblüffenderweise in der Mitte der Bowlingbahn bleibt, räumt alle Pins ab. Ich drehe mich um – werfe die Arme in einer Siegergeste in die Luft und sehe: Daniel.

Kapitel 34

KAT

Ich lasse langsam die Arme sinken, und mit ihnen sinkt meine Stimmung, die sich gerade erst gebessert hatte. »Daniel...« Er schaut sich um, dann wieder zu mir, mustert mich von oben bis unten, als sollte ich nicht hier sein. Oder als wollte er mich nicht sehen. Oder vielleicht beides, woraufhin ich mich nur noch unbedeutender fühle.

»Gut gemacht«, sagt er und nickt zu dem großen X auf dem Bildschirm hinter mir. »Als wir noch zusammen waren, warst du nicht sonderlich gut in so was.« Er sagt das mit diesem höhnischen Grinsen, das er immer hatte, wenn er auf meine Kosten einen Witz gemacht hat, und doch hat dieses Grinsen etwas, das ihn total sexy aussehen lässt, als wollte er mich antreiben, eine Reaktion herausfordern, wobei die Funken zwischen uns dann immer am intensivsten geflogen sind. Er sieht über seine Schulter, dann wieder zu mir.

»Danke«, sage ich und ziehe heimlich meine Jeans hoch, um eine bessere Figur zu machen. Er hat meine Speckröllchen immer gehasst. Zum zweiten Mal an diesem Abend fühle ich mich unwohl in meinen Klamotten, in meiner Haut, einfach insgesamt unwohl. Vielleicht hätte ich mich doch für dieses Lack-Etuikleid entscheiden sollen, das er mir letzte Weihnachten geschenkt hat. Ich habe es verworfen, weil ich es zu kurz zum Bowlen fand. Außerdem ist es aus Lack. Aber es wäre sicher perfekt gewesen, um absolut sexy auszusehen, wenn man dem Ex in die Arme läuft. Nicht, dass das eine Rolle spielen sollte.

Mark kommt mit zwei Flaschen zurück und bleibt stehen, als er sieht, dass ich mit jemandem rede. Ich lächele ihm zu, um ihn zu ermutigen, sich zu uns zu gesellen, weil ich nicht ganz allein sein will. Ich nehme einen Schluck aus der Flasche, die er mir reicht, und bin froh, dass er den Arm nicht um mich gelegt hat, während ich mir gleichzeitig ganz kurz wünsche, dass er das getan hätte. Dass ich den Anschein erwecken könnte, mit jemandem zusammen zu sein, glücklich zu sein. Nicht, dass das eine Rolle spielen sollte. Schon wieder.

»Das ist Mark«, sage ich und führe es absichtlich nicht weiter aus.

»Hallo«, sagt Mark und streckt die Hand aus. Daniel schüttelt sie, glotzt Mark an, und da ich Daniel kenne, weiß ich, dass er das in der Hoffnung auf Aufklärung tut. Ich kreuze die Finger, dass Mark sie ihm nicht gibt. Einen Moment stehen wir alle nur da und sehen uns an. Mark schaut mich an und missversteht offensichtlich die Situation.

»Dann lasse ich euch mal allein«, sagt er, und ich würde am liebsten schreien: *Nein! Geh nicht!*

Ich sehe ihm nach, bevor ich meine Aufmerksamkeit mit einem Augenrollen, von dem ich nicht weiß, ob es der Situation dienlich ist, wieder auf Daniel richte. »Entschuldige, ich wollte nicht stören«, sagt Daniel, während er Mark beobachtet. »Ist er …? Das geht mich … Na gut, egal, schön, dich zu sehen. Ich sollte …« Er will weitergehen, doch ich halte ihn fest. Plötzlich habe ich Fragen. »Wie geht es …?«, frage ich, als mir klar wird, dass ich nicht einmal den Namen der schönen Amazone weiß. Vielleicht finde ich den ja noch heraus, bevor ich ihn frage, wo sie sich kennengelernt haben. Oder besser: wann.

»Natasha? Ja, gut.« Er sieht wieder über seine Schulter. »Sie ist …« Er zeigt auf eine kleine Gruppe von Freunden, und da sehe ich sie, die Größte von allen. Die Frau mit den Beinen, die bis zu den Achselhöhlen reichen, und dem glänzenden, wallenden Haar. Sie lacht und redet – und ist einfach umwerfend. Und in dem Moment sehe ich, was ich bisher nicht gesehen habe. Obwohl sie eindeutig noch Zeit hat, streichelt sie definitiv einen zart gewölbten Bauch.

»Sie ist schwanger?«, höre ich mich auf einmal von ganz fern fragen.

Daniel scharrt auf der Stelle herum. Es gab einmal eine Zeit, da machte er wirklich etwas her, jetzt, wie er da vor mir steht, sieht er eher aus, als würde das Leben aus ihm herausrieseln wie der Sand durch eine Sanduhr. Ich drehe mich langsam um, um ihm in die Augen zu sehen, und sage es noch einmal: »Sie ist schwanger.« Diesmal ist es eine Feststellung.

»Ja.« Daniel schluckt, sein Gesicht ist bleich. »Sie ist schwanger.«

Ich nicke. Schätze die Situation ein. Meine Brauen gehen hoch, als ich ihn weiter ansehe. Dann setzt sich die Bedeutung dessen fest, was er gerade gesagt hat und obwohl jeder Teil in mir gleichgültig sein, froh sein will, dass mir das beweist, dass er wirklich ein absolutes Arschloch ist. Und obwohl ich ihn stehen lassen und nie mehr wiedersehen will, obwohl ich doch schon über ihn hinweg bin, bricht es mir langsam das

Herz. Alles, was ich in den letzten fünf Jahren in unserer Beziehung gesehen habe, wird zu einer Lüge, und ich stehe mitten auf einer Bowlingbahn, mein Seit-Kurzem-Exfreund steht vor mir, und seine zweifellos schwangere Freundin kommt lächelnd auf mich zu. Ich kämpfe gegen das überwältigende Bedürfnis an zu schreien, sehr laut zu schreien.

»Herzlichen Glückwunsch«, fauche ich, bevor ich hickse und hoffe, meine Tränen zurückhalten zu können, wenn ich zur Decke blicke. »Dann gibt es wohl bald eine Hochzeit«, sage ich. Es ist als bitterer Witz gemeint, doch sein halbes Nicken lässt umgehend die Gewissheit in mir aufkommen, dass er nicht nur von seiner Entscheidung, nie Kinder zu bekommen, Abstand genommen hat, sondern dass auch eine Heirat plötzliche eine attraktive Aussicht ist. Ich schätze, alles ist attraktiv mit einer Frau an deinem Arm, der zur Göttin nur noch die Toga fehlt. »Richtig. Sicher. Natürlich. Ja, das ist...«

»Danke.«

»Klar. Ich könnte mich nicht mehr für dich freuen.«

»Danke.«

Ich bin mir nicht sicher, ob wir auch nur annähernd auf das eingehen, was der andere sagt. Oder in der richtigen Reihenfolge. Halbe Sätze und ein gequälter Gesichtsausdruck und zumindest auf meiner Seite der Wunsch, dass das Universum mich verschluckt, um diesen Albtraum zu beenden. Vielleicht unterscheidet sich das Ganze gar nicht so von den Jahren, die wir zusammen waren. Natasha verschränkt instinktiv ihre französisch manikürten Finger mit seinen. Ich quäle mich selbst, indem ich nach einem Verlobungsring gucke.

»Hallo«, sagt sie, frech wie Oskar. Nicht, dass ich wüsste, wie frech Oskar wirklich ist. »Kat, richtig?« Er lächelt mich verlegen an. »Das Taxi ist da, Schatz«, sagt sie zu ihm. Dann bewegt sie die Hand in ihrem Rücken, wodurch ihr Babybauch noch mehr zur Geltung kommt. »Entschuldige, Kat, es war schön, dich wiederzusehen. Hey, wir sollten uns…« Sie lässt das Ende des schlecht durchdachten Vorschlags, dass wir uns doch auf einen Kaffee oder zum Abendessen oder vielleicht zu einer Übergabe treffen könnten, in der Luft hängen. Dass wir uns auf den neuesten Stand bringen könnten, was Daniels Stärken und Schwächen angeht. Ich frage mich, ob er sie jemals in dieses »besondere« Weinlokal unten in Attercliffe eingeladen hat. Sie unterbricht sich selbst, lächelt gönnerhaft und watschelt mit einer offensichtlichen Ich-bin-schwanger-falls-Du-das-noch-nicht-weißt-Haltung hinaus. Sie hätte ihm auch ans Bein pinkeln können, solche Mühe hat sie sich gegeben zu zeigen, dass sie zusammengehören. Na schön, sie kann ihn haben. Und bald wird auch mein Herz dem zustimmen, da bin ich mir sehr sicher.

Daniel öffnet und schließt ein paar Mal den Mund, bevor er begreift, dass er jetzt besser gehen sollte. Er macht sich aus dem Staub, und jegliche Selbstbeherrschung, an der ich eben noch festgehalten habe, schwindet. Emma ist hinter mir aufgetaucht. Sie nimmt meinen Arm und führt mich zu einem Platz.

Mark sieht aus der Ferne zu. Er scheint eindeutig nicht zu wissen, was jetzt am besten zu tun ist. Ich wünschte, er wäre telepathisch veranlagt und würde meine Bitte verstehen, wieder an meine Seite zu kommen, wenn auch nur, um Daniel für einen Augenblick darüber nachdenken zu lassen, was er meint gesehen zu haben, als er mich fast gefragt hätte, wer Mark ist. Ich trinke meine Flasche aus und sehe mich nach einer weiteren um. Da keine da ist, erscheint Mark neben mir, wenn auch spät, und reicht mir mit einem verständnisvollen Lächeln seine.

»Er ist ein Arschloch, Kat. Das war er immer, du hast es nur nicht gesehen. Ich weiß, dass das wehtut. Ich weiß, dass es das tut, seit er gegangen ist, aber ehrlich, Süße, ohne ihn bist du so viel besser dran.«

Mark und Chris halten sich zurück. Die Lichter werden gedimmt für die Hits aus den Neunzigern, die es immer um neun Uhr gibt, und die Jungs trinken auf mein und Emmas Wohl. Ich sitze fassungslos da und frage mich, welchen Track von den Spice Girls sie spielen werden, ich hoffe wirklich, dass es nicht »Mama« ist, weil ich im Moment nicht gerade gut darin bin, mich zusammenzureißen. Emma hält meine Hand, während sie versucht, nicht auf und ab zu wippen. Ich hätte auf meinen Bauch hören und zu Hause bleiben sollen.

»Ich denke, ich sollte besser gehen«, sage ich.

»Wie bitte?«, ruft Emma.

Ich lehne mich zu ihrem Ohr hin. »Ich habe gesagt, dass ich denke, dass ich besser nach Hause gehen sollte.«

»Nein! Das kannst du nicht. Lass dir von ihm doch nicht den Abend verderben.«

Ich beginne ihr zu erklären, dass er das nicht kann, doch sie hört mich nicht, und ich habe genug gebrüllt. Chris versucht, nicht zu Emma herüberzusehen, aber es ist offensichtlich, dass sie ihm gefällt. Sie brauchen mich wirklich nicht als Stimmungskiller im Hintergrund. Ich gebe ihr einen Kuss und umarme sie und sage ihr, dass es mir gut geht. Sie sieht mich mit Hundeaugen an, weiß aber, dass sie meine Meinung nicht ändern kann.

Als ich an der Theke stehe und auf meine Schuhe warte, fühle ich mich unendlich verletzlich. Ich weiß nicht, ob es an der Situation liegt, oder daran, an einem öffentlichen Ort keine Schuhe anzuhaben. Ich sehe zu Boden und wackele mit den Zehen, als ein größeres Paar Füße in Socken auftaucht, auf denen »Montag« steht.

»Ich dachte, ich sehe mal besser nach, ob du okay bist«, sagt eine Stimme, und ich blicke auf und sehe, wie Mark seine Bowlingschuhe abgibt.

»Du hast Socken mit den Wochentagen drauf.« Es ist ebenso eine Frage wie eine Feststellung, eine Beobachtung. Eine Möglichkeit, davon abzulenken, wie sehr ich mich bemühe, mich zusammenzureißen.

»Ein Geschenk von meiner Mum«, sagt er. »Sie machen auf seltsame Weise süchtig. Gestern hatte ich ein Paar an, auf denen Donnerstag stand, und alles ging schief!« Er bringt mich zum Lächeln, das muss ich ihm lassen. »Magst du irgendwo noch was trinken? Oder etwas essen? Oder willst du einfach nur nach Hause und dich in deinem Schlafanzug verkriechen?« Es ist fast, als würde er mich kennen. »Für mich ist alles okay.«

»Stehen auf deinen Schlafanzügen auch die Wochentage?«, frage ich, während ich meine Schuhe entgegennehme.

»Hätte es einen Einfluss auf deine Antwort, wenn es so wäre?«

Ich sehe ihn an und schlüpfe in meine Schuhe.

»Das war also dein Ex?«, fragt Mark und zieht die Schnürsenkel von einem Paar Brogues zu.

»Hmm.«

»Der Idiot mit dem Gesicht, in das man am liebsten reinschlagen würde.«

»Ich habe geliebt, nicht gekämpft, Mark«, sage ich. »Obwohl ich mich tatsächlich besser fühlen würde, wenn du ihm eine reingehauen hättest.«

»Um ehrlich zu sein, bin ich auch kein Kämpfer. Ich würde wahrscheinlich danebenschlagen oder mir einen Handknochen brechen.« Er hält mir die Tür auf, als wir hinausgehen. Der Sommerabend geht in eine rosablaugraue Dämmerung über. Ein paar Sterne tauchen auf, als ich hochschaue, sie wirken an dem noch hellen Himmel fehl am Platz. »Schön«, sage ich, während ich mir den Nacken verrenke, um über das Kino, die Bowlingbahn und die Fast-Food-Restaurants in den Himmel zu sehen.

»Ja«, sagt er leise, und als ich mich zu ihm umdrehe, sieht er nicht die Sterne, sondern mich an. Mit einem Gesichtsausdruck, der mich verwirrt.

»Das war mein Ex«, erkläre ich. »Er hat mich betrogen. Er ist weder meine Zeit noch meine Tränen wert. Mein Kopf weiß das, aber ...«

»Herzen brauchen manchmal etwas länger«, sagt er und umarmt mich von der Seite. Er riecht warm und süß und nicht ganz unangenehm. Ich realisiere, dass er an meinem Haar riecht. »Komm«, sagt er, zieht sich zurück und geht auf Abstand zu mir, bietet mir aber seinen Arm an. »Ich bringe dich nach Hause, okay? Dann kann ich zumindest in die Stadt weiter, mich betrinken und eine Frau aufreißen, ohne mich zu fragen, ob du gut nach Hause gekommen bist.«

»Wow, du weißt wirklich, wie man ein Mädchen anmacht.«

»Du siehst nicht aus, als wolltest du angemacht werden.«
Er lächelt.

»Ich spreche über wen auch immer du heute Abend auf-
reißt.«

»Oh.« Er lacht vor sich hin. »Um ehrlich zu sein, werde
ich wahrscheinlich nur eine Flasche Wein aufreißen und mich
nach Hause begeben. Mir irgendwas im Fernsehen ansehen.
Ein Buch lesen, schlafen.«

Er winkt einem Taxi und hält mir die Tür auf. Ich schnalle
mich an, als er auf dem Klappsitz vor mir sitzt. Die Füße neben meinen ausgestreckt; jedes Mal wenn wir über eine Stra-
ßenschwelle fahren, berühren sich unsere Beine. »Sheffield ist
hübsch am Abend«, sagt er und sieht zu einem Wasserspiel,
als wir an einer Ampel halten. »Guck mal, wie das Wasser die
Dämmerung reflektiert.« Wir gucken schweigend hinüber, bis
er das Schweigen bricht: »Mir gefällt es hier.« Er nickt und
sieht mich mit einer Intensität an, bei der mein Bauch leicht
flattert. Bin ich nervös? Haben sich diese gewissen Schmet-
terlinge noch einmal in meinem Bauch eingenistet? Und falls
dem so ist, was zum Teufel machen sie da? »Ich kann mir gut
vorstellen, eine Weile hierzubleiben.« Ich beiße mir auf die
Lippe. Sein Kommentar ist unmissverständlich, doch ich bin
momentan zu durcheinander und kann mit meinen Gefühlen
dazu nicht umgehen.

Das Taxi biegt nach links in Richtung meiner Wohnung ab.
Autos säumen die Straße, und ein paar Laternen weisen den
Weg. »Danke, dass du mich nach Hause gebracht hast.« Ich
suche in meiner Tasche nach den Hausschlüsseln.

»Gern geschehen, Stationsschwester Davies. Und noch
mal herzlichen Glückwunsch. Von dem Erscheinen deines

Exfreunds einmal abgesehen, fand ich, war es ein schöner Abend.«

Ein Teil von mir möchte sagen *Ich auch*. Ein größerer Teil hält mich davon ab.

Als ich die Taxitür zumache, setzt Mark sich auf meinen Platz und beugt sich vor, um dem Fahrer etwas zu sagen. Ich winke, drehe mich um und gehe in meine dunkle Wohnung.

Und jetzt muss ich nicht mehr so tun, als würde mich das alles gar nicht verletzen.

Kapitel 35

RHYS

So, das ist es. Die große Enthüllung. Das gegenseitige Kennenlernen. Wie kann ich es noch ausdrücken, um den Horror zu beschönigen, den ich beim Treffen mit Mums Neuem empfinde. Na schön, egal. Nachdem ich versucht habe, die innere Stimme zu überhören, die mir zuschreit, es nicht zu tun, habe ich geduscht, mich angezogen und bin hierhergekommen, um sie zu treffen. Sie beide. Mum ist mir entgegenkommen, als ich das Weinlokal betreten habe, und hat mich so fest umarmt, dass ich gedacht habe, sie würde von der Anstrengung ohnmächtig werden. Sie hat mich gefragt, wie es mir nach unserem Gespräch gegangen sei. Ich wünschte, ich könnte die Uhr zurückstellen und ihr diese neue Sorge abnehmen. Um meine leibliche Mutter. Ich wünschte, ich hätte es ihr nie erzählt.

Derek hat Prosecco und drei Gläser bestellt. Mum hat sich entschuldigt, als sie mich an den Tisch geführt und gesagt hat, dass es in Ordnung sei, wenn ich nicht in der Stimmung wäre, welchen zu trinken. Ich habe ihn trotzdem getrunken. Es wäre übertrieben zu sagen, dass wir den Schampus und die Unterhaltung genossen haben, aber wir haben es versucht, und Mum schien glücklich, dass wir uns endlich kennenlernen.

Jetzt sitzen wir im Restaurant, beobachten aufmerksam, wie unser Ober geschickt die Ente tranchiert. Derek und ich haben die sicheren Themen wie das Wetter und den Zustand der Ringstraße um Sheffield ausgeschöpft, und eine leichte Spannung schleicht sich in unsere glückliche kleine Dreierrunde. Mum versucht, die Situation zu managen.

»Wir lieben das Zing Vaa, nicht wahr, Derek?«, fragt sie, wobei das Zittern ihrer Hand, als sie uns Mineralwasser nachfüllt, ihre Nervosität verrät.

»Ja«, sage ich. »Ich auch.«

Ich beiße mir auf die Zunge, um nicht daran zu denken, dass David und ich alle paar Wochen zu einem frühen Tee nach der Arbeit hierhergekommen sind. Ich versuche, die Male zu vergessen, als Michelle sich zu uns gesellt hat. Wie wir alle hier gesessen und geredet und gelacht haben und wie ich aufgepasst habe, dass niemand merkte, was ich wirklich für sie empfand. »Ich erinnere mich, wie ich das erste Mal chinesisch gegessen habe«, sage ich, während ich Gurke auf Ente mit Pflaumensoße schichte. »Mum kocht großartig ...«

»Oh ja, das tut sie«, unterbricht mich Derek. »Zünftig.«

Ich sehe ihn schnell an, dann sie, und frage mich, wie oft sie ihm diese selbst gekochten, herzhaften Gerichte schon vorgesetzt hat. Ich fahre fort: »Ja, aber die Süße dieses ersten Zitronenhuhns, das ich je gegessen habe, hatte etwas. Es hat Geschmacksnerven zum Leben erweckt, von denen mein dreizehnjähriger Mund nicht einmal wusste, dass er sie besaß.« Der Gedanke an die klebrige, süße Köstlichkeit lässt mich mit der Zunge schnalzen, auf eine gute Weise. Derek nickt. Mum lächelt stolz. Ich beschäftige mich mit einer Entenrolle.

Wir essen in einem unangenehmen Schweigen weiter.

Derek beginnt, mit dem Besteck herumzuspielen. Dann stellen er und ich gleichzeitig fest, dass Mums Weinglas leer ist, und unsere Hände stoßen gegeneinander, als wir nach der Flasche greifen. Er lässt mich gewähren, was gut wäre, würde Mum nicht ihre Hand über das Glas halten und mich davon abhalten, ihr nachzuschenken. »Ich bekomme gleich einen Schwips«, sagt sie, während ihr Ellenbogen vom Tisch rutscht.

Ein leiser, orientalischer Soundtrack ist über die Gespräche der anderen Gäste hinweg zu hören. Zu unserer Linken sitzt eine nervige Runde von Geschäftsleuten, und zu unserer Rechten isst ein junges Paar Hähnchen und Pommes.

»Und, was macht die Installateurswelt?«, fragt Derek schließlich, während er seinen dritten Pfannkuchen zusammenrollt. Ich versuche, nicht zu zählen, wie viele noch da sind, um sicherzugehen, dass wir alle unseren gerechten Anteil bekommen. Es spielt keine Rolle. Es spielt keine Rolle.

»Nun ja, es läuft gut. Es ist viel zu tun. Meistens.«

»Das zeugt davon, dass du ein guter Handwerker bist, super«, sagt er, und ich sehe, wie Mum ihn anerkennend ansieht.

»Ich bin immer sehr stolz darauf gewesen, was er erreicht hat, nicht wahr, Rhys.«

»Ich denke, ja.« Ein Rest Pflaumensoße läuft an meinem Kinn hinunter und landet auf meinem neuen weißen Hemd. »Oh, Scheiße«, sage ich, bevor ich zu Derek hochsehe, der mir eine Serviette hinhält.

»Essig oder Zitronensaft«, sagt er.

»Wie bitte?«

»Um das rauszubekommen, brauchst du Essig oder Zitronensaft. Sobald du nach Hause kommst, sonst hast du keine Chance. Das kann ziemlich üble Flecken machen das Zeug, ich kenne das.«

»Na, danke«, sage ich. Ich weiß nicht, ob ich Essig oder Zitronensaft zu Hause habe, bin aber irgendwie beeindruckt, dass er weiß, was man in so einem Fall macht.

»Das ist ein Vorteil, wenn man allein lebt. Du lernst es auf die harte Weise. Meine Frau ist vor ungefähr fünfzehn Jahren gestorben. Krebs. Sie war großartig im Fleckenentfernen. Als sie gegangen ist, habe ich Jahre gebraucht, um herauszufinden, wie sie das gemacht hat. Bis ich mich im Internet schlaugemacht habe, hatte ich wirklich keine Ahnung von Hausarbeit. Ich bin ein richtiger Chaot. Damals ist mir erst klar geworden, wie viel sie gemacht hat. Gott hab sie selig.«

»Das mit deiner Frau tut mir leid«, sage ich. »Das muss …«

»Schon gut«, unterbricht er mich. »Es ist immer hart, jemanden zu verlieren. Das kennst du auch.«

»Ja«, sage ich.

Ich frage mich einen Moment, was David denken würde: von dieser Situation, von unserem gemeinsamen Essen. Hätte er Derek gemocht? Hatte er eine Veränderung bei Mum bemerkt? Hatte er es so herausgefunden? Es ist schwer vorstellbar. In der Regel hat er Feinheiten nicht mitbekommen. Michelle hat immer gesagt, dass sie das an ihm geliebt hat, dass er irgendwie in seiner eigenen Welt gelebt hat. Auch wenn gerade das bedeutete, dass er ihren neuen Haarschnitt nicht bemerkt, einen Jahrestag vergessen oder nicht gerafft hat, dass sie eine Umarmung brauchte und keine Zeit für sich.

»Hart ist definitiv eine Möglichkeit, es auszudrücken«, sage ich.

Wir verfallen erneut in Schweigen, und sobald wir mit der Vorspeise fertig sind, werden unsere Teller still und effizient abgeräumt. Die Matriarchin des Restaurants überwacht alles genauestens, als unsere Hauptgerichte auf einem Drehteller serviert werden, heiß und brutzelnd.

»So, was willst du wissen?« Dereks Frage bricht das Schweigen – sie und das Klappern von Porzellan auf Porzellan, als er gebratenen Reis mit Ei in eine Schale löffelt, die mit burgunderroten Weiden verziert ist. Mum beobachtet uns und kaut auf ihren Nudeln und ihrem üblichen Kung Po Chicken herum.

»Worüber?«, frage ich.

»Über mich. Mein Leben. Meine Absichten…«

»Derek!«, Mum verschluckt sich. Sie greift nach ihrem Wein, bevor ihr einfällt, dass sie sich nicht hat nachschenken lassen.

»Was? Der Junge sitzt da und fragt sich, was ich für einer bin. Und wer kann ihm das verdenken? Ich bin nur offen und ehrlich.« Diesmal kommt er mir mit dem Nachschenken zuvor und füllt ihr Glas mit dem lauwarmen Weißwein des Hauses.

Sie nippt daran. »Du musst nicht offen und ehrlich sein, Derek. Rhys kann sich so viel fragen, wie er will. Das ist hier nicht die spanische Inquisition.«

»Stimmt«, sagt er. »Dafür sind wir auf dem falschen Kontinent.« Er zeigt auf das chinesische Interieur, und ich muss lächeln.

»Es ist okay«, sage ich. »Es geht mich nichts an, Derek.«

»Richtig. Tut es nicht. Aber ich mag deine Mum. Und ich denke, sie mag mich. Uns drängt zwar nichts, aber ich genieße es, Zeit mit ihr zu verbringen, und ich weiß, dass das für dich nicht ganz okay ist. Hör zu, es ist mir immer wichtig gewesen, dass der andere alle Fakten kennt, bevor er sich ein Urteil bildet.«

Ich starre ihn an und bin mir nicht sicher, ob ich sein Yorkshire-Draufgängertum bewundere oder ob mich die Konfrontation ärgert. Aber er ist nicht streitlustig. Er steht nicht da und plustert sich auf und streckt die Brust heraus, er hat nur keine Angst, das heiße Thema anzusprechen.

»Ich habe mit achtzehn meine Jugendliebe, Marilyn, geheiratet«, beginnt er. »Wir haben uns beim Tanzen in der Stadt kennengelernt. Sie kam aus einer reichen Familie, und ich war arm. Ihre raue Seite, pflegte sie zu sagen.« Ich verziehe das Gesicht und vertreibe mir die Zeit damit, Mums Gericht zu probieren. »Wir waren zweiunddreißig Jahre sehr glücklich verheiratet. Wir haben zwei Kinder: Jane und Peter. Ich habe vier Enkel: Amy, Clare, Jonathan und Matilda. Ich wohne oben in Greenhill, wo die Geschäfte sind. Nach Marilyns Tod habe ich dort eine Wohnung gekauft, weil die Kinder bereits aus dem Haus waren und ich keine Lust hatte, allein in unserem Einfamilienhaus zu wohnen. Ich habe als Betriebsleiter unten in den Stahlwerken gearbeitet. Vor allem Büroarbeit gemacht, obwohl ich nichts dagegen habe, mir die Hände schmutzig zu machen. Ich gehe gerne spazieren, mag Musik, Lesen, Kreuzworträtsel ... und ich mag deine Mutter.« Mir fällt auf, dass sie zu seinen Worten lächelt. Sie sieht jünger dabei aus. »Ich finde du machst das großartig, wie du dich um sie kümmerst.« Er greift nach ihrer Hand und tätschelt sie, lässt seine einen Moment auf ihrer liegen, bevor er sich wieder seinem Essen zuwendet. »Und euer Verlust tut mir sehr leid. Das Leben kann ungerecht sein.« Er trinkt einen Schluck von seinem Wein. »So viel zu mir«, sagt er abschließend, füllt sein Glas mit Nachschub und sieht mich erwartungsvoll an.

»Gut«, sage ich. »Das wäre dann damit geklärt.«

Wir sehen uns einen Moment lang an. Ich versuche herauszufinden, wie ich mich fühle. Zerrissen. Weil ich ihn mag. Er macht einen ehrlichen, unkomplizierten Eindruck. Und er sieht Mum an, als wäre sie ein kostbares Juwel. Und obwohl ich sehe, dass sie das etwas verunsichert, sehe ich auch, dass sie es mag. Und vielleicht auch braucht. Es ist nicht so seltsam, wie ich dachte, dass es sein würde. Es fühlt sich nicht falsch an. Doch all diese Gefühle sind in sich selbst irgendwie widersprüchlich. Ich überlege, was ich sagen kann, aber die Pause muss zu lang gewesen sein, denn Mum kommt mir zuvor.

»Mein Gott, ich denke, ich bekomme nicht einen Bissen mehr herunter.« Sie schiebt die Schale weg und lehnt sich mit den Händen auf dem Bauch zurück.

»Ich auch nicht, meine Liebe. Ich bin voll.« Derek rückt seinen Stuhl vom Tisch ab und legt die Serviette zur Seite. »Entschuldigt mich eine Minute«, sagt er und drückt ihre Schulter, bevor er in Richtung der Toiletten verschwindet.

Mum sieht ihm nach, bevor sie ihre Aufmerksamkeit wieder mir zuwendet. »Wie geht es dir?«, fragt sie.

»Ich bin in Ordnung, Mum«, sage ich und picke die Reste von dem Essen vor uns auf. »Er ist nett«, murmele ich in einen Krabbencracker.

»Ich weiß«, stimmt sie mir zu. »Aber ich dachte an das, worüber wir vorhin gesprochen haben. Ich muss immer wieder daran denken, wie lange du das für dich behalten hast und warum du das Gefühl hattest, nicht mit mir darüber reden zu können.« Sie holt tief Luft und greift nach meiner Hand. »Es tut mir leid, wenn du das Gefühl hattest, dass ich zu sehr mit David beschäftigt war, um dir zuzuhören.« Eine Träne hat sich in ihrem Auge gebildet, ein leichtes Zittern ihres Kinns und ich werde von Schuld überschwemmt. »Du sollst nie das Gefühl haben, dass ich nicht für dich da bin, Rhys. Du bist mein Junge, und etwas Wichtigeres gibt es für mich nicht.« Sie lehnt sich kurz zurück, um ihre Fassung zurückzugewinnen.

»Mum …«

»Du musst nichts sagen, mein Lieber. Es reicht, wenn du weißt, dass ich für dich da bin, egal, was passiert.«

Sie zeigt in dem Moment auf Dereks Platz, als er zurück durch das Restaurant kommt. »Hallo, Liebling.« Sie lächelt ihn an, als er sich neben sie setzt.

Sie legt ihm die Hand aufs Knie. Er greift danach und küsst sie, dann legt er sie zurück auf den Tisch, wobei er mir leicht zunickt. Ich weiß es zu schätzen, dass er sie nicht zurückweist, mich aber auch keinen weiteren Zuneigungsbekundungen aussetzt. Und mir wird klar, dass sie mir zwar nicht gesagt hat, dass sie ihn liebt, dass sie aber ganz offensichtlich will, dass ich das weiß.

Somit ist das Trio, aus dem zwei geworden waren, wieder ein Trio, und ich muss herausfinden, wie ich am besten damit umgehe, um ihretwillen.

Kapitel 36

SUSAN

Wir können eine Erinnerung wegpacken, aber sie wird nie wirklich verschwinden. Wir können ihre Existenz ignorieren, wir können uns vor den Gefühlen verstecken, die sie hervorruft, aber sie wird zurückkommen, wenn der Acker des Lebens umgegraben wird. Zu viele Jahre habe ich versucht, mich zu verstecken, und genauso viele Jahre hat sich die Wahrheit geweigert zu sterben. Ich habe sie einfach immer wieder neu begraben, jeden Tag.

Dass diese Erinnerungen jetzt zurückgekommen sind und sich in meinem Kopf mit einer solch kristallklaren Deutlichkeit zeigen, erinnert mich an etwas, das ich immer gewusst habe: Ich werde nie vor der Entscheidung fliehen können, die ich getroffen habe, als die erstickende Flutwelle der Schmerzen erst zu einem stechenden Schmerz wurde und schließlich zu einem Schrei. Als Verwirrung mich umgab. Und etwas, das ich wusste und doch nicht wusste, wahr wurde.

Der Schmerz hat mich an jenem Tag tief in mein Innerstes gezogen. Als das Pressen zu einem scharfen Einatmen wurde, sah ich ganz kurz, wie das Leben werden könnte, aber ich hatte zu große Angst, es anzunehmen. Es war die Entscheidung eines Sekundenbruchteils, vielleicht nicht einmal so lang. Ich war gleichzeitig außerhalb meiner Seele und in ihr, sah von oben auf mich hinunter. Und so habe ich eine Möglichkeit gefunden zu leben: in mir, über mir und im Verborgenen, alles zur gleichen Zeit.

Meine Pflicht ist erfüllt. Die Schulden waren abbezahlt, als ich meine Eltern zu Grabe getragen habe. Meine Scham ist mir geblieben. Ich habe die Schande vor ihnen verborgen. Mir ist jetzt klar, dass ich nicht mehr benötigt werde.

Ich bin ins Schwanken geraten, hier. Habe fast an die Fürsorge geglaubt, die sie mir hat angedeihen lassen. Habe ihm fast vertraut. Doch die Wahrheit ist die, dass keiner von ihnen mich braucht. Ich habe nicht die Stärke, mich dem zu stellen. Ohne mich sind sie besser dran, das ist die einzige Wahrheit, der ich ins Gesicht sehen kann.

Ich greife nach dem Märchenbuch, um ein letztes Mal das zu tun, was ich seit jenem ersten Abend fast jeden Abend getan habe: Ich lese dem Kind, das ich zurückgelassen habe, eine Gute-Nacht-Geschichte vor. Morgen werde ich gehen.

Kapitel 37

KAT

Während ich durch das Tor von den Wohnblocks zum Park gehe und die Verspannung aus meinen Armen und meinem Rücken zu dehnen versuche, gucke ich zu den Wolken hoch und ziehe den Mantel fester um mich. Mein Handy klingelt wieder. Das ist sein Klingelton. Daniels. Es ist das dritte Mal an diesem Morgen. Ich ziehe das Handy aus der Tasche, und nachdem ich ein paar Sekunden gewartet habe, werde ich weich. Ein Teil von mir ist von seiner ungewohnten Beharrlichkeit fasziniert.

»Daniel.«

»Kat, geht es dir gut? Ich habe dich mehrmals angerufen.«

»Ich weiß.«

»Äh. Ja.« Es ist beruhigend, ihn sich durch die Leitung räuspern zu hören, als würde er sich vor Verlegenheit winden. »Also, es war schön, dich gestern Abend zu sehen.«

»War es das?«, frage ich und bleibe stehen. Eine Joggerin läuft an mir vorbei, ihr Pony schwingt mit jedem ihrer Schritte mit.

»Nun ja, ja. Ich meine. Ich weiß ... Es war schön zu sehen, dass du etwas unternimmst, meine ich.« Er räuspert sich wieder, seine Stimme bricht, als er versucht, das Gespräch wieder aufzunehmen, dann gewinnt er die Fassung zurück, wie er das immer getan hat. Und in dem Moment wird mir klar, dass meine Verzweiflung langsam durch Überdruss ersetzt wird. »Hattest du ... eine Verabredung?«, murmelt er.

»Würde es etwas ändern, wenn dem so wäre?«

»Nun ja, ich ... «

Ich schüttele den Kopf, suche den Himmel nach einer göttlichen Intervention ab, als ich die letzten fünf Jahre meines Lebens plötzlich richtig einordnen kann.

»Im wievielten Monat ist sie, Daniel?«

»Das ist kompliziert«, antwortet er.

»Kompliziert! Wie kann diese Frage kompliziert sein? Es sei denn, du bist nicht der Vater!« Als ich die Worte ausspreche, frage ich mich plötzlich, ob ich vielleicht recht habe. Bin ich von der falschesten aller falschen Annahmen ausgegangen? Ist das der Moment, in dem ich die Wahrheit erfahre und wir versuchen können, die Vergangenheit hinter uns zu lassen?

»Nein, es ist von mir, es ist nur ... «

Natürlich ist es das. Für eine Sekunde hätte er mich fast wieder gehabt. Ich hätte fast klein beigegeben. Die Einsicht, welche Macht er über mich hat, lässt mich schneller gehen. Mit gesenktem Kopf. Ich weigere mich, den Tränen freien Lauf zu lassen, weil er sie nicht verdient. »Ich muss los«, sage ich.

»Kat, es tut mir leid, ich ... du ... « Im Hintergrund ist eine Stimme zu hören, die ihn stoppt. Ich höre sie fragen, wer am Telefon ist. Sie klingt, wie ich jedes Mal geklungen habe, wenn das Handy geklingelt hat: misstrauisch. Er erzählt ihr irgendetwas von einem dienstlichen Anruf, genau wie er das auch bei mir immer getan hat, und ich halte das Handy von meinem Ohr weg, hole tief Luft und lege auf.

Ich bin die ganze Zeit Opfer seiner Lügen und seiner schamlosen Ich-Bezogenheit gewesen und habe es nicht gesehen. Ein Opfer der verschwendeten Jahre, Jahre, die ich mit jemand anderem hätte verbringen können. Jahre, die ich vielleicht einfach allein hätte verbringen können. Mit Arbeit. Mit Leben. Mit Lernen, wer ich eigentlich bin und was ich wirklich vom Leben will, über die Arbeit hinaus. Hat er mich jemals geliebt? Ist er überhaupt dazu fähig? Und was zum Teufel sollte dieser Anruf?

Fünf Jahre.

Verschwendet.

Ich bin mir nicht sicher, ob es der Anruf ist, das Wetter, die Bäume oder der Schlafmangel, doch die Luft fühlt sich schwer an. Ich fühle mich schwer an. Wie soll ich darüber hinwegkommen? Man sollte doch meinen, dass es keine Frage ist, was ich jetzt tue. Mein Gehirn weiß, dass es Zeit ist, ihn loszulassen, und mein Herz weiß das auch, denke ich, aber wie? Wie lange braucht das? Wann wird es sich nicht mehr anfühlen, als würden meine Eingeweide zusammengequetscht und als wäre mein Herz tot? Wie kann er es nur wagen, eine solche Macht über mich zu haben, dass ich derart ins Straucheln gerate, wenn er mich verlässt? Wie hat er das geschafft, und wie konnte ich das zulassen?

Ich gehe schneller. Ich muss herausfinden, wie ich dem Einhalt gebieten kann. Ich muss herausfinden, wie ich mein Leben, mich selbst, zurückerobern kann. Wer bin ich überhaupt? Was macht mich aus? Ich habe fünf Jahre als seine Freundin verbracht. Okay, ich war auch Schwester Kat, aber wer war ich, wenn ich nicht gearbeitet habe? Ich bin fast dreißig. Sollte ich diese Antworten nicht inzwischen kennen?

Ich ziehe meine Kapuze hoch, verstecke mich in der Anonymität, die sie mir bietet. Die Joggerin von vorhin kommt wieder an mir vorbei, die Augen stur auf den Weg gerichtet. Vielleicht würde Sport helfen.

Wann bin ich zu der Frau geworden, deren Lebensglück sich um das Leben eines anderen dreht? Wann habe ich mich so verschenkt?

Es ist an der Zeit, mir alles zurückzuholen. Ich verdiene mehr.

Ich verdiene Besseres.

Mein Handy klingelt in meiner Hand, und ich klappe es energisch auf. »Hör auf! Hör auf, mich anzurufen! Lass mich in Ruhe. Du verdienst mich nicht, und ich will nichts mehr mit dir zu tun haben!«, rufe ich.

»Kat, ich bin's.«

»Emma? Entschuldige, ich ...«

»Alles okay. Hör zu, wir haben ein Problem.« Sie klingt gestresst, schlimmer, als ich mich fühle.

»Bist du in Ordnung? Wo bist du? Ist mit Chris alles okay?« Ich fühle mich sofort schuldig, dass ich mich die Stunden, seit wir uns verabschiedet haben, in Selbstmitleid gesuhlt und nicht einmal nachgehört habe, ob sie gut nach Hause gekommen ist.«

»Mir geht's gut, na ja, nein, tut es nicht, aber ich bin in der Arbeit. Kat, es geht um Susan.« Ich bleibe auf halbem Weg den Berg zum Park hoch stehen. »Sie ist weg.«

»Was? Wie meinst du das?« Ich schiebe die Kapuze aus meinem Gesicht.

»Ich meine, sie ist verschwunden. Ich bin gerade gekommen. Rona hat die Übergabe gemacht, dann habe ich nach allen gesehen, und sie war nicht in ihrem Bett. Ich habe mir nichts dabei gedacht, bis ich später wieder vorbeigekommen bin. Da war sie immer noch nicht da. Gloria hat gesagt, dass sie den ganzen Morgen nicht da war. Ich habe im Bad nachgesehen, nichts.« Ein kurzes Zögern. »Kat, ich denke, Susan ist weg.«

Ich drehe mich um, beginne, den Berg wieder hinunterzugehen, bevor ich schneller werde und zurück zum Tor laufe. »Wie kann das sein? Ich verstehe das nicht.« Meine Beine sind schwer und ungelenk, an das Tempo nicht gewöhnt. Ich lasse das Tor hinter mir zuschwingen, als ich nach den Schlüsseln suche.

»Ich weiß es nicht, Kat. Aber sie ist weg. Handtasche, Krücken, alles ist weg.«

Ich halte den Atem an, renne ins Haus, nehme zwei Stufen auf einmal. Es fröstelt mich, als sich die Bilder vor meinem inneren Auge zusammensetzen. »Wie konnten wir sie nur ...?«, beginne ich, bevor ich mich selbst unterbreche. Es ist nicht nötig, dass ich diesen Satz beende. Vorwürfe helfen uns nicht, sie zu finden. »Hör zu, ich bin da, so schnell ich kann. Werde nicht panisch, Emma. Wir finden sie«, versichere ich ihr, während ich nach meiner Tasche greife und meine Wohnung verlasse. »Ich bin unterwegs.«

»Es tut mir leid, Kat. Auch, dass es dein freier Tag ist.« Tränen sind in Emmas Stimme zu hören und eine Stimme im Hintergrund. »Okay, danke, dass du mir Bescheid gesagt hast«, sagt Emma, aber nicht ins Telefon.

»Was ist los?«

»Gail macht sich auch auf den Weg. Sie haben sie gerade noch erreicht, bevor sie zum Flughafen wollte.«

»Okay«, ich schlucke schwer. »Gut. Super. Gut gemacht, wir brauchen sie … Okay, ich bin da, sobald ich kann.« Ich renne die Straße entlang, als der Bus gerade anfahren will. »STOPP!«, brülle ich und laufe direkt vor dem Bus über die Straße.

Die Fahrerin steigt auf die Bremse und öffnet die Türen. »Mein Gott, ich hätte Sie überfahren können! Wo zum Teufel brennt's?« Sie schüttelt den Kopf über mich, als ich mich entschuldige, meinen Ausweis durch den Automaten ziehe und mir einen Platz suche.

Der Bus zockelt in die Stadt, reiht sich in die Rushhour-Schlange an der Schlittschuhbahn ein. Der Typ vor mir stöhnt. Ich hämmere mit den Fingern auf die Lehne des Vordersitzes und mache eine mentale Liste der Dinge, die wir tun können. Ich rufe auf der Station an, Emma meldet sich sofort. »Emma, nimm dir die Bänder der Überwachungskameras vor, sieh nach, ob wir feststellen können, durch welche Tür sie verschwunden und in welche Richtung sie gegangen ist. Versuche, an alles Filmmaterial von drinnen und draußen zu kommen. Ich bin mir sicher, dass wir sie so finden können, sie kann nicht so weit sein …« Plötzlich wird mir klar, dass ich dieses Gespräch in der Öffentlichkeit führe. »Wir werden sie finden, Emma, das verspreche ich.« Ich lege auf, und mir wird bewusst, dass ich etwas versprochen habe, das ich nicht unbedingt halten kann.

Der Bus kommt zum Stehen. Auf drei Spuren geht nichts mehr. Autofahrer verrenken sich die Hälse, um zu sehen, was los ist. Einer steigt aus, um bessere Sicht zu bekommen. Er sieht mich im Bus und zuckt die Schultern, dann zündet er sich eine Zigarette an und raucht während des Wartens.

Jemand hinter mir klingelt und steigt aus. Ich schaffe es gerade noch, den Kopf zur Seite zu nehmen, als er sich die Tasche über die Schulter schwingt. Noch ein paar weitere Fahrgäste steigen aus. Ich erwäge, das Gleiche zu tun, doch langsam wird mir der Ernst der Situation so richtig bewusst, und ich lasse mich in den Sitz sinken, das Rückgrat gegen die Lehne gedrückt. Was haben wir getan? Oder was haben wir nicht getan?

Ich schüttele den Moment des Selbstmitleids ab und werfe einen Blick auf mein Handy. Was kann ich tun, was kann ich tun, während ich warte? Rhys! Er ist zu ihr durchgedrungen. Er ist zurückgekommen. Vielleicht hat sie ihn angerufen. Ich gehe meine letzten Anrufe durch auf der Suche nach seiner Nummer. Ich gebe sie ein und warte, während ich aus dem Fenster beobachte, ob es langsam weitergeht. Als das Handy zu läuten beginnt, steigen noch mehr Leute aus, was mich ermutigt, das Gleiche zu tun. Ich springe gerade auf die völlig verstopfte Hauptstraße, als er sich meldet.

»Kat, hallo. Ähm… wie geht es Ihnen?« Ein Autofahrer drückt auf die Hupe, als ich mich durch den Verkehr zwänge, der jetzt langsam die Straße entlangkriecht. »Wo sind Sie?«, fragt er. »Das klingt wie im Stadtzentrum von New York!«

»Ich bin vor dem Bahnhof. Ich versuche, zur Arbeit zu kommen, aber es ist furchtbar viel Verkehr und, oh, verdammt…« Die Autos setzen sich genau in dem Moment in Bewegung, als ich den Weg seitlich neben dem Bahnhof erreiche. »Zurück in den Bus oder zur Straßenbahn rennen?«, frage ich Rhys.

»Wenn ich Sie wäre, würde ich die Straßenbahn nehmen, das klingt ja grauenhaft.«

»Das ist es. Gut, die Straßenbahn.« Ich renne los, meine

Tasche schlägt hinten gegen meine Beine. »Hören Sie, Rhys, haben Sie etwas von Susan gehört? Ist sie bei Ihnen?« Ich kreuze hoffnungsvoll die Finger.

»Bei mir? Nein. Warum sollte sie das sein?«

»Nein.« Scheiße. »Okay, machen Sie sich keine Sorgen. Hören Sie, ich rufe Sie später an. Ich muss laufen.«

»Kat, warum sollte Susan bei mir sein? Was ist los?«

»Es spielt keine Rolle. Es ist nichts. Hören Sie, ich muss laufen«, sage ich und steige die Stufen zur Straßenbahnhaltestelle gerade noch rechtzeitig hoch, um die Bahn davonfahren zu sehen. »Verdammt.«

»Kat, sind Sie in Ordnung?«

»Nein, Rhys. Nein, ich bin nicht in Ordnung. Ich bin alles andere als in Ordnung.«

»Was ist passiert? Was ist mit Susan?«

Ich lasse mich auf einen blauen Metallsitz fallen, und meine Tasche knallt auf den Boden. »Susan ist verschwunden«, sage ich, wobei ich mir die Hand auf den Mund lege. »Heute Morgen.«

»Was meinen Sie mit verschwunden?«

»Ich meine weg. Sie ist verschwunden. Sie ist nicht auf der Station.«

»Wohin verschwunden?«

»Ich weiß nicht wohin, Rhys. Wenn ich das wüsste, würde ich Sie nicht anrufen, oder?!« Ich hole kurz Luft und versuche, mich zusammenzunehmen. »Sie ist weg, Rhys. Hat sich selbst entlassen, ohne uns etwas zu sagen, ist einfach weg. Verschwunden in die Nacht, weg. Nicht mehr auf meiner Station, wo sie sein sollte, weg. Kann man weg noch weiter ausführen?«

»Nein, nein, nein. Das kann nicht sein!«, ruft er.

»Aber das ist sie.«

»Warum? Warum sollte sie das tun? Warum jetzt?«

»Ich weiß es nicht, Rhys. Ich weiß es nicht. Aber sie ist weg, und wir können sie nicht finden, und ich bin nicht nur frustriert, ich habe auch … Angst.«

»Was kann ich tun?«

»Nichts. Nicht wirklich. Mich nur informieren, wenn Sie von ihr hören. Okay? Und bitte sofort.«

»Ich fahre zu ihrem Haus. Sehe nach, ob sie dort ist. Vielleicht ist sie …«

»Nein! Nein, tun Sie das nicht, Rhys.« Seine Reaktion ist heftiger, als ich erwartet hatte. Und jetzt bin ich in Panik wegen Susan und mache mir Sorgen um Rhys. »Hören Sie, ich werde ohnehin die Polizei anrufen und sie als vermisst melden müssen. Es ist in Ordnung, Rhys, sie werden Kontakt zu Ihnen aufnehmen, wenn sie mit Ihnen reden müssen.« Ich bin mir nicht sicher, dass er mir zuhört.

»Wo sind Sie jetzt?«, fragt er.

»Bei den Parkwohnhäusern. Die Straßenbahn kommt gleich. Ich bin in einer halben Stunde in der Arbeit.«

»Ich komme und sammle Sie auf, dann können wir beide zu Susan fahren. Das dauert Ewigkeiten, bis die Polizei etwas unternimmt, Kat. Was, wenn sie …« Er unterbricht sich selbst.

»Nein, ich muss zur Arbeit. Dem Team helfen. Ich muss das streng nach Vorschrift angehen, Rhys.«

»Nach Vorschrift. Richtig.«

»Machen Sie sich keine Sorgen. Wir werden sie finden«, sage ich und mache wieder Versprechungen, die zu halten nicht in meiner Macht liegen. Die Straßenbahn kommt, und ich steige ein, lehne mich gegen den kühlen, gelben Metallhaltegriff. »Ich kann Sie später anrufen, wenn Sie das möchten«, sage ich.

»Bitte! Falls Sie irgendetwas hören. Ich muss das wissen, okay?« Er legt auf, als die Straßenbahn losfährt, und ich frage mich, was sich für ihn geändert hat. Was hat sich geändert, dass seine Wut sich erst in Distanziertheit und plötzlich in das Bedürfnis verwandelt hat, Susan fast so dringend finden zu müssen wie wir?

Wenn ich sie nicht finde, ist es mit meiner Karriere vorbei. Und was soll ich dann tun? Ich kämpfe die Tränen zurück, die mir in die Augen steigen. Reiß dich zusammen, Kat. Hier geht es nicht um dich. Lass dich davon nicht unterkriegen. Du bist mehr als das. Du bist besser.

Kapitel 38

RHYS

Ich schlüpfe in die Kleider von gestern Abend, greife nach meinen Schlüsseln und meiner Geldbörse, während ich aus der Tür stürze und sie hinter mir zufallen lasse. Ungewöhnlicherweise scheint der Wagen die Eile heute Morgen zu schätzen und springt beim ersten Versuch an.

Ich nehme die Abkürzung durch die Nebenstraßen von Woodseats nach Norton und folge der Straße, die hinter dem Wasserturm vorbeiführt, zu Susans Haus. Ich fahre zu schnell über die Straßenschwellen, die Federung ächzt und stöhnt. Als ich vor dem Haus vorfahre, löse ich meinen Gurt und öffne meine Tür, noch bevor der Motor aus ist. Dann geht mir ein Gedanke durch den Kopf, und ich bleibe stehen. Die Realität, was das hier bedeuten könnte, spüre ich wie einen Messerstich in den Bauch. Was, wenn sie hier ist, aber doch nicht mehr hier ist? Was, wenn sie zurückgekommen ist, um den Dingen endgültig ein Ende zu bereiten? Was, wenn alles, was Kat und ich versucht haben, doch nichts genützt hat? Was, wenn wir es schlimmer gemacht haben?

Was, wenn ich nicht Grund genug für sie bin, am Leben zu bleiben?

Übelkeit steigt in mir auf.

Alles an ihrem Haus scheint unverändert. Es ist still und wirkt leer, genau wie wir es vor einer Woche verlassen haben. Plötzlich geht im Nachbarhaus die Tür auf, und mein Herz bleibt eine Sekunde lang stehen. Der Nachbar öffnet den Kofferraum seines T5, wirft Taschen hinein, holt etwas heraus und stellt es in seine Diele. Er schließt die Haustür ab.

»Hallo«, rufe ich und springe aus meinem Wagen. »Entschuldigen Sie die Störung, aber haben Sie Susan gesehen?« Ich laufe zu ihm, mit Beinen wie Gelee. Ich bin außer Atem vor Nervosität.

Der Nachbar öffnet seine Autotür und beugt sich hinein, um den Schlüssel ins Zündschloss zu stecken. Er schüttelt den Kopf. »Nein. Eigentlich seit Wochen nicht.« Er sieht erst mich an und dann den Lieferwagen. »Hat sie Sie bestellt?«

»Nein, nein. Ich bin ein … Freund von ihr.«

Ich hoffe, er hat das Zögern nicht bemerkt, bevor ich gesagt habe, wer ich bin. Würde sie mich als Freund bezeichnen? Würde er irgendetwas anderes glauben? Tue ich das? Egal, er scheint überzeugt zu sein und kommt hinter der Autotür hervor. »Wir haben uns tatsächlich Sorgen gemacht«, sagt er. »Ich und meine Frau. Ich meine, Susan hält sich für sich, das wissen wir alle, aber, na ja, normalerweise sehen wir sie kommen und gehen. Weniger seit ihre Eltern …« Seine Stimme verliert sich, als er mich misstrauisch ansieht. »Ein Freund?«, fragt er nach.

»Ein Freund«, sage ich. Mir bleibt das Wort fast in der Kehle stecken, während ich versuche, lässig zu wirken, um meine wirklichen Gefühle zu verbergen, meine Unsicherheit, meine Verwirrung, meine Angst. »Ich habe mir auch Sorgen gemacht«, sage ich und sehe erst auf die Uhr und dann zu ihrem Haus hin, um ihm nicht in die Augen gucken zu müssen.

Der Nachbar nickt, dann sieht er selbst auf die Uhr. »Ich komme zu spät zur Arbeit. Sagen Sie ihr, dass sie sich melden soll, wenn wir irgendwas tun können«, bietet er an und steigt in sein Auto, aber nicht ohne noch einen genauen Blick auf meinen Lieferwagen zu werfen.

»Das werde ich, danke. Äh, der Verkehr – es ist ziemlich voll, in Richtung Stadt steht alles.«

»Wirklich?«

»Ja, meiden Sie Woodseats und die Queens Road, wenn Sie können. Ich weiß nicht, was los ist.«

»Okay, danke.«

Er steigt in sein Auto und fährt links aus der Einfahrt, während er mir zögernd den hochgereckten Daumen zeigt. Ich warte, bis ich sein Auto nicht mehr hören kann, dann öffne ich das Tor zu Susans Einfahrt. Mit jedem Schritt schlägt mein Herz heftiger, bis ich vor der Haustür stehe. Ich reibe mir die Brust, um die Panik zu unterdrücken. »Komm«, sage ich mir, dann reiße ich mich zusammen, klopfe und warte.

Nichts.

Ich versuche es noch einmal, klopfe laut und versuche es auch mit der Klingel. Sie tönt tief im Haus, wie von fern und irgendwie defekt. Wie ich. Wie sie.

Noch immer nichts. Es war einfacher, als ich einen Schlüssel hatte. Ich sehe mich in dem morgendlichen Vorort um. Nichts rührt sich. Keine Autos, keine Geräusche vom Berufsverkehr.

Denk nach. Denk nach.

Als ich noch ein Kind war, hat Mum unseren Hausschlüssel immer im Garten hinter dem Haus versteckt. Ich sehe mich nach weiteren Nachbarn oder dem Postboten um, bevor ich um das Haus herum in den Garten gehe. Ich gucke zwischen den verwilderten Beeten, den wuchtigen Pflanzen im erdigen Boden. Ich finde nichts. Dann sehe ich in der Ecke eine verwilderte Zimmeraralie mit großen, prallen lindgrünen Blättern, die über eine Bruchsteinmauer zwischen Terrasse und Rasen hängen. Ich hebe die Blätter an und gucke darunter nach: Bingo. Ein trübes Glas steht darunter. Ich entziehe es dem Griff des Unkrauts. Ein einzelner Schlüssel an einem schmutzigen rosa Seidenband rappelt darin herum. Der Geruch blühender Rosen hängt schwer in der Luft, als ich den Deckel aufdrehe und den Schlüssel herausnehme. Ich sehe zwischen ihm und der Hintertür hin und her. Vielleicht sollte ich warten. Kat hat gesagt, dass sie die Polizei verständigen wird.

Und dann erinnere ich mich an Susans Gesicht, als sie mich das erste Mal gesehen hat. Und an die Berührung ihrer Hand, als sie meine ergriffen hat. An die Notizen. Die Verbindung. Den Zeitungsausschnitt und meine Adoptionsakte. Die Wahrscheinlichkeit, dass es zu spät sein könnte, bis sie hier sind, wenn ich nichts unternehme. Dann werde ich die Wahrheit nie erfahren.

Ich bin schon einmal zu spät gekommen.

Ich stecke den Schlüssel ins Schloss, rüttele daran, bis die Tür aufgeht. Ich atme tief durch und schiebe sie auf.

Ein Zugluftstopper kratzt über den Boden, bleibt an den gefalteten Zeitungen hängen, die als Fußmatte dienen. Ich schließe die Tür wieder und drehe mich zu der stillen Küche um: Auch hier hat sich nichts verändert. Alles im Haus wirkt noch genauso, wie wir es verlassen haben. Wie *sie* es verlassen hat.

Ich gehe von der Küche ins Esszimmer und weiter ins Wohnzimmer, sorgfältig darauf bedacht, keine Spuren zu hinterlassen und kein Chaos anzurichten. Sorgfältig darauf bedacht, jedes Teil in ihrem Haus in Augenschein zu nehmen und zu sehen, ob es bewegt worden ist. Ich ziehe an der Wohnzimmertür, und sie geht auf, genau wie beim letzten Mal. Ich werfe einen Blick zurück über die Schulter, sehe nichts bis auf einen Lichtstrahl, in dem der Staub tanzt. »Susan?«, sage ich leise am Fuß der Treppe. »Sind Sie in Ordnung? Sind Sie hier?« Ich möchte ihr keine Angst machen, falls sie da ist. »Susan?« Kein Geräusch, keine Bewegung, keine Antwort. Ich gehe nach oben, mein Herz beginnt, schneller zu schlagen, jeder Atemzug fällt schwerer als der vorherige. Meine Kehle tut weh vor Nervosität. Die Stufen quietschen, als ich oben ankomme, und ich halte mich an dem Geländer fest, um mich zu stützen. Ich stehe vor ihrer Schlafzimmertür.

Ich war nie ein Mann des Gebets. Ich habe nur einmal um göttlichen Beistand gebeten – ohne Erfolg. Und doch ertappe ich mich dabei, wie ich zur Decke gucke. Wenn es so etwas gibt wie einen Gott, eine höhere Macht, die eingreifen kann, dann muss sie mich jetzt erhören. *Lass sie mich finden. Lass sie hier sein, heil und ganz. Lass alles okay sein.*

Ich drehe an dem Türknauf und stoße die Tür auf, die Augen geschlossen, den Kopf gebeugt. Ich fühle mich zerbrechlich wie dünnes Glas.

Aber da ist nichts. Ihr Zimmer ist leer.

Die Erleichterung erstickt mich fast. Ich atme hörbar aus, stecke die Hände in die Taschen und lehne mich gegen den Türrahmen. In einer der Taschen ertasten meine Hände kühles Papier. Ich ziehe es heraus. Der Umschlag von gestern. Es gab keinen Anruf, um mich davon abzuhalten, ihn aufzugeben. Keinen Grund, warum ich das nicht sollte. Ich studiere ihn, von hinten und von vorne. Ich halte ihn ins Fenster, ob ich sehen kann, was drinnen ist. Ich trete näher ins Licht, um besser sehen zu können, drehe ihn herum und lese Namen und Adresse auf der Vorderseite.

Ich hole mein Handy heraus und rufe Kat an.

»Rhys?«

»Sagen Sie ihnen, sie sollen keine Zeit verlieren. Sie ist nicht hier.«

»Was?«

»Ich bin vorbeigefahren, ich konnte nicht einfach herumsitzen und warten. Sie ist nicht hier, also sagen Sie ihnen, dass sie keine Zeit verschwenden sollen.«

»Okay, okay. Aber Rhys, Sie sollten doch nicht…«

»Ich musste.«

»Rhys…« Ich höre sie im Hintergrund reden. »Rhys, ich muss auflegen.«

»Was? Was ist los?«

»Ich rufe Sie an, wenn wir etwas hören.«

Sie legt auf, und ich sehe den Brief an. Ich hätte es ihr sagen sollen. Ich sollte ihn ihr bringen. Oder ich könnte den Mittelsmann spielen und ihn direkt zu seinem Empfänger bringen.

Mr. James Grey. Eine Adresse im Lake District… Vielleicht ist Susan dorthin gefahren. Ich denke nicht weiter darüber nach. Ich eile die Treppe hinunter, schließe ihr Haus ab, lege den Schlüssel wieder in das Glas im Garten. Dann laufe ich zurück zu meinem Wagen und mache mich auf den Weg in den Lake District.

Kapitel 39

RHYS

Ich fahre mit durchgedrücktem Fuß. Bei Mum vorbei, die Augen starr geradeaus, nach Derbyshire – Richtung Norden.

Sommertouristen kriechen die gewundene Straße hoch über die Berge, und ich muss mich zwingen, sie nicht zu überholen. Der Derwent Dam glitzert in der Morgensonne. Die Bäume weichen allmählich Straßen, die sich gemächlich nach Manchester schlängeln. Der Umschlag liegt auf dem Beifahrersitz. Hin und wieder strecke ich die Hand danach aus, um mich zu versichern, dass er noch da ist. Sicher verwahrt.

Als ich ungefähr zweieinhalb Stunden später von der Autobahn abfahre, verändert sich die Landschaft. Berge erheben sich am Horizont, ihre Spitzen heben sich scharf vor dem Sommerhimmel ab, während andere, weiter weg, im Dunst verschwinden. Ich sehe die Schilder, die auf den Lake Windermere hinweisen, und schließlich tut sich der Blick auf sein stahlgraues Wasser vor mir auf. Ich kurbele das Fenster herunter und atme sehr viel sauberere Luft ein als zu Hause.

Eine plötzliche Angst oder Schuld oder möglicherweise beides rieselt wie Eiswasser durch meine Brust. Das ist kein

Spiel. Das ist das wahre Leben. Ihr Leben. Vielleicht meins. Wenn sie hierhin gefahren ist, was sage ich ihr dann? Ist es an der Zeit, Klartext zu reden und ihr zu sagen, was ich denke? Ist das überhaupt möglich? Sie kann nicht mehr so jung gewesen sein, als sie ihr Baby ausgesetzt hat. Nicht wirklich. Sechzehn, vielleicht siebzehn. Alt genug, um es besser zu wissen, richtig? Vielleicht ist das auch alles nur in meinem Kopf. Reine Fantasie.

Der Brief sollte bei Kat sein. Oder bei der Polizei. Er sollte nicht auf dem Weg zu einem Mann sein, dem ich noch nie begegnet bin, ob er nun an ihn adressiert ist oder nicht.

Was habe ich mir dabei gedacht?

Eine Parkbucht taucht neben der Straße auf, und ich steure sie an, biege scharf ab, während sich der See vor mir ausbreitet. Das ganze Ausmaß meiner Dummheit geht mir langsam auf. Ich habe hiervor die Augen verschlossen, seit David und ich im letzten Jahr Einsicht in unsere Adoptionsakten bekommen haben. Ich habe neben Susan im Krankenhaus gesessen und kein Wort gesagt. Was lässt mich glauben, dass ich es jetzt tue, falls sie überhaupt hier ist? Und was lässt mich glauben, dass dieser James Grey weiß, wo sie ist oder sein könnte? Will ich sie wirklich finden? Ich meine, natürlich will ich, dass sie gefunden wird, aber von mir?

Ich fliehe aus dem Lieferwagen, dessen Hitze mich zu ersticken droht. In der kühlen Luft am Wasser ringe ich um Atem, stütze mich auf die Bruchsteinmauer. Autos sausen vorbei, blasen mir einen heißen Lufthauch in den Rücken. Es sind nur noch fünf Minuten bis zu dieser Adresse – ich sehe auf die Uhr –, und ich bin gut drei Stunden von zu Hause entfernt.

Ein Lüftchen kräuselt das Wasser, tänzelt über den See. Die Oberfläche funkelt, als wäre sie mit kleinen Diamanten gesprenkelt, und ein Boot wird von einer Brise angetrieben, die sich in seinem voluminösen Segel verfangen hat. Die Leute darauf winken in meine Richtung, doch ich drehe mich um und greife in den Wagen nach meinem Handy. Es klingelt, als ich es in die Hand nehme.

»Du wirst mir nicht glauben, was ich gerade gesehen habe, Rhys!«, gackert Mum praktisch durch die Leitung. Es kann sich nur um Tratsch handeln.

»Mum, ich …«

»Du kennst doch den neuen Postboten, den, der jetzt statt des Typen kommt, der das Geburtstagsgeld aus den Karten der Leute geklaut hat, ja? Also, ich habe ihn gerade aus Doreens Haus oben an der Straße kommen sehen, ihre Enkelin im Schlepptau, alles ziemlich verdächtig.«

»Was heißt verdächtig, Mum?« Ich seufze, mein Körper wird von dem Luftdruck eines vorbeifahrenden Lkws gegen die Mauer der Parkbucht gedrückt. Ich halte mir mit dem Finger das Ohr zu, damit ich noch etwas hören kann. »Oh, du weißt schon, Rhys, beide haben sich das Hemd in die Hose gestopft und einen Blick zurück über die Schulter geworfen, während sie weggelaufen sind.«

»Mum, entschuldige, kann das …« Ich versuche, sie zu unterbrechen, doch sie ist voll in Fahrt.

»Wenn Doreen die leiseste Ahnung hätte, was da vor sich geht, bekäme sie einen Herzinfarkt, das schwöre ich dir. Ihrem Herzen geht es wirklich nicht gut, sie muss jetzt diese Tabletten nehmen, weißt du. Und ich bin mir sicher, ihre Enkelin ist noch nicht volljährig.«

»Sie ist neunzehn«, sage ich. Ich erinnere mich, dass Paul sich erst genau versichert hat, bevor er sie letztens abgeschleppt hat.

»Woher weißt du das?«

»Das spielt keine Rolle. Hör zu, ich kann jetzt nicht reden, Mum, ich muss jemanden anrufen.«

»Oh, Entschuldigung, Lieber, bist du in der Arbeit? Aber ich habe meinen Augen nicht getraut und musste es einfach jemandem erzählen.«

»Okay, hör zu, ich ruf dich zurück.«

»Okay, okay. Lass dich nicht stören. Und ich wollte mich auch noch bei dir bedanken. Ich weiß, dass der gestrige Abend schwer für dich war, aber danke, dass du mit uns mitgekommen bist. Das hat mir sehr viel bedeutet. Derek und ich hatten einen netten Abend.«

Derek und ich. Derek und ich.

»Ich auch, Mum.« Ich hoffe, dass ich enthusiastischer klinge, als ich mich fühle.

Ein Dampfer voller Touristen stößt ein langes, tiefes Tuten aus. »Wo bist du?«, fragt sie.

»Im ... Lake District«, sage ich leise.

»Im Lake District!«, schreit sie. »Was machst du da? Du hast nichts davon gesagt. Geht es dir gut, Rhys? Du klingst ein bisschen ... Was ist passiert?« Ihre Stimme wechselt von Empörung zu Sorge.

»Das war ein spontaner Entschluss«, sage ich und steige zurück ins Auto. »Um es kurz zu machen, Susan ist über Nacht verschwunden. Sie hat mir etwas gegeben, das ich auf die Post bringen sollte, doch als ich gehört habe, dass sie verschwunden ist, habe ich aus irgendeinem Grund ...« Ich lege die Stirn auf das Lenkrad. »Scheiße, Mum. Ich habe richtig Mist gebaut.«

»Oh, Rhys«, sagt Mum. Ich stelle sie mir vor, wie sie sich gegen die Spüle lehnt, den Gardinen den Rücken zugewandt, während sich ein wirkliches Problem entfaltet.

»Ich muss das Krankenhaus anrufen. Ihnen sagen, was ich getan habe.« Ich werfe einen Blick auf den Brief.

»Okay, mein Lieber. Okay. Mach dir keine Sorgen, alles wird gut. Sie werden sie finden, sie werden ...« Mum klingt weniger überzeugt, als mir lieb ist. »Alles wird sich regeln.« Aber wir beide wissen, dass das nicht immer der Fall ist. »Dann lege ich jetzt auf«, sagt sie widerwillig. »Halte mich auf dem Laufenden.«

Die Leitung ist tot. Ich nehme meinen ganzen Mut zusammen, um das in Ordnung zu bringen, dann rufe ich Kat an. Ich lande direkt auf der Mailbox. »Kat, ich bin's, Rhys. Ich bin ein Idiot gewesen. Ich bin im Lake District, um einen Brief abzuliefern, den Susan geschrieben und mich gebeten hat aufzugeben. Rufen Sie mich so bald wie möglich an, ja?« Ich zögere, dann lege ich auf. Ich kann nichts mehr hinzufügen, um es besser zu machen.

Ich versuche, in meinem Handy die Nummer des Krankenhauses zu finden, aber ich habe sie nicht gespeichert. Ich will im Internet nach Krankenhäusern in Sheffield suchen, doch an dem See habe ich kein 3G. Überhaupt kein Netz mehr. Ich bleibe einen Moment im Auto sitzen, ratlos und voller Bedauern. Ich hebe den Brief hoch, halte ihn noch einmal gegen das Licht und drehe ihn um, um die Adresse zu lesen. Was ging in ihrem Kopf vor, als sie ihn geschrieben hat? Als sie ihn mir gegeben hat? Was bezweckt sie damit? Haben wir irgendetwas zum Guten bei ihr ausrichten können, oder ist das ihre letzte Tat? Ich weiß nicht warum, aber da war irgendwas mit dem Buch … wie sie es gehalten hat … Egal, was für eine Verbindung sie dazu hat, sie schien stark zu sein. Ich dachte, sie sei auf dem Weg der Besserung. Das habe ich wirklich gedacht.

Das Buch.

Ich wähle Kats Nummer, und wieder lande ich auf der Mailbox. »Kat, sehen Sie nach ihrem Buch, sehen Sie, ob sie es mitgenommen hat. Sehen Sie auch nach dem Zeitungsausschnitt. Sie wollte dieses Buch unbedingt haben, erinnern Sie sich? Sie hat es gebraucht. Wenn sie es mitgenommen hat, haben wir vielleicht Zeit. Vielleicht ist das nicht …« Ich unterbreche mich. Ich kann meine ungeordneten Gedanken nicht in Worte fassen. »Rufen Sie mich zurück«, sage ich und lege widerwillig auf.

Ich werfe einen Blick auf die Straße vor und hinter mir. Ich sehe auf die Uhr und starte den Motor, fahre aus der Haltebucht zurück auf die Straße. Ich bin jetzt schon so weit gekommen …

Kapitel 40

RHYS

Traditionelle Lakestone-Häuser säumen beide Seiten des schmalen Hügels. Als ich oben bin, biege ich in einen der Vororte von Ambleside ab: eine kleine Siedlung identischer Häuser, die sich zwischen die Berge schmiegen. Ich krieche mit dem Lieferwagen die Straße entlang und suche nach der richtigen Hausnummer. Ein Mann mit einem Border Terrier sieht mich, den Fremden in ihrer Mitte, misstrauisch an. Ich halte vor dem richtigen Haus. In der Einfahrt steht ein schwarzer BMW und dahinter ein Wohnwagen. Ich werfe einen Blick auf mein Handy, ob ich ein 3G-Signal habe: wieder nichts. Ich sehe schnell nach verfügbaren Wi-Fi-Netzen, aber sie sind alle passwortgeschützt. Ich stelle mein Handy auf ganz laut für den Fall, dass ich ein Signal bekomme, ohne es zu merken, und Kat zurückruft.

Ich mache den Motor aus. Vogelgezwitscher tritt an die Stelle des Motorenlärms. Irgendjemand mäht in der Nähe den Rasen, und ich glaube, das frische Gras riechen zu können.

Mein Mund wird trocken, als ich die Einfahrt hochgehe. Was soll ich sagen? Wo soll ich anfangen? Während ich den Brief unter den Arm klemme, wische ich mir die schwitzigen Hände an meiner Jeans ab und klopfe an der Tür zum Wind-

fang. Durch das Glas sehe ich eine Kollektion von Familien-
schuhen, schmutzigen Gummistiefeln und eine schwarz-rosa
Hundeleine. Ein kleiner, flauschiger Hund springt kläffend an
der Tür hoch, und ein Mädchen im Teenageralter zieht ihn
am Halsband zurück, nur dass er ihr gleich wieder entwischt.
»Rio, zurück«, sagt sie und stößt ihn mit dem Fuß weg, während sie die Tür öffnet. Ich stelle mich eine Stufe tiefer, und sie
überragt mich plötzlich.

»Ja?«, fragt sie, obwohl meine Antwort sie nicht sonderlich
zu interessieren scheint.

»Hallo, entschuldige die Störung, aber ich suche nach
einem Mr. James Grey.« Ich sehe noch einmal auf den Brief,
ob der Name richtig ist. Aber ich habe die ganze Fahrt immer
wieder einen Blick darauf geworfen. Ich habe mich nicht
geirrt. Das Mädchen sagt nichts, tritt einen Schritt zurück,
nimmt den Hund unter den Arm und geht ins Haus. »Dad, da
ist jemand für dich.« Sie geht durch die Diele und verschwindet in einem der Zimmer, wirft einen letzten flüchtigen Blick
in meine Richtung, bevor sie die Tür hinter sich zuschlägt. Ein
Mann kommt die Treppe herunter. Als er mich sieht, bleibt er
kurz stehen, Misstrauen verlangsamt seine letzten Schritte. Er
starrt mich an.

»Hallo … entschuldigen Sie die Störung.«

Er beugt sich leicht vor, wahrscheinlich um mein Gesicht und den Lieferwagen genau unter die Lupe zu nehmen.
»Ich …« Er sieht geschockt aus oder vielleicht auch nur vorwurfsvoll. »Ich bedaure, aber ich kaufe nichts an der Tür.« Er
scheint leicht über seine eigenen Worte zu stolpern. »Da ist
ein Schild.«

Er sieht mir direkt in die Augen, als er auf einen Aufkleber am Fenster zeigt. Er hat ungefähr meine Größe, einen ähnlichen Körperbau. Aber er hat dieses Auftreten, das Väter haben, wie ordentliche Erwachsene. Ich habe mich oft gefragt, ob das mit der Geburt eines Kindes kommt – hier ist dein Kind plus ein Buch mit dem Titel »Erwachsen werden für Anfänger«. Er sieht mich wieder an, schüttelt den Kopf und tritt einen Schritt zurück, um die Tür zu schließen.

»Warten Sie.« Ich strecke die Hand aus, um ihn zu stoppen, lege meine noch immer verschwitzte Handfläche auf die Glasscheibe der Tür. »Ich will Ihnen nichts verkaufen.«

James hält inne und sieht auf das Glas, während er die Tür wieder aufmacht. Ich widerstehe dem Drang, sie sauber zu wischen. »Ich bin wegen einer Freundin von Ihnen hier. Das heißt, ich denke, sie ist eine Freundin. Entschuldigen Sie, es ist ein wenig... Sind Sie James Grey?« Der Mann kneift die Augen leicht zusammen und versucht, aus mir schlau zu werden. »Mr. James Grey?«

»Ja.« Er nickt langsam.

Er verschränkt die Arme und lehnt sich gegen die Haustür. Ich halte ihm den Brief hin, mit seinem Namen, in Susans Handschrift. Er sieht ihn an, nimmt ihn aber nicht.

»Es ist eine lange Geschichte. Und wahrscheinlich klingt sie ein wenig unglaubwürdig, wenn ich sie Ihnen jetzt hier erzähle. Aber sie ist wahr, und deshalb bin ich hier.« James sieht mich an, als hätte ich den größten Unsinn von mir gegeben, und ich muss akzeptieren, dass es ihm wohl auch so vorkommen muss. Ich versuche es noch einmal. Versuche, es besser zu machen. Ihretwillen. »In einem Krankenhaus in Sheffield liegt eine Frau. Sie spricht nicht, aber sie hat das geschrieben. Denke ich. Und ich habe zwar gesagt, dass sie im Krankenhaus liegt, aber, um genau zu sein, ist sie verschwunden. Heute Morgen. Wir versuchen, sie zu finden.«

»In Sheffield?«, fragt er, die Arme noch immer verschränkt. Ich nicke. Das Mädchen, das die Tür aufgemacht hat, ist aus dem Zimmer hinten im Haus gekommen und beobachtet, wie ich über meine Worte stolpere. Der Hund schnüffelt an meinen Schuhen.

»Ja, Sir. In Sheffield.« Ich bin mir nicht sicher, ob es wirklich nötig war, ihn Sir zu nennen. Ich versuche, den Hund nicht zu treten, während ich mit den Füßen scharre.

»Dawn, geh doch bitte rein, und stell den Kessel auf. Ich bin in einer Minute da.«

»Aber ...«

»Danke.«

Seine Autorität kommt unvermittelt und ist nicht misszuverstehen. Dawn geht die Treppe hoch, wobei sie mich über die Schulter beobachtet. Sie murmelt irgendwas zu jemandem, den ich nicht sehen kann. Alles, was ich hören kann, ist »Dad« und »Tür« und »komischer Typ«. Unter den gegebenen Umständen ist das eine kluge Einschätzung.

»Und was hat das mit mir zu tun?«, fragt James.

»Ehrlich? Ich weiß es nicht.« Ich räuspere mich, um die Kehle freizubekommen. »So gut kenne ich sie nicht. Sie war eine Kundin.« Ich verlagere unbehaglich mein Gewicht. »Ich bin Installateur.« Er braucht dieses Detail nicht, aber ich weiß nicht, was ich sonst sagen soll. *Ich denke, sie ist vielleicht meine Mutter oder vielleicht auch nicht, ich bin mir nicht ganz sicher*, wäre in der Sache wahrscheinlich auch nicht wirklich hilfreich. Und außerdem weiß ich immer noch nicht, ob ich das laut aussprechen kann.

»Sie hatte meine Nummer in ihrem Kalender, als sie ins Krankenhaus eingeliefert wurde. Da es keine Angehörigen gab, hat man mich angerufen …«

Ich höre auf zu reden, als ich seinen Blick sehe, während ich nervös die seltsame Geschichte erzähle. Ich kann nachvollziehen, warum er mich so ansieht. Drei Stunden – und hundertfünfzig Meilen – von zu Hause entfernt, erzähle ich ihm, dass es uns allen von Zeit zu Zeit passieren kann, dass wir eine stumme Patientin im Krankenhaus besuchen, die wir kaum kennen. Klar. Warum nicht. Das ist normal.

Nur, dass es sich genauso anfühlt.

Okay, vielleicht nicht normal. Aber es fühlt sich richtig an und nicht länger wie irgendetwas, das ich nur tue, um Antworten zu David zu bekommen. Es fühlt sich an, als würde mehr dahinterstecken. Nicht, dass ich auch nur die geringste Ahnung habe, wie ich das dem Mann vor mir erklären soll, vorausgesetzt, dass ich es mir selbst erklären kann. So wenig ich verstehen kann, wie sie ein Kind aussetzen konnte, egal, ob ich nun dieses Kind war oder nicht, umso besser kann ich ihre verletzte Seele verstehen. Und das nicht nur wegen David, sondern weil meine Seele auch verletzt ist.

Ich sehe auf meine Füße, dann zu James, und langsam wird mir etwas klar. »Haben Sie jemals jemanden getroffen und vom ersten Sehen an das Gefühl gehabt, dass eine Verbindung zwischen Ihnen besteht, Mr. Grey?«

James starrt mich an, antwortet aber nicht.

»Ich bin kein religiöser Mann, Mr. Grey, nicht sonderlich spirituell veranlagt, aber ich habe angefangen, mich zu fragen, ob manchmal jemand aus einem ganz bestimmten Grund in unser Leben tritt.« Die Worte strömen aus meinem

Mund, die Sätze formen sich, bevor ich richtig weiß, was ich sagen werde. Mein Selbstvertrauen wächst. »Oder länger in unserem Leben bleibt, als er das vielleicht sollte.« Ich denke an Michelle. »In Wahrheit hätte ich diesen Brief in dem Moment der Polizei übergeben sollen, in dem ich gehört habe, dass sie verschwunden ist. Stattdessen habe ich mich in meinen Wagen gesetzt und bin hierhergefahren. Ich weiß nicht, warum oder was mich dazu gebracht hat, aber irgendwie hoffe ich, dass das Schicksal eingegriffen hat. Denn wenn nicht, stecke ich in großen Schwierigkeiten.« Ich dränge ihm den Umschlag auf. »Ein Brief für Sie, Mr. Grey. Persönlich ausgehändigt, im Namen von Susan Smith.«

James' Fassade bröckelt, er wird ganz bleich. Seine Augen wandern zu dem Brief, er nimmt ihn von mir entgegen, während er die Schrift studiert. Der Rasenmäher im Nachbargarten wird wieder angestellt. Irgendwo klingelt ein Telefon. Aber James sieht nur den Brief an.

»Ich habe einmal in Sheffield gelebt«, beginnt er. »Vor vielen Jahren. Ich war noch ein Kind«, sagt er und wirkt plötzlich sehr viel weniger selbstsicher. Da ist etwas, das ich erkenne, ein Riss in seiner Rüstung.

»Haben Sie noch Kontakt zu jemandem aus der Zeit?«, frage ich hoffnungsvoll.

»Nein«, antwortet er scharf, bevor er aufblickt. »Wir sind damals ziemlich überstürzt weggezogen. Ich habe den Kontakt zu allen verloren. Es war nicht so wie heute – wir hatten kein Internet oder so. Wenn du umgezogen bist, bist du umgezogen.«

»Richtig.« Ich nicke und warte, dann entscheide ich mich, es zu versuchen. »Dann kennen Sie sie?« Ich weiß jetzt, was ich will. Ich muss sichergehen, es zumindest versucht zu haben, eine Antwort zu bekommen.

Er hört auf, den Brief zu drehen, und sieht mich an.

»Susan Smith«, wiederhole ich. »Kannten Sie eine Susan Smith?«

Er studiert mein Gesicht, so wie ich seins zu studieren versuche. Er ist älter, als ich zuerst dachte. Sein Haar wird an den Seiten grau; haselnussbraune Augen verstecken sich hinter einer Metallbrille.

»Ist alles okay da unten, Jim?«, ruft eine Stimme.

»Ja, meine Liebe, alles okay. Ich bin gleich da.« Er zieht die Tür fest hinter sich zu, als er die Stufen hinunterkommt. Ich mache ihm Platz, bis wir auf gleicher Höhe sind. Auge in Auge miteinander. In dem Moment wird mir noch etwas klar: Dieser Mann hat eine Frau, eine Familie, einen Job und ein Zuhause. Er hat einen Hund, der noch immer an meinen Füßen herumschnüffelt, und einen Blick, der sagt, dass Susan Smith in ein anderes Leben gehört und dass mir gerade eine ernsthafte Fehleinschätzung unterlaufen ist.

Erschöpft lehne ich mich gegen die Hauswand.

»Wissen Sie was«, sage ich und lasse mich langsam in die Hocke sinken, wobei ich mir mit der Hand durch die Haare fahre. »Ich bin in der Überzeugung hierhergekommen, das Richtige zu tun.« Ich lache. »Am See sind mir Zweifel gekommen, wissen Sie, ich wäre fast umgekehrt...« Ich hebe den Kopf zum Himmel. »Und das hätte ich auch getan, wenn ich Empfang fürs Handy gehabt hätte, um im Krankenhaus anzurufen. Ich hätte auf mich hören sollen.« James tritt einen Schritt zurück und setzt sich auf die Stufe, zieht den Hund von mir weg auf seinen Schoß.

»Mein Bruder ist gestorben«, erkläre ich. »Vor sechs Monaten. Er…« Ich zögere, drücke mich wie immer davor, die Wahrheit laut auszusprechen. »Er ist gestorben.« Ich sehe zu dem Brief in James' Hand hin. Das Selbstbewusstsein, das ich noch vor Minuten hatte, die Klarheit, all das ist weg, ersetzt von einer kalten Angst. Der gleichen Angst, die ich gespürt habe, als ich neben Michelle aufgewacht bin. Der gleichen Angst, die ich gespürt habe, als ich von Mum weggerannt bin, nachdem sie mir von Derek erzählt hatte. Ein ganzer Strauß an schlechten Entscheidungen.

Ich hieve mich wieder hoch, um zu gehen. »Ich dachte, das wäre die Lösung. Dass ich Ihnen diesen Brief aushändige, Sie ihn lesen und uns sagen, wo sie ist und wo wir sie finden können. Und dass dem glücklichen Ende dann nichts mehr im Weg stehen würde. Wenn das Ganze nicht so quälend real wäre, würde ich über meine eigene Dummheit lachen.«

Ich versetze dem Boden einen Tritt.

»Susan Smith gehört in ein anderes Leben.« Er steht auf und gibt mir den Brief zurück, als er sich umdreht. »Es tut mir leid, dass ich nicht helfen kann. Aber ich hoffe, Sie finden sie.« Er setzt den Hund auf der Veranda ab und schließt die Tür hinter sich.

»Mr. Grey«, rufe ich durch das Glas. »James…« Er bleibt auf der Schwelle der Innentür stehen, mit dem Rücken zu mir.

»Behalten Sie ihn. Er ist an Sie adressiert.«

Ich werfe den Brief durch den Briefschlitz, dann drehe ich mich um und gehe zurück zu meinem Wagen.

Kapitel 41

KAT

Ich stürme in mein Büro. Gail sitzt auf einem freien Stuhl und balanciert ihren Laptop, ihren Notizblock und ihr Telefon zwischen ihren Knien und dem Kaffeetisch.

»Eine der Patientinnen glaubt, dass Susan Rhys einen Brief gegeben hat, den er für sie aufgeben sollte«, sage ich, quetsche mich hinter meinen Schreibtisch und greife nach dem Telefon. »Ich will ihn gerade anrufen.«

»Gut. Die Polizei sieht die Überwachungsbänder durch. Sie glauben, dass Susan gegen halb sechs heute Morgen das Gebäude verlassen hat.«

»Wo?« Ich wähle Rhys' Nummer.

»Zur Barnsley Road hinaus. Sie könnte den Bus genommen haben, deshalb lassen sie die Verkehrsgesellschaften bei ihren Fahrern nachfragen und das Überwachungsmaterial, das sie haben, durchgehen. Es ist noch dunkel gewesen, sodass sie wahrscheinlich keiner der Anwohner gesehen hat, nehme ich an, aber man kann nie wissen.«

»An eine Frau auf Krücken sollte man sich doch eigentlich erinnern, oder?«

»Das sollte man meinen«, stimmt Gail zu. »Sie versuchen es auch bei den Taxiunternehmen.« Sie macht sich eine Notiz in ihrem Terminkalender, dann scrollt sie ein paar Papiere in Susans Akte durch, während ich warte, dass Rhys sich meldet.

»Hallo?«

»Rhys, ich bin's, Kat. Können Sie reden?« Ich reiße ein leeres Blatt aus meinem Kalender und halte meinen Kuli bereit.

»Es gibt noch keine Neuigkeiten, aber wir haben mit den Patienten gesprochen, um zu sehen, ob uns irgendetwas entgangen ist. Gloria, die Frau in dem Bett gegenüber, sagt, dass Susan Ihnen einen Brief gegeben hat, den Sie für sie aufgeben sollten?«

»Das ist richtig.«

»Haben Sie ihn noch? Können Sie sich erinnern, an wen er adressiert war? Oder vielleicht an die Adresse?« Am anderen Ende der Leitung ist es still. »Rhys?«

»Ja, ich bin noch da«, sagt er. Er klingt zerstreut, müde.

»Haben Sie den Brief noch?«

»Nein«, sagt er. »Nein, das habe ich nicht. Ich …«

Mir wird schwer ums Herz, als sich seine Stimme verliert. »Okay, machen Sie sich keine Sorgen. Können Sie sich an die Adresse erinnern? Oder an einen Namen? An irgendetwas?« Ich schreibe das Wesentliche von dem, was er sagt, auf. »Wissen Sie, wie man das buchstabiert?«

»F.I.S.H.E.R.B.E.C.K.«, buchstabiert er. Ich öffne meinen Internetbrowser und suche auf einer Karte nach der Adresse.

»Ambleside«, fügt er hinzu. Ich schreibe es auf und halte das Blatt Gail hin, damit sie es auch lesen kann. Sie macht sich eine Notiz auf ihrem eigenen Block. Ich wende mich wieder meinem Bildschirm zu.

»Fisherbeck … Ambleside … Okay, ich denke, ich hab's verstanden. Das ist ein Einfamilienhaus, ja?«

»Ja. Hören Sie, Kat…«

»Und wie war der Name, sagten sie? James…?«

»Grey. Mit e. Hören Sie, Kat, ich bin hier.«

Ich höre auf zu schreiben. »Was?« Gail blickt zu mir hoch. »Wo sind Sie, Rhys?"

»In Ambleside«, sagt er. »Bei James Grey. Ich habe den Brief persönlich überbracht…« Seine Stimme verliert sich wieder, und ich lasse den Kopf in die Hände fallen.

»Ich verstehe nicht… Warum haben Sie nicht…« Gail ist aufgestanden und steht jetzt neben mir. Ich schreibe ihr eine Notiz auf meinen Block, um sie über die Details zu unterrichten, und ihre Augen werden groß, während sie sie liest.

»Ich bin, ohne nachzudenken, hier hochgefahren. Als mir klar wurde, dass ich einen Fehler gemacht habe… Hören Sie, es ist kompliziert. Und ich konnte Sie nicht erreichen, es ging direkt die Mailbox an.«

»Ich habe es im Krankenhaus nicht eingeschaltet, Rhys«, sage ich und greife in meine Tasche, um es herauszuholen und einzuschalten.

»Ich wusste nicht, was ich sonst tun sollte«, sagt er. »Es tut mir so leid, Kat. Ich dachte, ich könnte vielleicht helfen, aber… Warten Sie.«

»Was, Rhys? Was ist los?«

Im Hintergrund ist eine Stimme zu hören, die kurze, unverständliche Worte von sich gibt. Rhys meldet sich wieder, atemlos und dringlich. »Kat, James hat mich gebeten hereinzukommen und mit ihm zu reden. Ich werde herausfinden, was ich kann, und Sie sofort zurückrufen.«

»Rhys!«, rufe ich, aber er hat bereits aufgelegt. »Scheiße!« Ich werfe meinen Kuli auf den Schreibtisch.

Ich wähle seine Nummer wieder, aber es klingelt nur, bevor sich die Mailbox einschaltet. Mein eigenes Handy meldet eine eingegangene SMS. Ich werfe es auf den Schreibtisch. »Er hat den Brief an sich genommen«, sage ich zu Gail. »Er ist im Lake District. Bei diesem Mann.« Ich sehe wieder auf meinen Notizblock. »James Grey.« Ich spanne die Gesichtsmuskeln an, um sie anschließend wieder zu lockern, in der Hoffnung, dass ich etwas klarer sehe oder dass meine Kopfschmerzen verschwinden. Ich reibe mir die Schläfen, Schmerz drückt hinter meinen Augen. Ich ziehe die Schublade heraus auf der Suche nach einem Aspirin. Die Packung aus den Krankenhausvorräten starrt mich an, und ich frage mich, ob Gail sie gesehen hat, und schiebe die Schublade schnell wieder zu.

»Und wer ist dieser James Grey?«, fragt sie, die Augen konzentriert auf meine Notizen gerichtet, als läge die Antwort dort.

»Keine Ahnung.« Ich lasse mich zurück auf meinen Stuhl fallen, jeder Energie beraubt. »Rhys hat gesagt, dass er mich zurückruft. Ich habe keine Ahnung, wer er ist oder was in dem Brief steht oder warum Rhys es für angemessen gehalten hat, direkt dorthin zu fahren. Was hat er sich nur dabei gedacht?«

»Die ganze Situation ist das reinste Chaos«, sagt Gail, mehr zu sich selbst als zu mir. Mir wird schwer ums Herz. Sie greift nach meinen Notizen und geht zurück an ihren zeitweiligen Platz in meinem Büro. »Okay«, seufzt sie, ihre Stimme ist bar jeder Hoffnung. »Ich nehme das alles mit zur Polizei. Ich meine, dass ein Inspektor gerade mit Mark spricht. Streifenpolizisten suchen nach Susan, und bald wird eine Pressenotiz herausgegeben, um die Öffentlichkeit auf sie aufmerksam zu machen. Wir werden sie finden, Kat. Da bin ich sicher.« Ich höre sie zu mir sagen, was ich zu Rhys und Emma gesagt habe. Ich habe es sogar zu Gloria gesagt. In Wahrheit wird es jedoch immer unwahrscheinlicher, dass wir recht behalten, je länger das Ganze dauert. Sie klingt nicht, als würde sie mehr daran glauben als ich.

Ich schlucke schwer.

Die Liste all der Leute, die in die Suche nach Susan involviert sind, macht den Ernst der Lage noch deutlicher. Ich habe keine Angst mehr, und mir ist auch nicht mehr schlecht. Grauen erfüllt jede Faser meines Körpers. Susan ist verschwunden. Susan. Meine Patientin. Meine Verantwortung. Scheiße.

»Lass es mich wissen, wenn du noch etwas hörst, Kat. Bis dahin kümmere dich um deine Station. Wir müssen für den Rest der Patienten die Normalität aufrechterhalten. Sie dürfen keine Panik spüren, okay?«

»Natürlich.« Ich verschränke die Arme, fühle mich klein und hilflos. »Mein Gott, was für ein Chaos, Gail. Es tut mir so leid ...« Ich suche nach Worten, die der Situation gerecht werden. »Du solltest auf dem Weg in den Urlaub sein«, beginne ich, dann wird mir klar, dass es das Letzte ist, woran sie erinnert werden will.

»Das sollte ich«, sagt sie, dann seufzt sie und zwingt sich, mich aufmunternd anzulächeln. »Am besten wird man gleich mal ins kalte Wasser geworfen, Kat.«

Ich nicke und beobachte, wie sie Papiere und Laptop zusammenpackt und geht. In der Stille meines Büros kämpfen sich die Tränen, die ich zurückgehalten habe, langsam ihren Weg durch meine Entschlossenheit, nicht zu weinen. Meine

Hoffnung, mein Glaube an mich selbst, alles, was ich versucht habe, auf dem wackligen Fundament wieder aufzubauen, schwinden dahin. Das Ausmaß des Problems überfordert mich. Der Schmerz in meinem Nacken, in meinem Kopf lähmt mich. Ich drücke zwei Aspirin aus dem Blister in meiner Schublade, greife nach meinem Handy, um mir die neue Nachricht auf der Mailbox anzuhören, während ich die Tabletten mit dem einzigen Getränk, das ich finden kann, hinunterspüle: kaltem Tee. Ich würge. Ich höre und lösche Rhys' erste Nachricht, in der er mich bittet, ihn zurückzurufen, und warte, dass die zweite anfängt. Der Stationsalltag klingt durch meine offene Tür herein; draußen läuft alles wie gehabt.

Die zweite Nachricht beginnt: »Kat, sehen Sie nach, ob ihr Buch noch da ist oder ob sie es mitgenommen hat«, sagt er. Ich kann die Panik in Rhys' Stimme hören, die Sorge. Ich werfe einen Blick auf ihr Buch, das auf meinem Schreibtisch liegt, und blättere es zum wer weiß wievielten Mal durch, nur für den Fall, dass ich ihn übersehen habe.

Aber da ist nichts. Der Zeitungsausschnitt ist definitiv nicht mehr da.

Kapitel 42

RHYS

In seinem Büro, einem kleinen Raum vorne im Haus, herrscht eine beklommene Stille. Das gedämpfte Brummen eines Fernsehers dringt aus dem Wohnzimmer nebenan durch die Wände. James' Frau war dabei zu bügeln und sich über ihre Tochter zu beklagen, als ich hindurchgegangen bin. Irgendwas von Einstellung und Chaos und wie sie um alles in der Welt zu ihr durchdringen solle. James hat nicht geantwortet, mich nur als einen Freund von einem Freund aus Sheffield vorgestellt und sie gebeten, uns etwas zu trinken zu bringen. Ganz alte Schule. Sie hat ihn gefragt, ob mit ihm alles in Ordnung sei, meinte, dass er nicht gut aussehe, aber er hat ihr nur geantwortet, dass sie nicht so einen Wirbel machen solle.

Jetzt sitzt er am Schreibtisch. Unter Büchern und Papieren sehe ich Mahagoni und einen grünen Ledereinsatz durchschimmern, der zu seinem Captains Chair passt. Fleckige graue Akten säumen die Wände, mit Namen und Daten darauf. Unter dem Fenster steht ein Drucker, auf dem weitere Papiere und Kisten gestapelt sind. Er zieht einen schmalen schwarzen Stuhl heran und bedeutet mir, Platz zu nehmen.

»Entschuldigen Sie das Chaos«, sagt er und schiebt nervös ein paar Papiere herum, ohne wirklich etwas aus dem Weg zu räumen. »Ich weiß, wo alles ist, selbst wenn sonst niemand das tut. Meine Frau macht das wahnsinnig.« Er wischt sich das Gesicht, tastet auf seinem Schreibtisch herum, als würde er nach etwas suchen. »Ich kann es ihr nicht verübeln.«

Sie kommt mit dem Teeservice auf einem Tablett herein und sieht sich nach einem Platz um, wo sie es abstellen kann. Aber James nimmt es ihr ab und stellt es auf einen Notizblock. Es gibt auch einen kleinen Teller mit Keksen. »Ich habe nicht gewusst, dass wir Besuch bekommen«, sagt sie zu mir. »Sonst wäre ich einkaufen gegangen.« Sie zeigt auf die Kekse, als erforderten sie eine Entschuldigung, dann sieht sie James an, vielleicht um zu sehen, ob er sonst noch etwas braucht, bevor sie wieder geht. »Bist du sicher, dass du in Ordnung bist?«, fragt sie und legt ihm eine Hand auf die Schulter.

»Ja, mir geht es gut«, antwortet er und schmiegt sich in ihre Berührung. Sie beugt sich ein wenig zurück, als wollte sie in seinem Gesicht lesen. Sie verstehen sich nach den langen gemeinsamen Jahren offensichtlich auch ohne viele Worte. Ich spüre einen Eifersuchtsanfall.

»Ich nehme das Telefon mit«, sagt sie, greift hinter ihn und nimmt es aus der Station auf seinem Schreibtisch. Er hält ihren Arm fest und fährt mit seinen Fingern daran herunter, bis ihre Hände sich berühren, als sie geht und die Tür leise hinter sich schließt.

James starrt einen Moment die geschlossene Tür an, bevor sein Blick aus dem Fenster wandert. Mit einer Hand hält er seinen Stuhl umklammert, seine Knöchel werden weiß, so fest ist sein Griff.

Ich setze zum Sprechen an. »Ich schulde Ihnen eine …«

»Sie haben das Richtige getan«, unterbricht er mich leise.

Er holt den Brief aus seiner Hosentasche und lässt ihn auf den Tisch fallen. »Es ist richtig, dass ich ihn habe.«

Ich nicke, und er tut es mir gleich.

Er greift nach dem Tee, seine Hand zittert, als er ihn eingießt. Er ist mir nicht wie ein nervöser Mann vorgekommen, als ich ihn an der Tür zum ersten Mal gesehen habe. Doch als sich warmer, heißer Tee auf dem Tablett ausbreitet, wird mir klar, dass es in ihm arbeitet. Ich weiß nicht, ob ich nach einem Tuch aus der Box zu meiner Rechten greifen soll, um den Tee aufzuwischen, oder besser auf meinem Stuhl sitzen bleibe, bis mir eine Frage gestellt wird. Er nimmt den Becher und die Milch weg. Ich sitze angespannt auf meinem Platz.

»Ich muss Sie um Verständnis bitten«, sagt er und glättet den Umschlag, der vor ihm liegt. »Das ist…« Er schüttelt den Kopf.

An der Wand hängt ein Foto von James und seiner Frau an ihrem Hochzeitstag. Sie trägt ein knielanges Etuikleid, weiß, wegen der Hochzeit, aber kurz, weil es die 70er-Jahre sind, vielleicht die frühen 80er, vermute ich. Ihr Haar wird von einem dicken weißen Band zurückgehalten, der Wind hat sich in dem schulterlangen Schleier verfangen, und beide lächeln breit in die Kamera. Er sieht aus wie ein Fußballer aus einer vergangenen Ära mit seinen Haaren, dem Schnurrbart und den unangemessenen Schlaghosen. Er sieht glücklich aus.

Er fängt meinen Blick ein, blickt auf das Foto und dann wieder auf Susans Brief. »Das alles ist, lange bevor ich meine Frau kennengelernt habe, passiert«, sagt er. »Vielleicht acht, neun Jahre vorher. Haben Sie den Brief gelesen?« Er zeigt auf den Umschlag.

»Nein, Sir.«

Er nickt. »Und woher kennen Sie sie noch mal?«

»Das Krankenhaus hat mich angerufen, nachdem sie einen Unfall hatte.« Das Wort steckt in meiner Kehle fest, und ich muss mich freiräuspern. »Sie war eine Kundin, doch wie ich bereits draußen gesagt habe, hatte ich ... ich hatte das Gefühl, helfen zu müssen. Dass es wichtig war. Ich kann das nicht wirklich erklären.«

Er mustert mich, studiert mein Gesicht, bis sein Blick schließlich meinem begegnet. »Sie war wundervoll«, sagt er. »Fast schon unwiderstehlich, verstehen Sie?«

Ich vermute, dass ich das tue.

Er greift nach seinem Tee, um einen Schluck zu trinken. »Anfangs war sie still. Sie war in einem Haus aufgewachsen, in dem sie gesehen und nicht gehört wurde, verstehen Sie?« Ich nicke, obwohl es nicht stimmt. »Wir sind zusammen spazieren gegangen. In den Gärten. In Kunstgalerien...« Er lächelt, und ich möchte ihn fragen, woran er sich erinnert. »Der Graves Park...«

Ich sehe zu Boden, als er den Brief auseinanderfaltet. Als ich wieder aufblicke, ist sein Kiefer angespannt, seine Augen sind gerötet und blicken ungläubig. Durch das Papier kann ich die Handschrift sehen, die ganz anders ist, als ich es bei ihr erwartet hätte. Weniger dringlich. Ich kann die Worte nicht entziffern, doch sie fließen, als hätte sie jedes einzelne sanft von ihrem Herzen auf das Papier gegossen. Ich möchte die Hand ausstrecken und nach dem Brief greifen, doch er faltet ihn zusammen und hält ihn fest.

Kapitel 43

SUSAN

Lieber James,

ich weiß nicht, ob dieser Brief dich erreichen wird. Und vielleicht spielt das auch keine Rolle. Denn wenn er das tut, kannst du an dem, was du lesen wirst, nichts mehr ändern. Ich weiß nicht, welchen Weg dein Leben genommen hat, nachdem du gegangen bist. Doch ich habe das Gefühl, dass ich dieses Mal zumindest reparieren muss, was mir möglich ist, bevor ich gehe.

Wo soll ich anfangen?

Hallo? Wie geht es dir? Ich hoffe, der Brief trifft dich bei guter Gesundheit an. All diese Einleitungen klingen so abgedroschen im Vergleich zu dem, was ich dir erzählen will. Um ehrlich zu sein, kommt es mir seltsam vor, dir jetzt zu schreiben. Damals habe ich das oft getan. Ich hatte das Gefühl, dass du der einzige Mensch warst, dem ich meine Geheimnisse anvertrauen konnte. Jeden dieser Briefe habe ich in der Dunkelheit geschrieben und im Geheimen verbrannt. Ich hatte nicht vor, sie abzuschicken. Ich nehme an, ich brauchte einfach eine Möglichkeit, die Dinge, die ich nicht laut aussprechen konnte, herauszulassen. Stift und Papier waren immer mein Medium.

Ich sage das, aber trotzdem starre ich bereits seit zehn Minuten auf dieses Blatt. Vielleicht ist es heute nicht mehr so leicht. Ich schätze, ich weiß nicht, wo ich anfangen soll. Hab Nachsicht mit mir, James.

Mein Leben war glücklich. Ruhiger, als ich mir das vorgestellt hatte, als ich es mir erträumt hatte. Als wir es uns erträumt hatten. Ich erinnere mich an unsere Gespräche unter unserem Baum, die bis lang in den Abend dauerten. Du hast mir von all den Dingen erzählt, die du machen wolltest. Ich hoffe, du lebst in den Bergen. Ich hoffe, du verdienst dein Geld mit deinen geliebten Zahlen.

Ich hoffe, du bist glücklich.

Ich habe nicht unterrichtet. Letzten Endes kam es mir so vor, als wäre das doch etwas für andere. Es war mir nicht wirklich gegeben, etwas zu bewirken. Du hast mich glauben gemacht, dass ich sein und tun könnte, was immer ich wollte, doch als du gegangen warst, kam mein wahres Ich wieder zum Vorschein. Ich nehme an, das meine ich damit, dass mein Leben ruhiger verlaufen ist.

Ich mache dir übrigens keinen Vorwurf. Ich sollte das hier und jetzt sagen, um jeden Zweifel auszuräumen. Ich weiß, dass du gehen musstest. Dass es nicht deine Entscheidung war. Es lag nicht an uns, sie rückgängig zu machen, nicht wahr? Nicht wirklich. Manchmal habe ich mich gefragt, ob die Dinge anders gelaufen wären, wenn wir heute jung wären.

Ich bin zu Hause geblieben. Meine Eltern haben mich gebraucht, und ich habe es gebraucht, für sie da zu sein. Ich hatte das Gefühl, ihnen das zu schulden. Ich habe einen Job im Stadtarchiv in Sheffield angenommen. Dort kannte mich keiner. Ich war ein Büromensch. Die damit verbundene Zurückgezogenheit hat mich gerettet. Hat meine Geheimnisse gehütet.

Mein Vater ist letzten Herbst gestorben, obwohl sein Körper schon lange das Einzige war, was noch von ihm da war. Meine Mutter ist diesen Januar gegangen. Sie ist plötzlich, aber friedlich eingeschlafen. Beide sind auf dem St.-James-Friedhof beerdigt. Und jetzt, wo beide nicht mehr sind, ist mein Job beendet, der Preis für ihre Unterstützung pflichtschuldigst bezahlt. Das klingt, als wäre ich verbittert. Aber das bin ich nicht.

Die ganze Zeit, die ich mich um sie gekümmert habe, habe ich eine andere Last mit mir herumgetragen, die ich nicht länger geheim halten kann. Die Last des Geheimnisses, das ich dir nicht anvertraut habe. Ich schäme mich unendlich, und es tut mir unsagbar leid, dass ich dir das so lange verschwiegen habe. Dass es passiert ist. Dass ich zugelassen habe, dass es so geendet hat, wie es geendet hat. Ich erwarte nicht, dass du mir vergibst.

Es gibt keine andere Möglichkeit, dir das zu sagen, James, und es tut mir leid wegen dem, was unweigerlich diesen Neuigkeiten folgen wird, aber du musst wissen, dass wir ein Kind haben. Der Zeitungsausschnitt, den ich beifüge, handelt von unserem Sohn. Geboren im Graves Park unter unserem Baum und – in tiefer Verzweiflung – ausgesetzt auf den Stufen der St. Johns Church.

Er war wunderschön. Perfekt. Ein kleines Ebenbild von uns beiden.

Er war alles, was ich nicht haben konnte, alles, das nicht sein konnte. Wie hätte ich an dem Abend als Mutter nach

Hause kommen können? Der Ruf meiner Eltern, mein Leben, deins – alles wäre durch diesen Akt unwiderruflich verändert worden. Wir waren vielleicht keine Kinder mehr, aber wir waren auch nicht viel mehr. Du warst weg, es war zu spät.

James, ich habe meine Entscheidung jeden einzelnen Tag bereut. Ich habe gelogen, an jedem einzelnen Tag meines Lebens, und ich habe darunter gelitten. Aber ich hatte nie die Kraft und den Mut, etwas daran zu ändern. Und jetzt sind wir an diesem Punkt angelangt. So viele Jahre sind vergangen; das Leben ist immer kurz.

Wenn dich dieser Brief erreicht, hoffe ich, dass du mir vergeben kannst, auch wenn ich das nicht erwarte. Auch wenn ich nicht da sein kann, um deine Vergebung anzunehmen. Auch das tut mir leid.

Falls du dich entscheidest, ihn zu suchen, sag ihm, dass es mir leidtut. Nicht einmal das habe ich selbst geschafft. Er heißt Rhys Woods. Aus Sheffield. Er ist Installateur und der liebenswürdigste Mann, mit dem ich jemals das Vergnügen hatte, schweigend in einem Raum zu sitzen.

Ich wünschte, ich wäre stärker gewesen.

In Liebe, auf ewig deine

Susan

Kapitel 44

RHYS

Und Sie haben keine Ahnung, was in dem Brief steht?«, fragt James noch einmal.

»Sie hat nichts gesagt, und ich habe nicht gefragt. Ich war durcheinander, als sie ihn mir gegeben hat. Es ist schwer zu erklären.«

James nickt, die Hände fest verschränkt, die Knöchel noch immer weiß. Sein Blick ist fern, als würde er ihre Vergangenheit aufsuchen, um herauszufinden, warum sie jetzt Kontakt zu ihm aufgenommen hat.

»Gibt es irgendeinen Hinweis, wo sie sein könnte? Hat sie irgendetwas gesagt, das wir in Betracht ziehen müssen?«, frage ich. »Ich kann die Polizei anrufen und ihnen davon erzählen.«

Er sieht auf den Brief hinunter, den er fest in den Händen hält. Ich kann sehen, wie er nachdenkt, und ich kreuze die Finger, dass in dem Brief irgendetwas steht, dem wir nachgehen können. Enttäuschung steigt in mir hoch, als er den Kopf schüttelt, die Worte scheinen ihm ausgegangen zu sein.

Ich versuche es mehrmals, öffne den Mund, aber auch mir fehlen die Worte, und ich reiße mich glücklicherweise zusammen, bevor ich etwas Dummes sage.

Das Zittern seiner Hand lässt den Brief leicht vibrieren.

»Niemand sollte jemals so etwas allein durchmachen müssen«, sagt er leise.

»Was?«, frage ich mit trockenem Mund.

James schüttelt erneut den Kopf.

»Was?«, wiederhole ich.

»Sie hat immer die Last der Verantwortung für sie gespürt.«

»Für wen?«

»Für ihre Eltern.«

Ich verstehe nicht, was er sagt. Ich sehe ihn fragend an, doch bevor ich etwas sagen kann, spricht er weiter.

»Ich habe immer gedacht, dass es daran lag, dass sie ein Einzelkind war. Sie wusste, dass sie letztendlich für ihre Pflege verantwortlich sein würde, und sie schien das wie eine Bestimmung des Schicksals zu tragen. Manchmal haben wir dagesessen, und ich habe sie gefragt, was sie gerne machen würde. Sie hat davon gesprochen zu unterrichten, und ich habe ihr gesagt, dass sie das tun soll. Weil sie das gekonnt hätte. Wenn sie nicht bei ihnen war, wenn sie kurz ihren hohen Ansprüchen entkommen war ... hat sie geleuchtet.« Ein trauriges Lächeln legt sich auf sein Gesicht, seine Lider sind gesenkt und schwer. »Ich denke, ich habe nie wirklich verstanden, wie sehr die Anerkennung ihrer Eltern ihr Leben bestimmt hat. Wie ich bereits gesagt habe, wir waren noch jung, und ich schätze, wir haben damals die Dinge einfach nicht so gesehen, wie wir das jetzt tun, wo wir älter sind.« Er sieht in meine Richtung, greift wieder nach dem Brief. »Oder ist das nur eine romantische Vorstellung?«

»Ich verstehe nicht ...«

»Wir erinnern uns so an die Dinge, wie wir wollen, dass sie gewesen sind, oder? Wir Menschen sind dafür bekannt, dass wir auf andere projizieren, was wir in ihnen sehen wollen, ob das nun gut ist oder schlecht. Vielleicht ist die Erinnerung, die ich an sie habe, nur meine eigene Projektion.«

Ich denke über seine Worte nach. Mache ich das in diesem Fall auch? Bin ich ein Narr, wenn ich denke, dass auch nur die entfernteste Chance besteht, dass sie die Frau ist, die mich geboren hat? Ist dieser Trip auch nur aus einer romantischen Vorstellung heraus geboren?

»Aber ich erinnere mich noch an alles«, fährt er fort. »Die Spaziergänge, das Lachen, die Kinobesuche. Die Liebe. Vielleicht ist das alles nur eine Konstruktion, um die Erinnerung an das Mädchen zu schützen, das ich zurückgelassen habe. Vielleicht war sie gar nicht dieses Mädchen.« Er hat beide Hände um den Brief gelegt. »Sie kann es nicht gewesen sein«, sagt er schlicht. »Das Mädchen, das ich gekannt habe, hätte überlebt.«

»Wir wissen nicht, ob sie das nicht doch hat«, sage ich, wobei die Angst, dass wir sie verlieren könnten, zurückkommt, stärker.

»Verzeihen Sie, aber leben und atmen heißt nicht, dass sie überlebt hat, nur dass sie am Leben ist. Das ist nicht dasselbe. Sie hat nicht das Leben gelebt, das sie sich gewünscht hat. Das Leben, auf das sie gehofft hat. Wir haben uns in der Kirche getroffen. Ihre Eltern waren sehr gottesfürchtig – nicht fanatisch, aber sie haben es mit dem Glauben sehr viel strenger genommen als meine Familie, und sie haben das Gleiche von Susan verlangt. Es scheint, dass dieser religiöse Anspruch alles andere überschattet hat.«

Ich denke an das Kreuz, das sie trägt. Wie die Kette sich bewegt, wenn sie atmet.

»Sie hatte Fragen, hat sie aber nur selten gestellt. Zumindest nicht ihren Eltern.« Seine Stimme hat sich verändert, Frustration klingt in ihr mit. »Können Sie sich ein Leben vorstellen, in dem jede Entscheidung, die Sie treffen, auf den verbohrten Vorstellungen Ihrer Eltern basiert, was Gottes Wille sei?«

»Meine Mutter war nie gläubig. Es sei denn, Sie zählen Bingo mit. Wenn es um ihr lokales Mekka geht, ist sie ziemlich gläubig.« Ich verlagere mein Gewicht, als er auf meinen schlecht getimten Witz nicht reagiert. »Sie haben gesagt, Sie sind weggezogen?«, frage ich, um auf die Geschichte zurückzukommen.

»Ja. Fast über Nacht. Da gingen Susan und ich bereits mehrere Monate miteinander. Das klingt altmodisch, nicht wahr, aber so war das. Die Kirche billigte gewisse Stufen der Beziehung, und wir hatten diese erreicht. Ihnen war nicht klar, wie wir miteinander redeten. Das haben wir geheim gehalten. Nur für uns. Wir haben unseren Kindern Namen gegeben. Unserem Hund. Unserem Cottage.« Ein kleines Lächeln breitet sich auf seinem Gesicht aus. »Gerade als wir unsere Gefühle füreinander der Gemeinde und ihren Eltern erklären wollten, hat mein Vater alles verloren, und unser Status hat sich geändert. Ein einziger schlechter Geschäftsentschluss seinerseits und statt in unserem schönen Zuhause in dem begrünten Vorort wohnten wir nun zur Untermiete. Almosen von der Kirche haben uns am Leben gehalten, während unser Haus an die Bank ging. Obwohl wir versucht haben weiterzumachen, bin ich über die Sache zu Stillschweigen verpflichtet worden. Die Kirchenvorsteher haben es gewusst, und Susans

Vater hat es gewusst, doch der billigte die Beziehung seiner Tochter zu dem Sohn eines Versagers nicht. Uns woanders ein neues Leben aufzubauen war unsere einzige Chance.«

»Haben Sie ihr irgendetwas gesagt?«, frage ich.

»Ich bin zu ihrem Vater gegangen, habe ihn angefleht, uns miteinander in Verbindung bleiben zu lassen. Ich habe ihm gesagt, dass ich sie liebte. Dass ich das College fertig machen, nach Sheffield zurückkommen und mir einen Job suchen wollte. Dass ich sie heiraten wollte. Er missbilligte so eine Sentimentalität. Er glaubte, wir seien noch Kinder, unfähig, die Liebe mit all ihren indirekten Auswirkungen zu begreifen.«

Ich versuche, mir einen so starken Widerstand vorzustellen.

»Sie waren in einer Zeitschleife gefangen. Eingeschlossen in den 1950ern.« Er senkt den Kopf. »Das habe ich ihm gesagt. Ich war fast achtzehn, Himmelherrgott. Okay, ich war noch kein Mann, aber ich war auch kein Junge mehr. Ich war wütend. Frustriert. Ich war impulsiv.«

Er steht auf, geht zur Rückwand des Zimmers. Er räumt ein paar Papiere um und legt ihren Brief ab, dann kommt er zurück, setzt sich und legt die Hände vor sich hin. Er sieht erschöpft aus.

»Ich frage mich, ob die Dinge anders gelaufen wären, wenn ich in Sheffield geblieben wäre.«

Als ich vor weniger als einer halben Stunde gekommen bin, wirkte James auf mich wie ein Mann, der sein Schicksal im Griff hat. Ein Mann, der das Leben und seine Rolle darin kennt. Er war der Herr dieses Hauses. Er hatte das Sagen. Jetzt sieht James gebrochen aus. Er sieht grau aus. Gealtert. Seine Stirn ist gerunzelt, und seine Augen blicken leer.

»So, sie ist also verschwunden«, sagt er.

Ich nicke. »Heute Morgen.«

»Aber sie hat Ihnen den Brief gegeben, bevor sie gegangen ist?«

»Gestern. Ich wollte ihn heute aufgeben. Als ich dann gehört habe, dass sie verschwunden ist, habe ich wie ferngesteuert gehandelt. Ich bin einfach in mein Auto gestiegen und losgefahren. Ich weiß nicht, ob ich gedacht habe, dass sie hierhergekommen ist oder dass Sie wissen könnten, wo wir suchen sollen. Ich war dumm.«

Er sieht mich fragend an.

»Ich bin bis zum See gekommen, dann hatte ich diesen Moment der Klarheit. Ich bin rangefahren, und mir ist bewusst geworden, dass ich den Brief direkt der Polizei hätte geben, das Ganze nicht selbst in die Hand nehmen sollen. Ich habe … Ich weiß nicht. Ich weiß es nicht. Ich wusste nur, dass ich es nicht mehr ändern konnte. Ich war fast hier, und ich musste einfach hoffen, dass irgendetwas in dem Brief stehen würde, dass uns helfen könnte, sie zu finden.«

»Aber da ist nichts«, sagt er.

»Nein«, räume ich ein. »Scheinbar nicht.«

Ich lege den Kopf in den Nacken, die Augen geschlossen. »Es tut mir so leid, Mr. Grey. James. Es tut mir so leid, ich habe … ich habe einfach versucht, das Richtige zu tun. Aber ich habe nicht nachgedacht. Ich weiß nicht, was ihr so wichtig war, dass sie Ihnen schreiben musste, es tut mir leid, dass ich einfach so mit dem Brief hier hereingeschneit bin. Ich war ganz auf meine eigenen Beweggründe, sie zu finden, konzentriert. Ich schätze, ich denke gerade nicht ganz logisch.«

Als ich die Augen öffne, sehe ich, dass er nickt. Meinen

Worten zustimmt. Jedes Nicken scheint eine unausgesprochene, unsichtbare Wand um den Schmerz zu bilden, den ich ihm gerade zugefügt habe. »Ich denke, Sie sollten jetzt gehen.« Er steht auf und holt den Brief aus dem Regal. Er nimmt einen Schlüssel aus einem roten Plastikmäppchen und schließt eine Schublade unten in seinem Schreibtisch auf, um einen weiteren Schlüssel herauszuholen. »Es tut mir leid, dass Sie die lange Fahrt hatten und dass Sie Ihre Zeit verschwendet haben, aber ich denke, Sie sollten jetzt gehen.« Mit jedem Wort und jedem Handgriff wird sein Körper stärker, aufrechter. Verspannter. Sein Gesichtsausdruck verändert sich, er macht dicht. Das Auftreten eines Mannes, der die Situation im Griff hat, ist wieder da. Er holt eine Schatulle aus einer Geheimschublade in seinem Schreibtisch. Er schließt sie auf, steckt den Brief hinein und räumt sie wieder weg, wiederholt den Prozess rückwärts, versteckt den zweiten Schlüssel in der unteren Schublade und steckt den ersten in das Plastikmäppchen. »Ich muss mein Leben weiterleben. Ich habe eine Tochter. Eine Frau. Wir brauchen einander.« Er überlegt es sich anders, greift wieder nach dem Schlüssel in dem Mäppchen und steckt ihn stattdessen in die Aktentasche neben sich, bevor er sie an die Seite des Schreibtischs stellt, außer Sichtweite. Dann steht er vor mir, sieht zu Boden, wartet, dass ich gehe.

Ich stehe auf, aber ich kann nicht gehen, ohne es ein letztes Mal versucht zu haben. »Haben Sie irgendeine Idee, wo sie sein könnte? Wohin sie gegangen sein könnte?«, frage ich. »Fällt Ihnen irgendetwas ein? Ein Lieblingsort? Oder eine Freundin, an die wir nicht gedacht haben? Ich sehe, dass es ein Fehler war herzukommen, und ich verstehe das und entschuldige mich, aber … bitte.«

»Es ist sehr lange her, Rhys. Sheffield hat sich verändert, Susan hat sich verändert ... Ich wüsste nicht, wo ich anfangen sollte.«

Ich senke die Schultern, niedergedrückt von der Erkenntnis, dass dieser Trip umsonst war. Ich suche nach meiner Brieftasche, hole eine abgewetzte Visitenkarte heraus und lege sie auf seinen Schreibtisch. »Nur für den Fall.«

Er zeigt auf die Tür, bedeutet mir zu gehen. Wir sehen einander nicht an. »Danke für den Tee«, sage ich zu seiner Frau, während ich durch das Wohnzimmer gehe. Sie sieht mich verwirrt an. Der Hund schläft in einem Sonnenstrahl, der auf den Teppich fällt. Der Fernseher läuft noch immer.

Ich trete aus der Haustür, drehe mich um, um mich zu verabschieden, und bin überrascht, ihn hinter mir auf dem Weg zu sehen. »Wir waren keine Kinder, Rhys«, sagt er. »Es war Liebe. Die erste Liebe, aber wahre Liebe. Verstehen Sie das?« Sein Blick ist intensiv, und ich kann nur mit den Schultern zucken und so tun, als würde ich das verstehen. »Man sagt, die erste Liebe ist die intensivste, weil du die Liebe noch nicht kennst. Sie schnürt dir die Luft ab.« Er atmet scharf ein und verstummt, dann geht er wieder hinein und schließt die Tür hinter sich. Er beobachtet, wie ich ins Auto steige, und er beobachtet, wie ich wegfahre. Er sieht mir nach, und mir wird klar, dass ich die Art von Liebe, von der er spricht, total verstehe. Und ich verstehe, wie intensiv sie wird, wenn du kein Recht auf diese Liebe hast. Und ob mir das gefällt oder nicht, ich verstehe, wie er mir den Rücken zukehren kann. Welchen Grund hat er, das nicht zu tun?

Kapitel 45

KAT

Aus meinem Bürofenster gibt es nicht viel zu sehen. Trotzdem stehe ich mit verschränkten Armen da, umarme mich fest und verliere mich im Anblick des Betons und der undurchdringlichen Fenster des Krankenhausblocks gegenüber. Ich war auf der Station, habe nach dem Team gesehen, mich versichert, dass alle okay sind, und mich dann in mein Büro zurückgezogen, um auf Rhys' Anruf zu warten. Ich habe mehrmals versucht, ihn zu erreichen, bin aber nicht durchgekommen. In der Ferne ist das Geräusch eines Hubschraubers zu hören. Der Luftrettungsdienst oder das Suchteam?

Ein Klopfen an der Tür lässt mich zusammenzucken. »Entschuldige, ich wollte dich nicht erschrecken«, sagt Mark. »Darf ich reinkommen?« Als Antwort zeige ich auf einen Stuhl. Er tritt ein, setzt sich aber nicht. »Bist du okay?«, fragt er.

Die Gelassenheit in seiner Stimme, die Wärme und das plötzliche Einfühlungsvermögen, von dem ich nicht gewusst habe, dass er darüber verfügt, finden den schwachen Punkt in der Wand, die ich um mich aufzubauen versucht habe. Ich drehe mich um, Tränen strömen über mein Gesicht, während ich weiter die Arme verschränkt halte in dem vergeblichen Versuch, mich zu beherrschen. »Was, wenn sie es dies-mal tut?«, schniefe ich unter Tränen. »Was, wenn wir zu spät kommen?«

»Hey, hey!« Er kommt zu mir geeilt. »Komm her.« Mark hält mich ganz fest, schlingt die Arme um mich, stark und sicher. Sein Kopf ruht auf meinem. Ich spüre seinen warmen Atem auf meinem Scheitel.

»Sie tun alles, was sie können, aber wir haben keine Kon-trolle darüber, Kat. Wir können nicht mehr tun, als wir getan haben.«

»Aber was ist, wenn wir Fehler gemacht haben, Mark?«, frage ich an seiner Brust. »Was ist, wenn ich Fehler gemacht habe, und das geht alles ganz, ganz furchtbar schief?«

»Du warst nicht einmal hier, als sie verschwunden ist, Kat.«

»Nein, aber sie ist immer noch meine Patientin. Das ist immer noch meine Station«, schluchze ich.

Er drückt mich fest, dann hält er mich ein Stück von sich weg, sieht mir in die Augen, streicht mir die Haare von den nassen Wangen und steckt sie mir hinter die Ohren. Ich wei-che seinem Blick aus, fühle mich unbehaglich und verletzlich. »Du bist eine ausgezeichnete Krankenschwester, Kat. Es war Susans eigene Entscheidung zu verschwinden. Wir wissen, dass das eine nicht einfache Situation ist, und du hast alles getan, was du konntest, um ihr zu helfen.« Er zieht mich wie-der an sich, und ich bin dankbar für die Unterbrechung. »Du hast erheblich mehr getan, als du musstest.«

»Genau das beunruhigt mich. Was, wenn ich an irgend-einem Punkt die falsche Entscheidung getroffen habe?«

»Du hast alles getan, von dem du geglaubt hast, dass du es tun solltest, die ganze Zeit. Mehr kann niemand verlangen.«

Entgegen all meiner Vorbehalte erlaube ich es mir, in seiner Umarmung zu entspannen, seine Stärke ist das Einzige, das mich noch auf den Beinen hält. Seine Sicherheit und sein Selbstvertrauen zusammen mit seiner Empathie und Wärme lassen mich meine Müdigkeit akzeptieren. Ich verweile ein wenig länger in seinen Armen. »Danke«, flüstere ich und merke, wie gut es tut zu fühlen, dass ich nicht alleine bin.

»Nicht der Rede wert«, sagt er und drückt mich noch einmal.

Ich hebe den Kopf, um ihn anzusehen. Mr. Nennen-Sie-mich-einfach-Mark. Er riecht heute wieder anders, überhaupt nicht nach Aftershave. Er lächelt leicht, als er mein Gesicht studiert. Mein Herz schlägt schneller, und einen ganz kurzen Moment frage ich mich, wie es wohl wäre, ihn zu küssen …

»Ich muss gehen«, sagt er und räuspert sich, als er einen Schritt zurücktritt. »Ich wollte nur …« Er streicht sich über den Hinterkopf und sieht auf seine Füße hinunter. »Ich wollte nur sehen, ob du okay bist«, sagt er und zieht sich zur Tür zurück. »Versuch, dir keine Sorgen zu machen, okay?« Er schließt die Tür hinter sich, sieht noch ein letztes Mal durch das Glas, bevor er mich allein und verwirrt in meinem Büro zurücklässt. Ich habe eine Patientin, die vermisst wird, und stehe hier und frage mich, wie es wohl wäre, einen Kollegen zu küssen. Frustration über meine eigene Unvernunft ersetzt Müdigkeit und Angst. »Verdammt noch mal, Kat!«, rufe ich genau in dem Moment, als mein Telefon schellt.

»Rhys?«

»Kat, ja, ich bin's.«

Die Verbindung ist nicht die beste; seine Stimme ist immer wieder einmal weg. »Wo sind Sie? Haben Sie mit ihm gesprochen? Was ist passiert?« Emma guckt durch mein Fenster, und ich signalisiere ihr hereinzukommen. Sie zieht sich einen Stuhl an meinen Schreibtisch.

»Ich war bei James. Wir haben miteinander gesprochen«, sagt er.

»Hat er etwas gesagt, wo wir sie finden können? Wusste er, wo sie sein könnte? Hatte er irgendetwas?«

»Nein«, seufzt Rhys. »Er konnte nicht helfen.«

»Super. Fantastisch. Jetzt haben wir keinen Brief und keine Hilfe. Perfekt.« Die Frustration schlägt über mir zusammen. »Und was haben Sie als Nächstes vor, Rhys? Was ist Ihr nächster Lösungsvorschlag für meine Patientin?« Emma greift nach meiner Hand und drückt sie. Ich nicke. »Entschuldigen Sie, Rhys.« Ich strecke mich, dann stütze ich die Stirn in die Hand. »Ich bin einfach … Entschuldigung, das war unfair.«

»Es ist in Ordnung«, sagt er leise.

Ich versuche es noch einmal. »Wissen Sie, was *in* dem Brief steht? Schreibt sie irgendetwas, das die Polizei wissen sollte?«

»Keine Ahnung. Er hat mir nicht gesagt, was sie geschrieben hat, und ich fand es unangemessen zu fragen, ob ich ihn lesen dürfte.« Ich stelle das Telefon auf Lautsprecher, damit Emma mithören kann. Sie macht sich Notizen. »Das Einzige, das er gesagt hat, war, dass sie Angst vor ihren Eltern hatte. Dass sie scheinbar nicht das Leben geführt hat, von dem sie geträumt hatte, und ich schätze, dass er deshalb nichts sagen konnte. Er schien die Frau, die sie geworden ist, nicht wirklich zu kennen.«

»Gut. Kann er mit der Polizei reden?«, frage ich. »Kann er ihnen sagen, was er weiß? Ihnen den Brief geben, für den Fall, dass ihnen etwas auffällt, das er übersehen hat?«

Rhys seufzt. »Er hat gesagt, dass er da nicht hineingezogen werden will. Dass er das nicht kann. Dass das lange her ist und dass er jetzt ein Leben hier hat, eine Familie.«

Emma zuckt resigniert die Schultern. Wir waren beide im Laufe unseres Berufslebens in Situationen, in denen Menschen sich Dingen nicht gestellt haben, die möglicherweise das Familiengleichgewicht gestört hätten. »Wir müssen die Information weitergeben, Rhys«, sage ich. »Selbst wenn er das nicht will, sind Sie im Besitz von Informationen, die der Polizei vielleicht helfen können. Weiteren Details, mit denen wir uns ein Bild von ihrem Charakter machen können, von den Entscheidungen, die sie getroffen hat. Es könnte hilfreich sein.«

»Ich weiß«, sagt er. »Ich weiß ...«

»Soll ich es ihnen erzählen?«

Eine Pause entsteht. Ich nehme an, dass er sich darüber klar zu werden versucht, inwieweit er bereit ist, sich noch mehr für Susan zu engagieren. »Ich rufe sie an. Ich erzähle ihnen alles, was ich weiß. Ich mache es sofort«, sagt er resigniert.

»Okay, Rhys. Versprechen Sie mir das?«

»Natürlich.«

»Dann simse ich Ihnen jetzt die Nummer.«

»Danke.«

»Fahren Sie vorsichtig«, füge ich hinzu.

»Das werde ich.«

Er legt auf. Als ich ihm die Notrufnummer für diesen Fall simse, sieht Emma die Notizen durch, die sie gemacht hat: »Eltern. James. Familie.«

»Da ist nichts, was sie nicht bereits wissen«, sagt sie und gibt sie mir.

»Ich schätze nicht.«

»Du siehst erschöpft aus, Kat. Wann machst du Schluss?«, fragt sie.

Ich sehe auf meine Uhr. »Ich weiß es nicht, das ist mein freier Tag, oder? Ich weiß nicht, ob ich bleiben soll, bis wir sie gefunden haben, oder nach Hause gehen und warten.«

»Okay, ich bin bis neun heute Abend hier. Ich kann zumindest bis dahin die Ohren offen halten und dich informieren, wenn etwas passiert. Du kannst hier nicht mehr viel tun, stimmt's?«

Ich sehe auf meinen Schreibtisch, die hingekritzelten Notizen und die unordentlichen Akten. Mein Computerbildschirm zeigt noch immer die Karte, auf der ich nach James' Adresse gesucht habe. »Wahrscheinlich nicht.«

»Dann geh. Wenn die Polizei und Gail dich auch nicht brauchen, geh nach Hause und versuch, dich auszuruhen.«

Ich stöhne, mein Körper knackt und schmerzt, als ich aufstehe. Ich versuche, die Schmerzen in meinen Armen und meinem Rücken wegzudehnen. »Okay«, stimme ich ihr zu. »Du hast wahrscheinlich recht. Hier können wir nicht viel ausrichten, richtig?«

Ich sammle meine Sachen zusammen, gebe Emma einen Kuss auf die Wange und verlasse mein Büro.

Kapitel 46

KAT

Ich stoße die Tür zu meiner Wohnung auf und ignoriere die stickige Hitze, die mir ins Gesicht schlägt. Ich stehe mitten in meinem Wohnzimmer und habe nicht die geringste Idee, was ich mit mir anfangen soll. Ich gehe ins Bad, um die Reste des Make-ups zu entfernen, die meine salzigen Tränen noch übrig gelassen haben. Ich ignoriere das blasse Spiegelbild, das mir entgegensieht. Ich gehe wieder zurück ins Wohnzimmer, setze mich an den Kopf meines Esstischs und drehe den Stuhl zum Fenster hin. Die späte Nachmittagssonne flackert durch die Bäume, die den Weg zum Norfolk Park hoch säumen. Eine junge Frau schiebt einen leeren Kinderwagen, ihr Kind rennt vor ihr her. Ein Hubschrauber schwebt in der Nähe am Himmel, und die Eingangstür unten knallt, als jemand kommt oder geht.

Und mir ist schwindelig. Als wäre ich nicht wirklich in meinem Körper. Als würde ich irgendwo darüber schweben und das Chaos beobachten, das mich umgibt. Der Autounfall. Die ganze verkorkste Situation. Ich lege die Füße auf die Fensterbank, schiebe den Stuhl zurück, bis er gegen den Esstisch stößt, und sitze da, eingeklemmt zwischen Wand und Tisch, ohne mich zu bewegen.

Ich denke an die letzte Woche: wie ich Rhys das erste Mal gesehen habe, als er in Panik ins Krankenhaus gestürzt kam. An die Traurigkeit in seinen Augen, als er mir von seinem Bruder erzählt hat, und an die Zielstrebigkeit, die diese ersetzt hat, als er glaubte, Susan helfen zu können. Wie ich einen Funken Leben in Susans Augen gesehen habe, als Rhys sich um sie bemüht hat. Wie sie ihn angesehen hat. An die Notiz, die sie geschrieben hat. An das Buch. Den Zeitungsausschnitt und die überwältigende Traurigkeit, dass eine einzige Entscheidung ihr ganzes Leben bestimmt hat. Eine Entscheidung, die sie sich nie ganz vergeben hat. Dass sie ihr Leben nicht gelebt, sondern der Pflege ihrer Eltern gewidmet hat. Ihr Leben, das sie jetzt verzweifelt hinter sich lassen will, weil sie nicht sehen kann, welchen Platz, welches Ziel es noch für sie gibt.

Hätte ich dieses Leben vielleicht ändern können, wenn ich irgendetwas anders gemacht hätte?

Ich bewege meine Beine, lasse den Stuhl zurück auf den Boden kippen. Ich gehe in die Küche, greife ganz oben in den Schrank und ziehe ein Päckchen Zigaretten heraus, das ich vor Monaten dort versteckt habe. Ich mache es auf und schnüffele, genieße die Erinnerung an den ersten Zug. Ich hole ein Feuerzeug aus den Tiefen des Schranks und entzünde die Zigarette. Dicker Rauch brennt an der Rückseite meiner Kehle, als ich inhaliere, eine schwindelig machende Übelkeit tritt schnell an die Stelle des anfänglichen Kitzels. Ich halte die Zigarette unter den Wasserhahn und warte, bis sie aus ist. Es klopft an meiner Tür.

»Ja?«, sage ich und mache auf. Lou stürmt herein, in der Hand einen Weidenkorb und eine Flasche Prosecco.

»Hast du vergessen, dass wir heute Nachmittag ein Picknick machen wollten? Wir haben die letzten zwei Stunden im Graves Park gesessen und auf dich gewartet.«

»Wer hat im Graves Park gesessen?«, frage ich, während ich mein Gehirn nach der Erinnerung an so eine Einladung durchforste.

»Ich, Will und sein Trauzeuge! Ich habe dir eine SMS geschickt, wie du gesagt hast.«

Ich verdrehe die Augen. Außer an die Arbeit kann ich mich an nichts aus den letzten Tagen erinnern.

Sie steht vor mir, die Hände in die Hüften gestemmt. »Ich habe dir etwas Lachs aufgehoben, aber wahrscheinlich ist er in der Hitze verdorben«, sagt sie sauer und knallt den Korb auf die Arbeitsplatte. »Wo zum Teufel warst du?« Sie verschränkt die Arme und starrt mich an, wartet auf eine Erklärung, dann schnüffelt sie. »Hast du geraucht? Keine Trauzeugin von mir raucht. Hier drinnen stinkt es.« Sie öffnet das Küchenfenster, tut, als müsste sie husten, und sieht mich angewidert an. Ich lehne mich stöhnend gegen die Küchenwand.

»Was?«, fragt sie vorwurfsvoll. Dann sieht sie mich noch einmal an und erkennt trotz ihres eigenen Ärgers, dass etwas nicht stimmt. »Was ist passiert?«

Ich öffne den Mund, um ihr alles zu erklären, und nichts kommt heraus bis auf einen Schluchzer und eine Art innerer Monolog, aus dem ich nicht einmal selbst schlau werde. Er beginnt mit Susan und Rhys, wechselt zu Daniel und Natasha und ihrem verdammten Babybauch, bevor er sich wieder der Tatsache zuwendet, dass wir Susan verloren haben, und dem plötzlichen Verlangen heute Nachmittag, Mark zu küssen. Als ich fertig bin, greift sie selbst nach den Zigaretten und zündet sich eine an, nimmt einen Zug und gibt sie mir. »Verdammt!«, ist alles, was sie herausbekommt.

Wir sitzen einen Moment da und teilen uns schweigend die Zigarette. Wir blasen beide den Rauch Richtung Küchenfenster.

»Was soll ich tun, Lou?«

»Ausgehen und dir die Kante geben?«, scherzt sie. Ich verdrehe die Augen.

»Als ich Krankenschwester geworden bin, habe ich nicht mit so etwas gerechnet. Ich bin mir nicht einmal sicher, ob ich mir Gedanken über meinen beruflichen Werdegang gemacht habe.«

»Nach dem, woran ich mich erinnere, hast du dich vor allem entschlossen, Krankenschwester zu werden, weil sie während der Ausbildung das beste Nachtleben haben.« Sie versetzt mir einen leichten Stoß und versucht, mir ein Lächeln zu entlocken.

»Das scheint Ewigkeiten her«, sage ich und verliere mich kurz in Nostalgie. »Ein Leben mit nur wenig Verantwortung und einem Konto, auf dem durch das Studiendarlehen immer genügend Geld war.«

»Und mit viel Spaß.«

»Und vielen Jungs.«

»Richtig, mit vielen Jungs!«, zieht sie mich auf.

»Bis ich Daniel kennengelernt habe.«

Lou nickt und bietet mir einen letzten Zug an, bevor sie die Zigarette aus dem Fenster wirft.

»Hast du gewusst, dass sie schwanger ist?«, frage ich. »Und wie es scheint, schon sehr viel länger als die sieben Wochen, die wir getrennt sind.«

Lou macht einen Schmollmund und sieht auf ihre Füße. »Ich habe es gehört, aber nicht sicher gewusst.« Sie stößt einen Pfiff aus. »Ich wollte dich nicht traurig machen, falls es doch nicht wahr wäre.«

»Oh, es ist wahr«, lächle ich traurig. »Sie ist ganz eindeutig, hundertprozentig mit dem Baby meines Exfreunds schwanger.« Ich schniefe. »Ich wette, die Schlampe kriegt nicht einmal Dehnungsstreifen.«

»Zumindest kannst du dich jetzt an den Installateur ranmachen. Oder an den Arzt. Wer hat die besten Berufsaussichten? Wen siehst du am häufigsten? Wer nutzt dir beruflich am meisten?« Sie versucht verzweifelt, meine Stimmung zu heben, und dafür liebe ich sie, doch jetzt ist wirklich nicht die Zeit dafür. »Okay, gut, ich hab's verstanden«, sagt sie und sieht auf die Uhr. »Hör zu, ich muss gehen, wir treffen uns heute Abend mit dem Pfarrer. Offensichtlich will er sehen, wie religiös wir sind. Ich muss so tun, als wäre ich eine Jungfrau und als würde ich an den Heiligen Geist und so was glauben.« Sie gibt mir einen Kuss auf die Stirn. »Ich hab dich lieb. Alles wird gut. Ruh dich etwas aus.« Ich bringe sie zur Tür. »Ruf mich morgen an, okay? Lass mich wissen, dass es dir gut geht. Und geh nicht an den Lachs, für alle Fälle.«

Ich hole tief Luft und frage mich, ob sich alles so schnell klären wird. Ich kann nichts dagegen tun, dass ich das nicht glaube.

Kapitel 47

RHYS

Ich stoße die Doppeltüren des Pubs auf, knacke mit den Fingern und strecke Nacken und Rücken, nachdem ich den größten Teil des Tages in meinem Lieferwagen gehockt habe. Als ich die Polizei angerufen habe, haben sie mich gebeten, auf der Wache in Woodseats vorbeizukommen, um die Einzelheiten aufzunehmen. Ich habe ihnen so viel gesagt, wie ich konnte, und so etwas wie einen Funken Hoffnung gespürt, dass sie vielleicht verschwunden ist, um nachzudenken, um zu genesen, wenn sie sie immer noch nicht gefunden haben. Bis der Beamte etwas von der Sichtung eines verdächtigen Körpers unten am Kanal gesagt hat. Taucher waren auf dem Weg.

Michelle arbeitet wieder hinter der Bar. Meine anfängliche Erleichterung, sie zu sehen, verfliegt, als mir klar wird, dass sie für mich unerreichbar ist. Ich stehe an der Bar und sehe zu, wie sie den Kunden vor mir zu Ende bedient. Ich möchte sie in die Arme nehmen und ihre Berührung spüren. Genauso sehr wünsche ich mir, dass wir wenigstens Freunde sein können.

»Hey, du«, sagt sie und kommt zu mir, um mich als Nächsten zu bedienen. »Bist du okay?« Sie greift automatisch nach einem Pintglas und zapft ein Bier, während ihre Augen mich fixieren. Sie lächelt, ihre Augen funkeln leicht, wie sie das immer tun. »Was ist los?«

»Ich brauche einen Drink«, sage ich. »Und was zu essen. Ich habe den ganzen Tag noch nichts gegessen.«

»Der Koch ist krank. Du kannst nur etwas aus der Mikrowelle bekommen oder Chips.«

Ich vergrabe den Kopf in den Armen. »Chips, und keine Scampi Fries«, murmle ich. Ein Paket mit irgendwas landet neben mir, gefolgt von einem Pint. »Willst du darüber reden?«, fragt sie.

»Nein«, ich klinge genauso missmutig, wie ich mich fühle. »Jedenfalls nicht mit dir.«

»Wow, danke. Du weißt einfach, wie man einem Mädchen das Gefühl gibt, begehrt zu sein.«

»Für den Teil bin ich nicht zuständig«, sage ich aus dem Mundwinkel heraus. »Das ist Teil des Problems.« Ich nippe an dem Bier, dann stelle ich es zurück. Plötzlich bin ich gar nicht mehr so durstig.

»Ich dachte, wir wären Freunde«, sagt sie und lehnt sich zu mir hin. Sie riecht gut, und ihr Atem ist warm auf meinem Arm. Ich schließe die Augen, kämpfe um Stärke und Willenskraft. »Rhys?«

»Das sind wir, aber wahrscheinlich sollten wir das nicht sein.« Ich richte mich auf. »Michelle, es ist nicht richtig. Ich kann das nicht. Ich kann nicht dein Freund sein, weil ich so nicht für dich empfinde und schon eine sehr lange Zeit so nicht für dich empfunden habe. Länger, als ich zugeben mag. Nur als er noch da war, war das in Ordnung, denn ich hätte nie etwas getan, das ihn verletzen hätte können. Oder dich.

Aber jetzt…« Meine Stimme bricht, und ich brauche einen Moment, um mich zusammenzureißen. »Jetzt, wo er nicht mehr ist, fällt es mir schwer, einen Grund zu finden, mich von dir fernzuhalten.«

Sie senkt den Kopf und streicht über einen Bierdeckel, während sie tief Luft holt. Als sie wieder zu mir hochsieht, glänzen ihre Augen, und sie beißt sich auf die Unterlippe – jetzt ist es an ihr, ihre Gefühle unter Verschluss zu halten.

»Michelle, ich habe ein paar furchtbare Wochen hinter mir. Wochen, in denen ich unter anderem einen großen Fehler gemacht habe.« Sie sieht einen Moment weg, bevor sie mich wieder anguckt. »Wochen, in denen ich eine Frau getroffen habe, die vom Schicksal total gebrochen ist, und dennoch habe ich in meiner Dickköpfigkeit, meinem Irrglauben oder was auch immer gedacht, sie könnte mir helfen. Dann habe ich geglaubt, ich könnte ihr helfen. Vielleicht sogar die Zeit zurückstellen. Und dieses Mal alles besser machen.« Michelle neigt den Kopf zur Seite. »Mit David Frieden finden, indem ich sie rette. Dann ist alles nur noch weiter aus den Fugen geraten, so wie ich es mir nie hätte vorstellen können. Und irgendwie habe ich den ganzen Tag damit verbracht, in den Lake District hoch- und wieder zurückzufahren in der lächerlichen Annahme, dass das uns allen weiterhelfen würde.« Ich mache eine Pause, um Luft zu holen. »Und weißt du, was ich dabei gelernt habe? Ich habe gelernt, dass die einzige Person, deren Leben ich in Ordnung bringen kann, ich selbst bin. Das einzige Leben, über das ich irgendeine Kontrolle habe, ist das Leben, das ich führe, und zwar durch die Entscheidungen, die ich treffe, und die Beziehungen, die ich pflege.« Ich sehe auf ihre Hände und lege meine Hand auf ihre. »Du bist…« Ich versuche die richtigen Worte zu finden, um sie zu beschreiben. »Du bist schlau und witzig und schön, und ich habe noch nie jemanden wie dich getroffen, jemanden, der Gefühle in mir wachruft wie du, und ich werde wahrscheinlich auch nie wieder so jemandem begegnen.« Ihre Augen füllen sich mit Tränen, und ich muss mich zwingen, sie nicht wegzuwischen, als sie blinzelt und sie ihr das Gesicht hinunterlaufen. Ich fühle den Schmerz, den sie fühlt, aber ich muss das tun. »Aber du bist, wer du bist, und das bedeutet, dass ich gehen muss.«

Sie nickt leicht. »Ich weiß«, flüstert sie. »Ich weiß.« Sie zwingt sich zu einem Lächeln, dann zieht sie ihre Hand unter meiner hervor und verschwindet im Hinterzimmer.

Ich starre die Stelle an, an der sie gerade noch gestanden hat, und die Leere brüllt mich an. Ich möchte sie zurückrufen. Stattdessen knurre ich die Bar an, denn obwohl ich weiß, dass ich das Richtige getan habe, fühlt es sich wie der größte Fehler meines Lebens an. Ich kippe mein Bier hinunter, lasse den bitteren Geschmack den Schmerz wegwaschen. Spule das Gespräch mit James, mit der Polizei und jeden Besuch bei Susan immer wieder in meinem Kopf ab. Versuche, etwas zu sehen, das ich in meinem eigennützigen Bedürfnis, mich einzumischen, vielleicht übersehen habe.

Und dann wird mir etwas klar. Etwas, das ich nicht gesehen habe, weil ich so darauf fixiert war, Susan zu finden und herauszubekommen, ob sie wirklich die ist, von der ich denke, dass sie sie ist.

James.

Warum sollte jemand einen letzten Brief an jemanden schreiben, wenn dieser Jemand nicht eine entscheidende Rolle in dessen Leben gespielt hat?

Wenn dieser Jemand nicht...

Scheiße! Wie konnte ich das nicht sehen? Ist James der Vater von Susans Baby? Ist James...? Ich trinke mein Bier aus und greife nach meinen Schlüsseln, meiner Brieftasche und meinem Telefon, um zurück zur Polizeiwache zu fahren. Und als ich durch die Tür zum Parkplatz gehe, klingelt mein Handy. »Rhys, hier ist James. Ich bin in Sheffield, ich fahre gerade die Abbeydale Road hinunter. Wo sind Sie?«

Kapitel 48

KAT

Ich springe aus dem Bett und ziehe mir einen Kapuzenpullover über meinen Schlafanzug. Ich suche nach meinen Kontaktlinsen, entscheide mich aber in der Eile dann doch für die ungeliebte Brille. Ich erhasche einen Blick auf mein Gesicht, das mir mit dem Gestell wieder fremd vorkommt. Ich binde mein Haar hoch und stürze aus der Tür, wobei ich im Laufen nach Schlüsseln und Telefon greife.

Ich jogge zum Ende der Straße hoch, um auf Rhys zu warten. Ich hatte ihn um eine Erklärung gebeten, doch er hatte aufgelegt. Ich denke darüber nach, in der Arbeit anzurufen und zu hören, ob es irgendetwas Neues gibt, beschließe aber zu warten, bis er hier ist. Ich habe das Gefühl, dass das eine Spur sein könnte, und das braucht Zeit.

Ich hüpfe von einem Fuß auf den anderen, ziehe mir das Haar aus dem Gesicht und frage mich, ob es zu warm für meinen Kapuzenpullover ist, schenke dem aber angesichts der Gegebenheiten keine weitere Bedeutung. Ich sehe auf die Uhr, und meinen Augen entgeht kein Auto, das um die Ecke biegt. Ein schwarzer BMW bremst, und das Fenster auf der Beifahrerseite geht herunter. »Steigen Sie ein«, sagt Rhys.

»Ich habe nach Ihrem Lieferwagen Ausschau gehalten«,

sage ich, schnalle mich an und lehne mich vor, um sie beide anzusehen.

»Das ist James«, stellt Rhys den Fahrer vor. Ich betrachte den Mann am Steuer im Rückspiegel. Sein Blick schnellt zu mir hin, als er Hallo sagt, bevor er sich wieder auf die Straße konzentriert. Rhys dreht sich in seinem Sitz zu mir um. »Er ist ...« Er hält inne und sieht James an, studiert sein Gesicht, als hätte er eine Million Fragen, aber keine, die er laut aussprechen kann. Im Auto herrscht eine seltsame Atmosphäre, von etwas Unausgesprochenem. Er sieht wieder zu mir hin. »James denkt, er weiß, wo Susan sein könnte.« Ich starre ihn an. »Hier herunter«, weist er ihn an.

»Die Straßen haben sich verändert«, sagt James.

»Fahren Sie einfach hier weiter und biegen Sie gleich in die Straße dahinten ab, dann ist es direkt hinter dem Wertstoffhof und dem Wasserturm.« James nickt. Rhys dreht sich wieder zu mir um. »Sie haben sich gewöhnlich bei einer kleinen Ziegelbaracke im Graves Park getroffen.«

»Haben Sie das der Polizei erzählt?«, frage ich. »Waren sie dort?«

»Ich bin gleich zu James ins Auto gestiegen, und dann sind wir sofort zu Ihnen gekommen. Wir können dort hinfahren und sehen, ob sie da ist, Kat. Dann rufen wir die Polizei an, wenn wir wissen, dass es ihr gut geht.«

»Das geht nicht, Rhys. Das ist nicht ... Wir müssen sie jetzt anrufen.« Ich sehe sie beide an, versuche die Beweggründe zu erraten, die sie davon ausgehen lassen, dass das so in Ordnung ist. Ich ziehe mein Handy aus der Tasche. »Ich rufe sie an«, sage ich und wähle die Nummer. Als sich jemand meldet, ist mein Akku leer. »Nein, nein, nein, nein ...«

Wir biegen auf den Parkplatz ein. »Was?«, fragt Rhys.

»Mein Handy, der Akku ist leer. Geben Sie mir Ihrs«, fordere ich ihn auf.

»Wir sind jetzt da, kommen Sie, wir können sie gleich anrufen.« Er springt aus dem Auto, während ich mir mit dem Gurt zu schaffen mache.

»Rhys«, rufe ich und renne hinter ihm her, als er und James loslaufen.

»Er hat recht, lassen Sie uns erst versuchen, sie zu finden«, ruft James und schließt sein Auto mit der Fernbedienung ab, als ich sie einhole.

»Rhys, bitte, geben Sie mir Ihr Handy, lassen Sie mich die Polizei anrufen.«

»Hier entlang«, sagt James atemlos, während er den Berg hinaufrennt. Es ist fast neun Uhr. Die Sonne ist verblasst, aber der Himmel ist immer noch rötlich.

Ein Hubschrauber überfliegt das Gebiet, und ich frage mich, ob sie nach ihr suchen. Ich frage mich, ob ich mir unnötigerweise Sorgen mache, weil sie uns zuvorgekommen sind. James weicht Büschen aus, und plötzlich steht ein mit Graffiti bemaltes, rotes Ziegelgebäude vor uns, das bis eben noch unserem Blick verborgen war. Ich schlucke. James, Rhys und ich stehen nebeneinander und sehen das Gebäude an.

»Susan«, ruft James zögernd. Keiner von uns bewegt sich. Es kommt keine Antwort. Es sind überhaupt keine Geräusche zu hören. Die glaslosen Rahmen zeigen einen fast dunklen Innenraum. Rhys rührt sich als Erster, macht zwei Schritte auf die Holztür zu, von der die Farbe abblättert, bevor er stehen bleibt. »Ich kann das nicht«, sagt er. »Ich ertrage den Anblick nicht, falls sie da drinnen ist. Nicht noch einmal.« Er macht einen Schritt zurück, und ich greife nach seiner Hand.

»Ich gehe«, sagt James. Zunächst bewegt er sich nicht, doch schließlich geht er vorsichtig auf die Tür zu. »Susan?«, versucht er es noch einmal, doch ich denke, niemand von uns erwartet eine Antwort. Er stützt sich an der Außenwand ab, während er sich einen Weg um den Abfall und das wuchernde Unkraut im Eingang sucht. Er schluckt, als er zum Himmel hochsieht und die Tür aufstößt. Sie bleibt an dem unebenen Boden hängen, bevor sie auffliegt und gegen die Innenwand knallt, sodass wir alle zusammenzucken. Ich halte die Luft an, als er hineingeht.

Für einen Moment ist er nicht mehr zu sehen, bevor wir ihn rufen hören. »Hier ist niemand.« Er kommt wieder heraus. »Sie ist nicht hier.«

»Scheiße«, sagt Rhys. »Scheiße!«, wiederholt er, lauter diesmal, und stürmt vorwärts, um gegen die Seite des Gebäudes zu treten. »Scheiße, Scheiße, Scheiße!«, ruft er und dreht sich um, die Hände über dem Kopf.

»Rhys …« Ich versuche, nach seinem Arm zu greifen. Seine Augen sind vor Angst geweitet. »Kommen Sie«, sage ich und ziehe ihn vom Haus weg. »Kommen Sie …« Ich drehe mich um und sehe James weggehen. Ich rufe ihm hinterher. »Wir müssen jetzt wirklich die Polizei anrufen und ihnen sagen, dass Sie hier sind. Vielleicht können Sie ihnen ja helfen. Haben Sie Ihr Handy dabei?« Doch James geht einfach weiter. Ich sehe Rhys an, seine Augen immer noch wild. Ich ziehe ihn mit, nehme seine Hand in meine. Wir folgen James von dem kleinen Haus weg und gehen den Berg hinunter zurück zum Parkplatz. Wir nähern uns einem

Weg, und James bleibt stehen und sieht zu einer alten Eiche hinüber.

»James?«, sage ich, als er die Richtung ändert und auf den Baum zugeht. Er überquert ein Spielfeld, eine Gruppe Freunde packt gerade ein Schlagballspiel zusammen. Sie machen Platz und lassen uns vorbei. »James?«, rufe ich erneut, aber er reagiert nicht. Er geht einfach weiter auf den Baum zu. Rhys und ich folgen ihm zunächst, doch dann merke ich, wie Rhys an mir zieht, mir bedeutet stehen zu bleiben und zu warten, während James weitergeht.

»Er hat mir auf dem Weg hierher davon erzählt. Das ist ihr Baum«, flüstert er. »Offenbar hat er eine Bedeutung.«

James geht langsam zum Fuß des Baums. Er streckt die Hände aus und legt sie auf den Stamm. Ich stelle mir vor, wie er sich anfühlt: rau, kalt. Er geht darum herum, ohne den Baum loszulassen, bevor er sich langsam in das Gras darunter sinken lässt, den Kopf in die Hände gestützt. Die Luft um uns herum wird kühler, das intensiviert den Geruch nach frisch gemähtem Gras. Den Geruch des Sommers. Ich zittere.

»Sollten wir nicht zu ihm gehen?« Rhys lässt meine Hand los und geht zu James. Ich warte, ein paar Schritte hinter ihm. Er hockt sich neben ihn, legt seine Hand auf James' Schulter. Ich trete zu ihnen, bleibe hinter Rhys stehen.

»Ich weiß nicht, warum ich gedacht habe, dass sie hier ist«, sagt James schließlich. »Dumm, wirklich. All die Jahre habe ich kaum an sie gedacht. Nicht wirklich. Und jetzt das. Warum habe ich gedacht, dass sie hier ist? Als hätte sich nichts geändert.« Er schüttelt den Kopf.

»Es war einen Versuch wert«, sagt Rhys freundlich.

»Ich schätze, ja.«

Ich beobachte, wie Rhys James' Gesicht studiert, bevor er schließlich sagt: »James, sind Sie…« Er unterbricht sich selbst, als James aufblickt und ihre Blicke sich begegnen. Rhys steht auf und schluckt den Rest des Satzes hinunter, als er James die Hände hinstreckt, um ihm aufzuhelfen, langsam, mit der Anstrengung eines Mannes, der an mehr als an seinem Alter trägt.

»Ich weiß, das ist nicht…« Ich bediene mich der falschen Worte, als ich versuche, die Situation wieder unter Kontrolle zu bekommen. Diese Situation. Meine Patientin. »Hören Sie«, versuche ich es noch einmal, obwohl die beiden Männer nicht reagieren. »Ich weiß, dass das schmerzlich für Sie ist, und ich verstehe, warum es schwierig ist, James, aber ich habe die Pflicht, die Polizei hierüber zu informieren. Ich könnte meinen Job verlieren, wenn ich… wir müssen die Polizei anrufen.«

»Bitte nicht«, flüstert eine Stimme hinter mir.

Ich halte den Atem an, wage nicht zu gucken, starre Rhys und James an und warte auf ihre Reaktion. James sieht zuerst mich an, dann hinter mich. Er wird blass, als er das Gesicht der Person hinter mir studiert, und als ich sehe, wie ihm langsam die Erkenntnis dämmert, weiß ich, dass es Susan ist. Behutsam, ungläubig schüttelt er den Kopf. »Bitte nicht«, wiederholt sie, ihre Stimme, die müde und fremd klingt, bricht. Seine Schultern senken sich, und es scheint, als würde er nun langsam das Gesicht der Frau wiedererkennen, die er jahrzehntelang nicht gesehen hat. Langsam drehe ich mich um.

»Susan.« Ich strecke ihr die Hand hin, doch sie rührt sich nicht. Sie wirkt verloren in der Weite des Parks, in der Dämmerung, die uns alle verschluckt. Sie ist still und winzig. Fast unsichtbar. Sie sieht mich nicht an. Sie steht da, atmet kaum, als James die Kraft findet, auf sie zuzugehen. Vierzig Jahre sind vergangen, seit sie das letzte Mal hier im Park waren, und ich sehe, dass er nach dem Gesicht sucht, nach dem Mädchen, das er gekannt hat. Beide sehen jetzt irgendwie jünger aus, die Menschen, die sie einmal waren, spüren einander jetzt auf. Ich trete einen Schritt zurück und stoße gegen Rhys. Wir stehen da, berühren uns leicht und sagen nichts.

»Oh, Susan«, sagt James. Und Susan sieht zu Boden.

»Es tut mir so leid.« Ihre Stimme ist kaum laut genug, um das Geräusch unseres gemeinsamen Atmens zu durchbrechen. »Es tut mir so leid, James«, wiederholt sie, und als er auf sie zugeht, fällt sie in seine Arme, und der Schmerz der letzten vierzig Jahre entweicht ihrem schmächtigen Körper als Klagelaut. James legt sein Kinn auf ihren Kopf, schließt seine Arme um sie und wartet, dass es vorübergeht.

Es ist dunkel, bevor wir den Park verlassen.

Kapitel 49

SUSAN

James führt mich von seinem Auto zu dem Haus, in dem Kat wohnt. Sein Arm umfasst mich sicher, stützt mich, während ich langsame, schwerfällige Schritte mache. Kat wollte nicht hierherkommen. Sie hatte darauf beharrt, zurück auf die Station zu fahren, doch James hatte mich nur einmal angesehen und gewusst, dass es nicht das war, was ich brauchte. Er hat immer gewusst, was ich gerade brauche. Ich konnte nie vor ihm verbergen, was ich wirklich gefühlt habe, selbst damals nicht.

Kat hatte versucht, ihn zu drängen, doch er hat darauf bestanden, dass wir nicht ins Krankenhaus fahren, zunächst einmal. Ich hatte das Gefühl, ein Gewicht würde von meinen Schultern genommen, als sie widerwillig zugestimmt hat.

»Ich sollte Sie ins Krankenhaus bringen, Susan«, sagt Kat erneut, als sie vor ihrer Haustür stehen bleibt. Ich zittere, und James zieht seinen Mantel aus und legt ihn mir um die Schultern. Er zieht mich an sich, um mich zu wärmen. Mein Arm, der noch immer in der Krücke steckt, ruht an seiner Brust. Ich kann seinen Herzschlag spüren. Genau wie vor so vielen Jahren. Sein Geruch ist seltsam vertraut, trotz der Zeit, die uns verändert und geformt hat.

»Kommen Sie rein, kommen Sie rein«, sagt Kat nervös. »Rhys, können Sie bitte das Licht anmachen?« Er sieht sich um. »Da, bei der Küchentür.«

Das Licht geht an und verjagt die Schatten. Die Fenster, die sich über eine Wand der Wohnung erstrecken, sind jetzt dicht und schwarz. Ich beobachte in ihnen, wie Kat in ihrem Zuhause herumflitzt, Rhys unschlüssig dasteht, ich neben James stehe, unfähig oder unwillig, den Kontakt abzubrechen.

»Setzen Sie sich«, sagt Kat und nimmt meine Hände. Ihre Berührung lässt mich erneut erschauern, und der Zauber ist gebrochen, als ich mich von James lösen muss. Sie gibt Rhys die Krücken, stützt mich, als ich mich auf den Stuhl fallen lasse.

»Wie lange waren Sie da draußen?«, fragt Kat und reibt meine Hände warm. Sie gibt James seinen Mantel zurück und packt mich stattdessen in eine dicke Decke. Sie riecht nicht nach James. Ich wünschte, ich hätte den Mantel noch.

»Ich mache uns einen Tee«, sagt sie.

Rhys zieht sich einen Stuhl heran und stößt gegen den Tisch. Ein Kerzenhalter wackelt und fällt um. »Entschuldigung.« Er verrenkt sich, als er sich hinunterbeugt, um ihn aufzuheben. Mit unsicheren Händen versucht er, ihn wieder an dieselbe Stelle zu stellen, an der er stand. Er steht nicht mehr mittig, aber er scheint es nicht zu bemerken. Das Selbstvertrauen, das er im Krankenhaus ausgestrahlt hat, ist vollkommen verschwunden. Da ist etwas in seinen Augen. Er weiß ... Sollte ich seine Anwesenheit hier als gutes Zeichen nehmen?

Er beobachtet, wie Kat sich in der Küche zu schaffen macht, leise flucht, als sie ebenfalls Dinge umwirft, den Kessel zu voll macht, Löffel fallen lässt. »Verdammt noch mal«, murmelt sie, und ich sehe, wie sie kurz an der Spüle stehen bleibt, die Hände auf die Arbeitsplatte stützt und anschließend in ihre Tasche greift, um ihr Handy herauszuholen und in die Ladestation zu stellen. Rhys, der es bemerkt, macht eine Bewegung, verkneift sich aber alles Weitere. Kat wirft einen Blick ins Wohnzimmer, und sie sehen einander an. Ich senke die Augen auf meine Knie, auf die Decke.

James sitzt auf dem Stuhl mir gegenüber. Ich muss ihn nicht ansehen, um zu wissen, welchen Schmerz ich ihm zufüge. Welches Leid. Dass er hier ist … Er hat sich nicht verändert. Der Junge, in den ich mich verliebt habe, der, der gedacht hat, dass das Gewicht der Welt auf seinen Schultern liegt, er hat sich nicht verändert.

»Entschuldigung«, höre ich mich sagen. »Entschuldigung.« Ich wiederhole das Wort, versuche, die Halsschmerzen wegzuräuspern. Es tut jedes Mal weh, wenn ich den Versuch mache zu sprechen, aber ich muss − jetzt. Ich schulde ihnen allen mich zu erklären. Ich wünschte nur, es täte nicht so weh: meine Kehle, mein Kopf, mein Herz. All das in mir verschlossen zu halten, mich zu entscheiden, nicht zu reden, war irgendwie einfacher. Als ich noch schwieg, musste ich auch keine Beziehungen eingehen, die mich vielleicht davon abhalten konnten zu beenden, was ich begonnen hatte.

Nur, dass es nicht funktioniert hat. Je öfter Rhys mich besuchen kam, desto schwerer wurde es. Wie konnte ich ihm das antun, wie konnte ich einfach gehen nach allem, was er für mich getan hatte?

James beugt sich vor, greift nach meiner Hand, und ich überlasse sie ihm. Er sitzt auf der Stuhlkante und sieht mich nicht an, aber er legt die andere Hand auf meine. Seine

Hände sind weich. Warm. Und ich erinnere mich genau, wie sich seine Berührung vor all den Jahren angefühlt hat. Genauso, nur, dass ich jetzt das Gefühl habe, dass mir seine Zuneigung nicht zusteht, gleichgültig, wie sehr ich sie mir wünsche. Ich kann nicht viel sagen – oder vielleicht will ich das auch nicht –, deshalb verharren wir still. Wir berühren uns nur.

Kat kommt mit den Getränken zurück ins Zimmer. Sie beugt sich zu mir herunter, legt ihren Ellenbogen auf den Sitz. »Susan, ich muss ein paar Anrufe machen.« Ihre Stimme ist leise und unsicher. »Die Polizei muss wissen, dass wir Sie gefunden haben. Das Krankenhaus muss wissen, dass es Ihnen gut geht.« Sie scheint verängstigt und nervös, aber irgendwie noch immer kontrolliert und versucht, das Richtige zu tun. »Und was Ihre Schmerzen angeht, Sie müssen…« Sie sieht auf mein Bein. Bis jetzt habe ich nicht das Geringste gemerkt. Vielleicht liegt es daran, dass sie es erwähnt hat, denn jetzt spüre ich einen heftigen, heißen Schmerz in meinem Bein. Ich nicke noch einmal. »Wenn Sie nicht zurück auf die Station wollen, vielleicht fühlen Sie sich ja zu Hause wohler?«, schlägt sie vor, und mein Herz zieht sich zusammen. »Wir könnten versuchen, einen Pflegeplan auszuarbeiten. Vielleicht könnte ich mir am Anfang etwas freinehmen und helfen?« Sie sieht Rhys an, der auf seinem Stuhl herumrutscht. Die beiden wissen, was sie da vorschlägt. Eine Rückkehr an den Ort, von dem ich mich befreit habe. »Vielleicht hilft ja die gewohnte Umgebung?«

James macht den Mund auf, um etwas zu sagen, schließt ihn jedoch wieder. Es ist Rhys, der als Nächster das Wort ergreift.

»Warum haben Sie das getan?«

James blickt schnell auf, und ich sehe, dass er Rhys einen warnenden Blick zuwirft. Er reibt seinen Daumen gegen meinen. Kat steht da, sieht sich nach einer Sitzgelegenheit um und setzt sich auf das Sofa neben meinem Stuhl.

»Entschuldigung.« Rhys versucht es noch einmal. »Entschuldigung, es ist nur … ich verstehe nicht … ich verstehe das alles nicht.« Seine Stimme ist flach. Vielleicht ein weiterer Beweis, dass er es weiß. Er setzt die Beweise zusammen. Hat James ihm den Brief gezeigt? »Ich meine, nach allem …«

»Rhys«, unterbricht ihn James, doch ich drücke seine Hand, um ihm zu verstehen zu geben, dass das in Ordnung ist. Für Rhys ist es wichtig zu sagen, was er denkt. Für uns alle.

Ich hole dreimal Luft, so flach und ruhig, wie ich kann. »Der Brief«, sage ich. Meine Stimme überschlägt sich und bricht, als hätten die Wochen, in denen ich nicht gesprochen habe, sie beschädigt. »Der Brief an James.« Ich halte inne. James zieht seine Hand zurück.

»Der Junge, in den ich mich verliebt hatte, hatte Prinzipien.« Ich lächle. »Moralvorstellungen. Er hat immer das Richtige getan.« Ich sehe zu dem Jungen hinüber, der jetzt ein Mann ist, der sich nicht verändert hat. »Ich wusste, dass er den Brief annehmen und versuchen würde, mich zu finden, wenn er noch der Mann war, in den ich mich verliebt hatte. Aber das habe ich nicht gewollt.« James lehnt sich auf dem Stuhl zurück, er sieht unsicher aus, vielleicht sogar verletzt. Er setzt sich zurecht, verbirgt seinen Schmerz hinter seinem Pokerface. »Einen Brief zu schreiben ist eins …« Meine Stimme bricht wieder, und ich stocke. »Da waren Dinge, die gesagt, Wahrheiten, die geteilt werden mussten.« Die Welle der Stärke, die mir geholfen hat, all das in Worte zu fassen, bricht an der Realität, dass das Geheimnis jetzt heraus ist. Dass die Menschen in diesem Raum meine schwärzeste Stunde kennen und jedes Recht der Welt haben, mich zu verurteilen. Und trotzdem schulde ich ihnen die Wahrheit. Ich bin immer noch hier, zum Teil dank ihnen.

Dank Rhys.

James schüttelt leicht den Kopf. Das Licht fängt kurz die Feuchtigkeit auf seinen Wangen ein. Er holt ein gefaltetes Taschentuch heraus und wischt sich das Gesicht. Rhys rutscht auf seinem Stuhl herum.

Meine Kraft lässt weiter nach und nimmt die Entschlossenheit mit, den Schmerz zu unterdrücken, den ich so lange versucht habe zu verbergen. James greift nach meiner Hand, doch diesmal kann ich sie ihm nicht geben.

Rhys steht auf und geht im Raum auf und ab, bevor er neben James stehen bleibt. Und in dem Moment sehe ich es wirklich. So deutlich, dass es mir den Atem verschlägt.

»Der Zeitungsausschnitt«, sagt Kat. »Ging es darin um Sie?« Ich nicke kaum merklich und höre, wie Rhys einen Ton von sich gibt. »Ich kann mir nicht einmal vorstellen, was für eine Angst Sie gehabt haben müssen«, sagt Kat. »Allein ein Kind zur Welt zu bringen, ich kann nicht einmal ...«

»Ich hatte schreckliche Angst«, sage ich leise. »Ich kann es noch immer fühlen, hören, mich hören, das Baby hören, wie es seinen ersten Schrei getan hat. Ich kann den Baum riechen und das Blut und den Wald, durch den ich nach Hause gegangen bin.« Mein Geständnis trocknet mir die Kehle aus, und ich brauche einen Moment, um Kraft zu schöpfen. Denn jetzt muss ich alles teilen.

»Jedes Jahr, am siebzehnten Mai, bin ich zu dem Baum gegangen. Ich bin zu der Kirche gegangen. Dann bin ich durch den Wald gegangen, zurück nach Hause. Ich bin in den Spuren dieses Abends gewandelt, und ich habe das tief vergrabene Geheimnis beweint.«

Rhys blickt auf, und Kat wischt sich eine Träne von der Wange. James flüstert: »Oh, Susan.«

»Und jeden Abend, angefangen mit diesem Tag, bis zu dem Abend, bevor ich von der Station verschwunden bin, habe ich unserem Kind eine Gutenachtgeschichte vorgelesen, ein Märchen, habe die Worte in die Nacht hinausgeflüstert und gehofft, dass unser Junge sie irgendwie, auf irgendeine Weise hört.«

»Das Buch ...«, sagt Rhys und starrt mich an.

»Das Buch«, nicke ich und weiß, ohne jeden Zweifel, dass er es weiß, frage mich aber, wann er mir das sagen wird. Und James.

Kapitel 50

KAT

Sie verändert ihre Position und zuckt vor Schmerzen zusammen. »Sind Sie in Ordnung?«, frage ich. »Sie müssen das hier nicht tun, ja? Sie sollten sich ausruhen. Ich rufe jetzt im Krankenhaus an und sage allen Bescheid. Okay, Susan?«

Sie nickt langsam.

Rhys steht auf und geht zum Esstisch. Er hat die Arme verschränkt. »Warum ich?«, fragt er plötzlich. Ich halte inne und drehe mich um, das Festnetztelefon in der Hand, bereit anzurufen. Seine Stimmung hat sich verändert: Er ist aufgewühlt, seine Kiefermuskeln arbeiten, als er auf Susans Antwort wartet. »Warum hatten Sie meine Nummer in Ihrem Kalender? Warum haben Sie mich letztes Jahr immer wieder angerufen? Warum mich?«

James steht auf. »Rhys, ich denke ...«

»Es ist in Ordnung«, unterbricht ihn Susan.

James schüttelt den Kopf. »Jetzt ist nicht der richtige Augenblick, Susan. Du musst das jetzt nicht tun.«

Diesmal greift Susan nach James' Hand, drückt sie kurz, um ihm zu versichern, dass es in Ordnung ist, bevor sie sie wieder loslässt und die Hände in ihren Schoß legt. »Rhys hat gefragt, weil er meine Antwort braucht.« James sieht Rhys

378

an, und ich sehe, dass nichts darauf hindeutet, dass sie sich kennen. Nichts, von dem ich nichts weiß. Ich lehne mich gegen die Wand und warte.

Susan holt Luft und dreht den Kopf, um über die Schulter zu sprechen, da Rhys etwas hinter ihr steht. »Was mir an dem Abend, an dem ich mein Baby zurückgelassen habe, nicht klar war, war, dass ich von diesem Moment an täglich nach ihm Ausschau halten und mir Fragen stellen würde. Dass ich den Kopf nach jedem Baby in einem Kinderwagen umdrehen würde. Nach jedem Kleinkind, nur für den Fall, dass mein Herz stehen bliebe. Dass ich Jahre später Menschen folgen würde, deren Augen mir vertraut erschienen, oder deren Kieferpartie.« Sie nickt in James' Richtung. »Dass ich allem nachgehen würde, das auch nur die Möglichkeit barg, dass ich mein Kind gefunden hatte. Doch bis heute bin ich mir nie sicher gewesen. Es war immer wie ein Vielleicht, eine Möglichkeit.«

Rhys' Gesicht ist ausdruckslos, erstarrt im Moment. Er scheint nicht zu registrieren, was sie sagt, und doch fährt sie fort, als täte er das.

»Als ich angefangen habe, im Stadtarchiv zu arbeiten, hat es nicht lange gedauert, bis mir klar wurde, dass ich dort die Möglichkeit hatte, die Akte zu finden. Mehr als einmal habe ich nach Unterlagen aus den Wochen und Monaten um den Zeitpunkt gesucht, zu dem es passiert war. Als ich sie endlich gefunden hatte, habe ich gewartet, bis es dämmerte und die Kollegen das Büro verlassen hatten. Ich habe sie in den Händen gehalten und angesehen und es gewagt, sie ganz zu öffnen, sie genau zu lesen. Ich bin mehrmals aufgestanden und wieder gegangen, bevor ich mich hingesetzt und jedes Wort in mich aufgenommen habe.«

Rhys setzt sich, er starrt in die Ferne, und ich glaube, ich beginne zu verstehen, was sie da gerade gesagt hat.

»Du musst um die sieben gewesen sein, als ich es herausgefunden habe.«

Rhys schluckt, seine Augen glänzen. Susan fährt fort. Ich halte den Atem an.

»Ich konnte sehen, wann du adoptiert worden warst, sowie den Namen der Familie, die dich aufgenommen hatte. Du warst real. Ein Junge mit einem Namen, den ich dir nie hatte schenken dürfen. Die Namen deiner Mutter und deines Vaters standen dort. Deine Adresse. Es war seltsam, ich…«

Susan verstummt. Sie kann nicht sehen, dass Rhys versucht, seine Traurigkeit wegzublinzeln, aber ich sehe das, und es bedarf all meiner Willenskraft, nicht zu ihm zu gehen, weil jetzt nicht der richtige Moment dafür ist; hier geht es nicht mehr darum, dass ich eingreife und jemanden rette. Das hier ist größer, als ich es mir je hätte vorstellen können.

Als Susan wieder zu sprechen beginnt, ist ihre Stimme schwächer. Sie wird müde, schnell. »Ich vermute, dass die Informationen, die ich jetzt hatte, dich in gewisser Weise für mich genauso lebendig gemacht haben, wie sie dich weiter von mir entfernt haben. Den Schmerz, den sie mir verursacht hat, hatte ich nicht vorhersehen können.« Susan wischt sich eine verirrte Träne weg. James sieht zu, rührt sich aber nicht. Rhys starrt weiter auf den Boden, und ich habe das Gefühl, keine Luft zu bekommen. Oder mich nicht bewegen zu können.

»Ich erinnere mich an das erste Mal, dass ich dich gesehen habe«, sagt sie. »Als erwachsenen Mann. Ich war auf dem Weg zur Arbeit – mit dem Bus, weil mein Auto in der Werkstatt war.«

Rhys ist leichenblass geworden. Das Zimmer fühlt sich kalt an, obwohl es warm ist.

»Du warst in deinem Lieferwagen. Du hast neben dem Bus an der Ampel gehalten. Das Fenster über mir war offen, und ich konnte deine Musik hören, sie war ziemlich laut.« Ihre Stimme klingt gequält. Wie mochte es sich anfühlen, sich so eine Erinnerung ins Gedächtnis zurückzurufen? »Du hast laut mitgesungen, und von dem Moment an, in dem ich dich gesehen hatte, konnte ich es nicht glauben, ich konnte nur…« Rhys blickt auf. »Es war anders. Du warst anders. Und dann sah ich die Aufschrift auf deinem Lieferwagen. Woods Brothers.

Darunter dein Name und die Kontaktdaten. Meine Hände haben gezittert, als ich mir deine Nummer aufgeschrieben habe. Ich hatte furchtbare Angst, dass du weg sein könntest, bevor ich alles aufgeschrieben hatte. Ich bin aufgestanden, als der Bus losgefahren ist, und den Gang hinuntergegangen, um dich nicht aus den Augen zu verlieren, bis du nicht mehr zu sehen warst.« Sie zögert, und ich kann immer noch nicht wieder atmen. Im Zimmer ist es still, bis sie schließlich sagt: »Ich habe gewusst, dass du mein Sohn bist. Ich hatte keinen Zweifel.«

Mein Mund geht auf, meine Augen brennen.

»Ich habe deine Nummer wochenlang in meiner Tasche mit mir herumgetragen, bevor ich den Mut aufgebracht habe, tatsächlich mit dir zu sprechen«, endet sie ruhig.

Ihr Lächeln ist verblasst. Rhys rührt sich nicht, und James scheint wie gelähmt. Vielleicht hätte ich sie alleine lassen sollen. Ich bin mitten in einer Geschichte, die nicht meine ist. Ein Eindringling.

»Erinnerst du dich, wie du das erste Mal zu mir nach Hause gekommen bist und wie ich dich hereingebeten habe? Du hast mir die Hand hingestreckt, und ich habe dir den Rücken zugewandt. Ich konnte einfach nicht … ich habe auf den Trockenschrank gezeigt und dich alleine nach oben gehen lassen, weil ich es, als du endlich vor mir standest, einfach wusste.« Sie schluckt hart, dann flüstert sie: »Deine Kieferpartie, deine Nase, deine Augen. Es war, als würde James wieder vor mir stehen.«

James sieht mit großen Augen zu Rhys hinüber. Ist diese Information neu für ihn? Oder stand das alles in dem Brief?

Eine weitere Träne läuft ihre Wange hinunter, und sie hebt die Hand, um sie wegzuwischen, ihre Bewegungen sind langsam und müde. »Ich wusste, dass du es warst.« Eine weitere Pause entsteht, bevor sie sagt: »Mein Sohn.«

James steht langsam auf.

Rhys starrt noch immer vor sich hin, rührt sich nicht. Dann suchen seine Augen den Boden vor ihm ab. Er spannt den Kiefer an, sieht erst Susan an, dann James, dann wieder Susan. Schließlich sagt er mit flacher, fast unbeteiligter Stimme: »Wie konntest du nur?«, und mir wird klar, wie dünn der Grat geworden ist. Wie gefährlich nahe er daran ist zu zerbrechen. »Wie kann jemand ein Kind aussetzen?«, fragt er, seine Stimme ist leise und empört.

»Rhys«, sagt James. Aber Rhys ist nicht bereit zu schweigen.

Kapitel 51

RHYS

Ich gehe zu beiden auf Abstand, fahre mir mit den Händen durch die Haare, versuche, die Information zu verdauen. Das macht alles keinen Sinn und doch allen Sinn dieser Welt. Und es ist nicht neu. Von dem Moment an, als ich den Zeitungsausschnitt gesehen habe, habe ich mich das gefragt, aber ich konnte es nicht glauben. Und wieder, als ich mit Mum im Botanischen Garten geredet habe – ich habe es gewusst, als ich ihr bei meinem letzten Besuch auf der Station gegenübergesessen habe. Aber ich kann es nicht verarbeiten. Ich möchte schreien. Ich möchte weglaufen. Ich möchte gehen. Und doch möchte ich ihr sagen, was das bedeutet. Für mich.

Ich sitze auf der Fensterbank in der entferntesten Ecke des Zimmers. Auf Abstand zu ihnen allen, aber ohne sie aus dem Blick zu lassen.

»Ich habe Jahre nicht gewusst, woher ich kam«, beginne ich leise, nicht sicher, was ich eigentlich sagen will, »und es hat mich auch nicht weiter interessiert, weil es für mich nicht wichtig war. Ich hatte eine Mutter, die alles für mich tat, und meinen Bruder, und mehr brauchte ich nicht zu wissen – bis er es brauchte. David. Als er sich über seine eigene Geschichte schlaugemacht hat, etwas erfahren hat, das schließlich das

Fass zum Überlaufen gebracht hat, ihn veranlasst hat, sich das Leben zu nehmen, habe ich meine Akte eingesehen, und alles... ist in sich zusammengestürzt. Ich hätte da sein sollen, um ihm zu helfen. Um ihn zu unterstützen. Aber ich hätte selbst jemanden gebraucht. Nur da war niemand.«

Kat sieht mich mitleidig an, doch ich bin noch nicht fertig.

»Wie kann jemand so etwas tun?«, flüstere ich. »Ich hätte sterben können, da draußen auf den Stufen. Ich war hilflos, und trotzdem bist... bist du weggegangen.«

»Rhys«, unterbricht ihn James.

»Es ist in Ordnung«, sagt Susan.

»Und ja, ich hatte Glück, ich wurde gefunden. Ich bekam eine zweite Chance, doch ich habe die Wahrheit herausbekommen, und sie hat mich fast zerbrochen. Aber das konnte ich nicht zulassen, weil David mich gebraucht hat. Weil seine Bedürfnisse Vorrang vor meinen hatten. Und vielleicht habe ich das zugelassen, weil es einfacher war, als mich hiermit auseinanderzusetzen.«

Ich denke an all die Male, die David versucht hatte, sich mit der Frau zu treffen, die ihn zugunsten eines Lebens weggeben hatte, in das er nicht hineingepasst hat, und der Schmerz, ihn verloren zu haben, trifft mich wieder mit voller Wucht.

»Und dann ist er gestorben. Und das hat alles Weitere überlagert. Ich habe alles auf Eis gelegt, weil es zu viel war. Weil ein Mensch so viel nicht ertragen kann.«

Kat kommt mit ausgestreckter Hand auf mich zu. »Rhys, ich bin sicher, das ist alles...« Aber sie bleibt stehen. Spürt sie, dass ich niemanden in meiner Nähe haben will?

»Und jetzt bin ich hier, in der Wohnung einer Frau, die ich nicht kenne, mit zwei Fremden, von denen sich herausstellt, dass sie meine Eltern sind.« Susan gibt einen kleinen Laut von sich, einen Schrei vielleicht. Ich kann ihr Gesicht durch meine eigenen Tränen nicht sehen. »Ich kann nicht mal … ich weiß es nicht.«

James versucht es noch einmal. »Rhys«, sagt er, ohne sich zu rühren.

»Was!«, sage ich, Wut und Verwirrung schwingen in meiner Stimme mit. »Was? Was willst du, dass ich tue? Wie soll ich diese Informationen aufnehmen? Wie soll ich sie verarbeiten?« Meine Beine geben nach. Kat eilt zu mir, hilft mir, das Gleichgewicht wiederzugewinnen, hilft mir zurück auf den Stuhl am Tisch. Ich kann nichts fokussieren. Neue und verwirrende Details sickern langsam in mein Bewusstsein: mein Geburtstag, den ich nie gekannt habe; James' Blick, als er den Brief gelesen und mich hereingebeten hat; der Blick, als er mich gefragt hat, ob ich weiß, was in dem Brief steht, und ich den Kopf geschüttelt habe; meine Erkenntnis, wer er sein muss, und wie er das Thema im Auto gemieden hat, als wir hierhergerast sind, um sie zu finden, bevor sie ganz aufgab, nicht mehr mit mir rechnete. Erst jetzt macht irgendetwas davon Sinn.

»Warum?«, frage ich noch einmal. »Warum hast du das getan?«

»Sie müssen nicht jetzt darauf antworten, Susan«, sagt Kat. »Vielleicht sollten wir eine Pause machen. Ich denke, Sie sollten ins Krankenhaus zurückgehen. Wir müssen Sie durchchecken lassen.«

»Ich habe mich für jede meiner Entscheidungen von dem Moment deiner Zeugung an bis zu dem Tag, an dem ich dich zurückgelassen habe, geschämt«, antwortet Susan und unterbricht Kat. »Ich war schwach, Rhys. Ich war egoistisch. Und ich hatte Angst.«

Ich beiße die Zähne zusammen, als würde ich gegen einen Schmerz ankämpfen, der in meinem Herzen wächst und sich vervielfacht. Den Schmerz, verlassen worden zu sein. Diese grausame Wahrheit. Und den Schmerz, dass die Frau, die mich zur Welt gebracht hat, noch immer so sehr leidet.

Ich sehe zu James hinüber. Sein Blick hält meinen fest, sein Gesicht ist vertraut. Susan hat recht, es ist so offensichtlich. Die gleiche Kieferpartie, wie sie gesagt hat. Wir haben auch den gleichen Körperbau. Er ist ein Teil von mir. Ich bin ein Teil von ihm. Von ihnen. Es ist, als hätte der Nebel sich gelichtet und als wäre ich endlich komplett. Der Mensch, der ich bin. In meinem tiefsten Inneren. Meine Geschichte taucht aus einem Nebel auf. Und ich weiß nicht, was ich davon halten soll. Was ich fühlen soll.

Bevor ich Zeit habe, das herauszufinden, steht James auf und kommt zu mir. Ich kämpfe gegen den kleinen Teil in mir an, der weglaufen möchte, als er sich hinhockt, um mich besser ansehen zu können, mein Gesicht in seine Hände nimmt. Ich spüre die Wärme eines Mannes, von dem ich nie gedacht hätte, dass ich ihn je kennenlernen würde.

»Als du in meinem Büro gesessen hast, wollte ich es dir sagen, aber ich habe nicht gewusst, wo ich anfangen sollte. Ich habe immer wieder gedacht, dass du ein Recht darauf hast, es zu wissen, aber wo fängt man mit so etwas an? Ich wusste nicht einmal, ob du weißt, dass du adoptiert bist.« Tränen laufen sein Gesicht hinunter. »Es tut mir so leid.« Er zieht mich in eine Umarmung wie die, die ich immer von Dad eingefordert habe, bevor er uns verlassen hat, bevor ich überhaupt gewusst habe, dass es das ist, was ich brauchte, was ich wollte. Bei James' Berührung fühle ich Schranken fallen, ihre Trümmer sammeln sich zu meinen Füßen, werden von einer neuen Stärke ersetzt, einer Stärke, die ich nie zuvor gespürt habe. Ich fasse James an den Armen, sodass wir einander ansehen können, und so verharren wir, nicht bereit, uns schon wieder loszulassen. Ich bin gefunden worden.

Kat unterbricht uns schließlich. »Ich weiß, dass das überwältigend ist. Und ich weiß, dass Sie alle viel zu verarbeiten, zu besprechen haben, und es tut mir leid, aber ich muss jetzt jemanden anrufen«, sagt sie, ihre Stimme ist angespannt und dünn. »Es tut mir leid … aber ich muss … ich muss das tun.«

James dreht sich zu ihr um. »Natürlich, Kat. Natürlich, müssen Sie das tun.« Er sieht zu Susan hinüber, die sich nicht mehr gerührt hat, seit die letzten Details ihres Geheimnisses enthüllt sind. Seit meiner Reaktion, seit meinem Ärger. Ich beobachte, wie er zu ihr geht. Ich kann sehen, wie er sich danach sehnt, die Hand nach ihr auszustrecken, und mir geht es genauso. Aber ihre Schutzwälle stehen wieder. Trotz allem, was sie gesagt hat, versteckt sie sich immer noch.

James geht vor ihr in die Hocke. »Ich kann mich um dich kümmern, Susan. Ich kann dich zurückfahren und bleiben, solange du mich brauchst. Wir können reden, herausfinden, wie wir …« Ich weiß nicht, was er sagen wollte, als er verstummt. Sie nickt schwach, doch ihr Blick ist ausdruckslos. »Bist du in Ordnung?«, fragt er, in seiner Stimme schwingt Besorgnis mit. »Du siehst …« Er sieht zu Kat hoch, die Sorge steht jetzt auch ihr ins Gesicht geschrieben.

Susan nickt schwach und antwortet so leise, dass wir sie

kaum verstehen können. »Ich bin in Ordnung«, sagt sie atemlos. »Ich bin nur …«

Erst fällt ihr Kopf nach vorne, dann ihr ganzer Körper. James bemüht sich, sie aufzufangen. »Hallo, Susan? Susan!«

Kat eilt hinzu, greift nach ihrem Gesicht, als ich auch zu ihnen trete. Sie ist blass, fast blau, und hängt wie eine Stoffpuppe in seinen Armen. Kat hebt ihre Lider an, um die Pupillen zu überprüfen. Ihr Kopf fällt zurück, dann wieder nach vorn. »Susan, können Sie mich hören? Rhys, haben Sie Ihr Handy da? Rufen Sie einen Krankenwagen, sagen Sie ihnen, wer sie ist, sagen Sie ihnen, dass ich bei ihr bin. Sagen Sie ihnen, dass es eilt.« Ich fingere an dem Handy herum, versuche zu wählen. Kat hält Susans Kopf fest und spricht ruhig, aber eindringlich mit ihr, während ich die Nummer wähle und warte, dass ich verbunden werde. Ich darf sie nicht verlieren. Nicht jetzt, wo ich sie gerade erst gefunden habe. Jetzt, wo sie mich gefunden hat. Ich kann nicht …

»Ich fahre sie«, sagt James und springt auf. »Ich bin mit dem Auto schneller.« Er bückt sich, um Susan hochzuheben, und verliert leicht das Gleichgewicht, bevor er sie richtig gefasst hat.

Ich drücke den Anruf weg und eile zu ihm, um ihm zu helfen. »Lass mich das machen«, sage ich, und James macht mir Platz. Die Schranken ignorierend, die sie, als sie noch bei Bewusstsein war, zwischen uns aufgebaut hat, nehme ich Susan hoch. Sie ist leicht, kaum spürbar, so zerbrechlich. James läuft zur Tür und hält sie mit dem Fuß auf, als ich hindurchlaufe und aufpasse, dass ich Susan nicht stoße oder durchrüttele.

»Ich komme, warten Sie.« Kat rennt in die Küche und greift nach ihrem Handy, ihren Schlüsseln und ihrer Brieftasche, dann läuft sie um mich herum, die Treppe hinunter zum Auto. »Setzen Sie sie neben mich auf die Rückbank, ich kontrolliere ihren Puls und rede weiter mit ihr.« Sie erhascht einen Blick auf meinen Gesichtsausdruck. »Machen Sie sich keine Sorgen«, tröstet sie mich, doch in ihren Augen spiegelt sich eine Panik wider, die mir sagt, dass meine Angst berechtigt ist.

Ich habe sie gerade erst gefunden, und sie mich. Das darf jetzt einfach nicht passieren.

Kapitel 52

KAT

»Folgen Sie mir«, sage ich, öffne die Tür zu meinem Büro und biete ihm einen Platz an. »Möchten Sie etwas trinken?

»Ein Bier?«, meint er und sieht mich nicht wirklich an.

»Tee…?«, biete ich an, zugegeben ein lahmer Ersatz, was sein Kopfschütteln bestätigt. Ich kann es ihm nicht verdenken. Es sind Momente wie diese, in denen sich ein Flachmann als nützlich erweisen würde. Ich setze mich auf den Rand meines Schreibtischs. »Ist es eine dumme Frage, wenn ich Sie frage, ob Sie in Ordnung sind?«

Er streckt seine Arme und Beine, dann reibt er sich das Gesicht. »Ja, aber es gibt nicht viele andere Fragen, die Sie stellen könnten, also sei Ihnen vergeben.« Er blickt auf und schenkt mir ein flüchtiges Lächeln. Es wird bald wieder von der Distanziertheit ersetzt, die er an den Tag gelegt hat, seit Susan ihre Geschichte erzählt hat. »Es ist lustig«, sagt er. »David und ich haben öfter darüber gesprochen. Wie es wohl wäre, wenn wir es wüssten.« Ich warte auf eine Erklärung. »Sheffield ist klein. Bei der Größe und mit der Einwohnerzahl ist es wie ein Dorf. Es gehört nicht besonders viel dazu, eine Verbindung zu finden, gewöhnlich findest du sie gleich nebenan.«

Ich suche mir einen anderen Platz, um ihm gegenüberzusitzen. »Er hat immer gedacht, dass er es wissen würde, wenn er auf etwas stoßen würde, das mit ihm zu tun hat. Er hat gesagt, dass da diese Verbindung wäre und dass du es spüren würdest.« Er saugt an seinen Zähnen. »Bei Susan habe ich etwas gespürt, ohne Zweifel, aber ich habe mir gesagt, dass es lächerlich sei. Dass es zu offensichtlich wäre. Dass ich verzweifelt wollte, dass da etwas war, und dass ich mich an jeden Strohhalm geklammert habe, den ich finden konnte. Ich habe versucht, mich davon zu überzeugen, dass es nur daran lag, was sie getan hatte.«

»Und jetzt?«, frage ich.

Er sieht aus dem Fenster. Es ist fast elf, und die Lichter des Krankenhauses machen es unmöglich, den nächtlichen Himmel zu sehen, doch Rhys blickt weiter hinaus. »Es ist, als wäre jede Frage, von der ich nicht wusste, dass ich sie hatte, beantwortet worden. Es ist, als wäre ich endlich ich. Wie ich gedacht war, obwohl ich das ja offensichtlich nicht war.« Er schweigt kurz. »Ich hatte nie das Gefühl, irgendetwas zu vermissen. Mum war Mum, und das habe ich nicht hinterfragt, obwohl ich immer die Wahrheit gewusst habe. Aber das hier...«

»Sie wird wieder gesund, Rhys«, sage ich, und er stößt die Luft aus, als hätte ich gerade eine Angst genährt, über die er nicht nachzudenken wagt. »Sie war einfach erschöpft, nach allem, was sie ihrem Körper und sich selbst zugemutet hat. Sie hätte das Krankenhaus nicht verlassen dürfen, abgesehen von allem anderen. Ihr Körper hat einfach die Notbremse gezogen, um sie zu schützen. Schlaf, Essen und Geduld, und sie wird wieder gesund«, versichere ich ihm.

»Und dann?«, fragt er und sieht mich an. »Was ist dann?«

»Wie meinen Sie das?«, frage ich. Ich verstehe, was er meint, aber ich will, dass er es laut ausspricht.

»Ich bin angekommen. Im Leben, in der Wahrheit, ich bin plötzlich und endlich hier …« Er blickt flehend hoch. »Ich glaube nicht, dass ich das kann, falls die Gefahr besteht, dass sie es noch mal versucht.«

Ich greife nach seinen Händen. »Rhys, sie hat aufgegeben, weil sie Angst hatte. Vielleicht muss sie die ja nicht mehr haben.« Ich rutsche an die Stuhlkante und merke, dass die Situation mir eine Klarsicht gibt, eine Stärke, ich weiß genau, was jetzt erforderlich ist. »Rhys, Sie müssen nichts überstürzen. Weder mit ihr noch mit James. Sie müssen nicht über Nacht zu einer glücklichen Familie werden. Sie müssen das überhaupt nicht, wenn es sich nicht richtig anfühlt.«

»Aber das tut es. Und genau das ist der Punkt. Egal, wie sehr mich das, was sie getan hat, verwirrt oder wütend macht, es fühlt sich richtig an. Ich möchte sie kennenlernen. Was ist, wenn ich eine Beziehung zu ihr aufbauen will und sie das nicht will? Oder wenn er das nicht will? Er hat bereits eine Familie, wieso sollte er mich brauchen?«

»Er ist drei Stunden gefahren, hat Sie aufgesammelt und Ihnen geholfen, sie zu finden«, erinnere ich ihn. »Und jetzt sitzt er an ihrem Bett und hält ihre Hand, bis er weiß, dass sie wieder gesund wird. Hören Sie, Sie sind müde, und sie wird bis zum Morgen schlafen. Wenn ich Sie wäre, würde ich nach Hause gehen und versuchen, etwas Schlaf zu bekommen. Sie können mich morgen anrufen, wenn Sie das möchten, mich wissen lassen, wie es Ihnen geht und was Sie als Nächstes tun wollen. Ich bin hier, um zu helfen«, sage ich und drücke seine Hand. Er verändert seine Position, um meine Hand in seine zu nehmen, und so bleiben wir einen Moment sitzen.

»Danke«, sagt er leise.

»Danke?«, frage ich.

»Dass Sie mich angerufen haben. Dass Sie das Risiko eingegangen sind. Ich wäre nicht hier, wenn es Sie nicht gäbe.«

»Machen Sie mich nicht dafür verantwortlich!«, scherze ich und ziehe meine Hand zurück.

»Das tue ich nicht.« Er lächelt. »Ich schulde Ihnen etwas.«

Ich schiebe meine Brille zurück auf die Nase und fahre mir mit der Hand durchs Haar. »Sie schulden mir gar nichts«, sage ich und beschäftige mich mit ein paar Akten auf meinem Tisch.

Ich nehme wahr, wie er aufsteht und hinter mich tritt. Er greift nach meinen Schultern und dreht mich zu sich herum. »Sie haben keine Ahnung, wie großartig Sie sind, richtig?« Ich lache, fühle mich unbehaglich durch seine Nähe und bei seinen Worten. »Was immer es war, was Sie gebrochen hat, es kann es nicht wert gewesen sein.«

»Mich gebrochen?«, frage ich überrascht.

»Ich habe es gesehen. Ich kann es noch immer sehen. Sie kümmern sich um alle anderen. Sie achten auf Susan. Auf mich. Trotzdem habe ich gesehen, wie Sie uns beobachtet haben. Das alles rührt auch an Ihren eigenen Schmerz, etwa nicht?«

Ich seufze. Ich versuche immer, die Kat zu sein, die er braucht, die die Situation im Griff hat, die ihre Patienten im Griff hat, die sicherstellt, dass ich dieses Chaos in Ordnung bringe, so gut ich das kann. Ich kann nicht vor ihm zugeben, dass ich durch ihn und Susan angefangen habe zu verstehen, dass ich mich gegen die eigene Zukunft entschieden hatte.

»Warum verstecken wir uns vor den Dingen, die uns ausmachen könnten?«, fragt er.

»Weil sie uns genauso leicht zerbrechen könnten«, antworte ich schnell. »Weil wir es leid sind, mit ihnen umzugehen. Weil wir nicht noch einmal verletzt werden wollen.«

»Und dafür riskieren wir sogar, nichts mehr zu fühlen?«, fragt er. »Ist das besser?«

»Ich weiß es nicht.«

Er sieht mich einen Moment lang an, bevor er plötzlich auf mich zutritt und mein Gesicht in seine Hände nimmt. »Riskieren Sie es, verletzt zu werden! Sie verdienen es, glücklich zu sein«, sagt er und sieht mich mit einer Konzentration und Intensität an, die ich noch nie an ihm gesehen habe. Dann sehe ich aus dem Augenwinkel heraus, wie Mark uns durch das Fenster in der Tür beobachtet. Ich möchte zu ihm gehen und ihm sagen, dass er hereinkommen soll, ihm erzählen, was passiert ist, doch bevor ich das kann, ist er verschwunden. Ich entziehe mich Rhys' Händen und gehe zur Tür.

»Was ist?«

»Nichts.«

»Oh, mein Gott, Entschuldigung, war das …« Er tritt einen Schritt zurück, fährt sich durch die Haare und wird leicht rot.

»Nein, es ist in Ordnung. Das war nur ein Kollege …«

»Gehen Sie, wenn Sie gebraucht werden«, sagt er. »Wie Sie gesagt haben, ich sollte sowieso nach Hause gehen.«

»Es ist in Ordnung.« Ich zucke die Schultern. »Er ist … ich weiß nicht.«

»Das meine ich«, sagt Rhys und geht zur Tür.

»Was?«, frage ich und beschäftige mich wieder mit den Papieren, wie ich das jedes Mal tue, wenn jemand es wagt, mir nahezukommen, und mich zum Zuhören zwingt.

»Wenn diese Situation mich etwas gelehrt hat, wenn Susan mich etwas gelehrt hat, dann ist es das, dass wir es alle verdienen, glücklich zu sein. Sie verdienen es, glücklich zu sein. An sich zu glauben. Menschen zu sich vordringen zu lassen ist nicht leicht, das weiß ich. Mein Gott, und wie ich das weiß! Aber stellen Sie sich einmal vor, was passieren könnte, wenn Sie es täten…«

Ich nicke schwach und beiße mir auf die Lippe. »Hören Sie, Sie sollten gehen, ein wenig Schlaf bekommen. Ich rufe Sie morgen früh an und sage Ihnen, wie es ihr geht. Oder Sie kommen vorbei. Egal, nur ruhen Sie sich etwas aus«, weise ich ihn an, womit mein Krankenschwesternstatus wieder hergestellt wäre.

Rhys gähnt und nickt.

»Wir reden morgen«, rufe ich ihm in einem autoritären Ton hinterher, obwohl ich mich eindeutig so fühle, als hätte jemand mich aufgemacht und in mich hineingesehen. Meine Tür fällt langsam ins Schloss, und ich lasse mich zurück auf meinen Stuhl fallen, nehme meine Brille ab, um mir mit Fingern und Daumen über die Augen zu fahren, bis ich Sterne sehe.

Vielleicht hat er recht. Vielleicht können wir alle von Susan lernen.

Kapitel 53

RHYS

Es ist spät, fast Mitternacht, als ich bei Mum halte. Vielleicht hätte ich einfach nach Hause fahren sollen. Ich weiß nicht genau, worüber ich mit ihr reden will. Oder was ich überhaupt fühle angesichts all dessen. Es ist genau das, was ich an dem Tag, als ich nach meiner Akte gefragt habe, wollte, und genau das, was ich glaubte verloren zu haben, als ich die Antwort hörte.

Es ist genau das, was auch David gewollt hat. Und ich kann nichts tun, um irgendetwas für ihn zu ändern. Warum konnte er das nicht sein? Warum konnte das nicht seine Geschichte sein? Dann wäre er vielleicht noch hier. Vielleicht.

Mum öffnet die Haustür, und Derek tritt heraus. Ich greife nach den Schlüsseln, um den Motor wieder zu starten, halte jedoch in der Bewegung inne, bevor ich den Zündschlüssel drehen kann. Ich denke an Susan und den fast vierzig Jahre alten Schmerz, den sie tief in sich vergraben hat. Ich denke an James, der die gleiche Anzahl von Jahren nichts davon gewusst hat. Ich denke an das Baby, das vor der Kirche ausgesetzt wurde, damit man es fand, rettete, ihm ein neues Leben gab. Mir ein neues Leben gab. Ich sehe zu Mum hin, der Frau, die diese Verantwortung übernommen hat. Selbstlos.

Allen Widrigkeiten zum Trotz. Mehr als einmal. Ich denke an den Schmerz, den sie jeden Tag bei dem Gedanken empfindet, dass es David nicht mehr gibt.

Und wie Derek ihr geholfen hat, wieder zu lächeln.

Ich steige aus dem Auto. Mum blickt auf. »Rhys«, sagt sie und sieht auf die Uhr. »Es ist spät, ist alles in Ordnung?«

»Alles ist gut, ja… ich hatte einfach das Gefühl… ich musste einfach nach Hause kommen«, sage ich. »Ist das… ich kann wieder fahren, wenn es nicht passt.« Ich zeige auf den Wagen und kreuze die Finger, dass sie sagt, dass es in Ordnung ist.

»Natürlich ist das in Ordnung«, sagt sie, ohne zu fragen. »Komm rein, mein Lieber, Derek wollte ohnehin gerade gehen.« Sie sieht ihn an, und er nickt.

»Stimmt, bin schon so gut wie auf dem Weg nach Hause. Ich habe total die Zeit vergessen.« Er lächelt.

»Derek«, sage ich. Als ich näher komme, veranlasst mich irgendetwas, ihm die Hand hinzustrecken. Er ergreift sie, und wir teilen einen stillschweigenden Moment. Der Akzeptanz?

»Deine Mum sagt, dass sie ihren Schönheitsschlaf braucht. Sie wollte mir nicht glauben, als ich gesagt habe, dass sie den nicht nötig hat.« Sie schlägt ihn spielerisch auf den Arm, und er fängt ihre Hand ein und gibt ihr einen Kuss darauf. »Ich rufe dich morgen an«, sagt er. »Gute Nacht, Rhys.«

Wir beobachten schweigend, wie er die Straße hinuntergeht, um die Ecke biegt und aus unserem Blickfeld verschwindet. »Kein Auto?«, frage ich.

»Er nimmt den Bus«, antwortet sie, und wir verfallen erneut in ein tiefes Schweigen. Die Hauptstraße ist in der Ferne zu hören. Einige Straßen weiter albern ein paar Jugendliche herum. Der Himmel ist relativ klar, ein paar Sterne glitzern über uns und erinnern mich daran, wie klein wir sind. Wie unbedeutend.

»Ich habe heute dein Bett frisch bezogen. Ich muss das irgendwie gewusst haben«, sagt Mum, geht zurück ins Haus und wartet, dass ich ihr folge. Ich trete ein, atme den vertrauten Geruch und das Gefühl ein, zu Hause zu sein. Und Mum. Und die Sicherheit. All das hüllt mich ein, legt sich um mich. »Willst du darüber reden?«, fragt sie. Und ich merke, dass ich das nicht will. Nicht, weil ich nicht kann oder will, sondern weil ich Zeit brauche, um die Neuigkeiten erst einmal selbst zu verdauen, bevor ich ihr davon erzähle. Ich muss sehen, wie ich mich fühle. Daran glauben und darauf vertrauen, was ich weiß und spüre. Ich schüttele den Kopf. »Tee?«, fragt sie. Wieder schüttele ich den Kopf.

»Ich denke, ich wollte nur ...« Ich zeige nach oben, meine Energie nimmt rapide ab.

»Okay, mein Lieber«, sagt sie. Ich lehne mich in ihre Umarmung, und sie drückt mich fest, wie sie das immer getan hat, als ich noch ein Kind war. Sie küsst mich auf die Schulter, dann fährt sie mir mit der Hand durchs Haar. »Ich bin sehr stolz auf das, was du bist, Rhys Woods«, sagt sie, als ich die Treppe hochsteige.

Ich mache die Tür zu meinem Kinderzimmer auf. Alles ist noch genauso wie früher. Das Plakat von Kylie Minogue über meinem Bett; das von Wendy James auf der anderen Seite. Die halb leere Flasche Kouros noch von David im Regal. Ich steige in das schmale Bett, mein Körper ist schwer von der Last des Tages, von den letzten zwei Wochen. Als ich die

Augen schließe, wandern meine Gedanken von Susan zu Kat, zu James, zu Michelle und dann zu Mum. Die unten ist. Wie sie das immer war. Was immer ich auch gedacht haben mag.

Kapitel 54

KAT

DREI WOCHEN SPÄTER

Sorgfältig stecke ich das Märchenbuch in die Tasche, oben auf ihre Kleider. Ich fahre mit den Fingern darüber, seine Bedeutung verleiht ihm eine Schönheit, die ich vorher nicht gesehen habe. Ich ziehe den Reißverschluss der Tasche zu, die ich ihr für ihre Sachen gebracht habe, und sehe auf ihrem Bett nach, ob ich irgendetwas vergessen habe. »Ich denke, das ist alles.«

»Danke«, sagt sie, ihre Stimme ist leise, in sich gekehrt, aber zumindest spricht sie, seit wir sie im Park gefunden haben. Sie hat keinen Grund mehr, ihre Worte zu verstecken.

»Wann, hat James gesagt, will er kommen?«, frage ich und blicke auf die Uhr. »Um zwei?« Susan nickt. Ich frage mich, wie sie sich fühlt, ob sie noch nervöser ist als ich. Ich habe ihr angeboten, ein paar Lebensmittel einzukaufen und ihren Kühlschrank zu füllen, nur ein paar, damit sich nicht alles so steril anfühlt, wenn sie nach Hause kommt. Ich hatte Sorge, dass sie ins Haus treten und die Atmosphäre der Verlassenheit, die sie dort zurückgelassen hat, es ihr zu schwermachen könnte, dort wieder zu wohnen.

»Ich komme wieder auf die Beine«, sagt sie und kommt meinen Gedanken zuvor. Ihre Stimme ist dünn, aber nicht unsicher.

Ich gehe um das Bett herum und setze mich vorsichtig neben sie. »Versprechen Sie mir das?«, frage ich, wobei sich unsere Schultern fast berühren.

»Ich verspreche es«, sagt sie und sieht mir in die Augen. »Das Leben wird heller, wenn man anfängt, sich zu vergeben.« Ich verstehe genau, was sie meint. Eine Krankenschwester bringt James an ihr Bett. Susan sieht zu ihm hoch, und ich meine, eine leichte Traurigkeit in ihren Augen zu entdecken. Traurigkeit, dass der Mann, den sie geliebt hat, wieder in ihrem Leben ist, aber nicht bleiben wird? Vielleicht interpretiere ich auch zu viel hinein.

»Dann komm«, sagt er, nimmt mir ihre Tasche ab, wirft sie sich über die Schulter und reicht Susan seinen Arm. »Zeit, nach Hause zu gehen.« Sie nimmt den Arm, zuckt leicht zusammen, bis sie ihr Gleichgewicht gefunden hat, und hakt sich bei ihm ein, während sie mit dem anderen Arm ihre Krücke festhält.

Sie setzen sich in Bewegung, langsam zunächst, bis sie ihren Rhythmus findet. Ich gehe hinter ihnen her, bin selbst ein wenig traurig. Patienten kommen und gehen, aber Susan war irgendwie anders. »Wäre es für Sie okay, wenn ich Sie anrufe, Susan?«, frage ich, bevor sie die Station verlässt. »Vielleicht in ein paar Tagen, nur um zu sehen, wie es Ihnen geht. Sie sind jetzt eine ambulante Patientin, aber ich würde gerne ...« Sie nickt, erspart es mir zu erklären, warum ich noch nicht bereit bin, sie gehen zu lassen.

James hält ihr die Tür auf, doch sie bleibt stehen und sieht mich an. »Ich danke Ihnen«, sagt sie. Ihr Gesichtsausdruck gibt mir das Gefühl, dass die Worte nicht ganz das ausdrücken, was sie wirklich fühlt. Als wäre es zu umfassend, es zu beschreiben. Ich verstehe sie auch so. »Danke für alles.«

Ich drücke die Hände gegen meine Brust und lächle sie an. Weil auch ich die Worte nicht finde.

Die Tür schließt sich, und ich beobachte, wie James und Susan sich Zeit lassen, als sie zum Fahrstuhl gehen. Ein Summer ertönt aus einem der Privatzimmer, und obwohl ich den Augenblick festhalten möchte, habe ich Dienst. Das Leben auf der Station geht weiter, also mache ich auf dem Absatz kehrt.

»Hallo, Kat.« Mark kommt mir vom entgegengesetzten Ende der Station entgegen. Er knöpft den obersten Knopf seines Hemds auf und lockert die Krawatte. »Ich bin froh, dass ich dich noch erwische. War das Susan? Ist sie weg?«, fragt er und sieht zu Susans leerem Bett hin.

»Ja, sie ist weg. Die Ratten verlassen das sinkende Schiff.« Obwohl ich es lächelnd sage, glänzen meine Augen.

»Du hast großartige Arbeit geleistet«, sagt er, während er irgendwie verlegen herumsteht und sich räuspert.

»Danke.«

Mark sieht den Gang rauf und runter, dann wieder zu mir. »Hör zu«, sagt er mit einem flüchtigen Lächeln. »Ich werde versetzt.«

»Was?«

»Ich werde versetzt. Nach Loughborough. Das ist eine große Chance für mich, eine neue Herausforderung und ...« Er sieht sich um, ist plötzlich nervös. »Ich schätze, im Moment hält mich hier nicht viel.«

»Ich wusste nicht, dass du ... Ich dachte, du hättest gesagt, dass du bleibst?« Ich höre, dass meine Stimme bekümmerter klingt, als ich das sein müsste. Er ist nur ein Facharzt. Sie kommen und gehen. Das ist keine große Sache.

»Ja.« Er zieht seine Krawatte noch lockerer. »Ich schätze, die Dinge ... ändern sich.«

»Ja«, sage ich verwirrt und suche nach einer besseren Antwort. »Okay, dann können die Schwestern ja endlich wieder ihre Arbeit machen, wenn du sie nicht mehr davon abhältst.«

»Wie bitte?«

»Nichts.« Ich werde rot.

»Okay.« Er steckt die Hände in die Hosentaschen. »Wie dem auch sei, das ist mein letzter Dienst, deshalb dachte ich, ich sollte ...«

Der Summer aus dem Privatzimmer ertönt erneut. »Ich muss ...«, sage ich und sehe mich nach jemand anderem um, der darauf reagieren kann. »Nie kommt jemand vom Personal!«, scherze ich, dann schlucke ich, obwohl mein Mund trocken geworden ist. »Na, dann viel Glück, würde ich sagen.«

Mark sieht mich an, und ich habe das Gefühl, dass er tief in mich hineinsieht. Mir dreht sich der Magen um, und ich verschränke die Arme. »Vielleicht könnten wir in Kontakt bleiben?«, schlägt er vor und zieht ein Stück Papier mit seiner Nummer aus der Tasche. »Wenn du willst ...?«

»Sicher«, sage ich und greife danach, ohne zu verstehen, warum das plötzlich so seltsam geworden ist.

Er will etwas sagen, doch dann schluckt er es hinunter und gibt mir stattdessen einen ungeschickten Kuss auf die Wange. Ich fühle, wie ich noch röter werde.

»Mach's gut, Kat.«

»Mach's gut.«

Er geht, nicht ganz so großspurig wie früher. Er wirft einen letzten Blick in meine Richtung, bevor er die Treppe hinuntergeht. Eine Pause entsteht, dann kommen seine Schritte wieder die Treppe hoch. »Kat«, sagt er und steckt den Kopf noch einmal durch die Tür. »Noch eins.«

»Ja?«, frage ich und lächle über diese Angewohnheit von ihm.

»Ich wollte nur sagen, wenn du je so weit bist, dass du, du weißt schon … bereit bist …?«

»Wozu?«, frage ich, und er starrt mich einen Moment lang an.

Er schüttelt den Kopf und lächelt vor sich hin. »Egal«, sagt er, und als er diesmal geht, kommt er nicht zurück.

Kapitel 55

RHYS

Ich mache den obersten Knopf auf und ziehe am Halsausschnitt meines Hemds, während ich mich frage, wessen Idee das hier war. Es ist September, das Wetter ist noch schön, und ich versuche, wie ein Erwachsener auszusehen, im Anzug, geschniegelt und gestriegelt.

Es war Mums Idee, dass wir irgendwo schön essen gehen. Dass eine Speisekarte, die auch gebratenes Stubenküken anbietet, sie bestimmt beeindrucken wird. Ich habe keine Ahnung, was ein Stubenküken ist – Gott weiß, ob sie das hat. Ich werfe einen Blick auf die Blumen, die bereits leicht die Köpfe hängen lassen, obwohl sie diesmal nicht von der Tankstelle sind. Ein Taxi hält, und mir rutscht das Herz in die Hose – doch ein Paar mittleren Alters steigt aus. Sie machen ein Selfie vor dem Eingang, und ich habe den Eindruck, dass sie ihren kinderfreien Abend mit der Facebook-Nation teilen werden. Mein Unbehagen dabei wird davon infrage gestellt, dass ich sie um das beneide, was sie zusammen haben. Als ich auf die Uhr gucken will, um zu sehen, wie viel sie zu spät ist, hält mich das Knirschen von Absätzen auf Kies davon ab. Ich wage kaum aufzublicken für den Fall, dass sie es ist, aber der Hauch eines vertrauten Parfüms sagt es mir auch so.

»Wow«, platze ich heraus, als ich hochblicke. »Ich habe dich noch nie … Du siehst toll aus.«

»Danke«, antwortet sie schüchtern. »Du auch.«

Wir sehen einander an, beide seltsam gehemmt in der Gesellschaft des anderen. Ich weiß nicht wirklich, wie sie sich fühlt, aber ich weiß, dass ich irgendwie überfordert bin. Derek hat gesagt, dass ich es trotzdem tun soll, auch wenn ich Angst habe, doch als sie jetzt vor mir steht, frage ich mich, ob sie merkt, dass ich am liebsten weglaufen würde.

»Sollen wir?«, fragt sie, und ich nicke. Sie hakt sich bei mir unter. Wir sehen uns kurz an, schauen aber weg, als unsere Blicke sich begegnen.

»Ein Tisch für zwei Personen. Woods«, sage ich zu dem wartenden Empfangschef. Er kreuzt an, dass wir da sind. »Hier entlang, Sir, Madam.« Er führt uns an einem Raum mit einer kleinen Hochzeitsgesellschaft vorbei. Durch einen engen viktorianischen Gang werden wir in einen Speisesaal geleitet. Meine Erwachsenen-Schuhe, die Mum mir als Zeichen ihrer Zustimmung für heute Abend gekauft hat, klacken auf den alten Bodendielen. Wir werden zu einem Tisch neben einem deckenhohen Erkerfenster geführt. Eine kleine Vase mit weißen Blumen – ich habe keine Ahnung, was das für Blumen sind – steht mitten auf der weißen Leinentischdecke, die Sonne spiegelt sich in dem polierten Silber. Der Chef zieht den Stuhl für Michelle vor, und ich wünschte, ich hätte selbst daran gedacht.

»Danke«, sagt sie höflich und sieht genau zu, als er ihr etwas Wasser aus einer eisgekühlten Karaffe einschenkt, die er auf dem Weg mitgenommen hat. Sobald er ihr Glas gefüllt hat, greift sie danach und trinkt es in einem Zug aus.

»Ich lasse Ihnen etwas Zeit, um die Speisekarte zu studieren, kann Ihnen aber bereits sagen, dass das Hirschfilet aus dem Sattel mit Walnussfarce zu empfehlen ist. Es wird mit zerstoßenem Butterkürbis und Kartoffelgratin serviert, sowie einem Cranberry-Ingwer-Kompott. Ich lasse Sie jetzt einen Moment allein.« Er faltet unsere Servietten auseinander und beauftragt einen Kellner, uns frische Brötchen zu bringen, bevor er wieder in den Kulissen des Restaurants verschwindet.

Ich sehe in meine Speisekarte und versuche zu begreifen, was da steht. Einen Moment später blicke ich auf, um heimlich einen Blick auf Michelle zu erhaschen. Sie sieht anders aus. Vielleicht liegt es am Make-up. Und an ihrer Garderobe. Wir sehen beide aus, als hätten wir uns verkleidet.

»Bist du auch so nervös wie ich?«, fragt sie, beugt sich vor und blickt sich dabei über die Schulter.

»Ich, nein, ich mache das täglich.« Sie dreht sich zu mir um. »Oder, ja, ich mache mir fast vor Nervosität in die Hose, ist die andere Antwort.« Und in dem Moment sehe ich sie, die Michelle, die ich kenne und ... Ich halte mich zurück, bevor ich es denken kann. »Ja, ich habe schreckliche Angst.«

»Das ist schön.« Sie lächelt, ein sehr viel süßeres Lächeln, als ich es je an ihr gesehen habe. Ihr ganzes Gesicht leuchtet, auch wenn nur ihr Mundwinkel sich bewegt. Es ist in ihren Augen.

Wir wenden uns wieder der Speisekarte zu. »Die Hälfte davon habe ich noch nie gehört«, gebe ich zu.

»Und ich dachte, du wärst ein Feinschmecker!«, zieht sie mich auf.

»Ist es schlimm, dass meine Kenntnisse mit der Kebab-Karte stehen und fallen?«

»Ja. Ist es. Gut, dass ich hier bin.« Sie winkt dem Kellner. Als er zurückkommt, um unsere Bestellung aufzunehmen, bestellt sie für uns beide in perfektem Französisch. Ich starre sie mit offenem Mund an.

»Was?«, fragt sie schelmisch.

»Ich wusste nicht … Ich wusste nicht, dass du …«

Sie beugt sich vor. »Es gibt viel, das du nicht von mir weißt, Rhys Woods.«

Ich lockere meinen Kragen.

»So«, sagt sie. »Was machen Leute wie wir in so einem Restaurant?«

»McDonald's hat zugemacht«, scherze ich, wobei mir noch etwas heißer unter meinem Kragen wird.

»Eine Schande«, antwortet sie, streicht sich Butter auf ihr Brot und beißt aufreizender hinein, als nötig wäre. Eine Gesprächspause entsteht, eine Pause, von der ich das Gefühl habe, dass sie möchte, dass ich sie fülle. »Also«, drängt sie, »was ist es?«

Ich stelle mein Glas ab und hole tief Luft, während ich überlege, wie ich so ehrlich wie möglich antworten kann. »Ich weiß es nicht«, sage ich. Sie lehnt sich auf ihrem Stuhl zurück. »Aber was immer es ist, es ist etwas, das ich nicht ignorieren kann.« Sie sieht mich gefasst an. »Ich habe dagegen angekämpft, ich habe versucht, anders zu fühlen, aber ich kann nicht, ich habe nicht …« Sie greift nach ihrem Glas, das auf magische Weise wieder voll ist, und nippt daran. Ihre Lippen hinterlassen einen rosa Abdruck an der Seite. Ich starre ihn an, als sie es zurückstellt. »Ich hatte Zeit nachzudenken. Der letzte Monat war … ziemlich intensiv und …« Da ich keine Worte finde, greife ich nach meinem Glas.

»Was meint deine Mum?«, fragt sie.

Ich denke an das Gespräch, das wir letzte Woche hatten, als ich ihr alles erzählt habe – von meiner Fahrt nach Ambleside bis zum Finden von Susan und über die Wahrheit, die ich schließlich an dem Abend erfahren habe. Mum hatte kaum etwas gesagt, mir einfach nur zugehört, ihr Gesicht war langsam in sich zusammengefallen, als ich zum Ende der Geschichte gekommen war. Dann hatte sie dagesessen und leise vor sich hin geweint, ein Bild von David und mir als Kinder neben sich. Sie hatte danach gegriffen, war mit dem Finger erst über sein Gesicht gefahren, dann über meins. Sie hatte mich umarmt, hatte ihre Traurigkeit in die Umarmung fließen lassen. Dann hatte sie mich losgelassen und gesagt, dass sie froh sei, dass ich Susan gefunden habe. Dass sie gesegnet sei, dass sie mich aufziehen durfte. Dass sie sich eines Tages gerne bei Susan bedanken würde, weil sie trotz des mit Susans Entscheidung verbundenen Schmerzes beide einen Sohn hätten, auf den sie stolz sein könnten.

Als ich ihr erzählt habe, was ich für Michelle empfinde, hat sie mir sofort und ohne zu zögern, gesagt, dass mein Glück vorrangig sei. Genauso wie Michelles. Und dass sie sicher sei, dass David das genauso gesehen hätte. »Sie hat gesagt, dass wir uns nicht aussuchen, wen wir lieben.«

Michelle nickt. Ich weiß nicht, ob aus Zustimmung oder nur um Zeit zu gewinnen, meine Antwort zu verdauen. Ich bin mir nicht sicher, ob sie wirklich gehört hat, was ich gesagt habe. Über die Liebe.

Sie ist gefasst. Kontrolliert sogar. Sie ist die Michelle, die ich immer bewundert habe, nur irgendwie noch stärker. Dafür fühle ich mich wie ein Schuljunge, total nervös und voller nicht zu Ende gedachter Gedanken. Sie trinkt noch einen Schluck von ihrem Wasser und lächelt. Ich nutze die Gelegenheit, die Frau vor mir zu sehen und nicht Davids Freundin. Ihr flammend rotes Haar glänzt mehr denn je. Ihre Augen sind von einem intensiven Grün wie Smaragde, ihre Wimpern dicht und lang, und wenn sie blinzelt, sieht sie aus wie eine Disney-Figur, nur viel besser. Weil sie real ist. Und hier. »Ich habe das Gefühl, dich plötzlich ganz anders zu sehen, kleine Details wahrzunehmen«, sage ich.

Eine Pause entsteht, ein plötzlicher Riss in ihrem Selbstvertrauen. Sie sieht in ihren Schoß, streicht ihre Serviette glatt. »Rhys«, beginnt sie mit unsicherer Stimme, »du musst wissen, dass ich das nicht kann, falls das eine einmalige Sache ist. Ich will damit nicht sagen, dass ich dauernd in schicken Restaurants essen muss...« Ihr Gericht kommt, und sie zieht eine perfekt geformte Braue hoch. »Obwohl...« Sie sieht wieder zu mir und lächelt, bevor sie fortfährt: »Ich habe bereits einen Woods verloren. Und ich habe ihn, lange bevor er gegangen ist, verloren, aber ich... ich denke, ich könnte das nicht noch einmal ertragen.«

»Ich will dich nicht verletzen, Michelle«, sage ich, dort weitermachend, wo sie aufgehört hat. Sie sieht auf ihren Teller, und ich versuche, ihren Blick wieder einzufangen. »Ehrlich, das verspreche ich dir. Ich habe ein paar Dinge gelernt. Über mich, über das Leben. Ich möchte, dass die Dinge anders laufen.«

»Wie anders?«

»Nun ja, vielleicht nicht auf eine Weise, die häufige Besuche in Restaurants mit einem Michelin-Stern beinhaltet, aber anders eben.« Ich versuche, die Stimmung aufzulockern. »Ich habe nicht einmal vor, heute Abend mit dir zu schlafen.«

Sie lächelt ironisch. »Wow, danke. Ich dachte, ich würde gerade heute echt was hermachen.«

»Das tust du, Michelle. Oh mein Gott, das tust du. Ich will nur, ich will, dass wir uns kennenlernen. Richtig, meine ich, als Michelle und Rhys, nicht als Davids Freundin und Davids Bruder.« Ich zögere. »Ich meine, versteh mich nicht falsch, du ... Ich könnte ... Aber ...«

»Du meinst also, dass ich das wollen würde«, neckt sie mich. Aber ich sehe auch, dass sie sich mit der Zunge über die Unterlippe fährt, und in meinem Bauch macht sich das Gefühl breit, dass ich nicht alleine mit meinen Wünschen bin.

Ich greife über den Tisch nach ihrer Hand und lasse sie sofort wieder los, weil ich die Schockwelle, die durch meinen Arm, meine Wirbelsäule und meinen ganzen Körper rast, nicht ertrage.

»Okay, geben wir der Sache einen Monat.«

»Einen Monat?«, frage ich nach.

»Ja. Einen Monat. Wir haben einen Monat, um uns richtig kennenzulernen. Um zu sehen, ob das echt oder zum Scheitern verurteilt ist.«

»Einen Monat?«

Sie blinzelt, streicht mit ihrem Fuß über die Innenseite meines Beines, sodass ich mich auf meinem Stuhl winde.

»Okay. Abgemacht. Einen Monat. Und jetzt nimm deinen Fuß aus meinem Schritt, du Luder. Ich muss dieses Stubenküken untersuchen.«

Kapitel 56

KAT

Gut, häng das dort auf. Leg die auf Eis. Lass ein Bad ein, und mach die Schokolade auf!«, kreischt Lou und kichert, als sie im größten Zimmer des Hotels hin und her läuft und für eine stimmungsvolle Beleuchtung sorgt und den Raum in Beschlag nimmt. Ich kämpfe, um die riesige, weiße Kleiderhülle aufzuhängen, die ihr wertvollstes Stück auf dieser Welt enthält. Wie es scheint. Dann greife ich nach meiner eigenen Kleiderhülle und lege sie über einen Stuhl. »Nicht da!«, sagt Lou und hebt sie weg. »Da wird es zerknittern!« Sie drückt sie mir wieder in die Hand. »GLÄSER!«, ruft sie.

»STOPP!«, sage ich, lege das Kleid hin und halte die Hände hoch. »Wenn das hier funktionieren soll, musst du aufhören, dich wie Bridezilla aufzuführen, und durchatmen.«

Lou steht mitten im Zimmer, die Hände in die Hüften gestemmt, und atmet tief ein. Sie braucht nur noch eine braune Papiertüte, und wir haben eine Szene wie aus einer romantischen Komödie: Hochzeitskleid, Champagner und eine hyperventilierende Braut.

»Wir haben alle Zeit der Welt«, sage ich. »Wir haben alles bis ins letzte Detail geplant. Ich habe das Gantt-Diagramm, das du so sorgfältig ausgearbeitet hast, und mir ist klar wie Kloßbrühe, was du wann und wo willst. Also, diese Gläser – sind das nicht die, die du geerbt hast? Ist es klug, die hier zu benutzen? Ich hätte den Schampus auch aus einer Tasse getrunken, weißt du.«

»Ich trinke nicht aus einer Tasse, Kat!«, ruft sie, lässt die Hände fallen und weicht zurück. »Und außerdem ist auf Großmutters Hochzeit daraus getrunken worden, sodass sie auch auf meiner nicht fehlen dürfen.« Sie wirft mir einen kurzen Blick zu, bevor sie nachgibt. »Okay, okay, Bridezilla klettert zurück in ihre Box.« Sie lässt sich dramatisch auf ein Bett fallen und vergräbt den Kopf im Luxus der frischen weißen Laken aus ägyptischer Baumwolle. »Ich bin nur soooo aufgeregt«, sagt sie verträumt. Ich lasse den Korken knallen und schenke Champagner in die Gläser und bin beeindruckt, dass ich es schaffe, nicht einen Tropfen auf den Teppich zu verkleckern. Lou nimmt ihr Glas, beobachtet, wie die Blasen zerplatzen, woraufhin sich die Flüssigkeit in ihrem Glas von fast voll auf gerade fingerhutvoll reduziert. Sie sieht das Glas an, dann mich, entscheidet sich dann aber doch, aufzustehen und sich selbst nachzufüllen.

»Ich kann nicht glauben, dass das wirklich passiert, Kat.«

»Ich auch nicht. Es ist surreal, oder?« Ich sehe mich in ihrem Zimmer um. Im George in Hathersage. Es liegt direkt neben der kleinen Kirche, in der sie heiraten werden, und war das einzige Hotel, das sie für das gesamte Wochenende ganz buchen konnte. Als wäre sie eine Berühmtheit. Außerdem hat Lou geplant, den langen Weg durch das Dorf zurück zum Hotel zu laufen, statt den kleinen Pfad zu nutzen, der beides direkt miteinander verbindet. Nicht, dass ihr etwas daran läge, Aufmerksamkeit auf sich zu lenken. Nicht für einen Moment.

Sie zieht ihre Übernachtungstasche hervor, die man auch als Koffer bezeichnen könnte, und holt all die Dinge heraus, die sie für morgen braucht: Produkte für den Friseur, ihr eigenes Designer-Make-up für den Visagisten, Lotionen und Zauberwässerchen zum Liften, Peelen, Duften und Glänzen. Ich sehe in meine eigene Tasche: Zahnbürste, Zahnpasta, Pflegeöl für mein Gesicht und ein paar ausrangierte Zahnstocher.

»Du bist okay?«, fragt sie mich.

»Klar.« Ich lächle, trinke den Schampus aus und schenke uns beiden neu ein. »Ich stelle nur gerade den Wecker. Bist du sicher, dass wir um sechs aufstehen müssen?«

»Absolut. Und wenn ich frage, ob du okay bist, meine ich, ob du *okay* bist?«

»Ja. Mir geht es gut. Alles ist bereit. Ich freue mich auf morgen. Das ist dein großer Tag – ich kann es nicht abwarten, ihn mit dir zu teilen.«

»Ich weiß, aber ...« Sie kraust die Nase. »Ich will nicht, dass du dich schlecht fühlst, weil es nicht deine Hochzeit ist, weißt du?«

»Meine Güte, Lou, dein Mitgefühl in allen Ehren.«

Sie schlägt nach mir. »Du weißt, was ich meine. Es ist noch nicht lange her, da wäre das der Vorläufer zu deiner Hochzeit gewesen. Er hätte hier sein sollen.«

»Ich weiß, ich weiß. Aber das ist er nicht.« Ich nippe an meinem Champagner. »Und das ist okay für mich. Um ehrlich zu sein, bin ich sogar froh darüber.«

»Wirklich?«

»Wirklich, Lou.« Sie mustert mich. »Ich bin eine neue

Frau«, sage ich, nehme meine Brille ab und lege sie auf den Tisch. »Nicht nur die Brille und die Frisur haben sich verändert.«

»Mir gefällt das total«, sagt sie und fährt mir mit den Fingern durch meinen neuen Kurzhaarschnitt.

»Bist du sicher, dass du mich nicht dafür hasst, dass ich sie vor deinem großen Tag habe abschneiden lassen?«

»Ja. Du siehst aus, als hättest du dich gefunden, und das gefällt mir«, sagt sie. »Du siehst supertoll aus!«

»Danke. Ich fühle mich … Na ja, ich fühle mich, als würde ich gerade erst anfangen zu begreifen, wer ich bin.«

»Ich kann dir sagen, dass du meine erstaunliche, großartige, kluge, lustige, liebe Freundin bist, die eine glänzende Karriere vor sich und ihr Leben fest im Griff hat«, sagt sie und stößt mit mir an. Ich schenke ihr nach. »Und ich werde eine alte verheiratete Hexe werden, die ahnt, dass sie total eifersüchtig auf dein unabhängiges Leben und den Spaß sein wird, den du haben wirst! Und jetzt gib mir die Schokolade!«

Ich ritze mit meinem Nagel in das Goldpapier, und ein Geruch nach Meersalz und Karamell erfüllt die Luft. »Ich habe mich bisher nie als unabhängige Frau betrachtet«, sage ich und stecke mir ein Stück in den Mund.

»Mag sein, aber das bist du, und ich hab dich lieb«, sagt sie und nimmt mir die Schachtel ab.

»Ich hab dich auch lieb.«

Sie macht sich an der Verpackung zu schaffen, und ich nehme ihr die Schachtel wieder ab und öffne ein Stück für sie. Wir sehen einander an und blinzeln beide plötzlich die Tränen weg. »All das wird nichts ändern, weißt du«, sagt sie zu mir. »Wir sind immer noch dieselben.«

»Beste Freundinnen plus Ehemann.«

»Genau. Und er ist großartig, also wird jeder davon profitieren, klar.«

»So ist es.« Ich lächle.

Lou geht ins Bad und dreht die Hähne auf. Sie schweigt einen Moment, bevor sie den Kopf um die Ecke streckt. »Trotz all dem Unabhängigkeitsgerede, hast du noch mal was von ihm gehört?«, fragt sie.

»Von wem?«

»Von diesem Facharzt, Mark. Hat er dich angerufen?«

»Ja«, antworte ich und klettere mit der Fernbedienung aufs Bett.

»Und?«

»Wir telefonieren. Hin und wieder. Ich weiß nicht, ob er mich mag im Sinne von mögen oder nur…«

»Spielt das eine Rolle?«

Ich denke einen Moment nach, packe noch ein Stück Schokolade aus. »Ja«, antworte ich schließlich. »Ja, es spielt eine Rolle. Ich weiß nicht, was die Zukunft bringt. Er scheint nett zu sein…« Durch das vor Kurzem neu gespritzte Botox kann sie die Brauen nicht hochziehen, doch ich kenne sie lange genug, um zu wissen, dass sie es versucht. »Okay, ich habe ihn von Anfang an gemocht. Aber es war so viel anderes los, dass ich es nicht gemerkt habe. Ja, ich habe ihn gemocht, und ich mag ihn… Aber weißt du was? Ich mag mich selbst auch. Und ich denke, dass ich das ein wenig pflegen muss.«

»Aber nicht zu lange, ja? Die guten Typen sind nicht ewig zu haben, sieh dir meinen Will an!«

»Sie sind zu haben, wenn es so sein soll«, sage ich. Ich greife nach meinem Handy und lese die letzte SMS, die er mir geschickt hat. In einem Monat kommt er für ein langes Wochenende, um seine alte Wohnung aufzulösen. Habe ich Lust, ihn zu treffen? Ich tippe die schon lange überfällige Antwort: »Das würde ich sehr gerne. Sag mir, wann und wo, wenn du hier bist.« Dann drücke ich auf Senden, wobei mein Herz bei dem Gedanken an ein geheimes Treffen einen Satz macht. Ich weiß, dass ich für eine Beziehung noch nicht bereit bin. Ich weiß, dass ich Zeit für mich möchte. Aber ich weiß auch, dass die Zukunft ein oder zwei Überraschungen für mich bereithalten könnte. Und endlich bin ich bereit, sie willkommen zu heißen.

Kapitel 57

RHYS

Drei Wochen nach unserem »ersten Date« wache ich mit ihrem Arm auf meinem Gesicht und ihrem Geschmack auf meinen Lippen auf. Das Laken bedeckt sie kaum, als sie sich streckt, und ich muss mich beherrschen, sie nicht an mich zu ziehen. »Guten Morgen«, sage ich und streiche ihr das Haar aus dem Gesicht. »Hör zu, du liegst in meinem Bett.« Ich lache wie der Teenager, zu dem sie mich wieder gemacht hat.

Sie dreht sich um und nimmt ihren Arm weg, um sich auf den Ellenbogen zu stützen. »Stimmt. Und weißt du was, du auch.«

»Fühlt sich das seltsam an?«, frage ich nach.

»Nein.« Sie beugt sich herüber, um mir einen nachdrücklichen Kuss zu geben. »Es waren allerdings nicht ganz vier Wochen, stimmt's?«, sagt sie vorwurfsvoll.

»Das ist wahr ...« Ich streiche ihr eine Haarsträhne hinter das Ohr. »Wir könnten so tun, als wäre es nicht passiert, und noch eine Woche warten, wenn du willst?« Ich lasse meinen Finger über ihr Schlüsselbein wandern und hoffe, dass sie nicht zustimmt.

Sie führt meine Finger zu ihrem Mund und küsst sie. »Für mich ist es okay so, danke«, sagt sie.

Ich beuge mich vor, um sie zu küssen. »Ein Bacon-Sandwich? Mit Ketchup?«, frage ich, als sie mich wieder an sich zieht.

»Das war gerade ein Beweis, dass du noch viel lernen musst, Rhys Woods«, sagt sie, zieht das Laken über mich und hält es mit den Armen fest. »Als gehörte auf ein Bacon-Sandwich irgendetwas anderes als Brown-Sauce.«

»Brown-Sauce! Wie kann man nur so schiefliegen!«, ziehe ich sie auf, doch sie schlingt ihre Beine um meine, und ich beschließe, ihr diesmal zu vergeben.

Eine halbe Stunde später streiche ich Butter auf Michelles selbst gebackenes Brot. Ich stelle das Radio an und suche nach ihrem Lieblingssender. Das Geräusch der Dusche kämpft mit dem Brutzeln des Bacons in der Pfanne. Es ist schön, dass sie hier ist. Es ist richtig. Als ich Mum erzählt habe, was ich für Michelle empfinde, hat sie gesagt: »Es gibt zwei Arten von Liebe, Rhys. Die, ohne die du nicht leben kannst, und die, ohne die du nicht leben willst. Nur du kannst herausfinden, um welche es sich handelt, und beide sind absolut zulässig.« Und mir wird klar, dass ich zwar nicht weiß, welche Art von Liebe das ist, ich mir aber absolut sicher bin, dass es definitiv eine davon ist. Ich liebe sie. Alles an ihr. Selbst die Tatsache, dass sie Brown-Sauce zu einem Bacon-Sandwich isst, obwohl wir alle wissen, dass Ketchup dazu gehört.

Michelle kommt durch meine Küche getapst. Sie hat ein Handtuch um sich geschlungen, und das nasse Haar fällt ihr über die Schultern. Ich gebe ihr den Frühstücksteller, als sie den Kessel aufsetzt. Die Alltäglichkeit unseres Tuns lässt mich vor Zufriedenheit schaudern. »Bist du bereit für den Tag?«, fragt sie.

Ich beiße in mein Brot, um Zeit zu gewinnen, meine Gedanken zu sortieren. »Ich denke, ja«, sage ich, wobei ich wieder nervös werde, wenn ich an den vor mir liegenden Tag denke. »Ich denke, ja.«

Sie zögert, beobachtet mich, wartet, ob noch etwas kommt.

»Es ist an der Zeit, dass wir uns besser kennenlernen«, erkläre ich ihr im Hinblick auf Susan. »Wir haben ein wenig geredet, seit sie nach Hause gekommen ist. Ich weiß, dass sie sich Zeit lassen will, zurück ins Leben zu finden. Sie sagt, dass sie nicht mehr das Bedürfnis hat, die Märchen laut zu lesen. Sie sagt, dass sie darüber nachdenkt umzuziehen, ein eigenes Zuhause zu finden.«

»Wie geht es dir dabei?«

»Ehrlich?« Ich denke einen Moment nach. »Ich würde mir wünschen, dass sie in der Nähe bleibt.«

»Willst du, dass ich mitkomme?«, fragt sie.

»Nein«, antworte ich. »Hol Mum ab, wie du es geplant hast. Ich muss das allein machen.« Sie beugt sich zu mir herüber, wischt mir den Ketchup vom Mund und gibt mir einen Kuss. »Ich liebe dich«, flüstert sie mir ins Ohr.

Ich drehe mich zu ihr um, total überwältigt davon, wie sich mein Leben verändert hat. »Ich liebe dich auch«, sage ich und bin mir absolut sicher. Ein leises Klopfen am Fenster lässt mich aufblicken. Ein kleines Rotkehlchen pickt etwas auf der Fensterbank, hüpft vor uns herum. »Mum hat immer gesagt, dass Rotkehlchen unsere verstorbenen Lieben sind, die uns wissen lassen wollen, dass es ihnen gut geht.«

Michelle betrachtet das Rotkehlchen mit einem Hauch von Traurigkeit. »Es geht ihm jetzt besser«, sagt sie. »Es geht ihm jetzt besser.«

Epilog

SUSAN

*I*ch fahre mit dem Staubtuch über den Kaminsims und rücke die Vase mit den kornblumenblauen Schwertlilien zurecht, die ich auf dem Markt mitgenommen habe. Sie machen das Wohnzimmer hell, füllen es mit Leben.

In der Küche kühlt ein Victoria-Sponge-Kuchen auf der Arbeitsplatte ab. Ich nehme eine Teekanne heraus, tausche sie gegen eine größere aus, bevor ich mich entscheide, beide zu nehmen. Hinten aus dem Schrank hole ich Mutters bestes Porzellan und decke damit den Esstisch, auf dem eine Spitzendecke liegt.

Ich steige die Treppe hoch, lasse das Tempo von meinem Bein bestimmen. Als ich oben bin, hole ich tief Luft. Ich gehe in mein neues Schlafzimmer, das große vorne, das so viele Jahre verbotenes Terrain war. Ein Zimmer, das ich nicht betreten durfte, es sei denn, es musste sein, um einem von ihnen ins Bett zu helfen oder am Morgen beim Aufstehen oder um den Bestatter hereinzuführen, als ihre letzte Stunde gekommen war. Es fühlt sich immer noch seltsam an, als wäre es nicht meins. Und hin und wieder fühlt sich das ganze Haus so an. Ich vermute, das hat es immer getan. Deshalb ist es an der Zeit zu verkaufen. Mich zu verändern. Mein eigenes Leben zu leben. Ich habe sofort abgewehrt, als das Thema bei meinem Therapeuten zur Sprache kam. Mein Therapeut, nie hätte ich gedacht, dass ich einmal so jemanden aufsuchen würde, und doch habe ich angefangen, mit ihm den Schmerz und die Wut auseinanderzudividieren, die ich in meinem Inneren genährt habe. Vielleicht war diese Art von Unterstützung alles, was ich gebraucht habe. Unterstützung, Vergebung, Akzeptanz, dass ich nicht gesund war.

Doch das bin ich jetzt oder werde es mit der Zeit sein.

Ich mache mich frisch, greife nach dem Märchenbuch und gehe wieder hinunter. Als ich auf der letzten Stufe bin, ist ein nervöses Klopfen an meiner Tür zu hören.

Ich mache auf, und da steht er. Mein Sohn. Der Mann, den ich nie so hätte aufziehen können, wie ihn seine Mutter aufgezogen hat, doch an dem ich jeden Tag, den ich noch lebe, alles wiedergutmachen will.

»Komm rein«, sage ich und mache ihm Platz, als er ins Haus tritt. Es ist das erste Mal, dass er hier ist, seit ich wieder zu Hause bin. Er sieht sich um – ich nehme an, er ist genauso nervös wie ich –, bevor er sich schließlich vorbeugt, um mir einen Kuss und die Blumen zu geben, die er fest umklammert hält.

»Danke!«, sage ich und atme den Geruch der zarten gelben Freesien ein. »Komm mit.« Ich nicke in Richtung des Wohnzimmers und beobachte, wie er näher tritt.

»Diesmal fühlt es sich ein bisschen mehr so an, als würdest du hier wohnen«, sagt er und greift nach dem neuen Buch, in dem ich jeden Abend vor dem Einschlafen lese. »Du magst Gedichte?«, fragt er und blättert darin.

»Ich mag alles Mögliche«, sage ich. »Ich habe eine neue Be-

geisterung für das Lesen entdeckt, seit ich aufgehört habe ...«
Ich sehe auf das Buch in meiner Hand. »Ich weiß nicht, ob
das passend ist«, sage ich, gehe auf ihn zu und reiche ihm
das Buch. »Aber ich möchte, dass du das bekommst. Ich weiß
nicht, ob du planst, jemals eigene Kinder zu haben, aber ...«

»Mein Gott, du kannst dir mich als Vater vorstellen!«, sagt
er und nimmt mir das Buch aus der Hand.

»Ja, das kann ich.« Ich lächle.

»Dann wärst du ja ...« Er unterbricht sich, als ginge es
einen Schritt zu weit, den Satz zu Ende zu sprechen, und mir
wird klar, dass er jedes Mal, wenn er an unsere Beziehung
denkt, auch an seine Mum denken muss.

»Dann wäre ich die Freundin der Familie, die du besuchen
kannst, wann immer du Zeit hast«, schlage ich vor, um ihm
einen Ausweg anzubieten.

»Dann wärst du Großmutter«, sagt er einfach, und eine
Liebe, von der ich nicht gewusst habe, dass ich sie verdiene,
lässt mein Herz anschwellen. »Stell dir mal vor, wie glücklich
das Kind sein muss, das ich vielleicht einmal haben werde:
zwei Großmütter auf meiner Seite, eine große, weit ver-
zweigte Familie.« Er lächelt. »Das dürfte fast alle Fehler kom-
pensieren, die ich bestimmt machen werde, falls Michelle mir
jemals die Ehre erweist, mit mir Kinder zu haben.«

»Aus Fehlern kann man lernen«, sage ich. Er nickt, schlägt
das Buch auf und blättert darin. Seine Hände zittern. »Bist
du auch nervös?«, frage ich.

»Ganz schrecklich.« Er lächelt. »Aber auch aufgeregt, du
auch?«

»Total«, stimme ich zu. »Rhys, bevor sie kommen, muss
ich dir noch etwas sagen ...«

»Susan ...«

Ich halte die Hände hoch, um ihn zum Schweigen zu bringen. Das hier ist zu wichtig. Und lange überfällig. »Rhys, ich weiß, dass ich das bereits gesagt habe, aber du wirst nie verstehen, wie sehr mir die Entscheidung, die ich getroffen habe, leidtut. Lange Zeit habe ich geglaubt, dass es Feigheit war. Ich würde die Entscheidung einer anderen Frau nie auf die gleiche Weise verurteilen, und trotzdem konnte ich mir jahrelang nicht vergeben. Ich konnte nicht akzeptieren, dass es die richtige Entscheidung gewesen sein könnte. Selbst heute habe ich die Stärke, das zu akzeptieren, nur, weil mein Überleben davon abhängt. Denn zumindest das schulde ich dir.«

Vielleicht werde ich mit der Zeit sehen, dass ich es auch mir selbst schulde.

»Susan«, versucht er es noch einmal.

»Ich werde deiner Mutter nie genug dafür danken können, was sie für dich getan hat. Sie hat dich zu einem lieben, aufmerksamen und tapferen Menschen erzogen. Zu einem Mann, zu dem eine Beziehung aufbauen zu dürfen ich sehr dankbar bin.«

»Sie ist verblüffend, das ist wahr, und wenn du dich nicht entschlossen hättest, mich auszusetzen, würde sie wahrscheinlich nicht zu meinem Leben gehören«, sagt er. »Du warst genauso wenig ein Feigling, wie mich eine Schuld trifft. Du hattest das Gefühl, keine Wahl zu haben, und es bricht mir das Herz, dass du das geglaubt hast, aber ich habe es verstanden. Dich trifft keine Schuld.«

»Ich konnte es nicht tun«, sage ich leise. »Im Park.« Er blickt zu Boden, doch ich fahre fort, weil er dieses letzte

Puzzleteil braucht. »*Ich bin an den Ort gegangen, an dem ich dich zur Welt gebracht habe, weil ich dachte, das wäre der richtige Platz, um es zu Ende zu bringen. Doch als ich dort war, konnte ich dich spüren. Ich konnte dich schreien hören. Ich spürte den gleichen Wind in meinem Haar, den ich am Abend deiner Geburt gespürt habe. Und ich konnte es nicht tun. Ich konnte dir nicht noch einmal antun, was ich dir bereits einmal angetan hatte. Und dann seid ihr aufgetaucht, um mich zu retten, du und James und Kat, und, nun ja …*« *Ich versuche, ihm in die Augen zu sehen, damit er weiß, dass ich meine, was ich sage.* »*Das hat mir zweifelsfrei gezeigt, dass mich gerade die Tatsache, dass ich zu schwach war, mir das Leben zu nehmen, gerettet hat.*« *Rhys schluckt und wischt sich sein zitterndes Kinn. Er nimmt mich in die Arme, hält mich fest, und einen Moment wünsche ich mir, er würde mich nie mehr loslassen, weil ich plötzlich das Gefühl habe, ewig leben zu können.*

»*Was für ein Glück, dass wir uns gefunden haben*«, *sagt er schließlich.* »*Trotz allem, was uns voneinander getrennt hat.*«

Bevor ich für die Liebe, die ich für ihn empfinde, Worte finden kann, lässt ein Klopfen an der Tür uns beide zusammenfahren. »*Soll ich aufmachen?*«, *fragt er, und ich nicke und folge ihm. Langsam öffnet er weit die Tür.* »*Komm rein*«, *sagt er und streckt die Hand aus. Er dreht sich zu mir um und streckt mir die andere Hand hin.* »*Susan*«, *sagt er und zieht mich näher an sich.* »*Das ist meine Mum.*«

Ich sehe die Frau an, die ihn aufgezogen hat, die den Job übernommen hat, den ich nie hätte machen können. »*Ich freue mich, Sie kennenzulernen, Susan*«, *sagt sie höflich und drückt meine Hand.* »*Rhys hat mir so viel von Ihnen erzählt.*

Es ist schön, auch ein Gesicht zu dem Namen zu bekommen.«
Und ich weiß sofort, woher er seine Wärme hat.

»Ich freue mich auch«, sage ich. »Wirklich.«

Ich nehme den Moment in mir auf, diese ganz besondere Stimmung. Als Rhys auch Michelle ins Haus führt und ihr einen zarten Kuss auf die Wange gibt, wird mir klar, dass ich von Liebe und von einer Familie umgeben bin, die zu haben ich nie zu träumen gewagt hätte. Und das gibt mir Kraft. Und eine Zukunft, von der ich dank Kat und Rhys inzwischen weiß, dass ich sie verdiene.

James wird bald hier sein, mit seiner Frau und seiner Tochter.

Der Sommer war sehr lang.

Ich bin wirklich dankbar, dass ich ihn erleben durfte.

Ein Brief von Anna Mansell

Hallo!

Vielen Dank, dass Sie sich die Zeit genommen haben, meinen Debütroman zu lesen. Ich hoffe wirklich, dass er Ihnen gefallen hat. Es hat lange gedauert, bis er fertig war, und ich habe während seines Entstehungsprozesses viel gelernt.

Ich würde Ihnen gerne erzählen, wie die Idee zu diesem Buch entstanden ist. Ich habe mich schon lange dafür interessiert, was Menschen dazu bringt, sich aus dem Leben auszuklinken. Ich meine nicht notwendigerweise physisch, sondern oft auch nur emotional. Sie machen Tag für Tag weiter, leben aber nicht wirklich. Wie James in der Geschichte sagt: »Leben und atmen heißt nicht, dass sie (Susan) überlebt hat, nur dass sie am Leben ist. Das ist nicht dasselbe.« Dieses Thema interessiert mich sehr. Was gibt uns das Gefühl, dass wir nicht das Beste im Leben verdienen? Was muss passieren, dass wir nicht mehr jede Chance, die sich uns bietet, nutzen wollen?

Und dann sind da die, die sich physisch ausklinken. Die, die das Gefühl haben, nicht mehr weitermachen zu können. Ich habe einmal einen Mann gekannt, der vielleicht der edelste, großzügigste und intelligenteste Geist war, dem ich je begegnet bin. Ein wirklicher Geber mit dem gütigsten Herzen und dem tolerantesten Wesen. An dem Tag, an dem ich gehört habe, dass er sich das Leben genommen hat, war ich am Boden zerstört. Ich konnte nicht verstehen, wie jemand, der so großzügig war, es nicht geschafft hat, sich selbst zu verzeihen.

Die einzige Möglichkeit, es mir verstandesmäßig zu erklären, war die, zu glauben, dass diese Entscheidung vielleicht sein größter Akt der Selbstvergebung war. Er konnte nicht so weitermachen, wie er war, und er wertschätzte sich selbst genug, um seiner angeborenen Traurigkeit ein Ende zu machen. Dass die Menschen um ihn herum nichts daran ändern konnten, war vielleicht die härteste Lektion, aber die Wahrheit ist die, dass nur er allein etwas hätte verändern können. Und ich glaube, das gilt für uns alle.

Mit Susan, Rhys und Kat habe ich versucht, drei Personen zu schaffen, die sich aus verschiedenen Bereichen des Lebens ausgeklinkt haben, um sich selbst zu schützen. Zu zeigen, wie diese drei voneinander lernen, ihre gebrochenen Herzen zu heilen, ist für all jene als Unterstützung gedacht, die sich in ähnlichen Situationen befinden.

Das wahre Leben ist genauso dramatisch wie die Fiktion, oft sogar noch dramatischer. Falls irgendeins der Themen in diesem Buch Ihre eigenen persönlichen Erfahrungen berührt hat, hoffe ich, dass Sie die Hilfe gefunden haben, die Sie brauchten, um das Bestmögliche aus Ihrem Leben zu machen. Im wirklichen Leben stellen nicht nur bedauerliche Entscheidungen oder Erfahrungen, mit denen wir konfrontiert sind, Herausforderungen für unsere geistige Gesundheit dar. Gerade Adoptionen geschehen nicht aus einem Mangel an Liebe, oft ist – auf beiden Seiten – das genaue Gegenteil der Fall.

Wenn Sie sich dazu in der Lage sehen, würde ich mich freuen, wenn Sie das Buch rezensieren. Für uns Autoren bedeutet das viel. Und wenn Sie mir ein paar Zeilen dazu schreiben möchten, tun Sie das ruhig. Sie finden mich auf Twitter @annamansell oder auf Facebook unter Anna-MansellAuthor.

Danksagung

Ich sitze an meinem Schreibtisch, starre meinen Laptop an und frage mich, wo ich anfangen soll. Danksagung? Die schreiben richtige, echte Autoren, stimmt's? Ich habe von diesem Moment geträumt ... aber wo soll ich anfangen?

Na schön, ich denke, ich könnte mit der Person anfangen, die als Erste bereit war, ihren Kopf zu riskieren und nicht nur zu sagen, dass ich das kann, sondern die mir einen Vertrag angeboten hat, um es zu beweisen: Kirsty, ich bin dir auf ewig dankbar und hoffe, dass dir das Endergebnis gefällt. Vielen Dank auch Olly, Abi, Claire, Lauren und allen aus dem großartigen Team bei Bookouture. Ich bin so stolz, für einen Verlag zu schreiben, für den Herzlichkeit, Unterstützung, Geduld, Orientierungshilfe und totales Engagement genauso wichtig sind wie die finanzielle Seite und der Aufbau eines Autorenimages – für mich als Debütantin war diese Herangehensweise von unschätzbarem Wert. Die Arbeit mit meiner Lektorin, Celine Kelly, war das reinste Vergnügen. Sie hat verstanden, um was es mir ging, und mich sanft, vorsichtig und geschickt angeleitet, etwas zu schaffen, auf das ich stolz bin. Danke, Celine! Und danke allen Damen und Herren im »Aufenthaltsraum«, allen voran Lady Kim of Nash, danke, danke,

430

danke. Lachen, Unterstützung und gelegentliche Schweinereien – wer kann mehr verlangen? (Vielleicht noch echte Welpen oder Gin, wenn ich wählerisch sein darf.)

Mein Dank geht an die ersten Leser: Lian, ohne deine Energie bin ich nichts. Clare C, nach mehr als dreißig Jahren bist du noch immer an meiner Seite. Mel, alle medizinischen Fehler gehen auf mein Konto, auf meins allein! Jo M, deine Unterstützung war genau das, was ich gebraucht habe. Kerry, als du mich eine Streberin genannt hast, hast du den Nagel auf den Kopf getroffen! Dad, du hast so viele Seiten gelesen, lektoriert, gedruckt und verschickt, danke! Ihr alle seid großartig und verständnisvoll, und ich schätze euch alle immens… Dank sei auch den Freunden und Familienangehörigen (Mum, jetzt kommt endlich deine Chance!), die es noch nicht gelesen haben, denen, die ich seit Ewigkeiten kenne, und denen, die ich erst seit ein paar Jahren kenne; dass ihr mich alle so enthusiastisch und großzügig dazu ermutigt habt, meinen Traum zu verwirklichen, macht mich jeden Tag glücklich. Lasst uns einen Abend planen, an dem wir unser Körpergewicht in Käse und Prosecco aufwiegen!

Klingt das alles ein bisschen nach einem Oscar-Gewinner? Nachdem ich einige Entwürfe für diese Danksagung gemacht habe, kann ich sagen, dass es schwer ist, nicht so zu wirken. Denn obwohl ich meine Bücher selbst schreibe, entstehen sie nicht ganz ohne die Hilfe jener Leute, die erkennen, was in ihnen steckt, und die sie auf ihrem Weg ins Leben voranbringen.

Und damit sollte ich zum wichtigsten Dankeschön kommen, nämlich zu dem an meine Familie. An Andy, meinen Mann, der nie infrage gestellt hat, dass ich das kann. Oder auch nur den kleinsten Verdacht daran in mir hat aufkommen lassen, falls er es getan hat. Er ist eine Superpartie, wir sind ein super Team, und ich liebe ihn sehr ... Auch wenn ich nicht sicher bin, ob ich ihm je ein Boot kaufen kann, ob das sein Ausmaß an Unterstützung nun ändert oder nicht. An unseren letzten Zugang, Olive: Du lässt mich nicht weit kommen ohne dich, was in Ordnung ist, denn warum sollte ich das auch wollen? Und schließlich und endlich an unsere Kinder Harley und Maggie. Ihr seid beide bereits vor mir veröffentlicht worden, und deshalb seid ihr meine Inspiration. Ich hoffe, dass ihr eines Tages genauso stolz auf mich sein werdet, wie ich das auf euch bin.

Und an Sie, liebe Leser, falls Sie so weit gekommen sind, danke! Und falls nicht, ist das schade ... denn ich wollte mich gerade auch bei Ihnen bedanken.